JN062899

古典の再生

The Revival of the Classics

盛田帝子 編

Teiko MORITA

執筆

盛田帝子
Edoardo Gerlini
Robert Huey
Andassova Maral
荒木　浩
楊　暁捷
佐々木孝浩
Jonathan Zwicker
佐藤　悟
山田和人
田渕句美子
松本　大
兵藤裕己
中嶋　隆
山本嘉孝
Judit Árokay
飯倉洋一
合山林太郎
有澤知世
永崎研宣
幾浦裕之
藤原静香
加藤弓枝

文学通信

Bungaku-Report Co.,Ltd.

Ⅱ イメージとパフォーマンス

Ⅲ　源氏物語再生史

V WEBでの古典再生

はじめに

盛田帝子　MORITA Teiko

1　古典はいかに再生されてきたか、古典をいかに再生すべきか

本書は二〇二三年二月十一・十二日、京都産業大学むすびわざ館を会場に、オンライン併用で開催された国際シンポジウム「古典の再生」におけるパネリストの発表およびディスカサントとの議論をもとに成った論集である。現代まで伝えられている「古典」は、これまで、さまざまな時代の波にさらされてきたが、「古典」みずからがもつ力によって、あるいは「古典」に関わった人々の努力によって、その波を乗り越えてきた。「古典」は過去の遺物ではなく、常に時代と交わって新たな意味を生成し、存在意義を示してきた。いったん消滅したかに見えたテキストが、鮮やかに蘇ることもあった。

「古典」と呼ばれるテキストは、常に再生し続けている。ある時は別のテキストと融合し、ある時は別のテキストに引用され、ある時は海外の人々の手にわたって翻案され、ある時は二次的な創作物として新生する。古典研究者としてのわたしたちは、このような「古典の再生」の現場を何度も目撃してきた。「古典」を復元し、憧憬し、

再発見し、再利用し、再創造してきた人々の営為から、わたしたちは多くを学び、「古典」を未来に繋ごうとしている。

古典はいかに再生されてきたか、古典をいかに再生すべきか。この国際シンポジウムでは、その歴史を振り返り、未来に向けて、わたしたちがなすべきことを、日本の古典を学ぶ海外の人々とともに、国際的な視野からも考えようとしたものである。

2　本書の構成

この論集は、シンポジウムの構成を基本的な枠組みとして、パネリスト・ディスカサント・特別プレゼンのプレゼンテーター・司会者が、「古典の再生」というテーマをあらためて掘り下げ、論考・コラムとして成稿したものを集めて一冊としたものである。

各執筆者の論考・コラムについて概観しておきたい。

冒頭の**「I　再生する古典」**は、古典の再生を理論的・多角的に考えるものである。

シンポジウムの基調講演を行った**エドアルド・ジェルリーニ**の**「古典×再生＝テクスト遺産　過去文化の復興を理解するための新パラダイム」**は、文化遺産学の視点から、「テクスト遺産」という新しい概念を提唱する筆者の「古典」論であり、本書全体の問題提起という役割をもつ。古典の「複製」と「再生」はどう違うのかという重要な論点を提示し、古典は絶えず「再生」し続けてこそ古典であるということを豊富な事例を通して説明する。以下の諸論と響き合う巻頭にふさわしい論文である。続く**盛田帝子「十八―十九世紀における王朝文学空間**

の再興」は、光格天皇の時代に新たに造営された寛政度復古内裏では、古記録や古典（文学・絵画作品）に準拠して、光格天皇が理想とする平安宮内裏の復元が目指されたが、復元のための古記録・古典がない場合は、光格天皇のお好み（指示）などを踏まえて、時代に即した新たな考案（再創造）がなされていたことを述べた。**ロバート・ヒューイ「琉球における日本古典文化の受容」**は、琉球王国の知識人層がどのように日本の古典を取り入れていたかを、言語レベルと作品レベルで指摘し、彼らが日本の古典を単なる真似ではなく、いかに自分のものとして「再生」したかを検討する。**アンダソヴァ・マラル**の**「翻訳にみる古典の再生――『古事記』と『日本書紀』の翻訳を中心に」**は、『古事記』『日本書紀』の欧米における翻訳を検討し、翻訳とは単にその言語へ機械的に置き換えることではなく、翻訳を行う者の文化背景、その時代の状況などを取り込んだ形で行われてきたことを明らかにしている。**荒木浩**のコラム**「グローカルな「古典の再生」――東西古今の『源氏物語』続篇をめぐって」**は、パネルの議論を踏まえ、『源氏物語』の名のみ伝わる雲隠巻を想像して書いたフランスのユルスナールの「源氏の君の最後の恋」と、日本中世に同じ趣旨で創作された『雲隠六帖』を比較し、それらを『源氏物語』続篇の「グローカル」として説明する。世界文学である『源氏物語』続篇の、東西古今の異なる様相は、「古典の再生」のグローバルにしてローカルなあり方という新視点に繋がる。パネリスト四名の論点ともシンクロする、大変興味深い問題提起ではないだろうか。

「II　イメージとパフォーマンス」では、古典テキストをビジュアル化したものや、パフォーマンスとして表現したものに焦点を当てた。**楊暁捷「絵巻と『徒然草』絵注釈の間――デジタルアプローチの試みをかねて」**は、『徒然草』の絵巻と絵入注釈版本を取り上げ、絵巻が絵注釈の中に息づいていることを指摘し、絵注釈のイメージの生成と成長について、異時同図などの表現方法に即して解説する。楊氏はシンポジウムを前にご逝去されたが、シンポジウム発表用の動画を遺されていた。本論文はシンポジウム当日に会場で流した動画をもとに文字起こししたものである。楊氏のご冥福を心からお祈り申し上げる。**佐々木孝浩「人麿画像の讃の歌」**は、歌会の席で正面に掲げられる人麿画像とその讃の歌の変遷と多様化に注目し、歌会の場に人麿影を掲げる作法の伝統が、人麿歌という「古典の再生」をもたらしたこと、人麿影の讃の歌が人麿画像の描かれた時代の人麿認識を理解する一助となることを指摘している。**ジョナサン・ズウィッカー「霊媒〈メディウム〉としての古典——初期テレビと一九五六年の幽霊」**は、江戸の読本、山東京伝の『復讐奇談安積沼』をリメイクした一九五六年のテレビドラマ「生きている小平次」を取り上げる。幽霊の登場するこのテレビドラマは生放送であるため録画もなく、一枚の写真と新聞記事だけが内容の手掛かりを残すという、現在からみれば儚い幽霊のような存在だ。しかし、古典を語る我々が、この作品が内包する「まだ論理化されていない、現実の部分が、すでに論理化された部分とのあいだでひきおこす、摩擦音のようなもの」（安部公房『幽霊はここにいる』）を増幅し、「古典」の枠組み自体を問い直す必要性があることを投げかける。**佐藤悟「江戸期における十二単の変遷——『篋底秘記』を中心に現代の装束に至る」**は、六条院の女楽の場面に描かれる明石の君の女房装束（『源氏物語』「若菜 下」）の「再現」を目指すプロジェクトの責任者による論。儀式時に調進される江戸時代の十二単について、山科言成『篋底秘記』から「天皇即位時の女官の装束」「女帝の即位、退位」「女院宣下」「内親王、五摂家の息女の入内」の場合を検討し、現代の十二単に変化するのは仁孝天皇による「天保御再興」が契機となっていると述べる。ディスカサントを務めた**山田和人**のコラム**「芸能としての古典再生——竹田からくりにおけるイメージとパフォーマンス」**は、天神像・人麿像・太子像の古典を通してのイメージが、竹田からくりというパフォーマンスに再生される様子を生き生きと具体的に示したものである。「**II　イメージとパフォーマンス**」の論考群は、我々が古典を復元し再生させる行為そのものの中に含まれる視覚性・身体性の重要性を感じさせ、「古典の再生」の概念そのものに揺さぶりをかけるものであった。

「III　源氏物語再生史」は、受容史でも影響史でもなく、あえて「再生史」を謳うことで、『源氏物語』が、中世から近代に至るまで、さまざまな形で立ち現れる様相を論じる。それをいかに「史」として叙述するかは、今後の課題となるだろう。

田渕句美子「『阿仏(あぶつ)の文(ふみ)』から『源氏物語』へ」は、中世の宮廷を生きた女房が女性の生き方を娘に指南する教訓書である『阿仏の文』に『源氏物語』が多く引用されていることを指摘し、『阿仏の文』の教えから遡って『源氏物語』を読むと、紫上や夕顔の行動や性格が従来の見え方とは異なり、宮廷を生きていく上での女房らの懸命な振る舞いであるように見え、『源氏物語』が新たな相貌をもって立ち現れると言う。田渕の論考からは、古典が、その時代その時代の読者によって新しく意味づけられ、生き続けていくことを教えられる。**松本大「『源氏物語』享受史における詞の表象――色紙形の事例を中心に」**は、『源氏物語』の享受の一形態として、室町期から江戸期にかけて作成された、詞（物語本文）を抄出した升形色紙を取り上げ、古筆切を意識した文芸復古の志向を読み取るとともに、物語の再生の歴史という観点から、和歌に対して地の文が次第に重視されていく様相を明らかにした。制作され続ける升形色紙は、まさに源氏物語再生史の一つの側面だったのだ。**兵藤裕己「樋口一葉と『源氏物語』――方法としての和歌」**は、国木田独歩・田山花袋などの言文一致体を駆使する自然主義作家から訝(いぶか)られながらも、地の文の語りを作中人物の内的独白や発話の声とひと続きの文として語ることで語り手の立場が自在に移行するという、西鶴(さいかく)や王朝和文の語りの方法を駆使した樋口一葉の小説文体が、明治二十年代の小説界において一つの頂点を示したが、その文体形成の基盤となったのは、『源氏物語』の精読とともに、萩の舎での和歌の修行、とくに題詠の修練によってであるとした。『源氏物語』の語りの摂取と、「題詠」という「方法学としての和歌」の修練によって小説文体を生み出した一葉の表現方法は、まさに「古典の再生」だったといえる。近世期を「近代初期」と位置づける提唱をしている**中嶋隆**のコラム**「十七世紀の『源氏物語』——版本メディアと古典」**は、『源氏物語』が江戸期の版本メディアの中でどう再生したかを追い、中世以前との文学史の断絶を解こうとする。例えば、女訓書では、堂上文化で重用された『源氏物語』が学ぶべき教養として憧憬される一方、女性を好色にする（新しい文化階層秩序の中の非日常・消費の象徴）として否定されることを指摘し、その原因は、中世までの堂上文化の絶対的上層状態が転調し、町人文化と並存するという文化構造にあると言う。そのような文化構造の中で出版された『源氏』の注釈書・梗概書の中でも『湖月抄』は江戸期の源氏学の基礎を作り、十八世紀の国学の源氏物語観、十九世紀の柳亭種彦『偐紫田舎源氏』、明治期の樋口一葉の小説と、江戸期・明治期を通じて『源氏物語』という古典を再創造する（新しい学問や文芸創作の）媒介となったことを述べる。

「Ⅳ　江戸文学のなかの古典」は、古典を引用・変奏するのが当たり前であり、古典リテラシーがかつてないほど浸透した江戸時代において、古典がどのように再生していくのかという事例を、多面的に取り上げている。**山本嘉孝「柴野栗山の復古論——江戸幕府の儒臣と朝廷の文物」**は、「典」には制度・儀礼の意味もあり、古典とは「古い制度・儀礼」とも解せるといい、寛政二年の内裏新造の後、将軍家斉に光格天皇が贈った漢詩について書かれた柴野栗山の漢文「宸翰御製詩記」を取り上げて、栗山の叙述が有職故実学に基づいており、朝廷を幕府より尊重する立場が顕れていると説く。**ユディット・アロカイ「紀行文の中の古典——江戸時代女性旅日記を例に」**は、江戸時代の紀行文の中に古典が取り入れられる例として次の三点を挙げる。①事前に旅の計画をして、古典を意識しつつ歌枕を目指し、他のところにはあまり触れない。②旅中に見た風景の描写は古典でのイメージと一致するか似ている。③ジャンル、レトリック、スタイルの上での古典との共通点がある。これらの点を踏まえ、四人の女性旅日記から紀行文における古典の再生を検証している。**飯倉洋一「上田秋成における〈古典〉語り」**は、上田秋成の万葉集の名歌評釈書『金砂』を取り上げ、秋成が評釈を逸脱して連想することを長々と語る「長物がたり」の例を挙げ、『春雨物語』「歌のほまれ」も同様の〈古典〉語りであり、その様相はジェルリーニのいう「テクスト遺産」に相当すると主張する。**合山林太郎**のコラム**「訓読の中の〝国際〟——教育との関わりをめぐって」**は、江戸時代から議論されている、漢文を中国語で読むか訓読で読むかという問題を俎上にあげ、昨今の古文漢文不要論も意識しながら、教育現場で訓読をどう教えるかという提唱を行う。シンポジウムの趣旨である「古典をいかに再生すべきか」への一つの回答である。**有澤知世**のコラム**「江戸戯作と古典再生——『万載集著微来歴』を中心に」**は、恋川春町作の黄表紙『万載集著微来歴』を例に、古典を自在に活用した江戸戯作を読解する。古典を再生するとともに、当代話題の出来事を盛り込む黄表紙の方法が浮き彫りになっている。

特別プレゼン（「Ｖ　ＷＥＢでの古典再生」）を担当した**永崎研宣・幾浦裕之・藤原静香**の**「古典本文をＷＥＢに載せる——ＴＥＩガイドラインに準拠したテキストデータ構築」**と、その司会をした**加藤弓枝**のコラム**「日本古典文学資料のテキストデータ構築をめぐる課題と展望——Lies, damned lies, and statistics?」**は、文章の性質上横書となっている。四人は、人文学資料について共通規格で記述するための標準を共同開発する国際的なプロジェクト、ＴＥＩ（Text Encoding Initiative）ガイドラインに準拠して、『石清水社歌合』と『十番虫合絵巻』をＷＥＢ上で公開するプロジェクトに関わっている。永崎・幾浦・藤原の論考は、ＴＥＩの概説を行い、それに準拠するデータ公開の途中経過を兼ねて、デジタル時代の古典本文の翻刻とその公開方法についての提唱を行う。加藤のコラムは、人文学におけるデジタル・ヒューマニティーズ（ＤＨ）が重要度を増した日本文学研究の現状を解説した上で、ＤＨに強い人材育成の重要性を主張する。これからの「古典の再生」に関わる典籍の画像データの維持・公開・利用、本文の翻刻・校訂・注釈には、デジタル技術やその知識が大きな位置を占めてくるに違いない。

以上、シンポジウムでの発表と会場内外での質疑応答や議論を経て、多様な観点から、「古典はいかに再生されてきたか」「古典をいかに再生すべきか」を論じていただいた。本書を手にとってくださる方々が、「古典の再生」の可能性に思いを寄せてくださったら、編者としてこの上ない喜びである。

Ⅰ　再生する古典

1

古典×再生＝テクスト遺産　過去文化の復興を理解するための新パラダイム

エドアルド・ジェルリーニ　Edoardo GERLINI

「古典の再生」というタイトルを初めて聞いた時、日本古典文学を専攻とする者でありながら、『源氏物語』などの再生よりもふと頭に浮かんだのは自分が生まれ育った街、イタリアのフィレンツェのことであった。これは偶然の連想ではない。周知の通り、フィレンツェという街は西洋文化の基礎となったルネサンス（伊：rinascimento（リナシメント））という文化的運動の発祥地であり、そのルネサンスという言葉は、生まれ変わる、蘇る、復活する、再び生きる、つまり「再生」という意味がある。より細かくいうと、ルネサンスの「再生」の理想は、古代ローマと古代ギリシャの文化、つまりヨーロッパの「古典」というべきものだった。したがって、ルネサンスという単語はまるで「古典の再生」として語釈してもおかしくない。このような私的な余談で論文を始めるのはやや場違いだと思われるだろうが、実は、筆者がフィレンツェのルネサンスに対する関係は、本章の主旨となる「遺産」とは無縁ではない。遺産は、国際機関が決める資格よりも、人々や集団は過去に対する個人的な「理解」と「感情」と緊密な関係を持っている概念である。本章は、テクスト遺産という、まだ流布していない語句を採用することによって、「古典の再生」という古くて新しい課題に新たな照明を与えたい。その試みがてら、過去の文化を研究する人文学、とりわけ日本古典文学の今後の展望を垣間見るきっかけになればと願う。

再生もルネサンスも、翻訳及び語釈が様々だろうが、「新しく生み出す」というよりも、「(過去のままと同じように)再び生きる」、というニュアンスが強いと考えられる。先ほどの例に戻ると、フィレンツェの広場に飾ってある彫刻や、ウフィッツィ美術館に展示されている絵画の多くには、ギリシャ神話や古代ローマの歴史などの古典的な人物及び場面が主題となっている。ボティチェリの「ビーナスの誕生」、ラファエロの「アテネの学堂」など、その有名な例である。一方、ミケランジェロの「ダヴィデ像」や「最後の審判」などのキリスト教をテーマにした作品の場合にも、そのスタイルと構図から判断すると、やはり古代美術の影響が顕著だとされている。

古代の文化を復興しようとするとはいえ、ルネサンス時代の人たちはギリシャの異教を復活させようと思ったことないだろう。しかし優れているその美学と技術を再発見し、再び活躍させたかったのである。古典文化を再生することによって、過去に戻るのではなく、中世が終わって新しい時代と新たな世界観を持つ社会を想像していた。その新しい社会のニーズとテイストに応えて、ルネサンスは発展した。過去の知識と技術を再び生かしながら、新しい表現と作品を生み出すのは、美術家たちの特徴だと言える。ここで強調したいのは、原則として、芸術制作たるものはすべて、先行の作品を真似し、それまでの技術の成果に基づいて実現されるものである。しかし、ルネサンスの特徴は、過去と現在の緊張感が特に著しくなり、中世の世界とのパラダイムシフトの自己意識があったという要素だと考えられる。

さて、ルネサンスについて述べてきたことは、つまりその「古典の再生」のあり方は、ヨーロッパの独自の特徴ではない。Revival（レヴァイヴァル）、restoration（レストレーション）、reformation（レフォーメーション）などの同義語が示すように、言い方は様々でありながらが、世界史を見渡すと、過去を復興させようとする人々はどの国にも見当たるだろう。日本の場合はレストレーションといえば、Meiji Restoration（明治維新）がすぐ思い浮かぶだろう。日本語の「維新」が示すように、現代化を目指す一方、幕府以前の天皇制などの何かを維持し、歪んだ形でも過去を取り戻したいという両面を合併した運動で、視点によって意見が変わるが、ルネサンスと相当する点があると考えられる。そもそも、明治以降の日本は、過去と現在の緊張感が特に激しく、矛盾に見える箇所が少なくない。広告やメディアなどをみても、伝統と革新を常に融合する国に住んでいるというイメージは、現在の日本人にも強く根付いており、現代日本の一つのアイデンティティになっているだろう。これは、根拠のない想像されたアイデンティティかもしれないが、そのように思わせるところが多い。例えば、日本の二つの首都、つまり京都と東京は、観光客や地元の人によって日本の過去と未来を具現的にも表現する街として描かれていることが多い。しかし、ただ「京都＝過去／伝統」と「東京＝未来／改新」という単純化した対立は不適切であり、実は両方の街には矛盾と言えるぐらい伝統と改新の混交が明らかである。例えば、東京のような「未来の都市」の中央駅は、明治期の名残りに見えるレトロな姿の東京駅があり、京都という「伝統の都」には未来先取りのガラス張りとコンクリートでできた京都駅がある。まるで居場所を交換したような状態は観光客でも戸惑うことが多いが、矛盾はそこに止まらない。今の東京駅はその明治大正期の姿に忠実までレストレーションされたが、基本的に数年前に完成した二十一世紀の建物である。一方、逆に東京駅より古くなった、建造一九九四年の京都駅は、日本の伝統的な建築方法とは全く共通点がないにもかかわらず、広告やウィキペディアなどでは「平安京遷都千二百年記念事業」の一環として紹介されている。筆者の私見に過ぎないかもしれないが、このような現代的な建物を作る際にも、長い歴史を誇る京都では、やはり過去との何らかの縁が求められざるを得ない。東京駅や京都駅は日本現代建築の「古典」とは呼べるかどうか、建築史の専門家に任せるが、過去を「再生」した場所としてはよくその役割を果たすのだと思う。復元された東京駅だけではなく、新しい京都駅でも、過去を意識している態度が現れながら、新しい「生」を行っている。

　さて、やや遠回りしたが、以上のルネサンスなどの話と、本書のテーマである日本古典文学における再生という課題とは、どのような関係があるのか。その答えは、「古典×(カケル)再生＝(イコール)テクスト遺産」という、文学研究にふさわしくない数学らしい本章の題目にある。その方式の意味を簡単に説明すると、古典と呼ばれているあらゆる作品は、「再生」というプロセスを通過しなければ、時代をわたって次の世代によって受け入れられること、つまり文化遺産になることができない、ということである。ここでいう古典という文化遺産は文字によって綴られている作品や資料のことを指しているので、「テクスト遺産」という名称にした。先ほどルネサンスと同様に、古典の場合もそのテクストをただ保存するだけでは、ルネサンスにも再生にもならない。また、それは文化財と言っても、文化遺産とも言い切れないのである。「生きる」という条件がやはり不可欠である。

　本章では、以上の論理的な枠組みを踏まえながら、「テクスト遺産」という概念の意義と適用性を説明した上で、日本古典文学の作品を例として確認したい。

1　古典こそは再生せねばならぬ

前述したように、「古典の再生」という問題は、新しい問題ではない。例えば、1938年に出版された岩波『文学』には、「古典と現代」という特集が掲載された。それもこれも、現代化した日本における古典文学の位置付けを論考するこの諸論文の中で、藤田徳太郎という国文学者は次のように述べた。

> 古典と云はれる書は、それが何らかの意味で現代的意義を有してゐるものである。現代に殆ど全く存在価値を持たないやうな古代の書を、古典と云ふ事は出来ないし、又、古典として取扱つてもゐない。
>
> （中略）
>
> 古典は**いつまでも生きて**、各の時代の息吸（いぶき）を吸い込むのである。さうして、その時代の呼吸をしては、常に新しい生命を持つて生きてゐる。[*1]

古典は「いつまでも生きて」、「新しい生命」を持っているものであるという考えは、本書にもふさわしいだろう。「古典の危機」や「古典は無用」など、近年にも討論が話題になっているが、やはりこれは二十世紀前半にも通用していた問題である。しかし、前近代まで振り返ってみても、同じような心配を抱いていた学者に出会うことが難しくない。江戸中期に本居宣長は、その随筆『玉勝間』に「いにしへよりつたはれる事の絶るをかなしむ事［六〇〇］」（昔から伝わってきた事物が絶えて衰えるのを悲しむこと）という段を著して、次のように記述した。

> 世の中に、いにしへの事の、いたくおとろへたる、又ひたぶるに絶ぬるなどもおほかるを、かかるめでたき御代にあたりて、何事もおこしたてまほしき中に、絶えたるもあとをたづねて又はじめむに、はじめつべ

きは、おそくもとくも、直毘神の頼みのなほ残れるを、一たび絶てはまたつぐべきよしなく、又はじむべきたよりなき事どもこそ、殊にいふかひなく、口をしきわざにはありけれ。

ふるき氏々など、神代のゆゑよし重きなどは、更にもいはず、さらぬも、はやく末の絶えはてぬるが多き、今は如何に思ひても、二たびつぎ興すべきよしなくなむ。これらを思ふに、萬のふるきことは、わづかにも残りて絶ざるをだに、おとしあぶさず、よくとりしたためて、今より後たゆまじきさまに、いかにもいかにも、つよくかたくなしおかまほしきわざぞかし。[*2]

過去のものが仕方なく滅びて衰える運命を逃した「萬のふるきこと」（すべての古い物）を「とりしめたためて」（集めて整理して）今後も「たゆまじきさま」（衰えて失ってしまわないよう）に強く願っている宣長のこの言葉は、まるで現代の博物館の館長が話したように聞こえる。衰えていく文化を守ろうとする志は、おそらくどの時代の人間にも、とりわけ知識層の人々の間には、あったように思われる。近年、日本では文語や漢文または古典文学の知識が一般の社会人に衰えていくこと、いわゆる「古典の危機」などは頻繁に警告されているが、[*3]日本だけの問題ではない。社会における古典の位置付け、またその価値と重要性についての論考は、おそらく「古典」という概念自体の裏に常に秘めている問題かもしれない。そこで、古典の読書を繰り返すこと、つまり古典を再生することの重要性は、海外でもよく取り上げられている点である。例えば、戦後イタリアの代表的作家Italo Calvino（イタロ・カルヴィーノ）（一九二三―一九八五）は、一九八一年に著した「なぜ古典を読むのか（Perché leggere i Classici）」というエッセイでは古典を読み直す重要性を強調した。

1. 古典は、ふつう、人はそれについて「いま、読み返しているのですが」とはいっても、「いま、読んでいるところです」とはあまり言わない本である。

（中略）

4. 古典とは、最初に読んだときとおなじく、読み返すごとにそれを読むことが発見である書物である。

5. 古典とは、初めて読む時も、本当は読み返しているのだ。[*4]

そしてほぼ十年後、同国のUmberto Eco（ウンベルト・エーコ）（一九三二―二〇一六）は「古典の讃美」（「Elogio dei Classici」『L'Espresso』一九九三年）という雑誌コラムで、本屋の売上を見ると実は古典文学の書籍は意外と売れがいいというニュースをコメントするきっかけに、次のように論じた。

おそらく多くの出版社は、読者の好みを嗅いで、次のことに気づいた。すべての価値観が崩壊して再構築されるこの時代に、読者たちは確実なものを求めるのだ。なぜ古典（クラシック）は確実さを伝えるのか？クラシックというものは、とりわけ本がまだ手でしか写されていなかった時代に、多くの人々によって書写されてきた重要な作者のことであり、何世紀にもわたって時間の消耗と忘却のサイレンに打ち勝ってきたものだからである。

（省略）

もう一つの理由は、危機の時期には、私たちは、自分が何者であるかわからなくなるリスクがあるということである。古典は、遠い昔に人間はどう考えていたかを教えてくれるだけではなく、なぜ私たちも今日同じように考えているかということを発見させてくれる。古典を読むことは、現在の文化を心理分析するというようなものである。[*5]

古典を読む意味は、過去を知るだけではなく、現在を理解するための道具である、というエーコの見解は、最近日本でも提案された。[*6]

とにかく、古典をめぐる論考は各時代にも繰り返されており、その主旨は、古典には今でも読む価値があると証明しようとするものがほとんどである。しかし一方、「価値観の崩壊」という面ではやはり二十一世紀は、カルヴィーノやエーコが書いている八十年代と九十年代の前半に比べて、さらなる深刻な状態に至ったと考えられる。それは、文学研究のみならず、より全体的な社会にも見出せる傾向であるという説がある。

例えば、ハーバード大学でスラヴ文学比較文学を教えていたSvetlana Boym（スヴェトラーナ・ボイム）氏（一九五九―二〇一五）は、その単著『The Future of Nostalgia（ノスタルジアの将来）』に論考した。ソ連のレニングラード（現在サンクトペテルブルク）に生まれ、若い時に米国に逃亡したボイム氏は、おそらく特権的な視点からソ連の崩壊を観察できたからこそ、いち早く二十一世紀の全世界に関わる変更を見通していたかもしれない。ボイム氏の論説によると、未来派やモダニズムの運動など、未来を楽観的に期待していた二〇世紀初期に変わって、二十一世紀の始まりは過去へのノスタルジアの広がりによって特徴づけられているように見える。

サイバースペースやバーチャルなグローバル・ビレッジへの強い関心と対比的に、同じぐらいグローバル的なノスタルジアの流行病が拡大している。これは、共同記憶を有するコミュニティへの感情的な憧れや、破片化した世界における一貫性への切望を表すものである。生活のリズムが加速し、歴史的な転換期において、ノスタルジアは防御メカニズムとして必然的に再登場するのである。[*7]

そして、ボイム氏のこの論考を踏まえて二十一世紀の社会の検討を深めたのは、リキッド・モダニティの理論家Zygmunt Bauman（ジグムント・バウマン）（一九二五—二〇一七）であった。過去への憧れ、そして現在に対する不安を分析する際に、バウマン氏は「retrotopia（レトロトピア）」という造語を提案した。

今や「複数のレトロトピア」が出現しつつある。言い換えると、二世代前の先祖がそうであったように、まだ到来していないがゆえに存在しない未来と結びついて存在していたものに代わって、失われ、盗まれ、投棄されてはいるものの、死んではいない過去の中から複数のヴィジョンが出現しつつあるのだ。[*8]

ボイム氏とバウマン氏の説によると、二十一世紀こそはノスタルジアやレトロトピアに苦しんでいる時代であるという。それは、年配の方々のみが感じるのではなく、若者でもその感染に囚われている。

ほとんどの「ミレニアル」は将来生活条件が悪化すると予想しており、親の世代の生活の特徴であり親たちが自分たちに期待し、そのために働いた、生活向上への地ならしにはならないと考えている。[*9]

先ほど述べたように、古典の再生、つまり過去に振り向いて何かを掬い出そう、復活させようとする構えはどの時代にも確認できるが、やはり二十一世紀だからこそそのような考察が特に必要になったのではないか。しかも「古典の再生」を考えることは、文学研究の範囲だけで済ませるような問題ではない。より広く社会が対面している困難を理解する鍵にもなると期待できる。

言うまでもなく、文学研究では、温暖化や戦争などの膨大な問題に対して解決を提案できるわけではない。しかし、人類に由来する人新世のこれらの諸問題には、文学研究及び人文学は全く無縁であるのだろうか。文学作品、とりわけ古典文学を読み、分析し、学ぶことによって、今までの人間はどのように過去と現在を結びついたのか。どのように過去文化に基づいて新しい未来を想像したのか。文学作品は他の史料よりもはっきりと人間の感情と思考を語ることができるテクストである。本書の副題は「古典はいかに再生されてきたか、古典をいかに再生すべきか。」となっているが、これはつまり古典の研究と教育に関わる人々だけの問題ではない。過去に再生されてきた古典というテクストを勉強することで、いかに現在の社会に必要な文化を再生できるのか、という問いにも通用するのである。

さて、古典はいつから再生されていたのか。先ほども言及した問題だが、再生というプロセスは、古典に必要不可欠なものであると主張した。そもそも古典は古典として生まれるのではない。のちの世代の人々は、限られた作品群を選択し、高く評価してきた結果、それは古典（参考にすべき古い本）、またはclassics（クラシックス）（教室（クラス）で教えるべき本）と呼ばれるようになった。文学研究ではこの再評価プロセスをcanon formation（カノン形成）と呼ぶことが多く、先学によって細かい検討の的になっている。日本の古典文学の場合は、代表的な一冊は『創造された古典：カノン形成・国民国家・日本文学』[*10]であろうが、そこに掲載されるハルオ・シラネ氏の論文は特に明瞭で注目すべきである。鎌倉初期におけるカノン形成について論じている段落で、シラネ氏はテクストの再評価と価値変換のプロセスを次のように説明する。

貴族の命運が衰えるに従い、彼らは平安宮廷文化の遺産、つまり実物の写本ならびにテクストの知識を所有している特権にすがるようになり、それらを自らのアイデンティティと権威を維持するための手段とした[*11]

つまり、貴族が政治的な権力を失った時、「実物」や「知識」となる「平安宮廷文化の遺産」に振り向き、自分の権威とアイデンティティとを保持しようとしていたという説である。

シラネ氏がここで使う「遺産」という言葉は、カノン形成を説明するにはふさわしいが、実は「文化遺産」という概念の範囲は「文学的カノン」より広く、その適合が複雑であることに注目したい。遺産は先に取り上げたノスタルジアとレトロトピアにも緊密的な関係を持ち、または国々がますます重視する文化的アイデンティティという現象を理解するにも大変役立つ概念でもある。近年、文化遺産をめぐる研究、いわゆるheritage studies（日本語では遺産研究、または遺産学）が急速に発展してきたのも偶然ではない。

本章の後半では、その遺産研究の主な業績を上げて、テクスト遺産という概念を紹介し、日本における「古典の再生」をより具体的に検討したい。

2 遺産＋テクスト

ユネスコ世界遺産のリストに登録された街に生まれ育ったせいか、筆者は文化遺産という語句を日常的ながら親しい概念としてずっと前から感じていた。そして二〇一八年からスタートした研究プロジェクトでは初めて「遺産」という概念を、自分の専攻となった日本古典文学にかけて検討することにした。[*12]

近年、文化遺産は様々な場面で注目を集めた。遺産に対する政策や資金が増えている傍ら、一般の人々の意識と興味が高まっている傾向が明らかであろう。しかし実は、「遺産」という概念及びその言葉の意味自体は、この二、三十年の間、大きく進化したのである。一般の人に聞いてみれば、文化遺産というのは、ペルのマチュピチュ、エジプトとメキシコのパイラミッド、万里の長城など、古代の美術及び巨大なモニュメント、特にもう全滅した文明の遺跡と名残りを指す言葉だと答えられるだろう。特にユネスコ世界遺産という資格を得たものと場所は、「顕著な普遍的価値」（ユネスコの世界遺産条約より）を持っているとされており、誰でもその価値を認めなければならない、という前提において理解されている。

しかし遺産を研究する者たちにとって、遺産は昔の文化そのものよりも、「生きている」現在の人々と集団の方が関係がある。遺産研究の父とされているDavid Lowenthal（ダヴィッド・ローウエンサル）氏がインタビューでまとめたように、「ヘリテージ（遺産）は歴史ではない。遺産は、人々が自己満足するために、その歴史に為す何かのことである」[*13]。つまり遺産は、過去文化とその生産物を指すよりも、過去文化をめぐり、現在の人々が行う営為であり、discoursive construction（言説的構造）だというふうに再考されてきたのである。

ローウエンサル氏以降の先学が明らかにしたように、遺産はユネスコによって定義された普遍的で簡単にまとめられるものではない。あらゆる人間の集団は、自分のアイデンテティを確認する際、その固有の伝統や、知識、信仰などを意識し、自分だけの歴史を再発見したり、新しい形で語り直したりするのは、本当の遺産である。このプロセスの結果として、モニュメント、特別な場所、知識、芸能など、文化財と呼ぶべきものが生まれるのであるが、遺産はものではなく、営為であることを強調されている。ところで、様々な国や民族には独自の価値観、世界観、そして記憶が継承されているため、当然、普遍的な遺産のようなものは最初から存在しない、という問題が注目された。今日は、遺産の定義はさまざまであり、必ずしも学者の間でも一致していないが、遺産は過去のいいものであるという単純な考え方はもうほとんど通用しなくなったと言える。ちなみに、遺産を保護するという褒めるべき努力は、必ずしも平和を導くものであると言い切れない。バウマン氏の単著にも引用された次の箇所では、ローウエンサル氏がその驚くべき事実を論じる。

遺産は集団的な誇りと目標を作るが、そうするといい奴ら（私たち）と悪い奴ら（他人たち、彼ら）との区別を強調する。特に我々の伝統が危機にあるときに、遺産の信仰、遺産の生産物、遺産のレトリックは敵意をあおるのである。[*14]

言い返せば、世界中のそれぞれの国はそれぞれの文化遺産ばかりを見なしてしまい、他国の文化より自分の文化を優れていると偏見する傾向がある。それは当然、競争と衝突に至るのである。文化は絶対的なものではなく、社会的・政治的・歴史的なプロセスの生産物として考えれば、その文化の実現である文化遺産は、ノスタルジアや帰属感、集団との一体感などの気持ちを育むための道具でもある。遺産は、ただ過去の優れた物ではなく、過去の記憶を再編するプロセスとして理解されるようになった。例えば、近年の遺産研究の中心的な人物であるLaurajane Smith（ローラジェイン・スミス）は、その代表作『Uses of Heritage』（遺産の諸利用）の目的を次のように説明する。

この本は、遺産という概念を「モノ」というよりも、文化的・社会的プロセスとして検討する。そのプロセスは、様々な記憶行為を通して、現在を理解し、現在と関与する新しいすべを作り出す目的がある。[15]

「ものではない、プロセスである」という説は、従来のユネスコ世界遺産より、無形文化遺産という新しいプログラムの目標に調和するのであるが、遺産研究者の間では、すべての遺産は無形であるという大胆な見解が強くなった。赤川夏子氏によると「どのような内在的な価値があるかにも関わらず、遺産の基本的な意味は人と物とを結びつける「無形」的な関係にある、という理解がますます有力になった[16]」。

このような見解は学者の間だけではなく、ユネスコなどの機関にも通用するようになった。例えば、二〇〇三年の「ユネスコ無形文化遺産条約」は次のように定義する。

この無形文化遺産は、世代から世代へと伝承され、社会及び集団が自己の環境、自然との相互作用及び歴史に対応して絶えず再現し、かつ、当該社会及び集団に同一性及び継続性の認識を与えることにより、文化の多様性及び人類の創造性に対する尊重を助長するものである。

（「無形文化遺産の保護に関する条約」ユネスコ、二〇〇三年[17]）

無形文化遺産は、決まった形のものではなく、現在の集団によって「絶えず再現」（constantly recreated）されるものである。言いかえれば、再現（recreation）を無くすと、遺産にならないのである。この再現を再生と同義だとすれば、「古典×再生＝テクスト遺産」という方式に至るのである。

3　複製≠再生

それでは、この遺産の新しい見解は、古典及び「古典の再生」という課題に適合させてみよう。遺産研究に学んで、テクスト遺産とは「もの」よりも、社会的文化的営為、無形的なプロセスであると、再定義できる。しかしこれは具体的にどのような意味があるのか。また、文学者における古典の理解にはどのような影響を与え、どのメリットがあるのだろうか。

一つのメリットは、テクストの特性を考え直す機会を与えてくれることである。特に、絵画や彫刻のような美術品や文化財に比べると、テクストは複製品と真正性とは全く異なる関係を持っていることに気づく。それは、文字で綴られたあらゆる文章（テクスト）であれば、比較的に簡単に、及び忠実に書き写すことができるからである。たとえ、知らない言語で書かれた文章でも、その文字（ローマ字、ひらがな、ハングル）を識別できる人であれば、誰にでも、ペンと紙だけでその内容を完全に複製することが可能である。読みにくい手書きの場合でも、長編の小説や難解の哲学書でさえ、文字を一つ一つ解読できれば、その内容を新しい媒体に複製することは割と簡単であり、その内容に関してクオーリティや真正性の劣化などはない。

一方、モナリザのレプリカを描こうとしても、非常に腕のある画家ではない限り無理だろう。そしてまた、オリジナルとは区別のつかないぐらいの素晴らしい複製ができたとしても、それは結局のところ、モナリザの偽物にすぎないと判断を受けるわけである。場合によって、違う人が書いたものよりも、レオナルドの原作の写真を見た方がよいとされることもあるだろう。つまり、内容とその媒体が一体化している美術品の場合、オリジナルの価値と真正性は、複製品にはほとんど移らないものであると言える。一方、文章・テクストのほとんどの場合は、作者が手書きしたオリジナルを直接に読まなくても、同じ内容であればどの媒体（どの複製）で読んでもその意味と理解が変わらないのである。

このように考えると、テクストの存在は、基本的に文字の連鎖によって形成されているように思われる。テクストは、媒体はともかく、文字という記号の連鎖、つまり純粋の情報である。その側面から見ると、すべてのテクストは、ある意味で、アナログではなく、デジタルな本質を持っていると考えられる。

言うまでもなく、このように捉え直されたテクストは、狭義として「内容」だけを指すものであり、現代の出版市場で流布する活字版の場合は妥当なものであるが、前近代の写本や貴重資料の場合は物足りない概念だと指摘されるだろう。紙と墨の種類、装訂の締め方、文字の書き方など、貴重な写本や資料なら、文章の内容に限らない他の重要な情報がたくさん含まれている。また、美術品と同様に、名作家の手で書かれた紙と文字そのものは、鑑賞及びフェティシズムの的になり、記念館などに展示されることもある。しかし、文章の内容だけを考えると、やはりテクストには前述したような特性があると否定できない。

すなわち、テクストは、簡単に、また無数に複製できるものである。しかしこの複製は、再生と同じ意味があるのか。複製と再生を区別するのは、ナイーブな理屈にも見えるかもしれないが、やはりその相違を見出すのは重要である。先ほど、「デジタル」という今流行りの単語を使ったが、テクストのデジタル化を複製として考えてみよう。周知の通り、近年、国会図書館や国文学研究資料館、または諸大学に所属する図書館などでは、資料と本のデジタル化プロジェクトが急速に進んでいるのである。閲覧するのが難しい貴重な資料群は、スキャンされ、ネットで公開されており、世界中の学者にとって大変ありがたい作業である。しかしこれは、再生、とりわけ古典の再生とは言えるのだろうか。前掲したイタロ・カルヴィーノのエッセイによると、

3．古典とは、忘れられないものとしてはっきり記憶に残るときも、記憶の襞のなかで、集団に属する無意識、あるいは個人の無意識などという擬態をよそおって潜んでいるときも、これを読むものにとくべつな影響をおよぼす書物をいう。[*18]

つまり、再生する古典は、社会の共通記憶において常に生きる本であると考えられる。その意味では、やはりデータベースに整理された、デジタルな本と資料は、複製され、保存されているが、それだけで「古典」と呼べるようになるわけではない。言いかえれば、新しいデジタルな文化財として存在するが、生きる遺産とは言い切れない。結果として、複製は必ずしも再生に相当しないのである。

しかし一方、デジタル化という複製過程を通して、より多くの人々はその作品に触れることができることは確実である。そこから、翻刻が追加され、新しい解釈が施され、現代語訳や外国語訳が作られることによって、だんだんその作品が共通記憶になり、最終的に「古典」及び「遺産」として認められるようになることが可能である。つまり、複製は、テクストを再生させるための重要な段階である推定できる。特に解釈や翻訳などは、テクストの複製でありながら、再生とも言えるプロセスだろう。有名な例をあげてみると、アーサー・ウェイリー訳

『源氏物語』は、紫式部の作品に英語圏においてまるで新しい人生を与えたと言えるだろう。

ところで、逆に、複製しないで、テクストを再生することが可能なのだろうか。テクストの最も簡単な再生の方法を考えてみると、それはやはり、「読む」という営為である。本を手に持って、その文章を目で解読するたびに、読者の頭には描写が再現され、登場人物の言葉が響き、彼ら彼女らの感情まで共感することが、どなたにも経験があることだが、それは「再生」だと言えるだろう。ここでは、偶然ながら、日本語の「再生」という言葉の多様性が興味深い。日常に使う「再生」とは、英語の read 及び play という意味を表すのである。「曲や動画を再生する」と同様に、「テクストを再生する」と言えばそれを「読む」という意味になるだろう。その理屈で続くと、一人で小説を読むことも、大きい声で歌を朗詠することも、または演劇を演じることも、すべてはテクストの再生であると言える。そして注目したいのは、これらはテクストの再生でありながら、テクストの複製（つまり新しいコピーを作ること）ではない。

4　社会におけるテクスト遺産の役割

以上の再生と複製の区別はこれで説明したが、これは「古典の再生」という考察をどのように支えるのか。それは、テクストを「いかに生かすか」という問いに繋がる。例えば、資料館の棚に保管されている本や資料は文化財として眠っているが、最低限に「読む」という再生をかけないと、社会の共通記憶になる機会もなく、テクスト遺産になることはない。再生することは、そのテクストに新しい命を与えるという意味があるが、それは新しい読み方及び新しい価値をつけることに相当するのである。過去のテクストが再生されることによって、それについていた価値観や世界観も蘇ったり、物によって批判されたりする。つまり、前掲のエーコ氏が述べた通り、現在社会を「心理分析」させる役割を果たせるようになる。これはおそらく、古典を再生することの最も重要な役割であろう。

この役割を説明するために、もう一度、テクストではない文化遺産の例に戻ろう。先述したように、遺産というものは普遍的な意味と価値を持つ物ではなく、人及び集団によってその受容と拒否が変わるのである。わかりやすい例として、アメリカ大陸の発見者であるクリストファー・コロンブスの銅像をめぐる事件を取り上げよう。米国の各地に設置されているコロンブス像は、近年、汚されたり、撤去されたりする運命を面しているのである。これは、ただの不良の仕業ではなく、アメリカの文化遺産と深く関わる問題の証拠である。ネイティブアメリカ人や、奴隷としてアフリカから追放されたアフリカ人の子孫たちにとっては、白人のコロンブスの大冒険は結局、植民主義という悲劇のプレリュードとしてしか考えられない。これらの少数派の集団にとって、コロンブスはアメリカが誇るべきヒーローではなく、その残酷な歴史を代表する人物としてしか見られない。一方、長いこと移民としてアメリカで差別を受け続けたイタリア系アメリカ人にとっては、コロンブスこそは自分のアイデンティティに欠かせない偉大なご先祖様である。このように、ローウエンサル氏が論述した通り、「遺産」は社会の不和の種となることが多い。

では、古典文学も同じような批判を受けることがあるだろうか。最近、米国と欧州の大学には、『ヴェニスの商人』や『オセロ』などのシェイクスピアの傑作は、人種差別の発言を含むと疑われるようになったせいで、文学授業のシラバスからシェイクスピアが姿を消したことが話題になった。公共の空間を占める銅像やモニュメントと同じように、学校や大学の授業を占める西洋中心の古典も批判され、拒否されるようになった。古典を知る者は、その昔の社会が生み出した作品等には、当然のこと、現在社会のモラルに適合しない部分が多い。それで何百年もわたって古典とされたものを捨ててもよいのだろうか。やはり問題は、その作品を読む際に、どのように扱うか、どのような新しい価値と意味を見出すか、つまりどのように再生させるか、というところである。

ところで、古典の拒否という問題は、日本古典文学にも関わるものである。二〇〇七年に東京大学で開催された記念公演の時、『源氏物語』の英全訳を著したRoyall Tyler（ロイヤル・タイラー）氏は、米国における『源氏物語』の悪評について話した。現在の若い読者の間では、大勢の女性をもてあそび、強引にも性行為を犯す主人公光源氏はレイピストである、というネガティブな読み方が一般化していると、タイラー氏が述べた。特に、批判の的となっているのは、源氏と空蝉という女性の登場人物との間の出来事である。その問題について論じたMargaret Childs（マーガレット・チャイルズ）氏によると、この『源氏物語』の歪んだ読み方の由来は、一九七六年に出版されたEdward Seidensticker（エドワード・サイデンスティッカー）氏の英語版『源氏物語』にあると指摘している。チャイルズ氏によると「曖昧な語り方する日本語の原文よりも、サイデンスティッカーの英訳は明らかにレイプであったという読み方を示唆している[*19]」。

サイデンスティッカーの英訳の正誤を別として、ここで注意したいのは、『源氏物語』という日本の古典はアメリカで否定的な受け方されている原因は、その「古典の再生」の一例であることである。サイデンスティッカー訳『The Tale of Genji』は、より多くの人々にその作品を読ませ、世界文学という共通記憶に入れさせたメリットがある傍ら、逆に批判されるきっかけにもなったのである。異なる価値観を持っている人々にとっては、同じ作品は、否定的な読み方を受けることもあり、その変容においては、古典の再生のあり方が決定的である。これは、遺産というプロセスに内蔵する危険及び可能であると言える。

5　日本古典文学における遺産言説の一例

古典をテクスト遺産として考えることは、異なる読み方と扱い方をより慎重に考察するという意味がある。作品に内在し得る価値はともかく、遺産及び古典にするかどうかは、のちの世代の人々次第である。男女平等や民主主義などを高く評価する現代の人々にとっては、『源氏物語』のような古典を自分の文化の資源、アイデンティティの基礎として純粋に受け入れることはさほど簡単ではない。

現在と過去との緊張から生まれる遺産は、各「現在」によってもその姿が変わる。テクスト遺産も、不変的な物ではない。しかしそのため、変わりつつ新しい姿・媒体・資料が遺されたおかげで、我々は、テクストをめぐる文化的プロセスを調べることができる。つまり、過去に存在した遺産を検討する際、テクストは特に有意義な資料であると主張したい。そもそも、遺産という文化の再生は、現代だけではなく、古代からそして様々な地域で繰り返されるプロセスであることは、遺産研究では通説となっている。David C. Harvey（ダヴィッド・C・ハーヴェイ）氏によると「遺産化は常に我々人間のそばにいた。遺産は、常に人々によって作られ、その現在の心配と経験に応えて作られたのだ。したがって、遺産史を探検するべきである」[*20]。ハーヴェイ氏が推定する「history of heritage（遺産史）」を検討するには、文学、とりわけ古典文学は非常に役立つ資料だと考えられる。遺跡や美術品と異なって、文学は人間の言語を借りて、気持ち、憧れ、心配、そして複雑な論考まで、素直に語ることができる。その中では、過去を懐かしく思い、時の流れを悲しむ作品は少なくない。このような作品に含まれている過去に関する熟考は、直接か間接かは問わず、遺産言説と呼ぶべきだと主張したい。筆者はこの数年、日本古典文学の作品に現れるそのような遺産言説（heritage discourse）を分析してきた。古典文学の作者たちは、いかに過去の文化を評価したのか、どのようにその文化とテクストを再生させたか。このような問題に答えることによって、文学作品でしか語れない遺産史の一章を書けることができる。

遺産言説というのは、日本古典文学にどのような形を現しているのか。ここでは、『古今集』の序文を一例として取り上げておきたい。より細かい論考は別の論文を参照されたい。[*21] 周知の通り、九〇五年に編纂された『古今和歌集』には、「仮名序」と「真名序」と呼ばれている序文が付加されている。それぞれ和文と漢文で書かれたが、大体の内容は同様である。和歌の歴史を論じた後、両序は、和歌という日本独自のポエムは今、復興したと宣言する。ここで特に注目したいのは、当時和歌の古典とされていた『万葉集』とりわけその代表的な歌人柿本人麻呂が、『古今集』の選者たちによって特別な扱いをされたことである。人麻呂の名前をあげる序文の箇所は、次の通りである。

人麿亡くなりにたれど、歌のこととどまれるかな。たとひ時移り事去り、楽しび、悲しびゆきかふとも、この歌の文字あるをや。

（『古今和歌集』「仮名序」）

適(たまたま)和歌ノ中興ニ遇ヒ、以チテ吾ガ道ノ再ビ昌(さかり)ナルコトヲ楽シム。嗟乎(ああ)、人麿既ニ没シタレドモ、和謌斯ニ在ザラム哉。

（『古今和歌集』「真名序」）

和歌が忘れられた時代が終わり、『古今和歌集』の編纂をきっかけに歌の道が復活し、つまり古典の再生が行われたという意味だと解釈できる。人麻呂が死んでいるが、天皇の権威を授かった『古今集』という勅撰集では、その「歌の文字」が再び生きているのだと指摘する。両序は、人麻呂が生きていた時代を和歌の黄金時代と見なすナラティブを組み立てた上で、『古今和歌集』はその伝統、つまりそのテクスト遺産を受け継いだ正統なものだと宣言する。和歌のルネサンスが来たぞ、と聞こえるぐらいであろう。もちろん、これは『古今集』序文の中で施された言説であることを注目しなければならない。先行研究が確認したように、『古今集』が編纂されてから も、漢詩文が宮廷行事などに優先的な位置を保ち続けたのである。しかし、神代にはじまったとされていた和歌の歴史を蘇り、和歌の聖(ひじり)人麻呂の名前をささげることによって、『古今集』の選者たちは自分の地位を正統化し、確保できたと考えられる。つまり、伝統を復興させるという任務を果たしながら、当時の歌人のニーズに適宜する、過去のナラティブが作り出されているのである。これこそは遺産言説と呼ぶべきものだと主張したい。

ところで、『古今集』という和歌集自体は、文化的営為としてのテクスト遺産の優れた例であると考えられる。勅撰集を編纂することは、過去のテクストをめぐる文化的営為である。『万葉歌』や六歌仙歌などの和歌を『古今集』という新しい枠組みに並べ、和歌の古典を複製した。そして、その「古」の歌を選者たちが生きていた「今」の歌と同じページに合わせることによって、人麻呂などの古歌に新しい意味と読み方を付加することによって、再生させたのである。

さて、本章の最初に、古典は古典として生まれるものではない、などと述べたが、「仮名序」では逆に、このルールを違反しているような発言があるのは興味深い。仮名序では「歌のさまをも知り、ことの心を得たらむ人は、大空の月を見るがごとくに、古を仰ぎて、今を恋ひざらめかも」と結論づけられている。これは、次世代の人々は皆、「古」と「今」を調和した『古今集』を古典として見なすべきだと自賛しているように見える。『古今集』という新しい古典を作ろうとする企画が「仮名序」のテキストを明記されているのが、特に興味深い点である。過去のテクストを利用し、複製し、再生させることによって、現在を「恋ふ」、感じる、生きるというような願いが『古今集』編纂の裏にあったと考えられる。しかし、このような感情的な面は、やはり文学テクストの表現が使われているからこそ、我々の現代まで伝わったのである。

『古今集』と『万葉集』との関係は、intertextuality（間テクスト性）という概念を通して先行研究によって分析されたことがある。それを踏まえて、遺産という次元を加えることによって、テクストに限らない、より広い視野で、過去に対する感情的な態度と理想などが見えてくるのである。ノスタルジアやレトロトピアという現象は、二一世紀の特徴であるが、一方、過去文化に憧れ、それを利用して現在の欲求に適合させようとするプロセスはどの時代にもあり、『古今集』の両序は、そのプロセスの一例であり、それを知るための貴重な史料でもある。

おわりに

古典の再生、古典の遺産、テクストを蘇らせること、テクストを授受すること。本章では、日本古典文学の作品を取り上げて、文学研究と遺産研究との学際的な対談を開けようとした。それで、過去文化の復興に関する理解はどのように変わるか、または古典をどうするべきかという論考に新しいパースペクティブを与えてみた。

遺産、とりわけテクスト遺産という概念は、文学作品そのものの理解には役立たないかもしれない。しかしその作品がいかに伝承され、いかに利用されたかと検討する場合、有意義な道具になるのである。あらゆる文化的表現及び創造の背景には、憧れであれ、軽蔑であれ、とにかく前提として過去の意識が潜んでいると推定できる。過去を採用するか、拒否するか、保護するか破壊するか、といった選択肢は人類史には常に繰り返されるが、遺産という概念を通してそのプロセスをよりはっきりと把握できるのである。遺産は社会の矛盾を反映する現象でありながら、多文化の理解を促す装置としても楽観的に働かせることも可能である。以上、「古典の再生」を「テクスト遺産」として検討した。古典テクストを再生することは、そのテクストに様々な文化的営為を施すという意味がある。読まずに利用され、または遺産化されるテクストの例もあるが、[*22]やはり本を読む、テクストを読むという動作からはじまる様々な文化的プロセスこそは、そのテクストの意味と価値を改める力があり、そのテクストに新たな精気を与える効果がある。

最後は、以上の論説とは逆に、古典に潜在している力と可能性について言及し、今後の研究の方針と課題を仮定しておきたい。結局のところ、古典を再び生きさせることや、長生きさせることができるのは、現在の人々にほかならない。しかし一方、古典を読むことによって、人間は人生を豊かにし、ある意味で「寿命を延長する」という力がある。古典を読むと、その登場人物の感情と経験が再生すると前述したが、これは読者からみると、実際に経験したことのない事情や感情を経験し、共感するという意味もある。これは、ウンベルト・エーコが著したコラム「なぜ本［を読むこと］は寿命を延ばすのか」で推定された見解であるが、その引用で本章を終えたい。

［原始時代には］長老たちは人類の記憶であった。洞窟の中で火の周りに座って、（中略）若者が生まれる前に起こった出来事を語っていた。
今日、書物こそは我々の長老である。普段気づかないが、読み書きのできない人［または本を読まない人］に比べて、［本を読んでいる］私たちが豊かである。他の人が生きているのは、ただ一つだけの人生に過ぎないが、［本を読んでいる］私たちはたくさんの人生を経験してきたからである。

本は生命保険であり、不死への小さな頭金のようなものである。残念ながら、未来への不死ではなく、後ろへの不死なんだ。でもやはり、それでも結構だろう。[*23]

注

1 藤田徳太郎「古典と現代」(『文学』六～十、一九三八年十月)、一七〇～一頁。強調は筆者による。
2 前嶋成『玉勝間詳解：全訳』(大修館書店、一九六二年)、二六四～六頁。
3 例えば、勝又基等編『古典は本当に必要なのか、否定論者と議論して本気で考えてみた』(文学通信、二〇一九年)。
4 イタロ・カルヴィーノ著；須賀敦子訳『なぜ古典を読むのか』(河出文庫、二〇一二年)、三～六頁。
5 Umberto Eco「Elogio dei Classici」(『La bustina di Minerva』Bompiani、二〇一一年)。筆者和訳。
6 前田雅之氏は、古典には「現代を相対化する」という力があると述べている(前田雅之『なぜ古典を勉強するのか：近代を古典で読み解くために』文学通信、二〇一八年)。
7 Svetlana Boym『The Future of Nostalgia』(Basic Books、二〇〇一年)、xiv頁。筆者和訳。
8 ジグムント・バウマン著、伊藤茂訳『退行の時代を生きる：人びとはなぜレトロトピアに魅せられるのか』(青土社、二〇一八年)、十二頁。
9 前掲書。
10 ハルオ・シラネ・鈴木登美編『創造された古典：カノン形成・国民国家・日本文学』(新曜社、一九九九年)。
11 前掲書四〇一頁。
12 プロジェクト名「World Heritage and East Asian Literature – Sinitic writings in Japan as Literary Heritage」。EU委員会「マリー・キュリー・フェローシップ」というプログラムの下で二〇一八～二一年で早稲田大学とカフォスカリ大学で行われた。
13 原文：「Heritage is not history: heritage is what people make of their history to make themselves feel good」。Hugh Clout「David Lowenthal obituary」(『The Guardian』二〇一八年九月二十七日)。
14 David Lowenthal『The Heritage Crusade and the Spoils of History』(Cambridge University Press、一九九八年)、一二四八～九頁。筆者和訳。

15　Laurajane Smith『Uses of Heritage』（Routledge、二〇〇六年）、二頁。筆者和訳。

16　原文：「Increasingly, the view has been that, alongside any intrinsic value heritage may have, ultimately meaning resides in the "intangible" relationships it provides between people and things」。Natsuko Akagawa「Intangible Heritage and Embodiment: Japan's Influence on Global Heritage Discourse」（William Logan 等編『A Companion to Heritage Studies』Wiley Blackwell、二〇一六年）、八十一頁。筆者和訳。

17　「This intangible cultural heritage, transmitted from generation to generation, is constantly recreated by communities and groups in response to their environment, their interaction with nature and their history, and provides them with a sense of identity and continuity, thus promoting respect for cultural diversity and human creativity」「Convention for the Safeguarding of the Intangible Cultural Heritage」第 2.1 条。

18　前掲書五〜六頁。

19　原文：「While Seidensticker is only following a conventional interpretation of this scene, his translation encourages a reading of rape far more than does the ambiguous original」。Margaret H. Childs「The Value of Vulnerability: Sexual Coercion and the Nature of Love in Japanese Court Source」（『The Journal of Asian Studies』58〜4、一九九九年十一月）、一〇六五頁。筆者和訳。

20　原文：「heritage, as a present-centred phenomenon, has always been with us and has always been produced by people according to their contemporary concerns and experiences. Consequently, we should explore the history of heritage」。David C. Harvey「The History of Heritage」（Brian Graham; Peter Howard 共編『The Ashgate Research Companion to Heritage and Identity』Ashgate、二〇〇八年）、二十二頁。

21　特に参照されたいのは次の論文である。Edoardo GERLINI「平安朝文人における過去と現在の意識：漢詩集序をテクスト遺産言説の一例として」（『国際日本文学研究集会会議録』四十三、人間文化研究機構国文学研究資料館）、一五〇〜一二九頁。Edoardo GERLINI「［緒論］なぜ「テクスト遺産」か」（Edoardo Gerlini・河野貴美子共編『古典は遺産か？日本文学におけるテクスト遺産の利用と再創造』勉誠出版、二〇二一年）、十二〜三十二頁。Edoardo GERLINI「Textual Heritage Embodied: Entanglements of Tangible and Intangible in the Aoi no ue utaibon of the Hōshō school of Noh」（『Studies in Japanese Literature and Culture』五、National Institute of Japanese Literature、二〇二二年三月）、五十五〜八十五頁。

22　ここでは David Lurie（ダヴィッド・ルーリ）氏が提案した「alegibility」（非判読性）という論説に参照されたい。

23　前掲注5。

2 十八―十九世紀における王朝文学空間の再興

盛田帝子　MORITA Teiko

はじめに

享保十七年（一七三二）三月の末頃、八代将軍徳川吉宗は、かつて宮中で行われていた曲水の宴の催しを江戸城の吹上御庭で再興した。曲水の宴は、京都でも江戸でも久しく途絶えていたので、成嶋道筑に命じて、『中右記』をはじめとする和漢の書から先例を探させて再興したという。[*1] そのことを聞いた吉宗の二男・田安宗武は「いつしかと春も暮行水の面に散てぞうかむ花のさかづき」「おとにのみき〻しむかしもかくこそとみかはの水にうかむさかづき」（『悠然院様御詠草』国歌大観番号二九・三〇、傍線盛田、以下も同様）と詠み、和漢の古典籍によって再興された吉宗の「曲水の宴」の古（いにしえ）ぶりを和歌で祝福した。その三十三年後の明和二年（一七六五）、宗武も田安邸の母屋で、有識学・服飾学・雅楽・歌学の知識を集約して王朝時代の物合を意識した「梅合」の催しを再興した。判者、数差（かずさし）の童が置かれ、王朝時代の装束を身に付けた参加者は男女の二組に分かれ、趣向を凝らした梅の洲浜を持ち寄って優劣を競い、催しが終わると、勝った側が雅楽の鼓笛の曲「乱声」を演奏した（『賀茂下流梅合』）。
　このように、十八世紀の江戸で、為政者吉宗とその子宗武によって王朝の儀式の復元を意識した「曲水の宴」や「梅合」が再興されたのだが、明和八年（一七七一）の宗武没後は、有職故実書や古画等の古典を典拠とする物合の再興は、武士や町人、主に三島景雄（みしまかげお）や賀茂季鷹（かものすえたか）などの荷田派の古学者（荷田在満（かだのありまろ）の子 御風（のりかぜ）や妹 蒼生子（たみこ）に関係する人々）によって引き継がれ、寛政改革で下火になるまで流行することとなる。[*2]
　一方、十八世紀後半の京都では、安永八年（一七七九）に践祚（せんそ）した光格天皇が朝廷の権威の復興をめざして、多くの朝儀や神事を再興・復古し、朝廷内は復古ムードに満ちていた（藤田覚『光格天皇――自身を後にし天下万民を先とし――』ミネルヴァ書房、二〇一八年）。十八世紀後半の日本では、将軍を擁する江戸でも、天皇を擁する京都でも、尚古主義・好古主義が流行していたのである。
　このような時代背景を前提に、本章では、文学作品が生まれる十八世紀から十九世紀にかけての宮廷空間、特に光格天皇の時代に新たに造営された寛政度復古内裏に着目し、新たな作品が生まれる空間はどのように造られたのか。その時、古典はどのような役割を果たしたのかということについて、先学の研究を基に考察してみたい。

1　寛政度内裏の復古的造営と裏松固禅

　寛政二年（一七九〇）、平安内裏に由緒をもつ復古的な寛政度内裏が誕生するそもそもの原因となったのは、天明八年（一七八八）正月晦日の京都大火である。宮川町団栗図子（どんぐりのずし）の空き家から出火した火災は、京都市中の大部分を焼失させ、応仁の乱以来といわれる甚大な被害をもたらした。京都御所も宝永五年（一七〇八）に焼けて以来、

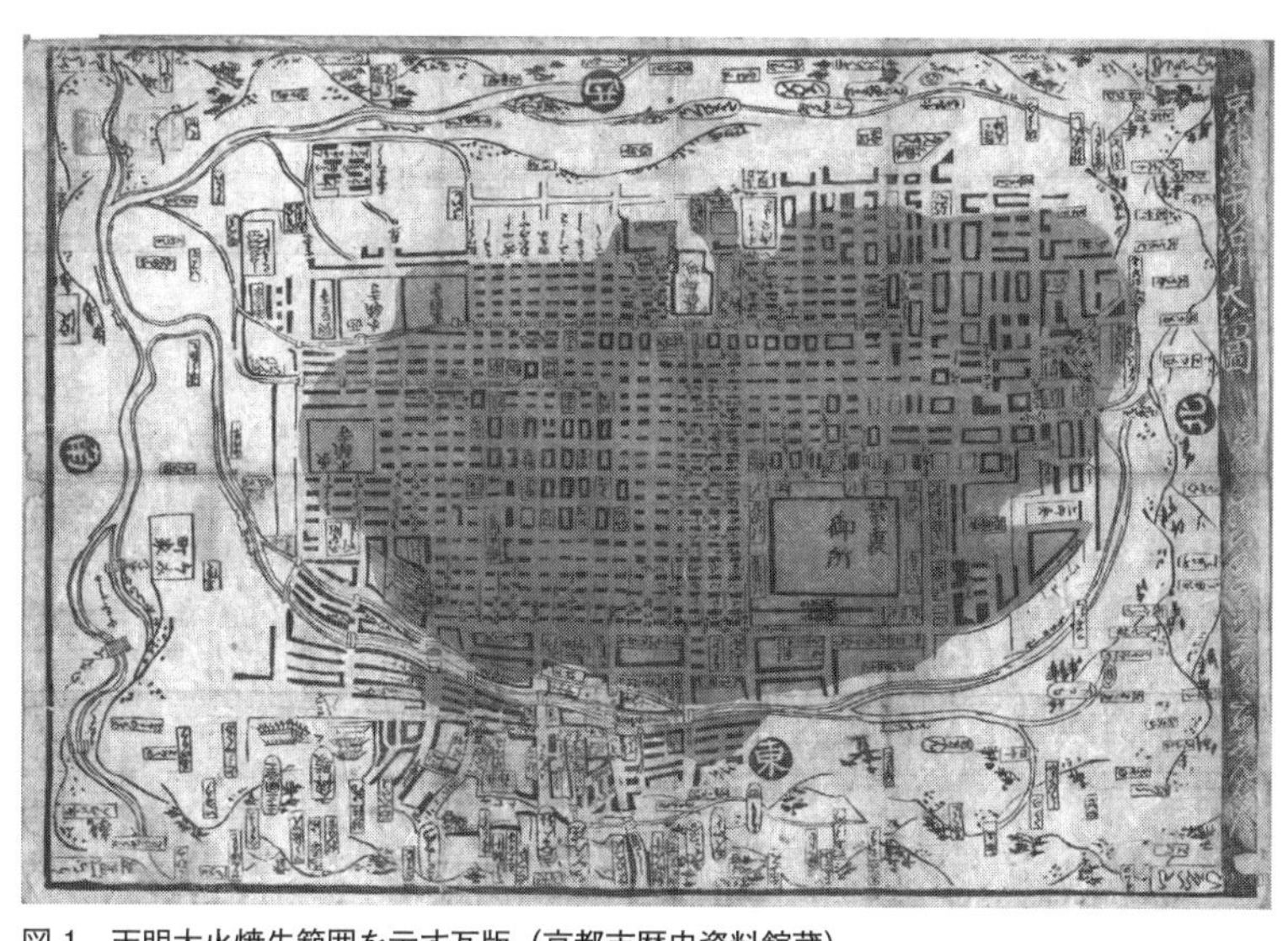

図1　天明大火焼失範囲を示す瓦版（京都市歴史資料館蔵）

八十年ぶりに焼失してしまったため［図1］、新たな御所が造営されることとなる。

天明八年三月二十五日には議奏三名（中山愛親・広橋伊光・勧修寺経逸）が造内裏御用掛に、権中納言日野資矩、前参議堤栄長、高丘紹季が造内裏奉行に任命され、四月三日には、当時十八歳だった光格天皇が、左大臣一条輝良に新たな御所の造営に「古儀」を用いる（復古的に御所を造営する）勅問を下し、関白鷹司輔平、左大臣輝良のレベルでの合意を経て、御所再建についての幕府との交渉に入る。当時、幕府の財政は厳しい状況にあったため、新たな御所再建の負担を減らそうとしていたが、光格天皇と朝廷は、御所の焼失による再建を「好機」ととらえ、部分的にではあるが、平安時代の内裏への復古を目指して新御所の造営に突き進むこととなる。[*3] 光格天皇をはじめとする朝廷側が、幕府に対して紫宸殿・清涼殿などを復古様式で再建する要求を強く押し出す最大の要因となったのは、当時朝廷内に、裏松固禅の『大内裏図考証』の稿本や殿舎の指図等が存在したからだという。[*4]

東京大学史料編纂所所蔵『裏松家譜』（請求記号4175-356、以下『裏松家譜』と記載）によれば、裏松固禅は、享保二十一年（一七三五）烏丸光栄の子として誕生した。烏丸光栄は歌道師範として桜町天皇に大きな影響を与えた、和歌史の上でも歌壇史の上でも重要な歌人である。[*5] その後、延享四年（一七四七）に裏松益光の養子となるが、宝暦八年（一七五八）二十三歳の時に宝暦事件（桃園天皇の近習公家等二十七人が処罰）に連座して宮廷への出仕を止められ、同十年に落飾する。

詫間直樹「裏松固禅の著作活動について――『大内裏図考証』の編集過程を中心として――」によれば、落飾した固禅は、明和二年（一七六五）三十歳頃に当時流布していた高橋宗直（一七〇三―一七八五）著の紫宸殿・清涼殿の図と考証に触発されて禁中全体の考証・編集作業を始め（藤貞幹『無仏斎手簡集』寛政四年五月二十日付書状）、明和八年（一七七一）冬、藤貞幹に研究の補佐を依頼（安永二年（一七七三）以降、貞幹は『大内裏図考証』を中心に固禅の研究を支える）。安永七年（一七七八）四十三歳の時に出行を許され、天明四年（一七八四）、摂政九条尚実に『皇居年表』正編五冊や作図した「大極殿図」「清涼殿図」を「勘物」と共に進上し、朝廷内で大内裏考証についての一定の評価を得、天明末年までには『大内裏図考証』の第一次稿本作成を終了していたという。

固禅が、天明の大火直後の三月十六日に参朝を仰せられ、三月二十五日に参内していることは、『裏松家譜』に以下のように記されている。固禅（裏松光世）に関する部分を翻刻し、関係箇所に傍線・波線を付す。／は改行、〔 〕は小字を示す（以下同じ）。

光世〔前権中納言益光卿男　実前内大臣光栄公末子／母正二位兼敬卿女　母家女房〕

〔為元文元〕

享保廿一年十一月十一日　誕生
延享四年七月廿三日　為益光卿子
同年十二月廿六日　叙従五位下
寛延二年十月廿六日　元服聴昇殿
同日　任左兵衛佐
同三年四月廿六日　賜本所素服
同年六月十八日　除服宣下
〔為宝暦元〕
同四年六月廿二日　叙従五位上
宝暦五年五月六日　叙正五位下
〔去二月廿日宣〕
同六年八月十七日　任右少弁
同月廿五日　拝賀従事
同八年三月廿五日　為蔵人
同月廿九日　聴禁色
同日　拝賀従事
同年四月一日　転左少弁
同日　為御祈奉行

同日	為氏院別当
同年七月廿四日	依学流之事止出仕
同月廿五日	辞蔵人左少弁等
同日	辞御祈奉行
同日	辞氏院別当
同年十二月九日	喪父
同十年七月廿日	落飾〔法名固禅〕
安永七年六月廿五日	被聴出行
天明八年三月廿五日	参内〔去十六日蒙参朝之仰〕
同年四月一日	此度内裏造営ニ付可／被尋下義茂有之候間／可申上旨被　仰下
寛政九年十二月十日	献上大内裏図考證五十冊
同月十三日	御書籍献上ニ付御褒美拝領
同十年九月十三日	造内裏御差図御用勤仕／以来毎事勘例御用被／仰出処出精速注進且年／来所勘大内考證献上／叡感　思召候依之／金三十片生涯賜之事
文化元年七月廿六日	卒

波線部に着目すると、固禅は天明の大火から約一ケ月半後の三月十六日に宮廷からの仰せがあり、二十五日に参内、四月一日には内裏造営についての下問を仰せつけられている。先に述べたように、四月三日に、光格天皇

が一条輝良に復古的御所を造営する勅問を下していることを考えると、古典籍や古地図などの調査により、大内裏の構造、各殿舎の配置と内部構造、建物内部の屏風や絵を復元的に明らかにした『大内裏図考証』を制作して、この時朝廷内で評価を受けていた固禅の存在が大きな原動力となって、光格天皇と朝廷側が平安時代の内裏への復古を目指した可能性が高い。この後、光格天皇と朝廷は幕府との熾烈な交渉の末に、平安内裏に由緒をもつ復古的な紫宸殿・清涼殿を再建した。復古的な内裏を望む光格天皇（朝廷側）の要求が取り入れられたのである。[*6]

2　寛政度内裏における復元と再創造 ──清涼殿障子絵作成をめぐって

寛政度内裏においては、平安時代の様式が盛り込まれて紫宸殿・清涼殿が再建されるのと並行して、殿舎の中の襖絵（ふすまえ）などの障壁画も新たに制作された。佐々木丞平「京都御所と十九世紀の京画壇」（『京都御所障壁画──御常御殿と御学問所』京都新聞社、二〇〇七年）によれば、「寛政度造営時の障壁画制作に関する顕著な特徴は、古制の復興を基本思想に据えて進められ、建物の機能や用途に対応した画題と様式が整理されたことと、障壁画制作を担当する絵師の層が広がり豊かになったこと」とし、円山応挙を中心とし、応挙の薫陶を受けた「円山応瑞、源琦、長沢芦雪をはじめ、岸駒、原在中等」の「町絵師系の画家が数多く参加することが認められたのは画期的なこと」だったという。この新たな障壁画の制作に光格天皇はどのように関わっていたのだろうか。

光格天皇の動向がうかがえる資料として、詫間直樹編『京都御所造営録──造内裏御指図御用記（一）〜（五）』（中央公論美術出版、二〇一〇〜一五年）がある。禁裏執次を務め、天明八年（一七八八）四月七日に造内裏御指図御用掛に任じられた勢多章粋が寛政度内裏の造営過程を詳細に記録した自筆写本を翻刻したものである（以下、本章では『御指図御用記』と記載する）。『御指図御用記』を通読すると、光格天皇の「御好み」として、建築や絵画・和歌を含む復古内裏の造営の過程で、光格天皇の指示がなされている場合がままあり、光格天皇が復古的内裏の造営を、裏松固禅などの禁裏の公家たちに任せきりにしていたのではなく、むしろ能動的に関与していたことが知られる。

注目すべきは、復古的造営がなされた清涼殿内の昆明池障子の復元過程である。復古的造営がなされた寛政度清涼殿にも各間に名所絵障子が制作され、色紙に認められた和歌が添えられたが、清涼殿の内部空間と名所絵障子に関しては、既に多くの研究の蓄積がある。[*7]

ここでは、岩間香「寛政度復古内裏における昆明池障子の復元過程――裏松固禅と土佐光貞の関与――」（『摂大人文科学』十九号、二〇一二年二月）から、その特徴を見てみたい。岩間氏は、清涼殿の襖障子について、寛政度内裏の建築や調度の復古様式を指導した裏松固禅の『大内裏図考証』を分析し、具体的な絵の内容や構図をうかがわせる記録が非常に少なく、大和絵については画題すら明確でない。したがって、寛政度造営で設定された唐絵と大和絵の配分や、名所絵という画題、さらに季節や名所の配置に関しては史料的な根拠はなく、固禅が新規に考案したものとした。

また、寛政二年復古様式の清涼殿を再建するにあたって復元制作された昆明池障子を、他の清涼殿襖障子に比べて復元するための根拠となる資料（古記録・文学・絵巻物など）が格段に多く、絵画資料に基づき検証しながら行う制作は「単に清涼殿の調度の一つであったわけではなく、復古造営のシンボル的な存在として多くの人々の熱意が注がれた」とした。昆明池障子は平安宮内裏において、清涼殿の東庇に設置された衝立障子で、清涼殿における漢画（唐絵）の空間と和画（大和絵）の空間の境界に位置し、南面には昆明池図（唐絵）が、北面には嵯峨野小鷹狩図（大和絵）が描かれた。しかし、復元する際に、北面の嵯峨野小鷹狩図には復元の根拠とするための絵巻がなく、図様は寛政度に新たに定められた和歌の詞書によって描かれ、構図は絵師の土佐光貞に任されたので、結果的に江戸時代後期の土佐派の作風になってしまったという。

また、南面の昆明池障子については、以下に引用する『御指図御用記』（寛政二年四月八日）および出光美術館所蔵「伴大納言絵巻」の付属文書（寛政八年四月廿六日久我殿宛有庸・隆達・篤長・伊光・実種連署状）から、昆明池障子の絵師であった土佐光貞が、下絵を作成するのに、寛政二年四月八日に参内して、修理職奉行の日野資矩から「絵巻物」（現在出光美術館に所蔵されている国宝「伴大納言絵巻」平安時代 十二世紀、絵巻の中に昆明池障子が描かれている）を渡されて修理職部屋で写し取ったこと、またこの「絵巻物」は裏松固禅の提言で酒井家に提出させたが数百年たっても欠損がなく平安時代の制作のままに燦然としていたので、絵所にも写させたという。「絵巻物」のお召しは、光格天皇の「天覧」にも対応できるように準備されていたことが知られる。

一、昆明池障子古図拝見、　　　　土佐土佐守
右参上ニ付申上ル、表へ召連可参旨ニ付、淡路守召連参、日野殿御会、絵巻物御渡有之、於修理職部屋写取候也、右後刻写取相済返上ニ付、土佐守召連、淡路守表口へ参り返上、豊岡殿[*8]御逢御受取有之、退出之儀被仰出申渡ス、右ハ伴大納言善雄[男]応天門焼候絵巻也、清涼殿之処昆明池障子之絵有之候処、被為見候也、
（『御指図御用記』寛政二年四月八日）

伴善男絵巻物

右造㆓　内裡㆒之節、秘府之画図者勿論、諸家伝来之旧図、徧被㆑召㆑之、雖㆑有㆓種類許多㆒、模写或麤略（そりゃく）不㆑足㆓據信㆒処、裏松入道固禅言上、酒井修理大夫僕従所蔵之古画図、為㆓分明㆒由、嘗伝聞旨、依㆑之就㆓酒井家㆒有㆓由緒㆒。可㆑被㆓召進㆒之由、被㆑蒙㆑仰。乃速被㆑備㆓　天覧㆒之処、画品殊絶、雖㆑経㆓数百年㆒無㆓欠損㆒古時之制作燦然、可㆑考也。仍下㆓画所㆒可㆑被㆓新写㆒之処（後略）

（小松茂美『伴大納言絵詞』日本絵巻大成2、中央公論社、一九七七年）

しかし、原本の「伴大納言絵巻」を見たにも関わらず、土佐光貞が描いた昆明池障子は「伴大納言絵巻」を忠実に再現したものではなかった。「伴大納言絵巻」に描かれた昆明池障子は縦九・五センチほどの絵であるのに対し、復元される昆明池障子は六尺と九尺という巨大なものであるため、できあがる寸法を踏まえて図様を変更せざるを得ず、材料費の節約のために群青引きではなく紺青引きの霞が描かれ、色紙形の色も変更された。

さらに、寛政元年二月二十日、土佐光貞は、清涼殿の昆明池障子の仕立て方について、縁の幅や金物に光格天皇の指示（「お好み」）を入れて作成するように指示されており（『御指図御用記』寛政元年二月二十日）、同二年七月二十三日、光貞が昆明池の下絵を提出し、翌日下絵が返却される際にも、光格天皇の「お好み」が伝えられ、工夫を促されている（『御指図御用記』寛政二年七月二十三日・二十四日）。

岩間香「寛政度復古内裏における昆明池障子の復元過程――裏松固禅と土佐光貞の関与――」によれば、寛政復古清涼殿の障壁画は、古記録や文学・絵画作品から根拠となる資料を収集し、時には平安時代の『伴大納言絵巻』などの絵画資料をも基にして復古が目指されたが、復元するための資料がない場合には、収集した資料の選択と検証を踏まえ、光格天皇の「お好み」を加えて制作されていたことが知られる。復古を目指しながらも時代に即した再創造がなされていたと言えるだろう。

3　寛政度内裏における復元と再創造　二——光格天皇と『新内裏御障子和歌集』の詠進者

ところで、宮内庁書陵部に復古的清涼殿の各間の障子和歌を抜き出した『新内裏御障子和歌集』（写本一冊、請求記号152・39）が所蔵されている。奥書に「右ハ／天明八年申年内裏炎焼／寛政二戊年新内裏御造営成就、同霜月廿二日／遷幸。其砌清涼殿御襖之詠歌也。御襖之画を／色紙形に塗残して諸郷（ママ）染筆者也」とある。『新内裏御障子和歌集』は、天明八年に内裏が炎焼した後、寛政二年に新内裏が完成し、十一月二十二日に光格天皇が新内裏に遷幸されたが、その砌の清涼殿御襖（おふすま）の詠草で、詠草は御襖の画を色紙形に塗り残して諸卿が染筆したという。『御指図御用記』によれば、色紙への和歌の染筆が完成したのは寛政二年十一月十七日で、清涼殿の襖絵には色紙はまだ貼られていなかった。襖絵の完成はかなり遅れていたようだ。『新内裏御障子和歌集』の冒頭には、清涼殿障子和歌の詠進者十名と詠進数が記されている。

新内裡御障子和歌集
閑院太宰帥典仁親王　　五首
閑院弾正尹美仁親王　　三首
有栖川中務卿織仁親王　三首
日野前大納言　資枝　　三首

烏丸前大納言　光祖　三首
冷泉前大納言　為泰　五首
冷泉中納言　為章　二首
飛鳥井右衛門督　雅威　二首
芝山宰相　持豊　三首
冷泉侍従　為則　一首

右
勅命十人所詠歌如左

この冒頭の記述によれば、清涼殿の御障子和歌を詠進する歌人十人を選んだのは、他ならぬ光格天皇であったことが知られる。復古清涼殿の障子絵和歌を誰に詠ませるかということにおいて、光格は自ら歌人を選び、清涼殿という復古的空間を彩らせたのである。では、この十名の歌人とは、どのような人々だったのか。光格天皇の意図を探ってみよう。

五首を詠進している閑院太宰帥典仁（かんいんだざいのそちすけひと）親王は、寛政二年（一七九〇）時、五十七歳。東京大学史料編纂所所蔵『閑院宮御系譜』（二〇七五―一一七二）によれば、閑院宮直仁（かんいんのみやなおひと）親王の王子として享保十八年（一七三三）に誕生し、閑院宮二代を継承する。明和二年（一七六五）十月十三日には、有栖川宮職仁（ありすがわのみやよりひと）親王（霊元（れいげん）天皇の皇子で御所伝受（ごしょでんじゅ）の保持者として桃園（ももぞの）天皇、後桜町（ごさくらまち）天皇、後桃園（ごももぞの）天皇の歌道師範を務めた）から天仁遠波（てにをは）伝受を相伝されて歌道門人を持つ資格を得る。その二年後の明和四年五月二十六日には、職仁親王からさらにその上の階梯の三部抄（さんぶしょう）伝受を相伝され、職仁親王の弟子として歌道の修練を積んでいたが、明和六年（一七六九）十月二十日に職仁親王の薨去によって、二十六日に、後桜町天皇から勅点（和歌の添削と合点を施すこと）の仰せがある。これは御所伝受の保持者であった後桜町天皇が典仁親王の歌道の師となったことを意味している。安永七年（一七七八）十一月三日には、三部抄伝受の上の階梯の伊勢物語伝受を後桜町上皇から相伝される（東山御文庫『伊勢物語誓状』勅封64-9-4）。

光格天皇は明和八年（一七七一）に典仁親王の第六皇子として閑院宮家に誕生したが、安永八年（一七七九）に急逝した後桃園天皇の皇嗣となり、同年十一月二十五日に九歳で践祚、翌九年十二月四日に即位礼を挙げた。[*9] この光格天皇の即位礼に際して、父である典仁親王は、優待して一品に叙せられている。[*10] 歌道においては、天明元年（一七八一）九月七日、以下のように後桜町上皇に誓状を提出して古今伝受を相伝され（東山御文庫『古今伝授御誓状』勅封64-9-3）、同年、光格天皇の和歌師範となる。[*11]

包紙ウハ書「古今てんしゆニ付誓状以下ニアリ」
表書「典仁上」
本文「古今集之事伝賜深
　畏候慎而堅洩間鋪候
　仍誓約如斯候也
　天明元年九月七日　典仁上」

光格天皇の和歌教育がスタートした天明期、天明四年（一七八五）から五年にかけて光格天皇を中心とする和歌鍛錬のための御内会（以下、天明期御内会と記載する）が開かれたが、典仁親王は指導的立場として参加している。[*12] また、天明九年（一七九〇）以降、光格天皇（十九歳）を中心に、後に光格天皇の中宮となる欣子内親王（十一歳）、四辻季子、中山理子、高倉茂子、葉室頼子、林烈子などの女房たち、光格天皇の姉にあたる孝宮（霊鑑寺宮）、また光格天皇の兄 閑院宮美仁親王などをメンバーとして行われた宮廷の女房月次歌会にも参加した。[*13] このように、即位してから本格的な歌人としての教育が開始された光格天皇の傍にあって、常に指導的立場で光格天皇を補佐していた宮廷歌人であった。寛政元年（一七八九）には、『禁中并公家諸法度』の条規により典仁親王が大臣の下位に座さなければならなかったことを心苦しく思った光格天皇が、先例によって太政天皇の尊号を宣下することを幕府に内議する（尊号事件）など、光格天皇にとっては、実父として常に大きな存在であった。以上のように、清涼殿という復古的空間を彩る和歌を詠進するのに、実父であり、歌道上の師であった典仁親王は筆頭の歌人であった。

三首を詠進している閑院弾正尹美仁親王は、寛政二年（一七九〇）時、三十三歳。東京大学史料編纂所所蔵『閑院宮御系譜』（二〇七五―一一七二）によれば、閑院宮典仁親王の王子として宝暦七年（一七五七）に誕生して閑院宮三代を継承した、光格天皇より十四歳年長の実兄である。明和六年（一七六九）五月十五日に、有栖川宮職仁親王に和歌入門し、父典仁親王から天仁遠波伝受を相伝されて、父と共に、即位して間もない光格天皇を歌人として鍛錬するための天明期御内会に出座して、光格歌壇の基礎作りを補佐した。寛政二年復古的御所に光格天皇が遷幸してからは、寛政六年に伊勢物語伝受を（東山御文庫『伊勢物語誓状』〈勅封64-9-4〉）、寛政九年に古今伝受を（東山御文庫『古今伝授御誓状』勅封64-9-3）後桜町上皇から相伝され、光格天皇の歌の相談相手となり、『詠歌大概』の読み合わせなどを行っている。[*14] 光格天皇にとっては、父の典仁親王と同様に、御所伝受の保持者である実兄の美仁親王は、歌道の相談役としても大きな存在であった。

三首を詠進している有栖川中務卿織仁親王は、寛政二年（一七九〇）時、三十七歳。有栖川宮職仁親王の第七王子として宝暦三年（一七五三）に誕生し、歌道においては父職仁親王より英才教育を受ける。十二歳で織仁親王のための稽古始歌会が始まり、十三歳で内裏和歌御会の一員に加えられたが、十七歳の時に父職仁親王が危篤に陥った際に、有栖川宮家のことを考慮した後桜町上皇から天仁遠波伝受を相伝されて父職仁親王の弟子を引き継ぎ、安永七年（一七七八）には三部抄伝受を相伝された。寛政十年（一七九八）に一事伝受を相伝された後は、歌道において後桜町上皇に諮問される役割を担うなど、光格天皇歌壇・後桜町上皇歌壇で活躍した歌人である。[*15]

三首を詠進している日野前大納言資枝は、寛政二年（一七九〇）時、五十四歳。烏丸光栄の男として元文二年（一七三七）に誕生した。光格天皇を歌人として鍛錬するための天明期御内会に息男の日野資矩（寛政度内裏の造内裏奉行）と共に出座して光格歌壇の基礎作りを補佐した主要人物で、裏松固禅の実弟でもある。天明八年十一月から享和三年十二月までの裏松固禅の詠草をまとめた東京大学史料編纂所『天明八年詠草・寛政十年詠草』写本二冊（裏松家史料—011）によれば、以下のように、寛政復古内裏の造営が開始された年の天明八年十一月に、兄の裏松固禅が閑院宮典仁親王に歌道入門する際の口入をしており、息男資矩と共に閑院宮家に近しい人物である。寛政十年（一七九八）には光格天皇の弟子として和歌添削を受けており（東山御文庫『日野資枝詠草伺御留』）、同年、光格天皇から伊勢物語伝受を相伝される（次節参照）。

一品典仁親王御点詠草

天明八年十一月廿七日入門〔日野前藤大納言資枝卿口入／廿八日誓状献上〕

竪詠草

寄道祝

〽かしこくもあふぐしるべは千世のかげさかふる松のことの葉のみち

千年ふる陰をためしにさかへゆく道をぞあふぐ松のことの葉

日野資枝と同じく三首を詠進している烏丸前大納言光祖は、寛政二年（一七九〇）時、四十五歳。烏丸光胤の男として延享三年（一七四六）に誕生した。日野資枝と同様、光格天皇を歌人として鍛錬するための天明期御内会に出座して光格歌壇の基礎作りを補佐した主要人物である。父光胤は、烏丸光栄の養子となり歌道を能くしたが、裏松固禅と同様、宝暦事件により止官・永蟄居の処分を受けて落飾、卜山と号する。赦免の後、後桜町上皇の御所に祇候して歌道の御用にあたった。[*16] 天明八年十二月二十三日には光格天皇の近習となっており、[*17] 日野資枝と同様、光格天皇に近しい人物。

五首を詠進した冷泉前大納言為泰（五十六歳）、為泰の男で二首を詠進した冷泉中納言為章（三十九歳）、為泰の孫で一首を詠進した冷泉侍従為則（十四歳）は、中世以来の伝統を継承し続けてきた和歌の家 冷泉家の者として特別な位置にあった。たとえば、宮廷歌会の出題を担当するのは、天皇以外では冷泉家と飛鳥井家のみである。[*18] 冷泉為泰・為章父子は天明期御内会のメンバーでもあり、冷泉侍従為則は、寛政五年十二月十九日には光格天皇の近習に加えられている。[*19]

二首を詠進した飛鳥井右衛門督雅威（三十三歳）も、中世以来の伝統を継承し続けてきた和歌の家 飛鳥井家の者として、冷泉家同様特別な位置にあった。光格天皇歌壇の濫觴である天明期御内会のメンバーの一人であり、寛政十年には光格天皇の弟子として和歌添削を受けており（東山御文庫『飛鳥井雅威詠草伺御留』）、光格歌壇の中枢に位置している。

三首を詠進した芝山宰相持豊（しばやまさいしょうもちとよ）（四十九歳）も、天明期御内会のメンバーの一人である。天明四年十月十九日には、光格天皇の近習となり、[20]寛政十年には光格天皇の弟子として和歌添削を受けており（東山御文庫『芝山持豊詠草伺御留』）、光格歌壇の一人として活躍した。

このように見てくると、復古的清涼殿の各間の障子和歌の詠進者として光格天皇が選出したのは、有栖川宮織仁親王以外は、いずれも光格天皇の即位時から光格天皇を歌人として鍛錬するための御内会の中心メンバーであった。当初から、その造営に能動的に関わった光格天皇にとって、自らの理想を可視化する清涼殿の障子に新たに詠み出だされる和歌は、理想的な和歌でなくてはならなかったはずで、その和歌を詠進する歌人が、光格天皇を育て、光格天皇の在位中に重用される閑院宮家、有栖川宮家、伝統的な歌道の家の冷泉家・飛鳥井家、烏丸光栄の子の日野資枝、光栄の孫の烏丸光祖、近習の芝山持豊であったことは注視しておく必要があろう。

4　御常御殿の御小座敷という空間——歌道伝受、歌会、管弦の会

これまで、公の行事や儀式が行われる復古的な紫宸殿や清涼殿に着目して、その造営に光格天皇が能動的に関わっていたことをみてきたが、最後に、日常の生活空間として造営された御常御殿（おつねごてん）に着目し、そこで光格天皇がどのような活動をしていたのかをみてみたい。ここでは特に、「御小座敷（おこざしき）」に着目する。御小座敷は「上（うえ）の間」と「下（しも）の間」の二間から成っている。寛政度内裏の常御殿を描いた図面［図2］では、「御小座敷」と墨書され

ている部分が御小座敷の「上の間」で「同」と墨書されている部分が御小座敷の「下の間」となる。大きさは「上の間」が八畳、「下の間」が十畳で、[*21] さほど広くはない空間となっている。光格天皇の日常の生活空間として造営された御常御殿の中でも、特に「剣璽の間」の東側に位置する「御小座敷」は、他者を意識しない極めて内向きの空間とされた。[*22]

光格天皇宸筆『光格天皇御日記案　寛政十年』（東山御文庫。以下、御日記案と記す）を紐解くと、御常御殿の御小座敷の間が、歌会の場、管弦の会の場としてたびたび登場する。御日記案の冒頭部分から、歌会・管弦の会に関する記事を抜き出すと以下のようになる。御小座敷に関わる部分に傍線を付す（以下同じ）。

正月元日　於小座敷上之間拝　柿本神影詠歌。供
神酒洗米等。

四日　入夜龍笛〔寛平丸〕吹始。平調、音取、
五常楽急、抜頭、慶徳等也。中宮同被

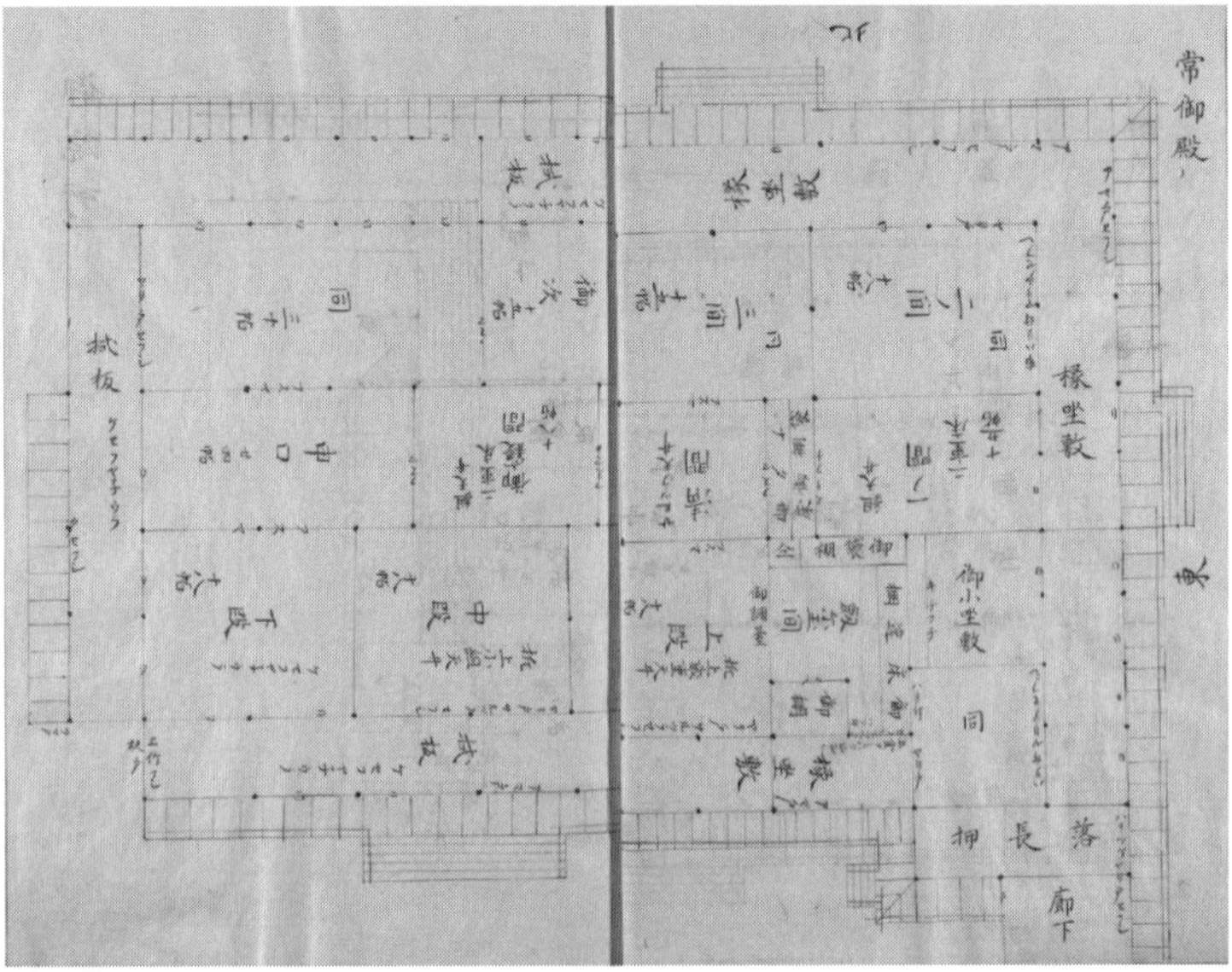

図２　寛政度常御殿　国立国会図書館『禁裏総御絵図』（請求記号 ほ -17）（DOI：10.11501/2533102）

弾比巴。

五日　是日新年詠草始也〔委注別記〕。

十三日　於小座敷有当座始〔廿首〕。委細注別記。

十五日　朝沐浴。有三社和歌法楽。曲注別記。

十八日　於小座敷有管弦

　　壹越調　　音取

　賀殿破　同急　　鳥破　同急

　春鶯囀颯踏　胡飲酒破　武得楽

　　笙　　予　聖護院宮　隆邑朝臣

　　篳篥　豊岡三位　公陳朝臣　通理朝臣

　　笛　　予　聖護院宮　園池三位

　　　　　資愛

　　比巴　聖護院宮

　　箏　　予　公説朝臣

　　太鼓　豊岡三位　隆邑朝臣

二十日　於小座敷有当座〔十首〕出題、飛鳥井中納言〔委注于別記〕。

廿二日　沐浴着直衣。於小座敷有　水無瀬宮法楽〔十首〕和歌読上。神仏所作如例。

このように、年が始まって三週間ほどの間に御小座敷で当座歌会や管弦の会などが催されているのだが、まずは、正月一日の「於小座敷上之間拝　柿本神影詠歌。供神酒洗米等」に着目したい。光格天皇は、元旦に、御小座敷の上の間で「柿本神影」に向かって歌を詠み、神酒と洗米等を供した。この「柿本神影」については、陽明文庫所蔵「安永三年五月十四日　後桜町天皇近衛内前に古今御伝授ありし時の絵図」（七　二）一枚（四四・七糎×八七・三糎）に、以下のような記事がある。

安永三年五月十四日、従
太政天皇関白太政大臣内前江
古今御伝授
以御書院為其所。当日朝、権大納言
兼胤設之。
先御床ノ天井ニ張萌木地蜀江錦、
次掛神影
人丸像画信実朝臣賛為家卿筆。

安永三年五月十四日、後桜町上皇から関白太政大臣近衛内前への古今伝受が仙洞御書院で行われたが、当日の朝、儀式の場の設営を担当した広橋兼胤は、御書院の床の天井に萌黄地の蜀江錦を張り、神影（藤原信実の描いた柿本人麿像、画賛は藤原為家）を掛けている。この信実朝臣画為家賛人丸像は、官庫に保管されていたので[*23]、光格天皇が掲げた柿本人麿の画像も、信実（のぶざね）朝臣が描き、為家卿が賛をしたものであったと考えられる。光格天皇は、一月一日に、小座敷上の間に、歌の神である柿本人麿の画像を掲げて和歌を詠み、神酒と洗米等を供したのである。
　さて、御小座敷では寛政十年九月に日野資枝に伊勢物語伝受が相伝されている。以下、御日記案より関係する部分を抜書する。

六月廿八日　当秋伊勢物語伝受于日野一位之事、仰之了。
八月十四日　当九月日野一位伊勢物語伝授之内勘文仰于陰陽頭令勧進。
　十七日　伊勢物語伝授日時清書勘文仰、来九月廿日辰刻治定之事、各仰之。
九月十五日　於小座敷講伊勢物語、日野一位為聴聞参上。
　廿日　辰刻、沐浴着直衣青単等。於小座敷伊勢物語之事伝授了。日野一位了。於申口賜盃〔勾当酌〕。

日野資枝は、九月十五日に小座敷に参上して光格天皇の伊勢物語講釈を聴聞しており、二十日には同じく小座敷で伊勢物語伝受を相伝されているのである。
　小座敷では、多くの歌会・管弦の会が催されたが、三月末日までに小座敷で行われたものを整理して示すと、以下のようになる。

　一月十三日　当座始〔二十首〕（和歌会）
　　十八日　管弦〈光格天皇、笙・笛・箏〉九名

二十日　当座〔十首〕（和歌会）
二十二日　水無瀬宮法楽〔十首〕（和歌会）
二十五日　聖廟法楽〔十五首〕（和歌会）
二十六日　管弦〈光格天皇、笙・笛・箏〉十三名
二月　五日　当座〔十首〕（和歌会）
七日　管弦〈光格天皇、笙・笛・琵琶〉十名
十三日　管弦〈光格天皇、笙・琵琶〉九名
十八日　管弦〈光格天皇、笙・琵琶〉四名
十九日　当座〔十首〕（和歌会）
三月　一日　管弦〈光格天皇、笙・笛・琵琶〉八名
三日　当座〔十首〕（和歌会）
五日　管弦〈光格天皇、笙・琵琶〉七名
三月十三日　管弦〈光格天皇、笙・琵琶〉七名
十五日　当座（和歌会）
二十二日　管弦〈光格天皇、笙・笛・琵琶〉八名
二十五日　管弦〈光格天皇、笛・琵琶〉六名
二十六日　西園寺前右大臣を召す。前右大臣、琵琶を調じ弾ず
二十八日　管弦〈光格天皇、笛・琵琶〉三名　（以下、略）

この後の四月以降も含め、寛政十年の一年間に小座敷で催された当座歌会（聖廟法楽等を含む。十名以下）は全部で五十七回、管弦の会（三〜十三名）は四十七回に及ぶ。小座敷の空間に合わせて、人数は十名前後と少なく、開催される日も決まっていない。小座敷で行われる会は、月次御会（つきなみごかい）などのように前もって決められて定例化していた会ではなく、光格天皇に選ばれた少数の歌人や楽人が、光格天皇と共に新たな和歌を詠み、楽を奏でる、内々の歌会・管弦の会であったことが知られる。

このように、光格天皇は、小座敷という他者を意識しない極めて内向きな空間で、正月一日に柿本神影を掲げて歌を詠み、伊勢物語の講釈や伝受を行い、選出した少人数のメンバーと、新たな和歌を詠んで、楽を奏でたのである。

5　御常御殿の御小座敷という空間——光格天皇のお好みと円山応挙

では、その御小座敷上の間には、どのような画が描かれていたのだろうか。国立国会図書館『禁裏総御絵図』巻一（を二—27）には、御小座敷の上の間の御床（おとこ）および御違棚（おちがいだな）に描かれた画について、以下のように記されている。

御小座敷
上間　墨画　応挙
梁苑雪

御床張付　同
御違棚　同
小襖　帛張
画〔上下各／四枚〕〔小鳥／鶏／砂子泥引〕

御小座敷の上の間（御床、御違棚）を描いたのは、内裏の障壁画絵師として初めて登用された円山応挙（まるやまおうきょ）であり、その画題は「梁苑雪（りょうえんのゆき）」で、彩色画ではなく「墨画」であったことが知られる。王昌齢（おうしょうれい）の七言絶句「梁苑」（『唐詩選』巻七）にもあるように、「梁苑」は漢代、梁の孝王が営み、多くの文人を集めて遊宴した庭園である。宮室の庭園をもいい、転じて、皇室の血統、皇族という意もある。『東洋画題綜覧』に「梁苑雪」の画題は立項されていないが、墨画でもあり、孝王の庭園の雪景色を描いたものであろうか。「梁苑雪」は、詩学書に立項されており、たとえば池田観『詩韻精英』（明治十三年刊）には、唐の詩人韋荘（いそう）の詩が用例として引かれている。唐詩を重んじた蘐園の流れを酌む南畝（なんぽ）も安永六年（一七七七）に「閑院王」（光格天皇の父典仁親王）の使者「田中氏」が江戸に来た際、別れに臨んで「梁苑雪飛授簡夕」の句を含む作詩をしているが、「梁苑雪」は宮廷の庭の意味で用いていると考えられる。

この応挙の描いた御小座敷上の間の違棚の図の制作に関して、光格天皇は、その作成時から積極的に指示をしている。

一、常御殿御小座敷御床コ違棚之図　壱枚
右先達而御普請方伺出候七枚之内、五枚者先比御返答相済、残弐枚者、いまた御返答無之候処、今日右之図被出、御恰好寸法等者伺図之通ニ而、御棚御好有之、則御草案図被出、此草案図之通ニ引改可上候、尤御達しニ相成候間、写壱通相添可申上、右被仰渡、淡路守承り、修理職へ申渡ス、

（『御指図御用記』寛政元年六月二十日）

一、昨日被仰付候常御殿御床コ違棚之義、御好通引、御扣壱紙相添、草案図とも上ル

（『御指図御用記』寛政六年六月二十一日）

寛政元年六月二十日、先だって御普請方に指令を仰いだ御小座敷上の間の御床の違棚の図について、五枚は返答があったが、残り二枚はまだ返答がなかった。今日、図を出されて、格好や寸法は伺図の通りでよいが、違い棚の図については光格天皇の御好み（指示）があり、御草案図を出されて、この草案図の通りに改めるようにとお達しがあった。翌二十一日、仰せつけられた常御殿御床の違い棚をお好み通りにして奉ったとある。光格天皇は、御小座敷上の間の作成に関して積極的に自分の意見（御好）を述べており、この空間に並々ならぬ関心があったことが知られる。

佐々木丞平・佐々木正子『円山應擧研究　研究篇』（中央公論美術出版、一九九六年）によれば、寛政度内裏で登用される前から応挙は内裏の屏風を描いていたという。光格天皇が即位した翌年に道具が新調される際、応挙は

牡丹に孔雀の屏風を依頼されたというのである。このことは、寛政度造内裏の際に提出された禁裏御用絵師の任用願にも、

安永九年新調御道具之節、始御屏風御用被
仰付、以来於　御内儀折々御用被　仰付相勤罷在候事
故石田幽汀弟子
円山主水（京都女子大学蘆庵文庫『禁中御用絵師任用願』〈三一六―一五―四二〉）

とあるので、応挙は、寛政の復古内裏造営の際に絵師として登用される以前の安永九年から、光格天皇の即位で新調された屏風を描いており、あるいは、これをきっかけに光格天皇は応挙の画について関心があったのかもしれない。

時代は下るが、弘化元年（一八四四）三月四日、小津久足（おづひさたり）が京都東山円山正阿弥（しょうあみ）での展覧会に赴く様子を描いた『志比日記（しいにっき）』の箇所に、以下のように記されている。

円山にいたれば、門の柱にそのよしかきつけて正阿弥といふにてその会あり。こは中島来章（なかじまらいしょう）といふ画工が、その師渡辺南岳（なんがく）の廿七回忌の追慕にもよほせるよし。そのちなみに円山応挙・駒井源琦（げんき）が画をはじめ、その南岳が画をもあまたかけつらねたり。応挙の画は近来の名人なることは、今さらいふも中〳〵におろかなれど、その画風のあつく深切にして、人をあざむかず、たくみのよ（世）にぬけいでたるを、われふかくこのめり。

英雄人をあざむくのたぐひは、すべてわがとらざるところ也。いはんもおそれあることながら、光格天皇・今上天皇（＊仁孝（にんこう）天皇）御ふたかたともにいたく応挙の画をこのませ給ふよし、豊岡大蔵卿殿にうけ給はれることあり。さる御あたりにもこのませ給へるにても名画はしるきを、なまさかしらにからぶり（唐風）このむなま画工が俗画也などあざけるは、かたはらいたきことぞかし。

（菱岡憲司『大才子　小津久足——伊勢商人の蔵書・国学・紀行文』中央公論新社、二〇二三年より）

「今上天皇」（仁孝天皇）は、光格天皇の皇子。豊岡大蔵卿は豊岡治資（はるすけ）（一七八九—一八五四）。久足が知遇を得た公家である。東山御文庫『光格天皇御日記案　寛政十年』によれば、治資の父「和資」（〔正三位〔豊岡〕藤和資〔三十五〕〕『公卿補任』寛政十年）は、光格天皇が主催していた小座敷での管弦の会にしばしば出座し、篳篥などを演奏しており、父子共に光格天皇に近しい。久足は、その豊岡治資から光格天皇・仁孝天皇が円山応挙の画をたいそう好んでいることを直接聴いたという。

このように、光格天皇が柿本神影を掲げて歌を詠み、伊勢物語の講釈や伝受を行い、選出した少人数のメンバーと、新たな和歌を詠んで、楽を奏でた御小座敷という空間は、その造営時から、光格天皇が並々ならぬ関心を抱いていた。その御小座敷の上の間の画が、光格天皇がたいそう好んだ絵師円山応挙の描いた「梁苑雪」（墨画）だったのである。

おわりに

以上、尚古主義・好古主義が流行していた十八世紀から十九世紀にかけての宮廷空間、特に光格天皇の時代に新たに造営された寛政度復古内裏に着目し、古典や絵巻がどのように活用されて復古的な清涼殿の障壁画が制作されたのか、また、新たな和歌や音楽が生まれる御常御殿の御小座敷という空間は、どのように造られたのかということを述べてきた。その過程で見えてきたのは、古記録や古典（文学・絵画作品）から光格天皇が理想とする平安宮内裏の復元が目指されたが、復元のための史料がない場合は、光格天皇のお好み（指示）などを踏まえて、当代に即して新規に考案されたことだ。光格天皇が新たな和歌を詠み、楽を奏でた御小座敷（新たな創造のための空間）の障壁画家としては、光格天皇が好んだとされる町絵師の円山応挙が新たに登用された。このように、十八世紀から十九世紀にかけての江戸や京都では、古典を用いた王朝復古が目指されながらも、古典を活かし、時代に即した新たな文化を取り入れた空間の再創造がなされていたのである。

注

1　東京大学史料編纂所所蔵「中御門天皇紀　編年史料　享保十七年自三月廿八日至四月七日　四」（「史料稿本」）所収。ここは、大日本史料総合データベースによる。

2　盛田帝子「解題――古典知の凝縮された『十番虫合絵巻』の魅力」（『江戸の王朝文化復興――ホノルル美術館所蔵レイン文庫『十番虫合絵巻』を読む』文学通信、二〇二二四年）、同「東都における宮廷文化再興の系譜――吉宗・宗武から景雄・季鷹・千蔭へ」（『日本文学研究ジャーナル』第二十三号、二〇二二年九月）など。

3　藤田覚『光格天皇――自身を後にし天下万民を先とし――』ミネルヴァ書房、二〇一八年）。

4 詫間直樹「裏松固禅の著作活動について――『大内裏図考証』の編集過程を中心として――」（研究代表者吉田早苗『近世公家社会における故実研究の政治的社会的意義に関する研究』（二〇〇二～二〇〇四年度　科学研究費補助金　基盤研究（B）（一般）研究成果報告書、二〇〇五年三月）。

5 歌壇史上における桜町天皇と烏丸光栄の関係については、盛田帝子「御所伝受の危機――烏丸光栄から桜町天皇へ」「近世天皇と和歌――歌道入門制度の確立と『寄道祝』歌――」（『近世雅文壇の研究――光格天皇と賀茂季鷹を中心に――』汲古書院、二〇一三年）がある。

6 注3に同じ。

7 藤岡通夫『京都御所』（中央公論美術出版、一九六七年）、島田武彦『近世復古清涼殿の研究』（思文閣出版、一九八七年）、松尾芳樹「寛政度造営における清涼殿障壁画について」（『土佐派絵画資料目録三 内裏造営粉本』京都市立芸術大学芸術教育振興会、一九九二年）、千野香織「建築の内部空間と障壁画――清涼殿の障壁画に関する考察」（『千野香織著作集』ブリュッケ、二〇一〇年）、岩間香・植松清志・谷直樹「寛政度復古清涼殿の内部空間と名所絵障子」（『建築史学』第四十四号、二〇〇五年三月）、岩間香「寛政度復古内裏における昆明地障子の復元過程――裏松固禅と土佐光貞の関与――」（『摂大人文科学』第十九号、二〇一二年二月）、田代一葉「寛政度清涼殿障子和歌と裏松固禅」（『国語と国文学』第九十七巻第十一号、二〇二〇年十一月）、田代一葉「近世中後期の堂上歌人による名所障子歌の制作について」（『近世文芸』第一一三号、二〇二一年一月）など。

8 土佐土佐守（光貞）から「絵巻物」（伴大納言絵巻）を受け取った「豊岡殿」は、安永六年十一月二十六日、十四歳で光格天皇の近習に加えられた「豊岡和資」か（「加　豊岡中務権大輔和資　十四　同　十一　廿六」（宮内庁書陵部所蔵・山科言縄『近臣便覧　延享―天保』〈壬生・201〉）。

9 注3に同じ。

10 武部敏夫「典仁親王」（国史大辞典）、『閑院宮系譜』。

11 杉本まゆ子「閑院宮和歌資料――閑院宮御会短冊を中心に――」（『書陵部紀要』第六十五号、二〇一四年三月）。

12 盛田帝子「光格天皇とその時代」「光格天皇歌壇の形成」（『近世雅文壇の研究――光格天皇と賀茂季鷹を中心に――』汲古書院、二〇一三年）。

13 光格天皇歌壇における女房歌人の活動、欣子内親王の活動については、別稿を用意している。

14 注12に同じ。

15 『織仁親王行実』（ゆまに書房、二〇一二年）、盛田帝子『天皇・親王の歌』（笠間書院、二〇一九年）。

16 武部敏夫「烏丸光胤」（国史大辞典）。

17 宮内庁書陵部『近臣便覧』（壬生―201）。

18 盛田帝子「光格天皇主催御会和歌年表――天明期編」「光格天皇主催御会和歌年表――寛政期編」「光格天皇主催御会和歌年表――享和期・文化期編」「光格天皇主催御会和歌年表――文政期編」（『大手前大学論集』十七〜二十号、二〇一六〜二〇二一年）。

19 注17に同じ。

20 注17に同じ。

21 現在の京都御所（安政度内裏）は、寛政度内裏を踏襲して造営された。現在の京都御所を写真と解説で示した『京都御所』（毎日新聞社、一九八六年）の庄司成男「図版解説」によれば、御小座敷の上の間は八畳、下の間は十畳となっている。

22 佐々木丞平「京都御所と十九世紀の京画壇」（『京都御所障壁画――御常御殿と御学問所』京都新聞社発行、二〇〇七年）。

23 『御指図御用記』（寛政元年二月十六日）に「官庫／柿本神影／讃　為家卿　画　信実朝臣」とある。

24 佐々木丞平・佐々木正子「応挙と大乗寺」（『至宝　大乗寺　円山応挙とその一門』国書刊行会、二〇二二年）。

25 宗政五十緒「真仁法親王をめぐる芸文家たち」（『日本近世文苑の研究』未来社、一九七七年）。

【付記】本稿をなすにあたり、調査、閲覧、写真掲載をお許し頂きました関係各機関に深謝申し上げます。

本研究はJSPS科研費JP20KK0006およびJSPS科研費JP21K00297、JSPS科研費JP17K02479の助成を受けたものです。

3 琉球における日本古典文化の受容

ロバート・ヒューイ Robert Huey

はじめに

少し暗い話で始まるのであるが、琉球王国の文化を考察する場合に、まずは第二次世界大戦の終わり頃の沖縄戦を考慮しなければならない。その激戦が人間的な悲惨以外に琉球王国の物質文化にも計り知れないほどひどいインパクトを与えた。結局、琉球文化の記録は大部分なくされたのである。

真境名安興と島倉竜治の『沖縄一千年史』という大正十二年(一九二三)に発行された本の中で、大正時代に『徒然草』と『和漢朗詠集』の古い写本が琉球にあったと判明したが、残念ながらその写本は沖縄戦により失われたようである。

やはり、残っている資料から推測すると十六世紀の後半までに日本の平安、鎌倉、室町時代の文学はかなり琉球に普及した様である。それに十八世紀に入ると琉球王国の僧侶や学者などインテリのうちには和歌や紀行等を日本の文語を使って書いた人も少なくなかった。その現象はどこから始まったかをこれから少し調べてみよう。それについて述べる前に、池宮正治氏、島村幸一氏の琉球王国の和文についての貴重な研究に敬意を表したい。

ここで、琉球語の表記法の出現を詳しく考察する余裕はないが、とにかく十五世紀までに琉球王国は、東アジアや東南アジアとの活発な貿易活動によっていろいろな文字と接触したと考えられる。その内に日本の仮名もあった。

1 「崇元寺下馬碑」——最初の一歩

元亀三年（一五七二）に建立された一枚の石碑にその当時の琉球の言語的又は文字的な存在が見える。「崇元寺下馬碑」というもので崇元寺の正門の前におかれた石碑である。その下馬碑に簡単な警告が一面に中国語で、多面に琉球語で書かれている——「身分にかからわず皆ここで馬からおりなさい」と。しかし、琉球語の面には実際に琉球語だけでなく琉球語と日本語が混じっている。

あんしもけすもくまにてむまからおれるへし

あんじもげすもくま**にて**むまからおれる**べし**

傍線は琉球語を示す

枠体は日本語を示す

「あんし」＝あんじ＝按司：これは琉球での社会的身分を示して、古琉球には日本の戦国時代の大名に似ている人

「けす」＝げす＝下司：これは中世日本の荘園の下司と違って、琉球では按司のすぐ下の階級

「くま」は琉球語で日本語の「ここ」に相当する

その逆に「にて」は日本語で、琉球語の「をて」に相当する

「おれる」は琉球語で日本語の「おりる」という上一段の動詞に相当する

「べし」は日本語から借りた助動詞

とにかく、言語学者によるとこの文章はその当時の琉球の口語とは違っているようである。「崇元寺下馬碑」はきれいに書かれている。このような文字の書き方は日本からの仏教の僧たちが琉球人に教えたと思われる。この時代は特に大徳寺の僧が海外に積極的に行っていた。「崇元寺下馬碑」が設立した少し後の天文三年（一五三四）に冊封使として中国から陳侃（一四八九―一五三八）という人物が琉球に行った。帰国後、琉球への使節に関する経験を『使琉球録』という記録を残した。[*1] その中に、琉球人の読み書き教育について次のように述べた。

「陪臣子弟與凡民之俊秀者則令習讀中国書以儲他日長史通事之用其餘但従倭僧学書番字」[*2]

（陪臣の子弟と、平民の優秀なものは、中国の書物を習読させて、いつの日か、長史や通事として役立てる準備をしている。

それ以外の者は、ただ日本の僧に従って番字を書くことを学ぶだけである。[*3]）

日本語族や琉球語族は両方「日琉祖語」から流れてきて共通点がいくつかあるためか、「崇元寺下馬碑」に見えるように、文字もなかった琉球語を書くために十五世紀から日本語の仮名を使うようになり始めたのである。ついに慶長十四年（一六〇九）の薩摩侵攻以降、琉球語においては「崇元寺下馬碑」の様な仮名を使って書くことをだんだん止め、その代わりに形式的な書類や外交文書に日本語の漢字仮名交じりの候文タイプな表記法を使うようになった（漢文も使ったが、それはこの論文にふれない）。とうとう琉球では**書き言葉**はほとんど語彙も文法も日本語化されつつあった（話し言葉は別である）。大事な例外もあった——例えば、「おもろ」や琉歌という琉球の伝統的な祈りや歌、又は組踊（*kumiudui*）という琉球独特な演劇では昔の琉球語を漢字仮名交じりで書く習慣を続けた。

2　文字を移入、文化も移入

口語でも書き言葉でも、ある言語は他国に移動してもその言語を生じた文化とその文化の根本的な言説を含んでいる。例えば、漢字という表記法は儒教や仏教のテキストとして、東アジアに普及し、その場合で文字もテキストの内容も影響が十分あった。同様に琉球人が仮名を習った時、和歌や物語的意識を持っている書物から習ったようである。つまり、その意識は平安王朝の思想と深く関わっていた。

十六世紀から十八世紀をかけて琉球王国のインテリは、どのような日本文学を読んだのか？　現在残っている一番古い証拠は袋中上人という京都の檀王法林寺の僧が書いた作品に見える。

慶長十四年の薩摩侵攻の少し前に袋中上人は琉球に三年間滞在した。その結果、琉球文化を理解するのに大事な二つの作品を書いた。その一つは仏教の歴史や琉球の伝統的な神話等と関係ある『琉球神道記』という作品であるが、この論文にもっと関連がある作品は『琉球往来』という本である。ここで「往来」は「ゆきき」の意味ではなく、初等教育用の本を指摘する。つまり、琉球人のための指導なのである。『琉球往来』のある部分は琉球人に向ける適切な漢文の手本として作られ、その模範は実際の手紙から引いたものと思われるが、袋中がその手紙に借名を付けたようである。手紙の内の一通は「勝列(カツレン)の某(ソレガシ)」から嶋の王子(アンジ)宛てのもので、その中にカツレン某が来る連歌会の準備をするために嶋王子が所有する最近の連歌式目、それに『古今集』『万葉集』『伊勢物語』『新古今集』と『千載集』のコピーを貸してくれないかと頼んだものであった。数行後「蹴鞠」の話も出る。[*4] 倭京から和歌と蹴鞠の専門家の飛鳥井殿が琉球まで来たと書いてある。[*5] 平安王朝文化はどれほど琉球の貴族に影響を与えたかということが、この文章でわかる。

カツレンの某の書物のリストの中で私が気になるのは『伊勢物語』である。どうしてかというと、案外琉球大学附属図書館が『浦添家本伊勢物語』の古い写本を所有するのである。この写本の余白の書き込みは連歌名人の牡丹花肖柏の『伊勢物語肖聞抄』からの注釈である。琉大所有の写本はいつごろ琉球に入ったのかは確認されていないが元禄・宝永頃だろうと推測されている。

『伊勢物語』の話題が出たので、このあとは、平安の古典をめぐる二つの問題について述べたい。まず平安の古典の言葉がどれほど琉球語に入ったかを示したいと思う。次に琉球人が書いた文学作品を見て、その平安の古典の影響を少し検討してみる。

3　琉球語辞典『混効験集』

琉球古語の最初の辞典といえるのは『混効験集』である。「効験」の根本な意味は「ききめ」であるが、この文脈に修行や修法などによるききめと解釈した方がいい。「集」はやはり集まることを示す。「混」の意味について様々な理論はある。外間守善は漢字通りで「ひとまとめ」と解釈して、「書名の意味は、効験あることばを集めてひとまとめ（混）にした集、の意らしい」と断言する。[*6] それに対し、池宮正治は「混」を「渾」と同意にして、「大きい、盛ん」と解する。「『混効験』というのは、強い、激しい、盛んなマジカル・パワーを持った言葉を意味し、『混効験集』とは結局こうしたことばを集めたものということになる。[*7]」

『混効験集』の序によれば琉球の昔の言葉が忘れられないうちに辞典を収集するようにと宝永六年（一七〇九）に尚貞王（一六四〇―一七〇九：在位一六六九〜一七〇九年）が命令した。辞典の資料として次の言語分野から引くようにと尚貞王が命じた。

1. 三代[*8]に仕えた女官が覚えていた「遺俗流風（よいならわし）」の言葉
2. 神歌（おもろ）
3. 古老の言葉

『混効験集』は尚貞王が亡くなられた後、宝永八年（一七一一）に大体完成された。王国の『おもろさうし』や琉歌、そして組踊を勉強するためには貴重な辞典である。乾巻と坤巻にわかれていて、両巻の中に言語、数量、神祇、飲食、衣服、等の門名に分類された。合計千百四十八項目もあるがその内の九十二個は重複である。特に注目すべきなのはこの辞典の千百四十八項目の内に日本語や日本文学を参考とする項目が百十個にもなっていることである。

項目のレイアウトは簡単である。まずひらがなで琉球語の言葉を載せ、それに訓読調の和文で簡単な定義を記する。それに、編集者が訓読調の和文で一、二行の説明をもしばしばつけた。この説明に標準的典拠として日本語や日本文学の作品を参照することは大体一割になってしまう。簡単な例は第五十六番である――「**すとめて** 朝の事。和詞にはつとめてと云。[*9]」

そして、日本文学の特定の作品を指摘する標準的典拠もいくつかある。例えば『源氏物語』は三十三回、『伊勢物語』は十三回指摘された。こんな短い項目だけで当時の琉球語と日本語（和詞）の音韻の違いが見える。

二つの例を見よう。一つ目は『伊勢物語』を参照している。

おきれ 火を云。「おきのゐて身をやくよりもかなしきは宮古嶋べのわかれ也けり」と。また古歌に「人をおもふ心のおき」と有。『混効験集』七一〇。[*10]

二つ目は『源氏物語』を参照している。

かね 童名の下に付る詞、たとへば太良がね、松がね之類なり。伊勢物語にむこがねと有り。[*11] 又源氏紅葉賀にも后がねと有は、后になるべき人をと有。『混効験集』九〇〇。[*12]

4　琉球人が書いた「文語」

上の証拠で見られるように琉球のエリートの内に平安時代の古典に親しむ人もいた。そして、源氏や伊勢や古今集などの古典を読みながら、琉球の作家がどのような作品を書いたのか。元文五年（一七四〇）に安仁屋賢孫（一六七六―一七四二）という人物は某の殿様と共に沖縄島の西海岸にある読谷山という町より本部[*13]まで旅をした。道の途中で出会った流れの勢いのある泉や素晴らしい滝についての感想を日記に記録したようである。『沖縄一千年史』という書物に島倉と眞境名は賢孫の紀行から短い抜粋を掲載した。残念ながら賢孫の紀行の全体は歴史の中で紛失し、この抜粋しか残っていない（題名と見出しとカタカナのルビは島倉と眞境名の転写による）。

○読谷山より本部のかた

名所旧跡詠歌の（元文五年の夏）一節

安仁屋賢孫

明日は、このところを、おん立ち、恩納（ヲンナ）において、一夜をあかし給ひぬ。これより名護（ナゴ）の駅までと、かねて行程を定めおほせ、既に御立ありて、許田（キヨダ）の方へさしかゝりたる道のほとりに、いさぎよき筧あり。これなん昔ながらの許田の手水とて、人々たちよりて、汲みけるに、

立よりて、むすばずもなし、道の辺の、

たよりにまかす、山のやりみづ。

（この道の辺りの山のやり水はいい機会と思って、皆覧に立ち寄って水を掬って飲む）[*14]

くむ人の、心もすゞし、音すみて、

名さへきよたの、山のやり水。

（手を汲んで飲んだ人の心も涼しく感じて、流れる音も澄んで、この山のやり水はやはり許田の名に従って清い）

これより數久田（スクダ）といふは、程もあらじ、とゞろきの滝を見て參れと、御先に使はされぬ、すくだの民家より、五町ばかりを南へゆきて、山の麓に滝あり、ふるき松なんど巌石にそびえて、落ちくる水のけしき、ゑもいはれず。

岩がねの、松の梢を、くゞりきて、

ながれたえせぬ、千代の滝津瀨。

（岩に植えている松の枝の間から注ぎ出て、永久に流れきれないこの滝の瀬）

布さらす、滝つふもとに、きてみれば、

てる日ながらに、雨もをやまず。[*15]

（真っ白にさらした滝のもとをきて見たら、日がまだ出ているのに雨がやまないようだ）

語り方は単純で、『伊勢物語』の東下りの部分に似ている。歌の面白さは伝統的な掛詞や古い歌語等という「興」に依る。例えば、許田（**きよ**だ）という地名を掛けて、「やりみずはやはり**きよ**いね」と遊んだ。一見して十八世紀に日本の本土に流行っていた「擬古文」の類であろうと思われるが、名所は本土の名所ではなく、琉球の名所である。つまり、賢孫は日本の古語を使って**琉球**を書いたのである。

ただし、伝統的な和歌の語彙を使いながら賢孫の言葉の意味は日本本土の歌人とは異なっていると思う。賢孫の「ながれたえせぬ千代の滝」は日本の天皇に対する賛美[*16]ではなく琉球の神々の恵に感謝を述べているのである。

同類の例であるが、およそ四十年前に識名盛命(一六五一―一七一五)という身分の高い琉球人が一年以上鹿児島に使節として滞在した。薩摩にいる間、島津家にとって大事な諏訪神社に参詣して、正確に神社の神様に祈ったが、実際に心の中に琉球の国王の繁栄のために、または我が国の貿易船が無事に進めるように祈ったと後に自分の『思出草』という日記に告白した。

わが宇留間の君の御栄えを祈奉り、かつはゆきゝの舟路しづかに、浪やはらげる末を誓ひ奉りて

みさ山の神のしめ縄くりかへしさかゆくきみが千代をいのらん

(聖なる山の神に囲まれる繰り返し繰り返して組む縄と同じように栄える国王は千代まで永らえることを祈る)

いのるより神のめぐみをうるま島かよふ舟路やのどかならまし[*17]

(私の祈りでうるま嶋〈琉球〉が神の恵みを得て、貿易船が静かな波に乗れるようにと)

一首目は何も文脈がなければ、やはり「天皇陛下万歳」という意味にも取れるが、識名盛命の詞書で、その意味が不可能になってしまう。そして、「うるま」という地名は和歌に知られていないことはないが、伝統的な和歌には、うるまは現地の人の言葉を聞いてもわからない国の暗喩として使っているようである。[*18]盛命には逆に「う

るま」は「異国・他国」ではなく、自分の故郷で、わが国である。そして神々の恵は薩摩よりも琉球に広めているのである。

結局、「再生」というのは単なる「真似」に限られていない。琉球の作家は日本の古典をどういう風に自分のものにしたかをこれからさらなる検討が必要であると思う。

注

1 『使琉球録』は総称で、明時代に冊封使は三回来琉して、皆『使琉球録』の題で記録を書いた。その内、陳侃は最初であった。

2 原田禹雄『訳注陳侃使琉球録』(榕樹書林、一九九五年)、二一四〜二一五頁。

3 原田禹雄『訳注陳侃使琉球録』(榕樹書林、一九九五年)、七十五〜七十六頁。原田の説明によるとここで「番字」は御家流の文字を指摘す。

4 **候二貴殿一連歌一会。**然者定二連衆一ヲ。速二可レ有二一巡一執筆ハ小冠等内ニ有二其人一。**頃愚拙遠二リ此ノ道一ニ歌書紛失無二其曲一。当世連歌ノ式目。古今万葉伊勢物語新古今至千載集令二恩借一本望也**(中略)**鞠一庭可レ然候。桜柳松楓四本懸ハ。惟常也。為二初春一間。松枝柳枝可レ附レ鞠ヲ**(中略)**先念倭京飛鳥井殿一族。下二着当国一ニ。**島村幸一翻刻、池宮正治／小峯和明編『古琉球をめぐる文学言説と資料学』(三弥井書店、二〇一〇年)、五十八頁。

5 京都を「倭京」と読むのが面白い。

6 外間守善『日本大百科全書』(ジャパンナレッジ、二〇二三年十月、https://japanknowledge-com.eres.library.manoa.hawaii.edu/lib/display/?kw=%E6%B7%B7%E5%8A%B9%E9%A8%93%E9%9B%86&lid=1001000093439)。

7 池宮正治『琉球古語辞典「混効験集」の研究』(南島文化叢書十七、第一書房、一九九五年)、十三頁。

8 「三代」は尚賢王、尚質王、尚貞王の在位期間：一六四一〜一七〇九年間を指摘する。

9 池宮正治『琉球古語辞典「混効験集」の研究』、六十一頁。

10 池宮正治『琉球古語辞典「混効験集」の研究』、二二〇〜二二一頁。「おきのゐて……」という歌は伊勢物語、第百十五段(浦添家本の第百十四段)。いわゆる古歌は「人をおもふ心のおきは身をぞやく煙たつとは見えぬものから」、藤原敏行『寛平御時后宮歌合』(新編国歌大観第五巻4、百六十九。古今集X、物の名、一一〇四番)。

11 『伊勢物語』、十段所出。

12 池宮正治『琉球古語辞典「混効験集」の研究』、二六七頁。「后がね」（きさきがね）という表現は今の源氏物語の「常夏」と「乙女」の巻に見えるが、「紅葉賀」の巻には見えない。『混効験集』の作者等が「后がねと有は、后になるべき人をと有」という文章を直接『源氏物語』から引いたわけではなく、『伊勢物語肖聞抄』の十段に関する評釈から引いたと思う。『続群書類従』十八に載せる『伊勢物語肖聞抄』にほとんど同じ文章が見える。『続群書類従』第十八輯下（物語部　日記部　紀行部）、巻第五一四、六九一頁。

13 読谷山：昔は「ゆんたんざ」と読んだ。今の「読谷、よみたん」というところである。「本部」は「もとぶ」と今でも読む。

14 原文に濁点はないから、この現代語訳は仮の解釈です。「たより」を「ついで・機会」として、「むすぶ」を「掬ぶ」と解釈する。

15 真境名安興、島倉竜治著『沖縄一千年史』（沖縄新民報社、一九六六年）、五六〇～五六一頁。

16 例えば、正治初度百首（正治二年）二〇〇二、讃岐（永治元年頃～健保五年頃〈一一四一？～一二一七？〉）「たけ川の水の緑の末までもながれたえせぬ君が御代かな」。

17 島村幸一、小此木敏明、屋良健一郎著『訳注琉球文学』（勉誠出版、二〇二二年）、二一二頁。

18 『千載集』六五七、藤原公任。「うるまのしまの人のここにはなたれきて、ここの人のものいふをききしらでなんあるといふころ、返ごとせぬ女につかはしける：おぼつかなうるまの島の人なれやわがことのはをしらぬがほなる。」つまり、彼女が私の恋文が何か通じない外国語を使っているように返事してくれないという文句である。公任がいう「うるまのしま」は琉球ではなく現代の韓国の鬱陵島（Ulleungdo）を指摘すると思われる。

参考文献

・池宮正治『琉球古語辞典の研究』（南島文化叢書17、第一書房、一九九五年）。
・池宮正治・小峯和明編『古琉球をめぐる文学言説と資料学』（三弥井書店、二〇一〇年）。
・島村幸一、小此木敏明、屋良健一郎著『訳注琉球文学』（勉誠出版、二〇二二年）。
・『続群書類従』第十八輯下（物語部　日記部　紀行部）、巻第五一四、「伊勢物語肖聞抄」。
・原田禹雄『訳注陳侃使琉球録』（榕樹書林、一九九五年）。
・外間守善著『おもろ語辞書：沖縄の古辞書「混効験集」』（角川書店、一九七二年）。
・真境名安興、島倉竜治著『沖縄一千年史』（沖縄新民報社、一九六六年）。

4

翻訳にみる古典の再生
——『古事記』と『日本書紀』の翻訳を中心に

アンダソヴァ・マラル
Andassova Maral

はじめに

日本最古の書物として知られる『古事記』は初めて外国語に訳されたのは十九世紀末であった。同時期に『日本書紀』の英訳、さらに、両書物のドイツ語、フランス語への翻訳も行われた。その後『日本書紀』は英語に翻訳されることはなかったのだが、『古事記』に関しては一九六八年にドナルド・フィリッパイ、二〇一四年にグスタフ・ヘルトによって新たな全訳が出されることとなる。これらの翻訳を読み進めていくと、『古事記』を理解する上での重要なキーワードをはじめ、人名、地名の示し方、語釈・注釈などが異なっていることがみえてくる。こうして〈翻訳〉とは機械的にある言語から他の言語へと言葉を置き換え、文法構造にあてはめることではなく、その時代の最良の〈学知〉を用いて異言語の言葉と文化へ位置づけ、発信していく過程であることがうかがえる。翻訳を通して、『古事記』は本来のいわば原文とは一味違った古典として〈生成〉していくことが垣間見えてくるのである。

本章において、『古事記』および『日本書紀』の英訳を中心に考察し、古典の再生というキーワードを通して〈翻訳〉の意義について考察を試みる

1　十九世紀後半における『古事記』および『日本書紀』の翻訳

①『古事記』の英訳

はじめての『古事記』の英訳が行われたのは一九八二年であった。日本は明治時代になると幕末から始まっていた近代化・西洋がより一層推進されていく。この時期に、近代的な通信・交通も発達し、鉄道のみならず外国航路も開設された。こうして開国による海外との交流が活発となり、西欧の先進技術や知識を持っていた技術者、専門家たちが「お雇い外国人」として来日するようになる。

この時期に初めて『古事記』や『日本書紀』のヨーロッパの言語、すなわち英語、ドイツ語、フランス語への翻訳が行われることとなる。海外の研究者たちがなぜこの書物に興味を持ったのだろうか。この疑問を解き明かすために、まずは、十九世紀後半のヨーロッパの時代背景および学術的背景について把握しておきたい。

十九世紀のヨーロッパは産業革命・工業革命が勢いを増す時代だった。イギリスではヴィクトリア朝（一八三七～一九〇一）で、産業革命による経済が成熟し、イギリス帝国が絶頂期を迎えていた時代ともされている。

一八六九年にチャールズ・ダーウィンが『種の起源』を出版し、当時主流だった創造論、すなわち神という万能な存在がすべての生物を創造したという考え方に対して進化論という概念を打ち立てた。すなわち、すべての生命は生存競争を通して環境に適応して変化した結果、今の状態があるとする主張である。[*1] キリスト教的な考え方が主流だった当時の時代において、この主張は大きな議論を呼び、批判も激しかっただろう。進化論は科学の近代化に大きく貢献し、神話、宗教、文化の近代的な研究の先駆けとなったといえる。

大航海時代が始まった十五世紀以降は、ヨーロッパへキリスト教とは異なった神話、儀礼、習俗が報告されるようになる。[*2] さらに、十八世紀から十九世紀にかけて、「古代」の文明、宗教への関心が高まり、例えば、古代エジプトのヒエログリフやゾロアスター教のアヴェスターなどの翻訳・解読が行われる。[*3]

こうした中で比較神話学、宗教学という近代的な学問が成立する。その代表者となったのはエドワード・タイラーとマックス・ミュラーであった。宗教学の祖とされるエドワード・タイラーだが、チャールズ・ダーウィンの進化論に基づいて、すべての物や自然現象に霊魂が宿るとするアニミズムを宗教の初期段階のものとして位置づけ、人間の思考が様々な段階を踏んで神話的な解釈から科学的な考察へ進歩したと主張した。[*4]

マックス・ミュラーは当時研究が進展していたインド・ヨーロッパ語族の比較言語学の手法を神話研究に用いて、比較神話学を成立させた。[*5] ミュラーは神話を「言語疾病」ととらえ、抽象的表現が発達しなかったため、自然現象などは意志を持つ神のような存在として認識されるようになったことによって神話が生成したと位置づけた。この時期に、マックス・ミュラーよって仏教、ジャイナ教、道教、イスラームなどアジアの諸宗教の聖典を英訳した『東洋聖典集』(*Sacred Books of the East*、全五十巻)が出版されることになる。すなわち、キリスト教以外の宗教、文化へ関心が向けられ、その書物は〈Sacred Books〉として注目されるようになっていくのである。[*6]

ヨーロッパの学術世界の最先端を走っていたミュラーとタイラーの影響によって『古事記』の英訳を思い立ったもう一人のイギリス人がいた。初めて『古事記』の完訳を行ったチェンバレンであった。次節においてこの人物に注目し、考察をすすめる。

②チェンバレンによる『古事記』の英訳

バジル・ホール・チェンバレン（Basil Hall Chamberlain、一八五〇―一九三五）はイギリスに生まれ、一八七四年から一八八二年まで東京の海軍兵学寮で英語を教え、一八八六年からは東京帝国大学の外国人教師となった。著作には『日本事物誌』（*Things Japanese*、1890）など日本の文化、宗教を海外へ紹介する多くの書物があるが、もっとも有名なのは『古事記』の英語への全訳（*Kojiki, or Records of Ancient Matters*、一八八二年）といえるだろう。

前節で述べた通り、チェンバレンが『古事記』に興味を持つようになったのには、神話学者たちの影響があった。チェンバレンはミュラーと交流を持っており、同時代の日本の研究者でもあったアーネスト・サトウの書簡やアストンに宛てた手紙の分析から、チェンバレンは『古事記』を翻訳中だったころにオックスフォードでミュラーのところに滞在していたことが明らかになっている。[*7] すなわち、アジアの諸宗教の書に関心が高まっているという学術的背景においてチェンバレンは『古事記』の英訳を始めたと理解できるのである。

では、チェンバレン自身は『古事記』を英語へ訳す動機についてどのように語っているのだろうか、英訳『古事記』の序文を取り上げてみたい。

All that has yet appeared in any European language does not, however, amount to one-twentieth part of the whole, and the most erroneous views of the style and scope of the book and its contents have found their way into popular works on Japan. It is hoped that the true nature of the book, and also the true nature of the traditions, customs, and ideas of the Early Japanese, will be made clearer by the present translation the object of which is to give the entire work in a continuous English version, and thus to furnish the European student with a text to quote from, or at least to use as a guide in consulting the original.

(Basil Hall Chamberlain. *Introduction, Kojiki: Records of Ancient Matters*. Turtle Publishing, 2012)

このチェンバレンの文章を日本語でまとめると次の通りとなる。ヨーロッパの言語で著された『古事記』関連の研究は全体の二十分の一にさえ達しない。そして、ヨーロッパ研究においては『古事記』の文体、意図、内容に関する誤った見解がみられる。チェンバレンは『古事記』の全訳を行う事で、『古事記』の正確な本質および古代日本人の真の伝統、習慣と思想（考え）を明確化できることを願っている。本翻訳の目的は『古事記』の全貌を英語バージョンによって提供することである。こうして、ヨーロッパの学者がこの英訳を引用したり、あるいは原典を読むときの参照本として用いたりすることができるようになると述べている。

上記の記述をみると、チェンバレンの『古事記』を英訳する大きな目的はヨーロッパの学術世界に情報を提供することであったことがみてとれる。

ここで the true nature of the traditions, customs, and ideas of the Early Japanese と書いているところが注目されよう。序文では、十二世紀の間にわたる日本における文学のいとなみにおいて、もっとも重要なのは七一二年に成立した『古事記』と呼ばれる遺物であると述べている。なぜなら、『古事記』こそは、他の書物よりも忠実に古代日本の神話、作法、言葉（言語）、伝統、思想などを保存しているからであるとする。[*8] このことは数多くある日本文学の作品から『古事記』を選んだ理由であったことがうかがえる。

英訳『古事記』の序文はいくつかの部分から成り立っており、それはI. The Text and its Authenticity, Together with Bibliographical Notes, II. Methods of Translation, III. The Chronicles of Japan, IV. Manners and Customs of the Early Japanese, V. Religious and Political Ideas of the Early Japanese, Beginnings of the Japanese Nation, and Credibility of the National Records（I．テキストとその信憑性（信頼性）、書誌学的な覚書、II．翻訳の方法、III．日本の年代記、IV．上代日本人の作法と習慣、V．上代日本人の宗教的および政治的思想、日本国家の始まりおよび国家記録の信頼性）である。その「IV. Manners and Customs of the Early Japanese」というところでは、チェンバレンは古代日本の住宅（建築）、食事、服装、宝石、動物、食物、金属、彩色、家族構成について詳細に述べている。この事柄の情報源は『古事記』の記述であったことがうかがえる。すなわち、当時において日本はヨーロッパに開国したばかりの時期であり、古代日本に関する情報がきわめて少なかっただろう。そうしたなか、チェンバレンは古代日本そのものを知るための材料として『古事記』を用いたことがみてとれる。

③チェンバレンの英訳『古事記』の特徴

つづいて、チェンバレンの英訳『古事記』が持ついくつかの特徴について取り上げてみたい。まず注目されるのは、固有名詞の扱いである。チェンバレンは固有名詞、すなわち神名、地名を英語に意訳しているが、注では日本語のよみを示している。例えば、高天の原はthe Plain of High Heaven、葦原中国はthe Central Land of Reed-Plains、アマテラスはthe Heaven-Shining-Great-August-Deity、スサノヲはHis Brave-Swift-impetuous-Male-

Augustness などと訳している。この訳名は二十世紀の『古事記』の翻訳者となったフィリッパイから「英語として耳遠い、異様な名称」と批判されることとなる。[*9] チェンバレンは原文を忠実に直訳する翻訳態度を貫いており、その文体は英語話者に「ぎこちない」ものとして受け止められたようである。

次の特徴としてあげられるのは『古事記』にみる性交にかかわる場面の翻訳である。例えば、イザナキとイザナミの聖婚の場面だが、イザナキはイザナミに「お前の体はどのようにできているか」と聞き、イザナミは「私の体は、出来上がっていて出来きらないところ一か所ある」と答える場面がある。それに対してイザナキは「私の体は、出来上がっていて出来すぎたところ一か所ある。だから、この私の出来すぎたところで、お前の体の出来きらないところを刺し塞ぎ、国を生もうと思う。生むことはどうか」と言う。『古事記』では、この場面は一時一音で表記され、まさに聖婚に挑む二神の儀礼的かつ呪的な言葉の掛け合いの場面であるが、チェンバレンはこの会話を英語に訳さず、ラテン語で示している。以下ではこの場面のチェンバレンの翻訳を掲載する。

> Having descended from Heaven onto this island, they saw to the erection of an heavenly august pillar, they saw to the erection of an hall of eight fathoms. Tunc quæsivit [Augustus Mas-Qui-Invitat] a minore sorore Augustâ Feminâ-Qui-Invitat: "Tuum corpus quo in modo factum est?" Respondit dicens: "Meum corpus crescens crevit, sed est una pars quæ non crevit continua." Tunc dixit Augustus Mas-Qui-Invitat: "Meum corpus crescens crevit, sed est una pars quæ crevit superflua. Ergo an bonum erit ut hanc corporis mei partem quæ crevit, superflua in tui corporis partem quæ non crevit continua inseram, et regiones procreem?" Augusta Femina-Quæ-Invitat respondit dicens: "Bonum erit."
>
> (Basil Hall Chamberlain. *Introduction, Kojiki: Records of Ancient Matters.* Turtle Publishing, 2012)

この引用文をみると、イザナキ・イザナミは高天原から降り、天の三柱を巡ったところまでは英語で示されるが、イザナキとイザナミがかわす会話およびその結婚する様子はラテン語で示されている。ヒルコを葦船に入れて流し捨てたところからは再び英語の文章に戻っているのである。

このことに関してチェンバレンは序文においては次のように説明を加えている。

The only portions of the text which, from obvious reasons, refuse to lend themselves to translation into English after this fashion are the indecent portions.

(Basil Hall Chamberlain. *Introduction, Kojiki: Records of Ancient Matters.* Turtle Publishing, 2012)

その性質がゆえに、英語への翻訳を断った『古事記』の部分とは、下品な部分であると述べている。だが、ラテン語は rigidly literal、すなわち固く直写的であることから、この部分はラテン語で示して問題ないだろうと考えられたと記している。

次節において、同時代に行われたアストンによる『日本書紀』の英訳にも触れるが、アストンもチェンバレンと同様に、性交を語る場面を英語に訳さず、ラテン語で示していることは興味深い。すなわち、これは翻訳者個人のこだわりではなく、チェンバレンやアストンが背負っていた文化的な特色だったことを示唆する。平藤喜久子はこうした表現は禁欲的なヴィクトリア朝の道徳観の影響とみているのである。[*10]

こうして翻訳者が担う文化的な背景は重要であることが見えてくる。他言語で著されたものを母国語に訳すとなると、いくら学術世界を相手にしているとはいえ、自らの文化の文脈に位置づけなおすことが求められてくる。このように〈翻訳〉とは単にその言語へ技術的に置き換えることではなく、翻訳を行う者の文化背景、その時代の状況などを取り込んだ形で行われていることがみえてくる。すなわち、『古事記』および『日本書紀』といった古典がヴィクトリア朝の英語への翻訳をとおして、新たに〈生成〉しているといえるのである。

ここでチェンバレンが英訳を行った際のもう一つ大事なポイントが見えてくるだろう。ヴィクトリア朝の道徳観に加え、キリスト教が大多数をしめる社会における〈神〉の概念である。八百万の神が活躍する『古事記』と直面したチェンバレンは「神」という概念をどのように捉えたのだろうか。チェンバレンはこの言葉の英訳には苦労したことが序文に示されている。

> Of all the words for which it is hard to find a suitable English equivalent, *Kami* is the hardest. Indeed there is no English word which renders it with any near approach to exactness. If therefore it is here rendered by the word "deity" ("deity" being preferred to "god" because it includes superior beings of both sexes), it must be clearly understood that the word "deity" is taken in a sense not sanctioned by any English dictionary; for *kami*, and "deity" or "god," only correspond to each other in a very rough manner. The proper meaning of the word "*kami*" is "top," or "above"; and it is still constantly so used.
>
> (Basil Hall Chamberlain. *Introduction, Kojiki: Records of Ancient Matters*. Tuttle Publishing, 2012)

ここでチェンバレンは、英語でぴったりあてはまる訳語を見出せるもっとも難しい言葉とは *Kami* であると指摘している。実際に（本当に）この言葉を正確に伝えられる英語の言葉がないとし、"deity"は両性の超自然的存在を含意するため"god"よりはよいのだが、ここで"deity"という言葉で翻訳したとしても、それはどの英語の辞書も認めない意味で用いられていることは大前提であるとしている。*Kami*という言葉は"deity" or "god,"に該当するととらえるのはとてもおおざっぱな理解である。"*kami*"という言葉の本来の意味は"top（上）"であり、今でもその意味で用いられているとする。

さらに、西洋と日本の神に対する感性の違いについて触れ、西洋人が神という言葉を理解する上で大切な心掛けが必要であると述べている。日本の「神」という言葉によってヨーロッパ人の心に生み出されるのと同じ畏敬の念の印象を受け取れないとしている。したがって、「to translate the Japanese term *Kami* we must, so to speak, bring it down from the heights to which Western thought has raised it」、すなわち、日本語の「神」という言葉を翻訳するためには、まずは西洋思想が神という概念を引き上げた高さからそれを降ろさなければならないと述べる。[*11] すなわち、日本の〈神〉という概念はヨーロッパで定着している神の概念に当てはまらないというのである。

ここでチェンバレンは『古事記』の神という概念とキリスト教の神という概念を対比させながら、ヨーロッパの文脈に位置付けている試みがみえてくる。このことからも、翻訳とはその書物の異言語による機械的な再現ではなく、その国の特色を意識した上で、その文化、思想における〈再創造〉であることがみえてくる。

チェンバレンが「神」の概念にこだわったのには重要な背景がある。明治時代の日本は仏教が排除され、神道こそ日本の精神だと主張され、国家神道と呼ばれる体系が成立する時代だった。[*12] この時期に古事記や日本書紀を翻訳した外国人たちは神道に大きな興味を持っていた。[*13] 一九〇二年にアストンによって「*Shinto, the ancient religion of Japan*」が出版され、一九〇五年に「*Shinto:the Way of the Gods*」という書物が出される。その当時のヨーロッパの学者たちは日本の〈宗教〉として神道をとらえ、『古事記』や『日本書紀』、『祝詞』などを神道の書として理解していたことがみてとれる。

チェンバレンは『古事記』について「これはときどき日本人の聖書であるといわれる。なぜならこの本の中には日本国民の神話やもっとも古い歴史が書かれているからである。しかし、この本は道徳的・宗教的な教えを含んでいない」と述べていることが注目される。[*14] すなわち、日本の「神」という概念はヨーロッパで定着しているのと異なると同じように、『古事記』もキリスト教の聖書と異なっていると述べる。チェンバレンはキリスト教文化的背景を有している人たちが共有する概念を用いて『古事記』の宗教性を位置付けているといえる。

古事記の宗教性を論じる上で、チェンバレンの大事な姿勢はヨーロッパの近代的な学問を背負っていることであった。英語翻訳の基盤には日本の国学者たちの研究があったことは多くの先行研究に指摘されている。[*15] しかし、チェンバレンは本居宣長と平田篤胤のとらえ方とは根本的に異なる点がある。

宣長は『日本書紀』を「漢意（カラゴコロ）」に汚染された書物としたのに対して、『古事記』は儒教や仏教が伝来する以前の「古へ」から伝えられてきた「上ッ代の清らかなる正実（マコト）」、「上ッ代の古語（フルコト）」がそのままのこっている日本の真の姿、古の姿がみてとれるとした。[*16] チェンバレンはこうした宣長の態度を意図的に中国の影響を無視すると批判し、本居宣長と平田篤胤を「narrowly patriotic native writers」、すなわち狭く愛国的な学者であると批判する。

中国の影響の痕跡は多くはないが、確実なものであり、例えばイザナキの目からアマテラスとツクヨミが生まれる神話は中国の盤古の神話とほとんど変わらず、また、イザナギは桃の実でヨモツシコメを撃退する神話も、ほぼ確実に中国の情報源に依拠していと述べる。[*17] こうして、本居宣長、平田篤胤の国学者の研究を多く参照し高く評価している一方で、中国による影響を認めるなど批判的にとらえている学術的態度がみてとれる。

このようにチェンバレンの『古事記』の英訳は十九世紀の最先端の神話学、宗教学の影響を受け、当時のイギリスの時代的状況を意識し、その文脈に位置付けられる形で行われたことがみえてきた。さらに、日本の国学者たちの研究を批判的に取り入れるという近代的なヨーロッパの学問の手法を背負っていることもみてとれた。チェンバレンの英訳『古事記』は英語話者の世界に向けられた『古事記』の〈再創造〉だったのではないだろうか。この『古事記』の英訳は日本を知る糸口として欧米に受け入れられたに違いない。例えば、小泉八雲と改名したアイルランド出身の記者、日本研究者のラフカディオ・ハーンはチェンバレンの英訳『古事記』を読み、はじめて日本に興味を持ったことが知られている。

④『日本書紀』の英訳

ウィリアム・ジョージ・アストン（William George Aston、1841-1911）は英国の外交官および著名な日本研究者である。アストンはアイルランドのロンドンデリーで生まれ、クイーンズ大学ベルファスト校で言語学や文学を学んだ。一八六四年にイギリス領事官に勤務の日本語の通訳生として来日した。日本に滞在していた間は日本文化の研究を行い、*Shinto,the ancient religion of Japan*（1907）など多くの著作をあらわしている。『日本書紀』の英語への全訳（*Nihongi: Chronicles of Japan From the Earliest Times to A D 69,1896*）も行っている。

アストンによる『日本書紀』の英訳はチェンバレンの『古事記』の英訳と多くの共通点を有している。アストンはチェンバレンと同様に『日本書紀』を日本を理解するための材料ととらえ、ヨーロッパの学会へ情報提供することを目的とした。

また、前節でも触れたが、性交に関わる表現、例えばイザナキとイザナミの聖婚にみるような会話などは英語に翻訳せずラテン語で記す形をとっている。この点もアストンとチェンバレンの背景に有していた社会、すなわちヴィクトリア朝イギリスの道徳観を時代の特徴として読み取ることができる。*18

アストンとチェンバレンの学術的態度が共通している点はその国学者たちの研究への評価にもみることができる。アストンは『日本書紀』の英訳の序文において次のように述べている。

Amongst native Japanese writers the chief authorities have been the famous scholars Motoori and Hirata. Their religious ant patriotic prejudices often lead them to take views from which a European reader is forced to dissent, but no Western scholar can hope to rival or even to approach their vast erudition, clothed as it is in an easy and graceful style, undisfigured by pedantry.

(Nihongi, chronicles of Japan from the earliest times to A.D. 697: William George Aston,Internet Archive)

日本人の研究者の中で、主な権威は有名な学者である本居宣長と平田篤胤であるが、彼らの宗教的で愛国的な偏見にはヨーロッパの読者が異議を唱えることを余儀なくされると指摘する。しかし、西洋の学者は、彼らの広大な学識に匹敵したり、近づいたりすることさえできないのだろうと述べる。

こうしてアストンはチェンバレンの『古事記』研究の影響を受けつつ、本居宣長と平田篤胤の研究を批判的にとらえる態度を示す。十九世紀のヨーロッパの近代的な研究方法を受け継いでいることがみてとれるのである。

⑤『古事記』と『日本書紀』のドイツ語訳

本節では、明治期に行われた『古事記』および『日本書紀』のドイツ語訳に関してみていきたい。カール・フローレンツ（Karl Florenz、一八六五―一九三九）はライプツィヒ大学でドイツ語学、比較言語学、東洋諸言語を学び、日本に関心をもつようになる。博士取得後にベルリン大学で研究を続けるが、一八八八年に日本政府の招聘により来日した。一八八九年から一九一四年までにドイツ文学とドイツ語を教えていた。その間に日本文化・文学の研究を進め、『日本文学史』（*Geschichte der japanischen Litteratur*, 1906）などの書物を著している。

フローレンツは一九〇一年に『日本書紀』の神代巻の翻訳を行う。帰国後の一九一九年に『古事記 *Kojiki*』（序文、神代、地上の王たち）、『日本書紀 *Nihongi*』（神代巻一、巻二、地上の王たち）、『古語拾遺』（神代、王の時代）を翻訳している。この書物のドイツ語訳は仏典やリグ・ヴェーダといった古代宗教の聖典の宗教史の資料集に神道の資料としてドイツのゲッティンゲンで刊行されることとなった神道の資料として刊行された。カール・フローレンツのドイツ語訳は日本の国学者の本居宣長と平田篤胤の研究を部分的に参照し、チェンバレンとアストンの影響も受けている。[*19]

このように古代の神話や宗教に関心が示されるという十九世紀の学者たちは『古事記』や『日本書紀』を神道の書として認識していたことがみえてくるのである。

⑥『古事記』と『日本書紀』のフランス語訳

レオン・ド・ロニー（Léon de Rosny、一八三七―一九一四）はフランスの言語学者、日本学者、フランスの日本研究の第一人者であった。一八三七年のフランスのロースに生まれ、大学で中国語を学んだが、後に独学で日本語も習得した。初めて開講された日本語講座の日本語教師だった。

一八八三年にレオン・ド・ロニーによって『古事記上巻』（*Koziki* Memorial de l'antiquité Japonaise: Fragments relatifs a la théogénie du Nippon）のフランス語への部分訳が刊行され、一八八四年に『日本書紀第一巻』（*Kamiyo-no maki*）の翻訳（部分訳）は刊行された。

またその原文の扱いが極めて特異であったことが知られている。ロニーは『古事記』の冒頭部に対してハングル（神字）、ローマ字、デーヴァナーガリー文字で読み下しを付け、さらにフランス語および漢文の語釈・注釈をしている。[20] ロニーは『古事記』、『日本書紀』、『旧事紀』を神道の聖書（バイブル）としてとらえ、国学者の本居宣長、平田篤胤の影響を強く受けている。

平藤喜久子は、ロニーはフランス語訳において「想像の古事記、日本書紀を作り出した」としている。[21] だが、その翻訳はその時代の求めに応じて東洋の神秘性をアピールし、まさに聖なる書として『古事記』と『日本書紀』を取り扱おうとしたのではないだろうか。独自な翻訳・注釈することで新たな〈古典〉を創造したともとらえることができる。これも〈翻訳〉にみる〈古典の生成〉のもう一つの形ではないだろうか。批判的考察という近代の学問が必要とする点にかけていたため、その翻訳が後世において評価されず、今までのフランスの日本学者によって活用されていないという結果を導いたのだろう。[22] この点はチェンバレンやアストンの研究と異なる点である。

2　二十世紀後半における『古事記』の翻訳

①普遍的な神話概念

前章で見てきた通り、十九世紀の学問は進化論の影響を強く受けていた。マックス・ミュラーは神話を「言語疾病」ととらえ、タイラーは神話をアニミズムという宗教が進化していく一つの段階に属するものと位置付けた。

しかし、二十世紀後半に入ると、こうした神話に関する研究方法が変わっていく。例えば、カール・ユングは心理学と神話研究を結び付け、すべての人間は生まれながらの心理的な力を無意識に共有するとし、これを普遍的に存在する〈元型〉ととらえた。この元型が表現された一つの形態が神話だと論じた。

さらに、人類学における構造主義の祖とされるクロード・レヴィ＝ストロースは神話や伝説といった物語が持つ基本的な構造を抽出し、その構造を成り立たせる要素は相互に作用し合う中で意味づけされていくという分析方法を提示した。この方法は特定の文化や社会現象にこだわらない、普遍的な構造を解明しようとしたのである。[*23]

こうして、国、民族、言語、時代、文化の違いを問わない、普遍的な形での神話という概念が成立してきたのである。そういった時代の文脈の中で、新たな『古事記』の全訳が刊行されることとなる。次節において、その詳細についてみていく。

②フィリッパイによる『古事記』の英訳

ドナルド・L・フィリッパイ（Donald L. Philippi、一九三〇―一九九三）は日本語とアイヌ語の翻訳家、音楽家である。

ロサンゼルスで生まれたフィリッパイは、南カリフォルニア大学で学び、一九五七年にフルブライト奨学金を受けて国学院大学に留学した。『古事記』の英訳（*Kojiki*. Donald L. Philippi.University of Tokyo Press, 1968）の他にアイヌの叙事詩（ユカラ）などの翻訳である『*Songs of Gods, Songs of Humans*』を出版している。

フィリッパイの英訳は一九五九年八月からスタートしたのだが、ロックフェラー財団の援助の下に国学院大学がスポンサーとなり実現した。『古事記』はチェンバレンによって翻訳されていたのに、なぜ新しい英訳が必要となったのだろうか。フィリッパイは次のように説明を行っている。

脚注の随所に宣長説、平田説、守部説が、批判的に、または尤もらしく引用され、云々されているのを見ると、このチェンバレンの訳業の時代的性格がかわるのであって、明治10代の学問の状態を反映したものとして高い歴史的価値はあるが、ほぼ80年を経た現代の観点から見て、残念な欠点が多いことは、やむを得ないといえよう。

（D・L・フィリッパイ「古事記の海外紹介について」『国学院雑誌』一九六一年八月）

すなわち、チェンバレンの翻訳の基礎となったのは本居宣長、平田篤胤などの江戸時代の国学者の業績であった。その後の研究成果を反映させる必要があったので、新たな翻訳に挑んだという。

この姿勢はフィリッパイによる英訳『古事記』の序文からもみてとることができる。序文において、『古事記』の原典資料となった帝紀と旧事、諸写本に関して、最新の研究成果を紹介し、『日本書紀』との比較も行っている。さらに、日本の研究書のみならず、英語でかかれた文献も読者に勧めるなど、多くの資料を把握していることがみてとれる。

その中でも音韻学の成果を重要視していることがうかがえる。英訳『古事記』の序文の章「the archaic japanese language, writing systems in early japan」において、上代日本語 archaic Japanese の構造や音韻構造 phonemic structure の特徴について、現代の日本語と比較しながら表で示している。[*24]

上代日本語の発音や英訳におけるその正確な表現・表示にこだわった大きな理由はチェンバレンの固有名詞の英訳への不満だった。「古事記の海外紹介について」においてフィリッパイは、チェンバレンの人名・地名は「英語として耳遠い、異様な名称」と批判し、自らの英訳では上代日本語の特殊な音韻構成を反映する書き方を採用したと述べている。[*25] 例えば、オホクニヌシは Opokuninushi というように示している。

チェンバレンは固有名詞のみならず、英語の文体そのものが「原文に忠実な直訳風の文体」であり、「直訳主義を熟考しているというよりも、盲目的な原文再現主義に陥っている」と批判する。特に詩的表現に関して、機械的に訳語を決めていたことがみられ、「目をおおいたくなるくらい奇怪千万な訳になって」いると批判している。フィリッパイは『古事記』の新訳においては、音韻学、国文学、文献批判などの領域の成果を踏まえ、「現代の読者及び研究者の必要を満たす」再翻訳を試みたのである。[*26]

フィリッパイは『古事記』は日本に残っている最古の書物であり、その価値は極めて大きいと指摘した上で次のように述べている。

In short, it is hoped that this book will serve not only as a translation of Japan's oldest extant book but also as an introduction to the history, genealogy, social structure, mythology, language, and literature of early Japan.

(Donald L. Philippi. *Kojiki*. Donald L. Philippi. University of Tokyo Press, 1968)

最古の書物である『古事記』の英訳であると同時に、上代日本の歴史、系譜学、社会構造、神話学、言語学と文学へのイントロダクションにもなるだろうと述べている。この背景に第二次世界大戦の後、音韻学、国文学、神話学、民俗学、文献批判、考古学などの諸学問の側から『古事記』が積極的に研究され、その成果が世に発表されてきていたことがあるだろう。

チェンバレンは『古事記』を英訳した際に、日本の古代の習俗、習慣、作法や歴史などを知ることができる書物とし、日本古代の住宅（建築）、食事、服装、宝石、動物、食物、金属、彩色、家族構成などについて『古事記』の記述から読み取っていた。開国したばかり日本に関する情報提供を目的としていたチェンバレンは『古事記』そのものを情報源としていたのである。

それに対してフィリッパイの『古事記』の英訳は多くの学問が発展してきたところで、その成果を反映させる形で行われ、『古事記』を古代人の生活そのものを知るための書物としてではなく、上代日本の歴史、系譜学、社会構造、神話学、言語学と文学といった様々な分野への入口となれる書物ととらえた。『古事記』から上代の多くの学問分野へとつなげていけるのだというメッセージが込められていることがうかがえる。

フィリッパイの英訳は極めて忠実に英語および日本語の研究書が踏まえられ、注釈の量が非常に多い。また、『古事記』の理解にかかわる重要なキーワードに関して、その解釈に関する多くの説を提示しながら、詳しい説明を施している。このことからもこの翻訳は学術世界を読み手として想定していることがうかがえる。

さらに、チェンバレン訳が性交にふれる部分をラテン語に翻訳していたことに関して、フィリッパイは「かくして、古事記は、現在でもある種類の人々の間でいわゆるわいせつ文学の標本かの如く考えられているのを見る」

と述べていることは興味深い。[*27] チェンバレンは十九世紀イギリスの禁欲的な道徳観に応じて表現していたことが、二十世紀後半になると、妙なこととしてとらえられたことがみてとれる。フィリッパイはチェンバレンとは異なる時代の文脈において『古事記』の英訳をし、二十世紀後半の文化背景を踏まえて最新の学問の成果を反映させた新たな『古事記』の翻訳を生成したとみることができる。

3　二十一世紀における『古事記』の翻訳

①グスタフ・ヘルトによる『古事記』の英訳

フィリッパイに次ぐ『古事記』の全訳は二〇一四年にグスタフ・ヘルトによって行われた。ヘルトは二〇〇〇年にコロンビア大学（Columbia University in the City of New York）で博士の学位を取得し、現在はバージニア大学（University of Virginia）で日本文学の准教授として仕事している。

ヘルトによる翻訳「Gustav Heldt. The Kojiki: *an account of ancient matters*, Columbia University, 2014」は現代アメリカの大学生を対象としたテキストシリーズの一つとして出版された。[*28] 学生を対象としていることはこの『古事記』の英訳を特徴づけたといえるだろう。

ヘルトによる英訳では固有名詞、すなわち神名・地名はほとんど全部英語に意訳されている。例えば、アマテラスは the great and mighty spirit Heaven Shining、スサノヲは Reckless Rushing Raging Man、オホクニヌシは the spirit Great Land Master、伊勢は Sacred Streams、出雲は Billowing Clouds などと訳されている。

ヘルトは英訳『古事記』の序文において、初めて『古事記』を読む人にとって馴染みやすい文章にすることを目的としたので、固有名詞を英語に訳したと説明している。[*29] このことから、読み手として大学生、あるいは日本文化に馴染みのない人が想定されていることでみてとれよう。

それに加えて、ヘルトの英訳『古事記』では脚注や説明文は省かれていることが大きな特徴であるともいえる。チェンバレンとフィリッパイは多くの語釈・注釈を載せ、図1から確認できるように、そのページにおいて脚注は三分の二を占めるなどその割合は大きい【図1・2】。それに対して、ヘルトの英訳は脚注がなく、訳文だけが

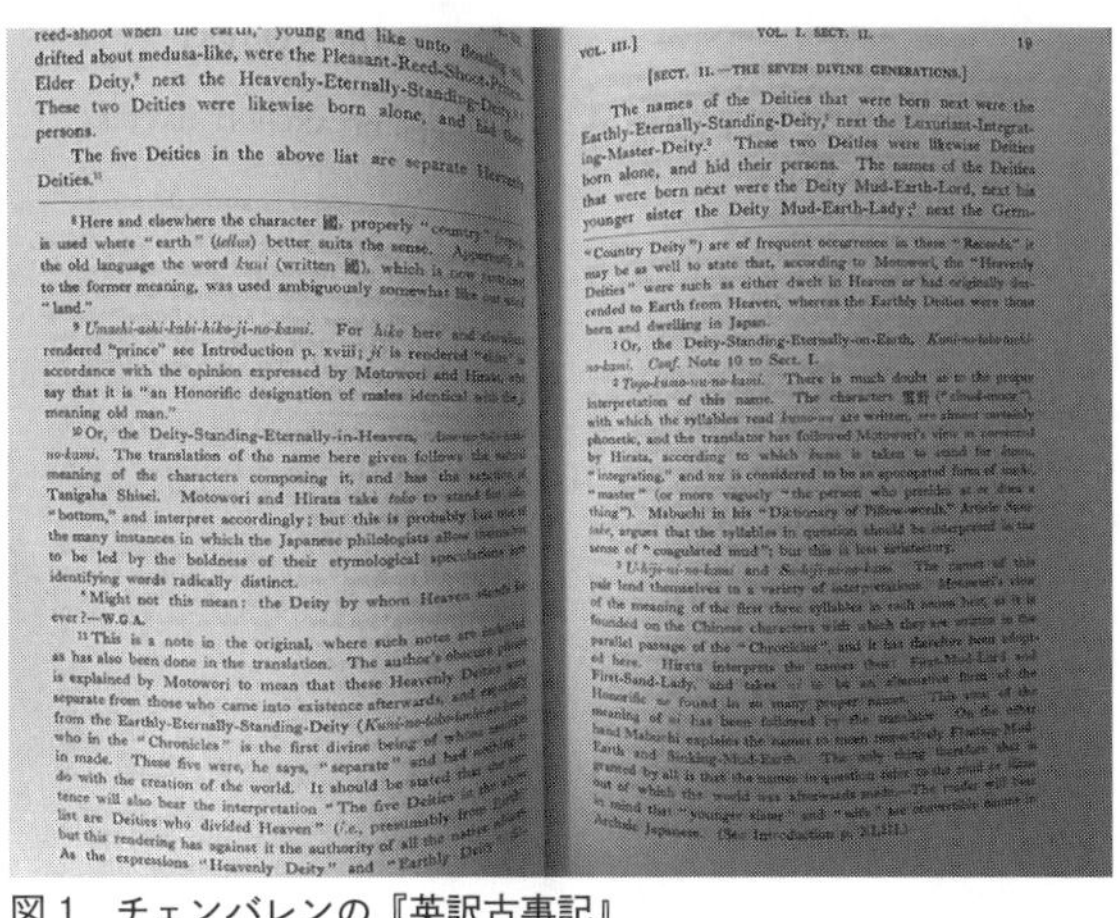

reed-shoot when the earth, young and like unto floating [illegible] drifted about medusa-like, were the Pleasant-Reed-Shoot-Prince-Elder Deity,[8] next the Heavenly-Eternally-Standing-Deity.[9] These two Deities were likewise born alone, and hid their persons.

The five Deities in the above list are separate Heavenly Deities.[11]

[8] Here and elsewhere the character 國, properly "country" [illegible] is used where "earth" (*tellus*) better suits the sense. Apparently [illegible] the old language the word *kuni* (written 國), which is now restricted to the former meaning, was used ambiguously somewhat like our word "land."

[9] *Umashi-ashi-kabi-hiko-ji-no-kami*. For *hiko* here and elsewhere rendered "prince" see Introduction p. xviii; *ji* is rendered "elder" in accordance with the opinion expressed by Motowori and Hirata, who say that it is "an Honorific designation of males identical with the [illegible] meaning old man."

[10] Or, the Deity-Standing-Eternally-in-Heaven, *Ame-no-toko-tachi-no-kami*. The translation of the name here given follows the actual meaning of the characters composing it, and has the sanction of Tanigaha Shisei. Motowori and Hirata take *toko* to stand for *soko* "bottom," and interpret accordingly; but this is probably but one of the many instances in which the Japanese philologists allow themselves to be led by the boldness of their etymological speculations [illegible] identifying words radically distinct.

* Might not this mean: the Deity by whom Heaven stands for ever?—W.G.A.

[11] This is a note in the original, where such notes are [illegible] as has also been done in the translation. The author's obscure phrase is explained by Motowori to mean that these Heavenly Deities were separate from those who came into existence afterwards, and especially from the Earthly-Eternally-Standing-Deity (*Kuni-no-toko-tachi-no-kami*) who in the "Chronicles" is the first divine being of whom mention is made. These five were, he says, "separate" and had nothing to do with the creation of the world. It should be stated that the sentence will also bear the interpretation "The five Deities in the above list are Deities who divided Heaven" (*i.e.*, presumably from Earth), but this rendering has against it the authority of all the native [illegible] As the expressions "Heavenly Deity" and "Earthly Deity" …

VOL. III.] VOL. I. SECT. II. 19

[SECT. II.—THE SEVEN DIVINE GENERATIONS.]

The names of the Deities that were born next were the Earthly-Eternally-Standing-Deity,[1] next the Luxuriant-Integrating-Master-Deity.[2] These two Deities were likewise Deities born alone, and hid their persons. The names of the Deities that were born next were the Deity Mud-Earth-Lord, next his younger sister the Deity Mud-Earth-Lady;[3] next the Germ-

"Country Deity") are of frequent occurrence in these "Records," it may be as well to state that, according to Motowori, the "Heavenly Deities" were such as either dwelt in Heaven or had originally descended to Earth from Heaven, whereas the Earthly Deities were those born and dwelling in Japan.

[1] Or, the Deity-Standing-Eternally-on-Earth, *Kuni-no-toko-tachi-no-kami*. *Conf.* Note 10 to Sect. I.

[2] *Toyo-kumo-nu-no-kami*. There is much doubt as to the proper interpretation of this name. The characters 豊雲 ("cloud-moor"), with which the syllables read *kumo-nu* are written, are almost certainly phonetic, and the translator has followed Motowori's view as corrected by Hirata, according to which *kumo* is taken to stand for *kumu*, "integrating," and *nu* is considered to be an apocopated form of *nushi*, "master" (or more vaguely "the person who presides at or does a thing"). Mabuchi in his "Dictionary of Pillow-words," Article *Sane-kazura*, argues that the syllables in question should be interpreted in the sense of "coagulated mud"; but this is less satisfactory.

[3] *U-hiji-ni-no-kami* and *Su-hiji-ni-no-kami*. The names of this pair lend themselves to a variety of interpretations. … (See Introduction p. XLIII.)

図1　チェンバレンの『英訳古事記』

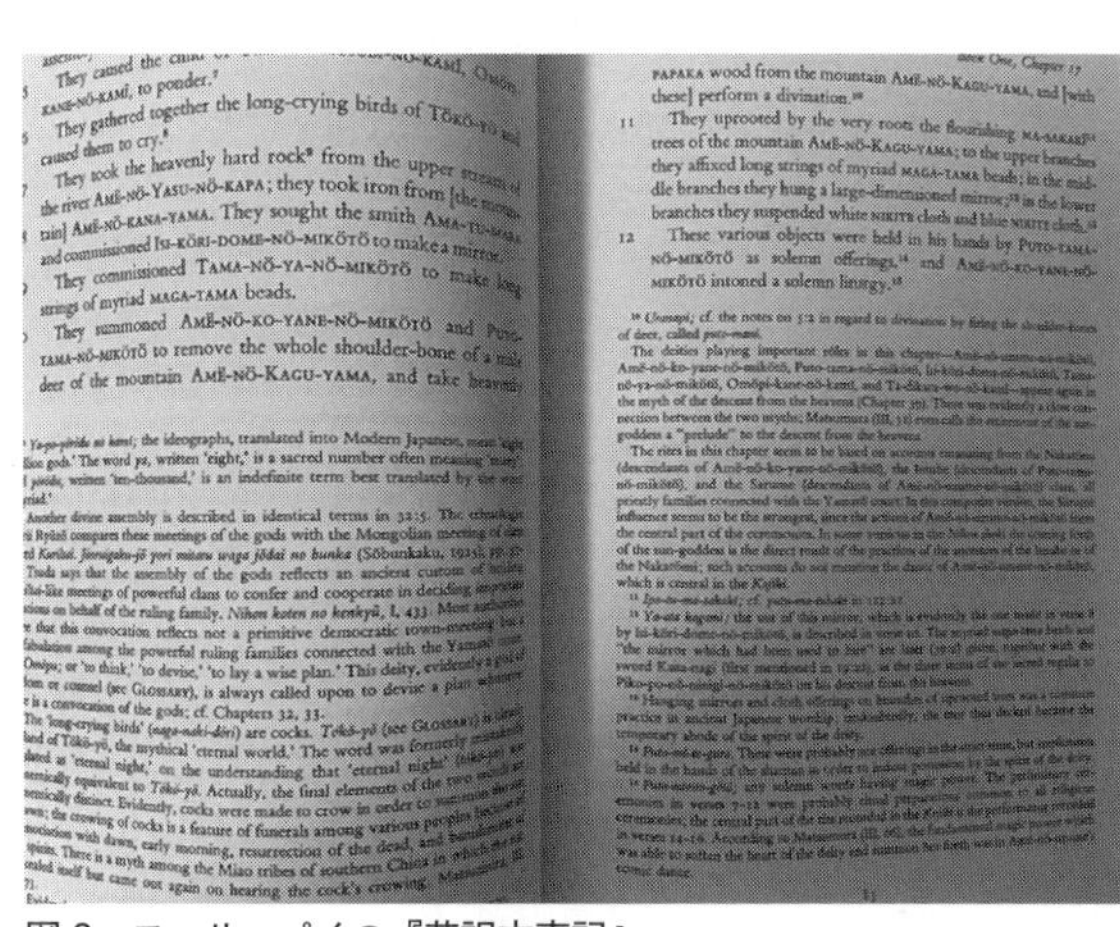

… They caused the child of … -NŌ-KAMI, OMOPI-KANE-NŌ-KAMI, to ponder.[7]

They gathered together the long-crying birds of TŌKŌ-YŌ and caused them to cry.[8]

They took the heavenly hard rock[9] from the upper stream of the river AMË-NŌ-YASU-NŌ-KAPA; they took iron from [the mountain] AMË-NŌ-KANA-YAMA. They sought the smith AMA-TU-MARA and commissioned ISI-KŌRI-DOME-NŌ-MIKŌTŌ to make a mirror.

They commissioned TAMA-NŌ-YA-NŌ-MIKŌTŌ to make long strings of myriad MAGA-TAMA beads.

They summoned AMË-NŌ-KO-YANE-NŌ-MIKŌTŌ and PUTO-TAMA-NŌ-MIKŌTŌ to remove the whole shoulder-bone of a male deer of the mountain AMË-NŌ-KAGU-YAMA, and take heavenly

… *Ya-po-yorozu no kami*; the ideographs, translated into Modern Japanese, mean 'eight … gods.' The word *ya*, written 'eight,' is a sacred number often meaning 'many' … written 'ten-thousand,' is an indefinite term best translated by the word 'myriad.'

Another divine assembly is described in identical terms in 32:5. The ethnologist … compares these meetings of the gods with the Mongolian meeting of … *Kuriltai*. … (Sōbunkaku, 1925), … Tsuda says that the assembly of the gods reflects an ancient custom of holding …-like meetings of powerful clans to confer and cooperate in deciding important … on behalf of the ruling family. *Nihon koten no kenkyū*, I, 433. Most authorities … that this convocation reflects not a primitive democratic town-meeting but a … among the powerful ruling families connected with the Yamato court. … *Omopu*, or 'to think,' 'to devise,' 'to lay a wise plan.' This deity, evidently a god of … or counsel (see GLOSSARY), is always called upon to devise a plan whenever … is a convocation of the gods; cf. Chapters 32, 33.

The 'long-crying birds' (*naga-naki-dori*) are cocks. *Tokō-yō* (see GLOSSARY) is … land of Tōkō-yō, the mythical 'eternal world.' The word was formerly mistakenly … as 'eternal night,' on the understanding that 'eternal night' … equivalent to *Tōkō-yō*. Actually, the final elements of the two words are … distinct. Evidently, cocks were made to crow in order to … the crowing of cocks is a feature of funerals among various peoples because of … association with dawn, early morning, resurrection of the dead, and … There is a myth among the Miao tribes of southern China in which the sun … herself but came out again on hearing the cock's crowing. …

Book One, Chapter 17

PAPAKA wood from the mountain AMË-NŌ-KAGU-YAMA, and [with these] perform a divination.[10]

11 They uprooted by the very roots the flourishing MA-SAKAKI[11] trees of the mountain AMË-NŌ-KAGU-YAMA; to the upper branches they affixed long strings of myriad MAGA-TAMA beads; in the middle branches they hung a large-dimensioned mirror;[12] in the lower branches they suspended white NIKITE cloth and blue NIKITE cloth.[13]

12 These various objects were held in his hands by PUTO-TAMA-NŌ-MIKŌTŌ as solemn offerings,[14] and AMË-NŌ-KO-YANE-NŌ-MIKŌTŌ intoned a solemn liturgy.[15]

[10] *Uranapi*; cf. the notes on 5:2 in regard to divination by firing the shoulder-bones of deer, called *puto-mani*.

The deities playing important rôles in this chapter—… —appear again in the myth of the descent from the heavens (Chapter 39). … goddess a "prelude" to the descent from the heavens.

The rites in this chapter seem to be based on accounts emanating from the Nakatomi … which is central in the *Kojiki*.

[illegible]

図2　フィリッパイの『英訳古事記』

掲載されている。本の最後に固有名詞の説明が加えられ、地図が添付されるが、本文を読む際は注釈などが目につかない形で整えられている【図3】。訳語もシンプルで、大学生向けのテキストであることから、読みやすさに重点が置かれていることがうかがえる。この点において、学術世界を読み手としていたチェンバレンとフィリッパイとの違いがみてとれる。[*30]

こうしたヘルトの英訳のもう一つの点に目を向けてみたい。チェンバレンが英訳に非常に悩んだ「神」という概念の訳である。チェンバレンは多神教の deity を表す訳語を選択し、フィリッパイもそれを引き継いでいる。しかし、ヘルトは「神」という言葉を spirit と訳している。その理由は、日本古代の宗教におけるシャーマニスティックな要素を呼び起こすことであるとし、また中国の shen という言葉も spirit と訳されている前例があることを指摘する。

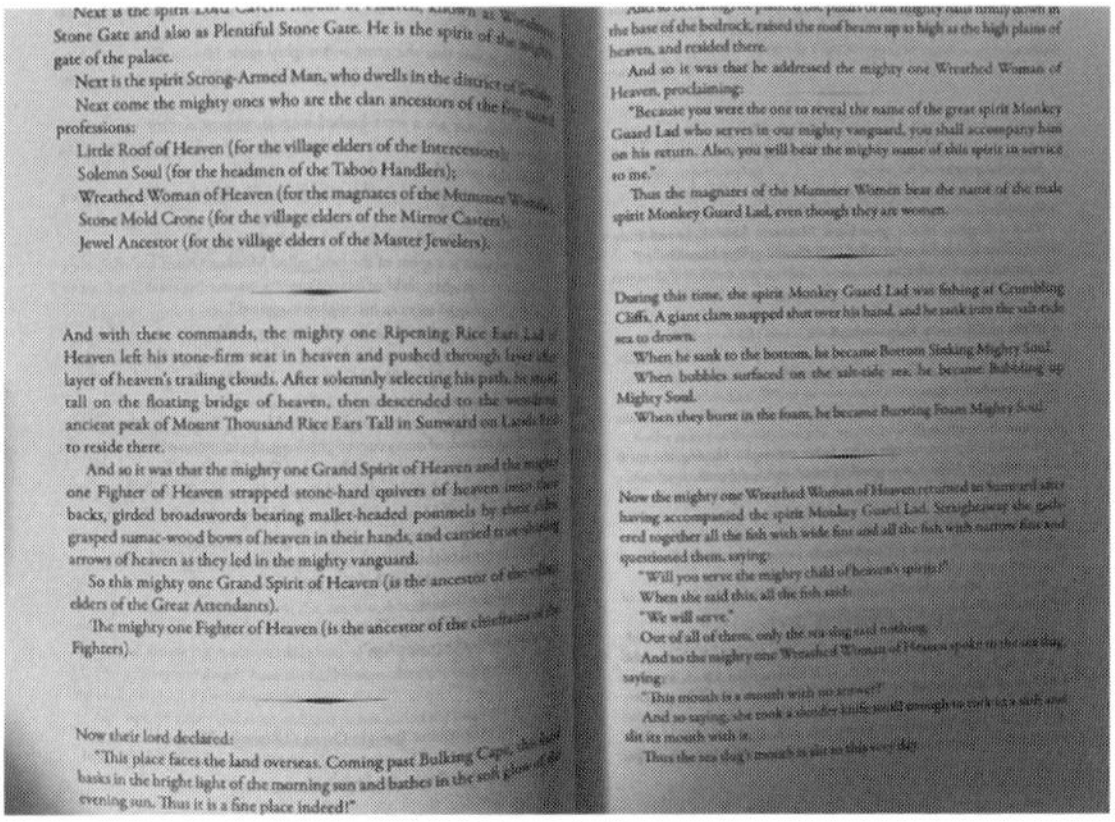
Stone Gate and also as Plentiful Stone Gate. He is the spirit of the

gate of the palace.

Next is the spirit Strong-Armed Man, who dwells in the district of

Next come the mighty ones who are the clan ancestors of the

professions:

Little Roof of Heaven (for the village elders of the Intercessors);

Solemn Soul (for the headmen of the Taboo Handlers);

Wreathed Woman of Heaven (for the magnates of the Mummer

Stone Mold Crone (for the village elders of the Mirror Casters);

Jewel Ancestor (for the village elders of the Master Jewelers).

And with these commands, the mighty one Ripening Rice Ears Lad of Heaven left his stone-firm seat in heaven and pushed through layer after layer of heaven's trailing clouds. After solemnly selecting his path, he stood tall on the floating bridge of heaven, then descended to the ancient peak of Mount Thousand Rice Ears Tall in Sunward on Lands

to reside there.

And so it was that the mighty one Grand Spirit of Heaven and the mighty one Fighter of Heaven strapped stone-hard quivers of heaven onto their backs, girded broadswords bearing mallet-headed pommels by their sides, grasped sumac-wood bows of heaven in their hands, and carried

arrows of heaven as they led in the mighty vanguard.

So this mighty one Grand Spirit of Heaven (is the ancestor of the elders of the Great Attendants).

The mighty one Fighter of Heaven (is the ancestor of the chieftains of the Fighters).

Now their lord declared:

"This place faces the land overseas. Coming past Bulking Cape, this land basks in the bright light of the morning sun and bathes in the soft glow of the evening sun. Thus it is a fine place indeed!"

the base of the bedrock, raised the roof beams up as high as the high plains of heaven, and resided there.

And so it was that he addressed the mighty one Wreathed Woman of Heaven, proclaiming:

"Because you were the one to reveal the name of the great spirit Monkey Guard Lad who serves in our mighty vanguard, you shall accompany him on his return. Also, you will bear the mighty name of this spirit in service to me."

Thus the magnates of the Mummer Women bear the name of the male spirit Monkey Guard Lad, even though they are women.

During this time, the spirit Monkey Guard Lad was fishing at Crumbling Cliffs. A giant clam snapped shut over his hand, and he sank into the salt-tide sea to drown.

When he sank to the bottom, he became Bottom Sinking Mighty Soul.

When bubbles surfaced on the salt-tide sea, he became Bubbling up Mighty Soul.

When they burst in the foam, he became Bursting Foam Mighty Soul.

Now the mighty one Wreathed Woman of Heaven returned to Sunward after having accompanied the spirit Monkey Guard Lad. Straightaway she gathered together all the fish with wide fins and all the fish with narrow fins and questioned them, saying:

"Will you serve the mighty child of heaven's spirits?"

When she said this, all the fish said:

"We will serve."

Out of all of them, only the sea slug said nothing.

saying:

"This mouth is a mouth with no answer?"

slit its mouth with it.

図3　グスタフ・ヘルトの『英訳古事記』

神という重要なキーワードを訳すのに、キリスト教の神との違いを解説するチェンバレンとは異なり、シャーマニズムの文脈に神を位置づける点は興味深い。このタームはチェンバレンやフィリッパイの訳に見られなかったことも注目されよう。その背景には二十世紀後半のシャーマニズムの研究およびアメリカにおけるネオ・シャーマニズム運動の浸透があるのではないか。

神話の概念と同様、シャーマニズムも未開社会の産物と考えられていたのだが、二十世紀後半のミルチャ・エリアーデの研究により、シャーマニズムは高度な教学を有するキリスト教、仏教、イスラームの修行者にもみることのできる、普遍的な構造を有する体験として位置づけられた。[*31] それを受け、一般の人にもシャーマンのようなスピリチュアル体験ができるとするムーブメントが広まっていく。[*32] このように、神という概念は翻訳されることを通してその時代の最良の学知・文化知を踏まえて解釈されることが見えてくる。現代の読み手を対象とした新たな〈古典の生成〉であるといえよう。

②多言語への『古事記』の英訳

古事記は二十世紀後半においてハンガリー語（一九八二）やロシア語（一九七〇、古事記上巻、一九九九『古事記中巻・下巻』）に翻訳されていた。二十世紀に入ると、より多くの言語へ訳されることとなる。二〇〇六年にパオロ・ヴィラーニによる『古事記イタリア語訳』、二〇〇八年にカルロス・ルビオ、ルミ・タニ・モラタラによる『古事記スペイン語訳』が行われる。二〇一二年にチュビンゲン大学教授のクラウス・アントニによる『古事記ドイツ語訳』が行われる。二〇〇九年に山崎洋による『古事記セルビア語訳』、二〇一二年にカレル・フィアラによる『古事記チェコ語訳』が行われた。

このようにヨーロッパの諸言語における古事記の翻訳をみることができる。英語はグローバルな学術世界の言語であり続けてきた中、それぞれの国の言葉による訳が重要視されるようになったことがうかがえる。このことは各国における日本研究が発展していることを示すとともに、グローバリゼーションがすすむなか、それぞれの国の文化における独自な日本への理解が重要視されてきたことを示すだろう。『古事記』の英訳を通して見えてくるそれぞれの国が日本と持つ固有な関係性や文脈が注目されるようになったといえるのである。

おわりに

本章において十九世紀末から現代までの『古事記』および『日本書紀』の翻訳を取り上げてみた。『日本書紀』の英訳は一度のみ行われたのに対して、『古事記』は三回翻訳されていることがうかがえた。古事記の各翻訳では、日本文化や『古事記』を理解する上での重要なキーワードをはじめ、人名、地名、語釈・注釈などが異なっており、その時代の特有な文化的文脈および学術背景を踏まえた形で実現していることをみえてきた。それによって、〈翻訳〉とは機械的にその事柄を異言語に置き換えることではなく、その時代の最良の学知を用いて、受け手の文化的・思想的文脈を意識したインタープレテーションであることがいえよう。翻訳されることを通して異言語、異文化において〈生成〉するいくつもの『古事記』の姿がみてとれたのである。

注

1　チャールズ・ダーウィン『種の起源』〈上・下〉(八杉龍一訳、岩波文庫、一九九〇年)。
2　平藤喜久子「初期ジャポノロジストと日本書紀の翻訳」(山下久夫・斎藤英喜編『日本書紀 1300年史を問う』思文閣出版、二〇二〇年)。
3　平藤喜久子「外国人が見た古事記」(『國學院大學研究開発推進機構紀要』五、二〇一三年三月)。
4　エドワード・タイラー『文化人類学入門』(*Anthropology: An Introduction to the Study of Man and Civilization*)一九七三年。
5　松村一男『神話学講義』(角川書店、一九九九年)。
6　平藤喜久子、前掲3に同じ。
7　平藤喜久子、前掲3に同じ。

8 Basil Hall Chamberlain. *Introduction, Kojiki: Records of Ancient Matters*. Tuttle Publishing, 2012.

9 D・L・フィリッパイ「古事記の海外紹介について」(『国学院雑誌』一九六一年八月)。

10 平藤喜久子、前掲3に同じ。

11 Basil Hall Chamberlain. 前掲8に同じ。

12 島薗進『国家神道と日本人』(岩波書店、二〇一〇年)。

13 斎藤英喜「第五章　ラフカディオ・ハーンの古事記」(『異貌の古事記　新しい神話が生まれるとき』青土社、二〇一四年)。

14 チェンバレン著、高梨健吉訳『日本事物誌』(平凡社、一九六九年)。

15 平藤喜久子、前掲2に同じ、斎藤英喜、前掲13に同じ。

16 本居宣長『古事記伝　本居宣長全集　第九巻〜十二巻』(筑摩書房、一九六八〜一九九三年)。

17 Basil Hall Chamberlain. 前掲8に同じ。

18 平藤喜久子、前掲2に同じ。

19 平藤喜久子、前掲2に同じ。

20 平藤喜久子、前掲2に同じ。

21 平藤喜久子、前掲2に同じ。

22 フランソワ　マセ「フランスにおける神道研究」(『神道・日本文化研究国際シンポジウム　第1回　各国における神道研究の現状と課題』國學院大學21世紀COEプログラム、二〇〇三年)。

23 クロード・レヴィ＝ストロース『構造人類学』(荒川幾男等共訳、みすず書房、一九七二年)。

24 Donald L. Philippi. *Kojiki*. Donald L. Philippi.University of Tokyo Press, 1968.

25 D・L・フィリッパイ「古事記の海外紹介について」(『国学院雑誌』一九六一年八月)。

26 D・L・フィリッパイ、前掲24に同じ。

27 D・L・フィリッパイ、前掲24に同じ。

28 井上さやか「古事記の英訳――翻訳にあらわれる日本文学の特色について」(『万葉古代学研究年報』十五、二〇一七年三月)。

29 Gustav Heldt. *Introduction. The Kojiki: an account of ancient matters*, Columbia University, 2014.

30 ANDASSOVA Maral. *Review. The Kojiki: An Account of Ancient Matters Translated by Gustav Heldt*. Japan review: Journal of the International Research Center for Japanese Studies. Volume 31, 2017.

31 ミルチャー・エリアーデ『シャーマニズム：古代的エクスタシーの技術』(堀一郎訳、冬樹社、一九七四年)。拙稿「日本

32
神話とシャーマニズム」(『神話・伝承学への招待』斎藤英喜編、思文閣出版、二〇一五年)においてエリアーデによるシャーマニズム研究の位置づけについて述べている。
ネオ・シャーマニズム・ムヴメントに関して斎藤英喜「シャーマニズムとは何か――エリアーデからネオ・シャーマニズムへ」(岡部隆志等編『シャーマニズムの文化学』森話社、二〇〇九年)がある。

［COLUMN］

グローカルな「古典の再生」——東西古今の『源氏物語』続篇をめぐって

荒木　浩
ARAKI Hiroshi

はじめに——「古典の再生」シンポジウム参加のことなど

二〇二三年二月に開催された国際シンポジウム「古典の再生」の第一セッションとして、【パネルディスカッション　再生する古典】に参加した。司会は飯倉洋一、平塚徹による「開会挨拶」ののち、エドアルド・ジェルリーニの〈基調講演〉「古典×再生＝テクスト遺産　過去文化の復興における文学の役割」があった。続く〈発表〉として、盛田帝子「十八—十九世紀における王朝文学空間の再興」、ロバート・ヒューイ「琉球における日本古典文化の受容」、アンダソヴァ・マラル「古典の再生——古事記・日本書紀・風土記の翻訳と海外における受容」が行われ、私は〈討論〉の場において、ディスカッサントをつとめたのである。

コロナ禍に一区切りの見通しが立ち出した二〇二二年秋から翌二三年夏過ぎまで、本シンポジウムの前後に、いくつかの国際会議で、ディスカッサントやコメンテーター、ラウンドテーブル討論などの役割を引き受けた経緯の中にあり、[*1]自分なりに工夫しながら、パネルディスカッションという場の意義と有り様を受け止めていた時期である。「再生する古典」というキーワードを意識しながら、登壇者に向けて、いくつかの質問を投げかけ、議論の場を開こうと試みた。

本書において、それぞれの論者が研究成果を論文化しているはずなので、当時の問いと議論の具体を、ここで再現することはしない。その代わりに本コラムでは、このシンポジウム参加という経験から得られた着想のようなことを誌し、私なりに「古典の再生」というテーマを論じてみたいと思う。その中で、国際会議でのディスカッサントというスタンスについても考え、また自らの所在を振り返ることができれば、とも思量している。

1　ユルスナールの『源氏物語』愛とその続篇創作へ

本シンポジウムを通じて発表を聞き、メモを整理していく中で、平塚の「開会挨拶」から、いくつかの気付きを得た。平塚はフランス語学を専門とするということで、たとえばルネ・シフェールのフランス語訳『源氏物語』[*2]をめぐる、中山眞彦『物語構造論』（岩波書店、一九九五年）という優れた研究書を例に挙げ、その研究展開などについて語っていた。中山の当該書は、当時の日本文学研究にとってもきわめて示唆深い著作だったので、私も発売から間を置かずに購読し、『源氏物語』を専門とする近しい研究者と議論した、懐かしい記憶もある。平塚は、フランスにおけるこうした『源氏物語』受容の前提として、世界文学としての『源氏物語』の成立にアーサー・ウェイリー訳の果たした役割を確認し、その初期のフランスの読者に、マルグリット・ユルスナールという作家がいたことを指摘する。そしてこのユルスナールが『東方綺譚』という短編小説集の中で、『源氏物語』本編では描かれなかった光源氏の死——平塚は黙説法というタームでその達成を評した——を短編小説として紡ぎ出したことに触れ、後年、彼女がもっとも尊敬する作家として紫式部を挙げていることにも言及があった。

ユルスナール（一九〇三―一九八七）は、一九二五～三三年に刊行されたウェイリーの英訳『源氏物語』を読んで深くこの物語を愛し、その作家を敬愛するようになったという。「（日本の文学に初めて触れたのは）非常に早くから、だいたい二十才ぐらいからです。フランス語に訳されていたものはほとんどありませんでしたが、英語訳はありました。私は英語ではずいぶん読んでいました。アーサー・ウェイリーの「源氏物語」のようなすぐれた訳もいくつかありました」。「いちばん尊敬する女流小説家は誰かとたずねられる時、すぐ頭に浮かぶのは紫式部という名前です。私は非常な敬意と崇拝の念を禁じ得ません。紫式部は真に偉大な小説家、日本の十一世紀、日本の文化がその絶頂を極めた時代の大作家です。要するに彼女は、日本のマルセル・プルーストとも言える人物です」。柳沢文昭は、こう語るユルスナールのインタビューを引用して、「彼女は一九〇三年生まれだから、英訳が出ると同時に読んだことになる」（柳沢文昭「マルグリット・ユルスナールの「源氏の君の最後の恋」について」[*3]）と示している。

光源氏の死を描いたユルスナールの作品は、『東方綺譚』（*Nouvelles orientales*）に収められた「源氏の君の最後の恋」（*Le Dernier amour du prince Genghi*）と題する一篇で、多田智満子の邦訳がある。[*4] 多田の「解題」によれば、『東方綺譚』は一九三八年に初版が出るが、「一九七六年の改訂版上梓の際にかなり手を加えている」という。さらに多田の「解題」は、「源氏の君の最後の恋」について、「さすがのユルスナールの博識をもってしても日本の固有名詞や官職名にいささか不適切なものがある」と述べ、訳者により「適当に修正したり省略したところがある」と注記している。

本作は、今日でも人気がある。たとえば帚木蓬生『ネガティブ・ケイパビリティ　答えの出ない事態に耐える力』（朝日新聞出版、二〇一七年）の第八章「シェイクスピアと紫式部」の「ユルスナールが描いた『源氏物語』の続篇」という節に、その詳しい内容の紹介と分析があり、同「『源氏物語』の別章」にもその卓越が確認される。[*5]

前掲柳沢論文によれば、「この短編は源氏の死を主題とする。そして紫式部自身は、主人公の死を直接描きはしなかった。第四十一帖「幻」に、この世にある源氏の最後の姿が見られ、それに続く「匂の宮」の冒頭で、彼がすでに世を去ったことが告げられる」。「この二巻のあいだに」「雲隠」という巻名が残され、「これはむろん源氏の死を暗示しているのだが、その本文は存在していない。それはうしなわれたのだとも言われ、あるいはそれは最初から書かれなかったとも言われる。後者の考えを支持する人々は、そこに紫式部の小説技法の冴えを見る」。この欠落に対して「ユルスナールは紫式部に代わって、それを構想した。彼女自身こう説明している。——《これは、紫式部の原作中に白紙のまま残された部分がどのようなものであり得たか想像してみようという試みです。その部分には題名だけあって、「雲隠」といいます。つまり源氏の死のことです。源氏が出家したというところまでは分かっているのですが、その後は題名だけで何も分かっていません。そこで私が、そこで何が起こるか想像してみたのです。》」という。

2　ユルスナール「源氏の君の最後の恋」の内容とその違和について

紫の上を失った光源氏は、幻巻で、覚悟を固めて紫の上の手紙も焼き、歳末を迎えて、いとしい匂宮との暮らしも「年もわが世も」、すべてこれが最後と思い定める。ただし出家は果たされない。晴れやかな新年の準備が語られて、幻巻は閉じられてしまうからだ。[*6]

それに対して「源氏が出家したというところまでは分かっている」とユルスナールがいうのは、『源氏物語』ですずっと先の宇治十帖の宿木巻において、薫が光源氏を「故院」と呼び、光源氏が住んで「二三年ばかりの末に世を背きたまひし嵯峨の院にも、六条院にも」訪れる人もなく、と主人の光源氏が「亡せたまひてのち」の寂寥に言及していることによる。「世を背き」とあるので、光源氏は晩年に出家して、嵯峨院で過ごしたことが、読者にも知らされる。*7

これを踏まえて「ユルスナールは、正確に紫式部が筆を止めたところから源氏の晩年の姿を描き始める――《……源氏の君は財物を分け、お側に仕える者にも暮らしに困らぬほどのものをお与えになり、山の中腹にかねてより建てさせておいた庵に、生涯を終えるためお移りになる用意をなさった。》原作の「幻」にも確かに、《ようやく御出家の準備などをお心の内で思いつづけられ、お仕えしている人々にもその身分に応じて形見の品をお与えになる……》と書かれている。また源氏が来たるべき出家にそなえて三十才の頃、山中に隠遁所を作らせたことも「絵合」に記されている。このように、紫式部の「源氏」とユルスナールの「源氏」とのあいだに断絶はない。このことは、後者が前者の注意深く忠実な読者であったことを裏付けている。山に籠もった源氏は、経文を読みふけって日々を送っている。彼は、現世でのいっさいの人間関係を断とうとする（下略）」（以上、前掲柳沢論文）。

右が「源氏の君の最後の恋」の序章にあたる部分である。ユルスナールの原文は、次にように描かれている。

……そこで彼は人々に財産を領ち与え、召使いたちに手当を与えて、山の辺に造らせておいた隠居所で最後の日々をすごす準備をととのえた。これを今生の見おさめとしながら都を横切って去っていった。源氏とともに過した自分らの青春のきずなを断つにしのびぬ忠実な人々が二、三人、供としてつき従うのみであった。まだ朝早かったけれども、女たちは蔀に顔をおしあてて覗いていた。そして、源氏の君はまだとてもお美しい、と声高くささやき交わすのだったが、それを聞けばなおさら、今こそ身を退く潮どき、と思われた。（中略）一行は鄙の山里にある庵に、三日がかりで到着した。侘住居は楓の老木のかげにあった。折しも秋の候、この美しい樹は庵の屋根を金色の落葉で覆っていた。この地での孤独の生活は、波瀾に富んだ青年時代、異郷で過ごした長い流謫の日々よりもさらにきびしいものであって、この洗練されきった貴人は、何もなしですませる、という至上の贅沢を遂に心ゆくまで味わうことができたのである。（中略、季節は冬へと移り）朝から日暮まで、源氏はつつましい火鉢のわずかな炭火の微光で経典を読み、その厳粛な偈のうちに、最も熱烈な恋愛詩にさえも欠けた一種の風韻を感じとるのであった。しかし間もなく彼は自分の視力が衰えてくるのに気づいた。

（多田智満子訳、傍線・波線は引用者）

ここで注意しておきたいことがある。傍線を引いたように、ユルスナールの続篇での光源氏は、ごく親しい二、三人の供人のみを連れて、遁世の庵へと向かう、と描かれる。ただしその様子は、女房たちの目にさらされ、また彼女らの声も、光源氏の耳に届く距離感で発せられていた。『源氏物語』幻巻の終わりのあの静けさとは、いささか違和感がある。一見ありきたりな描写だが、見逃せない情報である。

3 中世日本の『源氏物語』続篇とユルスナールの相反的相似形

というのは、あたかも似て非なる「続篇」があるからだ。日本の中世において試みられた『雲隠六帖』と呼ばれる作品である。今西祐一郎編注『源氏物語補作 山路の露・雲隠六帖 他二篇』（岩波文庫、二〇二二年）の解説によれば、以下のような内容である。

『雲隠六帖』の第一、雲隠巻は、『源氏物語』の幻巻で出家が暗示され、匂宮巻の冒頭で「光隠れ給ひにし後」とその死が一言触れられるだけで語られることのなかった光源氏の出家と死への道程を語る。

　紫上の死の翌年暮れ、「物思ふと過ぐる月日も知らぬまに年もわが世も今日や尽きぬる」という歌を詠んで、「ついたちのほどのこと、常よりことなるべくとおきてさせ給」うたという幻巻の末尾を、「かくて睦月の御心おきてなど、例よりもいと細やかにのたまひおきて」とそっくり繰り返して、雲隠巻は始まる。

　その正月一日に、源氏は突如、昔の腹心惟光の子惟秀と随身だけを伴って、先に出家して西山に棲む兄朱雀院のもとへ赴く。しかもその途中で惟秀と随身を京に帰し、源氏は朱雀院のもとに滞在し、朱雀院の死後、紫上の死後十三年目に、出家し嵯峨野の柴生が谷で生を終えたという。

（傍線・破線は引用者、以下同）

　この中世の続篇とユルスナール「源氏の君の最後の恋」とが「似て」いるというのは、『源氏物語』本編との間断ない連続はもちろんのこと、「昔の腹心惟光の子惟秀と随身だけを伴って」旅立つ出家行の始まりである。それに対して、「非なる」微差がある、とことさらに私がいうのは、破線部についてである。『雲隠六帖』の「雲隠巻」で光源氏は、出家行の「途中で惟秀と随身を京に帰し」て独りになろうとし（ただし惟秀らはすがり付き、実際には随従する）、やがてすでに出家している兄・朱雀院のもとに着く。それに対してユルスナールは、「源氏とともに過した自分らの青春のきずなを断つにしのびぬ忠実な人々が二、三人供としてつき従うのみであった」と叙述し、「一行は鄙の山里にある庵に、三日がかりで到着した」と描く。

　ささいな違いに見えるこの部分だが、じつは中世の『源氏物語』続篇においては、きわめて本質的な内容を含んでいた。今西の文庫解説は次のように続く。

　この源氏の出家行は、釈迦の出家譚を摸している。仏典を踏まえて記された『今昔物語集』巻一の第四話「悉達太子、城を出でて山に入る語」によって示せば、三人の妻をもつ悉達太子は女人の不浄を目にし、夜明け前に車匿という馭者を呼び出し揵陟という馬に乗って、太子の行動を訝しむ車匿に構わず、最初の師「跋伽仙人」の棲む「苦行林」に至り、そこで付き随ってきた車匿に対して「汝一人ノミ我ニ随ヘリ。甚ダ難有シ。我レ聖ノ所ニ来レリ。汝速ニ揵陟ヲ具シテ宮ニ返ネ」と言って、揵陟を返し、みずから剃髪し、山林での苦行を開始する。

車匿を途中で都に返すことをはじめ、車匿が都に返ってからの騒ぎなど、雲隠巻が釈迦出家譚に付合する箇所は少なくないが、今は省略に従う。このように、仏伝になぞらえて、『源氏物語』で語られなかった光源氏の死を、濃厚な仏教色で補い語ったのが雲隠巻である。

中世の続篇において、光源氏が出家行の途中で「惟秀と随身を京に帰」そうとしたのは、彼自身がブッダになるための不可欠なプロセスであった。この『雲隠六帖』「雲隠巻」の仏伝依拠には、『海人の刈藻』や『苔の衣』など、中世王朝物語に通じる文学史があり、咲本英恵の先行研究がある。[*8] 私も、如上の指摘を踏まえ、『源氏物語』の造形とその受容をめぐる関連の問題について、「〈裏返しの仏伝〉という文学伝統——『源氏物語』再読と尊子出家譚から」という講演を行い、[*9] 複数の論文へとなすべく、考察を進めている。詳しくはそれらに譲るとして、本コラムでは『源氏物語』の空白をめぐってなされたユルスナールの創造的続篇が、日本中世の続篇とよく似た歩みをそろえながら、やがて決定的な結末の異なりを迎えていく、その文学的達成とその細部について考察してみたい。

4 随行する近臣と女たちの形象——東西の相克

中世の「雲隠巻」がモデルとした仏伝において、出家前のブッダ（悉達太子）は、眠りこける女たちの不浄で醜い姿を灯火で確認しつつ、その執着を捨て、また「諸天」も「内外眷属皆悉ク眠リ臥タリ。只今此レ、出家ノ時也」と悉達太子に告げて、出家（出城）を決意させた（『今昔物語集』巻一第四）。[*10] そしてブッダは、孤高の苦行に入っていく。「雲隠巻」の光源氏も同様でなければならない。ユルスナールが描いたごとく、女房などに出家の姿を見られ、その声を聞くことなど、本来、あり得ない設定なのである。

ただし、ユルスナールが光源氏の随行者として「忠実な人々」「二、三人」を供人として描き、庵まで随行させていたのは、ユルスナール独自の構想の結果だ。単なる常識的な付けたりではない。そこには、しかるべき理由があった。

隠遁したあと、次第に目を悪くしていく光源氏に対して、「昔の恋人のうち二人か三人が、追憶に満ちた彼の独居を領ちたいと申し出ていた。なかでもやさしい手紙は花散里からのものであった」。ユルスナールは、このように新たな作品世界を紡ぎ出し、花散里を登場させる。「生れも美しさもとりたててどういうこともない昔の情人で、源氏の他の妻たちに久しく忠実に仕えてきた女房」と形象された花散里[*11]は、「十八年の間」「苦しみに倦むこともなくこの貴人を愛しつづけ」、そしてついに、送る手紙に返信もない光源氏の「庵へとおもむいた」。つましく「推参」をわびる花散里だったが、光源氏は「還らぬ昔の日々の痛切な想い出をよび起すこの女を前にして、苦しい怒り」にとらわれ、その申し出を拒絶する。「せめて下婢としておいていただきたい」と嘆願する花散里に対して光源氏は、「生れてはじめての無情さで、彼は女を追い払った。だが源氏の君の身のまわりを世話する老僕のうちの二、三人を彼女は味方につけておいたので、この人々がときどき君の近況をその後も知らせてくれるのだった」（傍線は引用者）と小説は続くのである。

傍線を付した「源氏の君の身のまわりを世話する老僕のうちの二、三人」とは、源氏に追随した「忠実な人々」「二、三人」と同一ではない。だが「雲隠巻」にも「惟秀と随身」と書かれていたように、この「老僕」は「忠実な人々」に含まれる「随身」として伏線回収されよう。先に波線を付したように、ユルスナールはことさらに「この地での孤独の生活は……青年時代、異郷で過ごした長い流謫の日々よりもさらにきびしいものであって、この洗練されきった貴人は、何もなしですませる、という至上の贅沢を遂に心ゆくまで味わうことができたのである」と描いてみせた。それは逆説的ながら、隠遁する光源氏に、最低限の貴族生活が担保されていることをも含意する。ブッダと「雲隠巻」の光源氏との根源的な相違である。

そしてなにより、この老僕がもたらした情報により、この後、花散里が「こんどは彼女のほうが生れてはじめての冷酷さで、遠くから光源氏の目が盲（めし）いていくのを見守」り、まずは、「浮舟」と名乗る「百姓総平の娘」に変装するプロットが成り立つ。身をやつした彼女はやがて光源氏を尋ね、ようやく契りを結ぶことになって、小説は、大きく動き出していく。

5　花散里の「非在」という主題

すなわち花散里は、「源氏の君の身のまわりを世話する老僕」たちの情報をもとに時間を稼ぎ、「彼がほとんど全く盲いたことを知ると」、「山道で母とはぐれて」泣いている「百姓娘浮舟」を装って光源氏と出会い、結ばれた。しかしその後花散里は、「わたくしは百姓娘浮舟には相違ございませぬが、山に迷うたのではありませぬ。源氏の君の御盛名は山里にまできこえております」と漏らし、光源氏の「おん腕（かいな）のうちにお情けをうけようとて、すすんでここに参ったのでございます」と告白して、またしても光源氏に疎まれてしまう。

だが彼女は諦めなかった。あの大切な情報源のたまものか「二ヶ月の後」「再度の試みを企て」、「宮廷を知らぬ地方の名家の若妻らしく」身を変えて、今度は「大和の国の国司菅津の妻、中将」という「新たな擬装のもとに」「源氏の君の情人となった」。

すると光源氏は「そなたは器用で心やさしい。恋にかけては世にも倖せな人であった源氏の君でさえそなたほど優しい恋人を得たとは思われぬ」と告げ、逆に、自らは光源氏とは別人であるという嘘をついて接してきた。それに対して「中将」に擬装した花散里は「源氏の君などとは耳にしたこともございません」と「首をふってこたえた」。すると「何と？」「もう忘れられてしまったのか？」と「苦々しげに源氏は叫」び、「一日中」「暗い顔をしていた」が、「またしてもしくじった」と悟る彼女を追い出しもせず、「草の中をあるく彼女の衣ずれの音に耳傾けて楽しんでいるように見えた」。光源氏全盛の「むかし五番目の側女として与えられた局に源氏が訪れたとき、彼女はこれと変わらぬ魅力を示したものであったが、しかしそのころの源氏は他の愛人たちに気をとられていて、彼女の魅力に心づかなかった」。あの頃とは打って変わって、「彼女は源氏を魅了しつづけ」ることになる。

やがて光源氏は、自らの最後を悟り、「死にゆく者をみとってくれる若い女性よ、わたしはあなたをあざむいていた。わたしは源氏なのだ」と告白する。しかし「中将」に擬装したままの花散里は、「あなたさまは、愛されるためには源氏の君である必要はございませぬ」と語って、光源氏を感動させた。

死の床に就いた彼は、「わたしの最初の妻、死んだあとでようやくその愛が信じられた」葵の上との想い出から始まって、夕顔、そして藤壺と女三の宮——「不貞の愛の共犯になる悩みと、犠牲になる苦しみとを」教えてくれた女性——を想う。また空蝉、「それにあの長夜の君、わたしの館とわたしの心のなかで第三番目の地位に甘んじた、あの優しいひと」——「長夜」は秋だから、秋好中宮のことだろう[*12]——という『源氏物語』正篇の女性たちを回想した後、「百姓総平の娘」、「そしてとりわけてそなた、今も足をさすってくれているつつましい中将の甘美な想い出」とモノローグして、遁世後の花散里仮装の女性を懐かしみ、枕に「がっくりと頭をおろし」て死んだ。

花散里は納得できなかった。「お館には、いま名をおあげにならなかったもうひとりの女が居りませんでしたか」、「そのひとの名は花散里ではありませぬか？想い出してくださいませ……」と問うて、かなわず。彼女は「あらゆる慎みをかなぐりすてて、泣き叫びながら地にひれ伏した」。そして小説は「源氏が忘れていた唯一の名はまさしく彼女の名であったのだ」と閉じられる。ユルスナールが補完しようとした「雲隠」は、名のみ在って本文の存在しない欠落だったが、花散里が初めて登場する「花散里」の巻は、『源氏物語』の中で、もっとも短い巻であった。しかも「花散里巻はなくても前後の巻だけで物語展開にさしたる影響もなく、「間奏曲」とも評される小巻で」、「その中でも花散里は中心的な人物とは言えない」[*13]と評される。

二段階の変装をして訪問した女の姿に、光源氏は、ついに花散里という存在を重ね合わせることがなかった。なのに彼は、最後の恋として、その「百姓娘」と「中将」への愛着を噛みしめていた。ここには花散里の〈非在〉という、注目すべき主題がある。

6 「お館」六条院という場と〈非在〉

花散里が「お館」と呼ぶ光源氏の「わたしの館」は、『源氏物語』第一部において、光源氏が現世の栄華の頂点として構築した四季の館・六条院であろう。この特異な大邸宅で光源氏が居住した「春の町」は「生ける仏の御国」と呼ばれて、輝かしく描写される。すなわち『源氏物語』本編の光源氏には、明確にブッダが投影され、それは六条院という、春・秋・冬・夏と時計回りに循環する光源氏の住まいに具現した。

インドのブッダは、太子時代に父王の配慮で「三時殿」（温〈暖〉＝春／涼＝秋・寒＝冬・暑＝夏）、もしくは「四時殿」（春・秋・冬・夏）に棲み、それぞれに、妻や女性を配した。出家したブッダは、それらをすべて捨て去ることになるが、光源氏は、ブッダが放棄した世俗的理想の主人公として――しかもブッダが可能性として秘めていた王にはなれない前提で――形象されていたのである。私はそれを「仏陀の反転としての光源氏」「裏返しの、非在する仏伝」などというタームで捉え、拙著『かくして『源氏物語』が誕生する――物語が流動する現場にどう立ち会うか』[14]第六章「〈非在〉する仏伝」、同『古典の中の地球儀――海外から見た日本文学』[15]第6章「〈妊娠小説〉としての『源氏物語』とブッダ伝」などで論じてきた。ここでは繰り返さないが、中世の「雲隠巻」が光源氏をブッダのように出家させるプロセスを描くのは、その本質的〈非在〉が、いわば『源氏物語』のモデルリーダー（この用語はウンベルト・エーコによる）[16]にとって、もっとも希求された完結、あるいは必然的帰着であったからだろう。

ちなみに「お館」六条院の女性の中で、光源氏と同じ「春の町」に住んだ紫の上のことは、小説の冒頭に「二番目の妻紫の上は、彼が矛盾だらけの婚姻生活を通じていたく愛しつづけた人」として描かれ、彼女の死が、まさに光源氏の老境の悲しみの源泉であったと説かれる。ただし『源氏物語』の紫の上は、病いの療養のため、晩年に二条院に移り、そこで没する（御法巻）。そのため、幻巻の舞台の比定は、六条院説と二条院説が並立している（新編日本古典文学全集など参照）。

ユルスナールは続けて「西の館の君」に触れ、「むかし彼が若かった頃、うら若い后と通じて父を裏切ったのと同じように、若い義理の息子と通じて彼を裏切った」と記す。「西の館」というのは、六条院の「春の町」で光源氏と紫の上が住んでいたところに女三の宮が降嫁して、その寝殿の西側に住んだことをいう。[17]「若い義理の息子と通じて彼を裏切った」というのは、柏木――かつての光源氏のライバル頭中将の長男で、光源氏の嫡男夕霧の親友――の記述にズレがあるが、女三の宮のことで間違いないだろう。先述のごとく「秋の町」の秋好中宮とおぼしい「長夜の君」は、光源氏の「わたしの館」の「第三番目の地位」と描かれていた。

こう見てくると、六条院の主要な女性たちの中で、ユルスナールが描く光源氏の回想に現れないのは、「冬の町」の明石の御方と、「夏の町」の花散里ということになる。「秋の町」の秋好中宮を「第三番目の地位」

と呼んでいたが、六条院の四季形成は、そもそもユルスナールが「二番目の妻」と呼ぶ、春を愛する紫の上と、秋を好む女御（秋好中宮）――ただし秋好中宮は光源氏の妻ではない――との春秋争いが起点となって生まれた（『源氏物語』薄雲巻）。一方でユルスナールは、花散里を「第五番目」とも呼んでいた。描かれざる「第四番目」の女性は、娘・明石中宮を産み、夕霧の親代わりでもあった明石の御方――明石中宮は、紫の上を母代わりとして、春の町に住んでいた――となるだろうか。[*18]

その一方で、「新春を迎えた二条院・二条東院のめでたき姿が描出され」「花散里が理想的なまでに我身の程をわきまえており、そのために源氏も花散里を紫の上と同程度に厚遇することができると書かれている」『源氏物語』薄雲巻の記述を踏まえて、「花散里は二条東院から六条院へと継承されていく源氏の妻妾集団化構想に最もふさわしい女性、換言すれば、六条院体制の理念を具現する女性としての役割を与えられているようである」。そして「我身の程をわきまえ、また紫の上との融和に心を配る花散里こそが、源氏をとりまく女性達を一同に会させるという六条院構想に、必要欠くべからざる正確を備えているような女性といえる」[*19]という評価もある。ユルスナールが描く光源氏の回想における花散里の〈非在〉と最期の絶叫は、四季を根幹に抱く、六条院の世界観を揺るがす破綻を秘めるだろう。そしてまた、光源氏の最後に繰り広げられた過去の女性たちへの愛着の妄念は、中世の「雲隠巻」が導こうとし、描き出そうとした源氏の静謐な最期と悟り、あるいは往生の臨終正念――それは『源氏物語』にも重要な影響が想定される恵心僧都源信『往生要集』の重要な主題である――を台無しにする、アンチクライマックスとして刻印される。

『源氏物語』の「注意深く忠実な読者」――モデルリーダーの一人であったユルスナールの心を捉えたのは、もちろんブッダではない。それは憧れの「紫式部の原作中に白紙のまま残された部分」であり、「源氏の死」という大いなる「不在」(ロラン・バルト『恋愛のディスクール』の用語を借りた。前掲拙稿「〈非在〉する仏伝」の扉参照)をめぐる、文字通りロマンもしくはロマンスの、文学的「想像」であった。

7　世界文学『源氏物語』続篇のグローカル
──おわりに代えて

「古典の再生」シンポジウムを聞きながら、遠く時代と国境を隔てる二つの『源氏物語』続篇の「似て非なる」対照を知り、読み比べてみた。私はそれを『源氏物語』続篇の「グローカル」として説明してはどうか、と考えてみる。

たとえば「イギリスの宗教社会学者ローランド・ロバートソン」は、「グローバリゼーションは、それが到達した地方や地域で同時ないし連続的に様々なローカリゼーション(現地化)を引き起こすものであると主張した。また、その際、グローバルな現象とローカルな現象は複雑に絡まり合いながら相互に影響を及ぼすものであることも主張した。そして、グローバリゼーションとローカリゼーションが同時ないし連続的に、しかも相互に影響を及ぼしながら進行する現象ないし過程であることを強調するために、ロバートソンは、両者を合成したグローカリゼーションという言葉ないし概念を学術用語として社会学に導入したのであった[*20]」。このグローカルの応用である。

『源氏物語』の「不在」をめぐる「雲隠巻」とユスナール「源氏の君の最後の恋」という「似て非なる」対照的充足の様相。そこには、インド・中国・日本というアジア中心の三国仏教史観の中で、ブッダの国インドへの憧れをめぐる粟散辺土の日本という、古代・中世日本のグローカルな世界観と、十九世紀に拡がる世界文学としての『源氏物語』受容のグローカルとが交差する。その輻輳に「古典の再生」解明への一つの回答があるのでは、とも思ったのだが、後知恵で、シンポジウム当座の質疑では触れていない。平塚も、パネルディスカッションには〈不在〉であった。

ただ、あくまで偶然だが、そこにはもう一つ、小さなシンクロニシティがあった。平塚の研究をネットで追いかけてみると、「日本ではイエスが馬小屋で生まれたとされているのはなぜか」という論文を見出す。[*21]抄録を引いて内容の一端を示せば、「日本では、しばしば、イエスは馬小屋で生まれたと言われる。しかし、西ヨーロッパにおいては、イエスが生まれたのは、家畜小屋である」。「キリシタン書では、イエスの生まれた場所は、しばしば、「うまや」とされていた。この語は、語源的には馬小屋を意味するが、牛小屋を指すのにも転用されてきた。キリシタン書における「うまや」は、家畜小屋の意味で使われたと考えられる。本コラムでは、禁教時代を経てキリスト教解禁以後、「うまや」という語が馬小屋の意味で理解されて、馬小屋伝承が流布し定着したという仮説を提案した」という。さらに平塚は「聖徳太子が厩の前で生まれたという伝説に影響された」など、「その他に」いくつかの「要因が働いた可能性も指摘」する。

このことは、私個人の研究の脈絡において、キリシタンが運んだキリスト伝とブッダ伝の交錯、[*22]またその中から浮かび上がる、ブッダ誕生と母の死をめぐる、キリスト教的な原罪意識——キリシタンの伝承では、母の脇を蹴破ってブッダが生まれる異例により、母マーヤーは死んでしまうのである——をめぐる解釈について、考察を深める契機となった。その後、ブッダ母の死を語る類話を袋中『琉球神道記』の描く仏伝に見付け、「琉球」という境界とキリシタン航路の拡りに関心を深め、あらためて景教と仏教の関係などにも空想が広がった。こちらも別稿を用意して、私なりの考察を提示したい、と考えている。

「古典の再生」シンポジウムのディスカッサントとして、いま報告できることは以上であり、その貧しさは心苦しいが、個人的には多くの示唆を得た、興味深い国際会議であった。完成した本書を前にして、あらためてそれぞれを熟読し、もう一つの視界へと進んでいきたい。いまはそう思うばかりである。

注

1 参考までに示せば、二〇二二年十一月五、六日の国際シンポジウム「日本と東アジアをめぐる〈異文化交流文学史〉」（立教大学池袋キャンパス・太刀川記念館三階カンファレンスルーム）のラウンドテーブルの「発表者」（詳細は、webサイト〈https://www.crcao.fr/2023/02/24/fiction-et-histoire-roman-du-genji-et-pratiques-litteraires-du-passe-et-du-present/ 参照〉）、二〇二三年三月三月九〜十一日、パリ国際シンポジウム「源氏物語というフィクションと歴史――過去、現在の文学の営みを通して」（パリ源氏研究グループ主催。パリ日本文化会館、イナルコ・イベントホール）における、Takeshi Watanabe「Recounting Memories as Tales: Eiga monogatari as Exorcism」（記憶を語ることば――癒しとしての『栄花物語』）とDaniel STRUVE「Les « considérations sur le roman » dans le livre « Lucioles »」（『源氏物語』蛍巻の物語論について）」の個別のディスカッサント、同年八月二十日、EAJS、Belgium、Ghentのパネルで、Daniel Schley「Perceptions of the past in Japanese court writings at the turn to the 12th century」、Simone Müller「Time perceived, felt, and envisioned: temporal sensations and cognition in three medieval court diaries」、Nathalie Phililps「Suspended in time: human lives between transience and longevity in medieval Japanese tales」の三者をめぐるパネルのディスカッサント、九月十四、十五日にベトナム社会科学アカデミー東北アジア研究所で開催の国際シンポジウム「日越関係50年――過去、現在、そして未来」第3部「文化・教育分野における日越関係セッション」の発表と座長、そして九月十九日開催の第三四八回日文研フォーラム、アリレザー・レザーイ（日文研外国人研究員、テヘラン大学・准教授）の「『ルバイヤート』から考える懐疑的な無常観」と題する講演へのコメンテーター（https://www.nichibun.ac.jp/ja/topics/news/2023/09/26/s001/ 参照）などである。

2 『源氏物語』の仏訳については、少し以前の整理だが、エステル レジェリー＝ボエール「フランスにおける『源氏物語』の受容」（『比較日本学教育研究センター研究年報』第五号、二〇〇九年三月）など参照。

3 『比較文化研究年報』第十号（一九九八年三月）。

4 多田智満子訳『東方綺譚』（白水Uブックス所収、初版は一九八四年、その元になる単行本は一九八〇年刊）による。

5 帚木は、小説『賞の柩』に、マルグリット・マゾーというノーベル賞を受賞した女性作家を登場させ、ラジオのインタビューで「あなたが最も魅かれる文学作品は何ですか」という問いに、「ゲンジ・モノガタリです。私はムラサキの名を思うとき、いつでも畏敬と啓示を感じます。（中略）ウェイリーの英訳で初めて読んだのは二十歳のときでした。余談ですが、その後の英訳、仏訳よりも、あのウェイリー訳が数段優れています。ムラサキの古典的な才能は比類のないものです。二十歳以来この五十年の間努力してきたのは、彼女に少しでも近づきたいという思いがあったからです」と語らせている（二〇一三年、集英社文庫版。なお同文庫の陣野俊史「解説」参照）。これは、ユルスナールが一九八〇年、「女性で初めてアカデミー・フランセーズの会員に選出され」たとき、帚木が「フランス政府給費留学生としてパリにいて、ユルスナールのこの言葉を、ラジオのインタヴューか新聞での対談を通して知っていた」情報をもとにするという（帚木『ネガティブ・ケイパビリティ』第八章「シェイクスピアと紫式部」の「紫式部を師と仰いだユルスナール」節）。また木村朗子「◎――現代から読む人物論〈小説〉花散里綺譚」（『人物で読む『源氏物語』第十四巻――花散里・朝顔・落ち葉の宮』勉誠出版、二〇〇五年）も、この作品に注目するコラムである。

6 幻巻から匂宮巻への展開については、拙著『京都古典文学めぐり　都人の四季と暮らし』（岩波書店、二〇二三年）第Ⅱ章11で少し考察したことがある。

7 『源氏物語』の引用は日本古典集成による。

8 咲本「雲隠六帖「雲隠」考」（『名古屋大学国語国文学』十五、二〇一一年、改稿を経て、同『源氏物語の仏教的変容』第二章「雲隠巻の光源氏」三弥井書店、二〇二三年所収）。

9 二〇二三年度・説話文学会大会の講演（二〇二三年七月一日、於早稲田大学小野記念講堂）。

10 引用は新日本古典文学大系による。なお「雲隠」巻が『今昔物語集』を直接参照したわけではないが、『今昔』は、『釈迦譜』などをもとに、日本語で書かれた、初めての体系的な仏伝であり（本田義憲『今昔物語集仏伝の研究』（勉誠出版、二〇一六年）、またブッダの誕生を仏教の始原に置く、重要な平安時代の仏教観を伝えている（出雲路修『説話集の世界』岩波書店、一九八八年など）。仏伝の概観として、ここでも便宜的に参照する。

11 多田智満子は、注2として「花散里――ここでは身分の低い女房として描かれているが、『源氏物語』では桐壺帝の妃であった麗景殿女御の妹に当たり、身分のある女性。母性的でおだやかな、良い人柄で、葵の上の早逝後、遺児夕霧の母代わりをつとめる」と注する。

12 多田は、注6として「長夜の君――不詳。こんな人物はいないはず」という。

13 引用は、木村祐子「『源氏物語』花散里の初期――花散里巻から澪標巻までを中心として」（『國學院大學紀要』第五十七号、二〇一九年一月）の前言部分。

14 笠間書院、二〇二二年刊。

15 NTT出版、二〇一四年刊。

16 拙稿「序〈キャラクター〉と〈世界〉の大衆文化史」（荒木・前川志織・木場貴俊編『〈キャラクター〉の大衆文化 伝承・芸能・世界』KADOKAWA、二〇二一年所収）参照。同稿は、BOOK☆WALKER の https://viewer-trial.bookwalker.jp/03/15/viewer.html?cid=156e47e7-9651-4074-8bf0-8540cd27a258&cty=0&adpcnt=7qM_Nkp

より試し読みができ、日文研オープンアクセスサイト(https://nichibun.repo.nii.ac.jp/search?page=1&size=20&sort=custom_sort&search_type=2&q=1128）からも日英対訳版が読める。

17 多田は、注1として、「西の館の君――源氏は幼い紫の上を二条院の西の対(たい)に住まわせ、それで彼女は「西の対の姫君」と呼ばれた。しかし、紫の上は「三番目の妻」ではなく、この文章に該当する人物は『源氏物語』にはいない」という。

18 ちなみに大和和紀のマンガ『あさきゆめみし』は、独自に「雲隠」帖を描き、「明石の君が、ある日、不思議な空の光景に見とれる。その美しい紫色の雲が包んでいる山が光源氏が出家して籠もっている山であることに気付き、光源氏の死を悟る」。「その瞬間、明石の君はショックで意識を失いながら、雲上での光源氏と紫の上の再会を思う」（赤間恵都子「あさきゆめみし」に描かれた『源氏物語』～原作と漫画と宝塚歌劇の比較～」『十文字学園女子大学短期大学部研究紀要』第三十九号、二〇〇八年十二月）という筋立てである。明石の御方の位置を傍証するだろう。

19 引用は、田坂憲二「花散里像の形成」（『中古文学』第三十一号、一九八三年五月、同『源氏物語の人物と構想』和泉書院、一九九三年に再収）より。

20 上杉富之「グローバル研究を超えて――グローカル研究の構想と今日的意義について」（『グローカル研究』No.1、二〇〇四年）。

21 『京都産業大学論集人文科学系列』第五十一号（二〇一八年三月）。

22 拙稿「釈迦の出家と羅睺羅誕生――不干斎ハビアンと南伝仏教をめぐって」（『日本文学』二〇二一年六月号）参照。

Ⅱ イメージとパフォーマンス

5

絵巻と『徒然草』絵注釈の間
——デジタルアプローチの試みをかねて

楊　暁捷　X. Jie Yang

今回取り上げるテーマは、絵巻・絵注釈・デジタルという三つのキーワードから、絵巻という古典をめぐって、古典の再生という、とても刺激的で魅力的なテーマを考えていきたいと思います。

1　『徒然草』絵注釈概観

まずは、『徒然草』絵注釈のおおよその様子について眺めてみたいと思います。ご存じのように、『徒然草』は江戸時代に入って盛んに読まれるようになった古典の一つです。現在デジタル公開されている様々な版本をトータルに見ても、膨大な数の『徒然草』をめぐる出版が、江戸時代において行われていました。その中で、絵を含む版本もかなりの数が残っております。そのいくつかのタイトルについて見てみたいと思います。

まずは何と言っても**『なぐさみ草』**（**松永貞徳、慶安五年〈一六五二〉刊**）です。これは十七世紀の半ばごろに刊行されたもので、そのスタイルは、『徒然草』の本文、言葉の解釈、意味の総括、それから一枚の絵を添えるというものです。『徒然草』は序文と二百四十三段から構成されていますが、『なぐさみ草』はその中の百五十五段プラス序文について絵を与えております。約七割強という数字になります。

『頭書徒然草絵抄』（**元禄三年〈一六九〇〉刊**）。さきの『なぐさみ草』から、約四十年後に刊行されたものです。こちらの方には、三十二段に対して絵が施されています。挿絵的な存在になります。

『つれづれ草絵抄』（**元禄四年〈一六九一〉刊**）。こちらの方は絵をもって『徒然草』を楽しむ、読むということの、集大成的な内容になります。全体に対して実に二百九段という、全体の八割程度の内容について絵を与えております。なお、この『絵抄』については、本文のみで、文字での『徒然草』についての解釈は一切ありません。

『徒然草ゑ入』（**享保二年〈一七一七〉刊**）。さきの『絵抄』から二十年近く後の出版ですが、こちらに三十二図が入っています。

『絵本徒然草』（**西川祐信、元文五年〈一七四〇〉刊**）。十八世紀の半ばごろに刊行されたものです。こちらの方は、他のものと違って、絵を前面に押し出して、『徒然草』の本文の全文を載せることさえありません。絵の内容に対応する、兼好の文章のハイライトを、ここに取り出すだけです。ちなみに、現在、絵で『徒然草』の内容を紹介したりする時には、この『絵本徒然草』の絵がよく使われております。その理由はよくわかりません。おそらく、こちらの絵は一番丁寧に描かれていて、かつ江戸の風俗をベースにしたもので、『徒然草』の内容とのギャップが楽しい、という理由も入っているかもしれません。

『つれつれ草絵入』（三木隠人、文化九年〈一八一二〉刊）。こちらには三十八図が入っております。

さて、一言に絵注釈といっても、私たちの普通の感覚からすれば、おそらくそれは絵をもって内容を掲げるという基本的な姿勢から、絵と内容が対応する、ということが一番の前提になって、絵そのものが構図においてなんの脈略もないと想像しがちです。はたして、そのような絵は確かに多数あります。『つれづれ草絵抄』から例を見てきますと、例えばこの第一段「いでやこの世に生まれては」、人として願うべきものというような内容について、『絵抄』では、祭りについていくつかのアイテムを掲げているだけで、絵として特別に要るものはありません【図1】。もう一例、五十五段「家の作りやうは」。ここではまともな絵になっていますが【図2】、でも、むしろ強調したいところに文字を入れて、本文との対応関係を示し、絵としての完成度はほとんど全くありません。

さらにひとつ、かなり多く見られるのは、本文の中に出てくる内容をわざと大きく描いて並べるというような形、また、本文にあった内容を、まるで使用説明書みたいな形で大きく伸ばして、関連の知識を余分に記入するような形をとっています。たとえば二百十九段の「横笛穴名図」です【図3】。

しかし、ここまで見てきたような注釈絵の構図は、むしろこの絵注釈の中のほんの一部であり、注釈全体を代表するようなものでは決してありません。これをまず断った上で、ここからもう少し、絵注釈の絵を見てみたいと思います。

図１　『つれづれ草絵抄』上巻・三オ

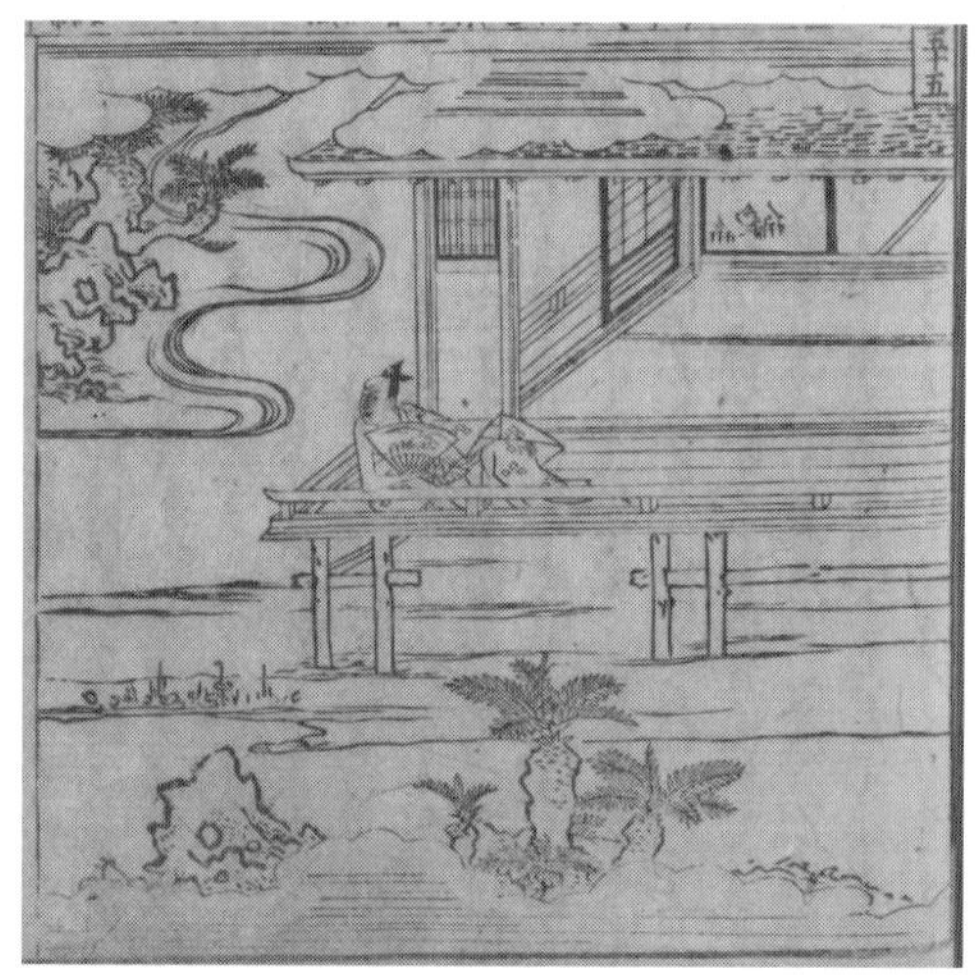

図２　『頭書徒然草絵抄』巻二・十一オ

図３　『つれづれ草絵抄』下巻・三十八オ

2　絵巻という古典

　ご存じのように日本の伝統において、平安時代から室町の終わりにかけて、絵巻が盛んに製作され、楽しまれてきました。豪華な絵巻と、ここで見る、言ってみれば素朴な絵注釈、さらに言えば、一点物の手書きの絵巻と、木版で出版され数え切れない読者の手の元に届けるという絵注釈、この二つのジャンルの距離は遠いように見えても、意外と近かったかもしれません。

　『徒然草』の方に目を向けると、実はかなりの数の絵巻が制作され、伝わっております。例として三つほどあげます。東京国立博物館が所蔵している模本、サントリー美術館が所蔵しているもの、こちらの方は原典カラーで出版されていて、広く読まれています。徳川美術館にも「徒然草絵巻」というものを一点所蔵しています。

　これらの絵巻を見てみますと。典型的ないわゆる絵巻の構図などになっていますが、実は、何のこともない、『なぐさみ草』の構図をそのまま絵巻のスタイル・形に描き直したものです。『なぐさみ草』巻二に収録された画面【図4・5】。あの有名な木こりの話【図6・7】。それから、鬼の噂に右往左往する洛中の人々の様子【図9・10】。こちらの方は、とりわけ絵注釈の『なぐさみ草』の絵は、現行の原文とはかなり離れたような内容になっていて、それでもこの構図そのものが、そっくりそのまま絵巻に継承されております。このような事実が生まれたことの理由は、考えてみると、絵巻の絵師が自分の構図ができないというようなことよりも、むしろ『なぐさみ草』のような注釈絵は非常に広く読まれ、一種の根拠、みんなのイメージの出発点にさえなったからこそ、絵巻を制作しても、そこから簡単に抜け出すことができない、という製作と享受の両方からその理由が考えられるのではないかと思われます。

図6 『なぐさみ草』巻四・十九オ

図4 『なぐさみ草』巻二・二十一ウ

図5 東京国立博物館「徒然草図」（模本）

図７　サントリー美術館蔵「徒然草絵巻」

図８　『なぐさみ草』巻二・三十三オ

図9　徳川美術館蔵「徒然草絵巻」

ここからは、その逆の方向、絵巻のある伝統の中で、絵注釈が構図を作り出し、絵の生成と成長を見ていきたいと思います。

3　表現方法とテーマ

まずは、いわゆる異時同図。一つの場面の中において、同じ人物を複数に描き、その人が取った行動を順番に見ていって、それが同じ場面の中で展開して行く、というユニークで効果的な構図のことです。ここまで手の込んだ構造を、絵注釈は果たして簡単に応用できるものでしょうか。いくつかの例を見てみます。

百七段。宮中の女房たちが若い公卿の男たちを相手に、いじめたり品定めをしたりするような楽しい一話です。その中で、例えば『なぐさみ草』や『絵本徒然草』などは、一つの場面に簡単に一つの時間をまとめているのに対して、『絵抄』はちょっと違ったアプローチをとっています。女房たちは違う男を相手に同じ質問投げかける、その答えをあれこれと議論するという展開になりますが、確かに違う男がいて同じ女房が繰り返し登場するという構図になっています【図10・11・12】。

百三十四段、高倉院の僧が鏡の中の自分の醜い顔を見て、外に一歩も出ないという逸話です。ここも『なぐさみ草』は鏡に向かう僧、『絵入』の方は、僧がとった二つの行動を、二つの場面に分けて描いたのに対して、『絵抄』はこれを一つの場面にまとめました【図13・14・15】。

二百十五段、北条執権時頼の味噌で酒を飲むという有名な逸話です。ここも『なぐさみ草』は一つの場面、『絵入』の方は味噌を探すという場面であるのに対して、『絵抄』の方は二つの場面を一つの背景にまとめ、二人とも繰り返し登場したということになります【図16・17・18】。ここまで見てくると、あの異時同図という構図の方法は、まるで絵注釈のひとつの基本的な表現方法になったかのように、自由自在に使われておりました。

次にもう一例。いわゆる垣間見。絵巻の中では図版19のようなこういう場面はわりかたたくさん見かけられ、主人公は強い関心を寄せる人物を遠くから眺め、読者はその視線に引かれて、目標の人物を見、それと同時に主人公を見る。見る人、見られる人、ともに見られる人。いくつかの視線が一枚の絵の中で交差し、立体的な構図になっています。

図10 『なぐさみ草』巻四・十四オ

図 11　『つれづれ草絵抄』上巻・五十オ

図 12　『絵本徒然草』中巻・十ウ十一オ

図 15　『つれづれ草絵入』巻三・二十二ウ

図 13　『なぐさみ草』巻四・五十八オ

図 14　『つれづれ草絵抄』上巻・六十三オ

図18 『つれづれ草絵入』巻五・一十六ウ

図16 『なぐさみ草』巻七・四十九ウ

図17 『つれづれ草絵抄』下巻・三十五オ

絵注釈においては、例えば四十三段の兼好が読書に耽る男【図20・21】、それから四十四段の笛を吹く男という姿を眺めるというどこか幻想的な記事において、『なぐさみ草』と『頭書』の方は除かれますが、いずれも兼好の姿を絵の中に描き込んでいる。兼好が絵に登場する必然性はほとんどありませんが、それでも、垣間見というような視線で見れば、より均衡が取れていて、伝わるという結果になります【図22・23・24・25】。

絵巻において、天皇・教皇などの表現の基本的なパターンとして、貴人の上半身を隠し、下半身だけを描くという決まりごとがあります。決して絵の構図としては美しいとは言い難いが、この伝統は広く伝わり、読者によく理解されています。これに倣って、例えば百三十五段においては、『なぐさみ草』と『絵本』は両方ともこの表現の方法を取り入れています【図26・27】。

二百十三段において、御前においての一つの故実を伝えているのですが、その御前の表現の方法も『絵抄』は下半身だけという構図を取り入れています【図28】。

さらに一例、二百二十二段、ここの場合は貴人というのが東二条院という人が対象になるのですが、それでも構図には何の変化もありません【図29】。

ここからは幾つかの絵巻によく見られるテーマを、絵注釈の中でどのように取り入れられたか、ということ見てみたいと思います。一つは火災。これは絵巻においてよく描かれた内容なのですが、絵注釈においては、例えば五十九段、ここで特別に火災のことを語った段ではないにもかかわらず、ただ簡単に一つの比喩として描かれたものが、絵において大きくクローズアップされています【図33・34】。

『古事記』『一遍上人絵伝』など、描かれてとても印象に残る構図ですが、これも百五十四段において大きく描かれております。

図 20　『なぐさみ草』巻二・二十一ウ

図 19　国文学研究資料館蔵『伊勢物語／和歌ノ巻』

図 21　『つれづれ草絵抄』上巻・二十二ウ

図 23　『頭書徒然草絵抄』巻二・三オ

図 22　『なぐさみ草』巻二・二十三ウ

図 24　『つれづれ草絵抄』上巻・二十三オ

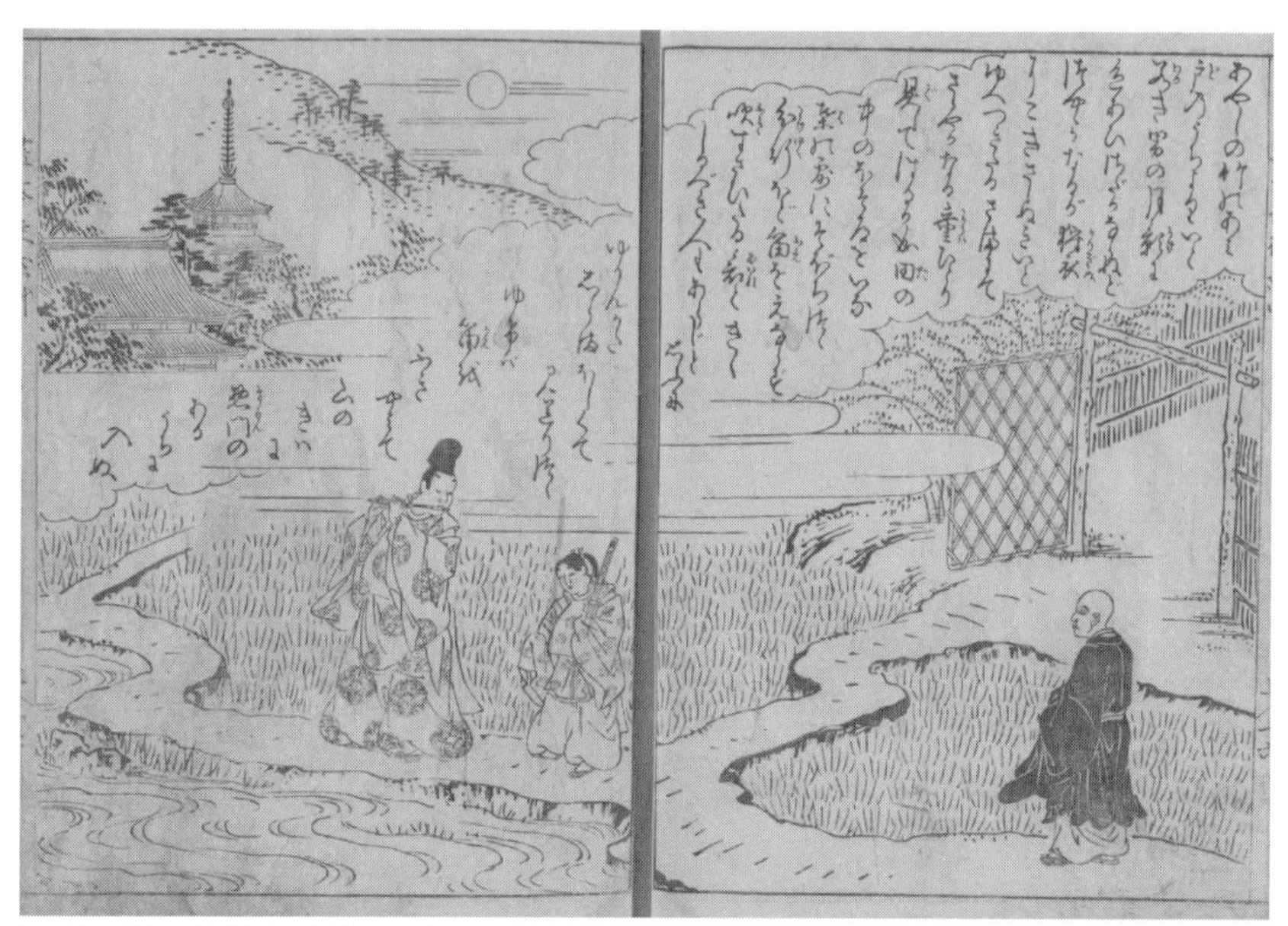

図 25 『絵本徒然草』上巻・十六ウ

図 26 『なぐさみ草』巻四・六十一オ

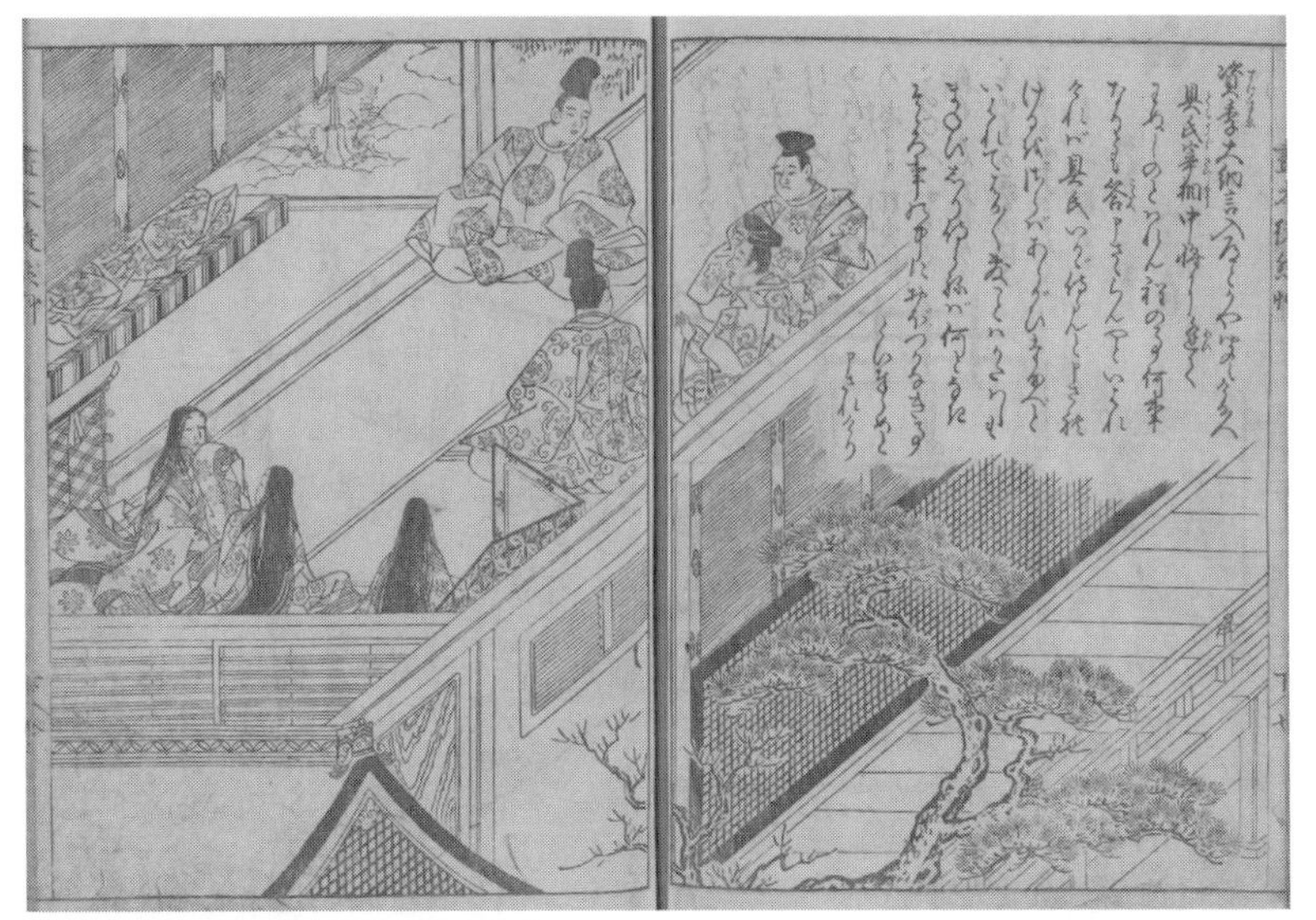

図 27 『絵本徒然草』下巻・七ウ八オ

図 28 『つれづれ草絵抄』下巻・三十四ウ

図 29 『つれづれ草絵抄』下巻・三十九ウ

図 30 『なぐさみ草』巻二・四十八ウ

図 31 『つれづれ草絵抄』上巻・二十九ウ

首切り、いわゆる斬首、これも絵巻において多数の実例を見ることができます。例えば二百二十七段。ここの場合は、毎日念仏することの功徳を説くところで、兼好の記述をどんなに読んでいても、斬首とは何の関係もありません。それにもかかわらず、絵注釈になると平気に首切りの様子を持ち出して、読者の想像を大きく刺激することになります【図32】。

一方では、逆の事は、もっと興味深いです。絵注釈の中で見られるいくつかの構図は、絵巻には全くとは言い切れないのですが、ほとんど見かけられないような内容になっています。例えば、『なぐさみ草』が描いた第四段のこと、ここに後の世のことを思うという内容ですが、絵の方を見てみますと、主人公とこの人と対峙する背景というか自然風景は、まるで隔離された二つの世界のように見られて、興味深いです【図33】。

絵巻の中でも、背景と人物像比率が合わないというようなことは多数見られますが、でも、ここに見るように、人物と背景が二つの世界に切り離されて、そこに意味合いを見出すような構図はほとんど見られません。似たようなことに七十四段の、人間のこの世のことを「蟻のごとくに集まりて」と、兼好が人間の世を眺めるというような構図ですが、兼好と彼の目に映る人間のこまごまとした無意味な行動が描かれています【図34】。

「絵巻の文法序説」という短い論文[*1]にまとめたことがあります。ここでは絵巻の表現の方法を、言語における文法という概念を応用して観察する、という試みをしました。いわゆる構文、語彙、文型といった文法の術語を使って、絵巻の表現の規則を少しでも見出すことができないかと模索しておりました。今のように絵巻と絵注釈との関係を観察する上でも、この文法的なアプローチも、手助けの一つになるのではないかと思えてなりません。

絵巻と絵注釈との関係、兼好の技巧的な文体、古典的な物語の選び方、機知に富んだ語り口。これらはいつでも絵師を刺激し、絵師の平凡な構図を許さないという内在的な理由になったのではないかと、まずは思います。

図 33 『なぐさみ草』巻一・十オ

図 32 『なぐさみ草』巻八・二四オ

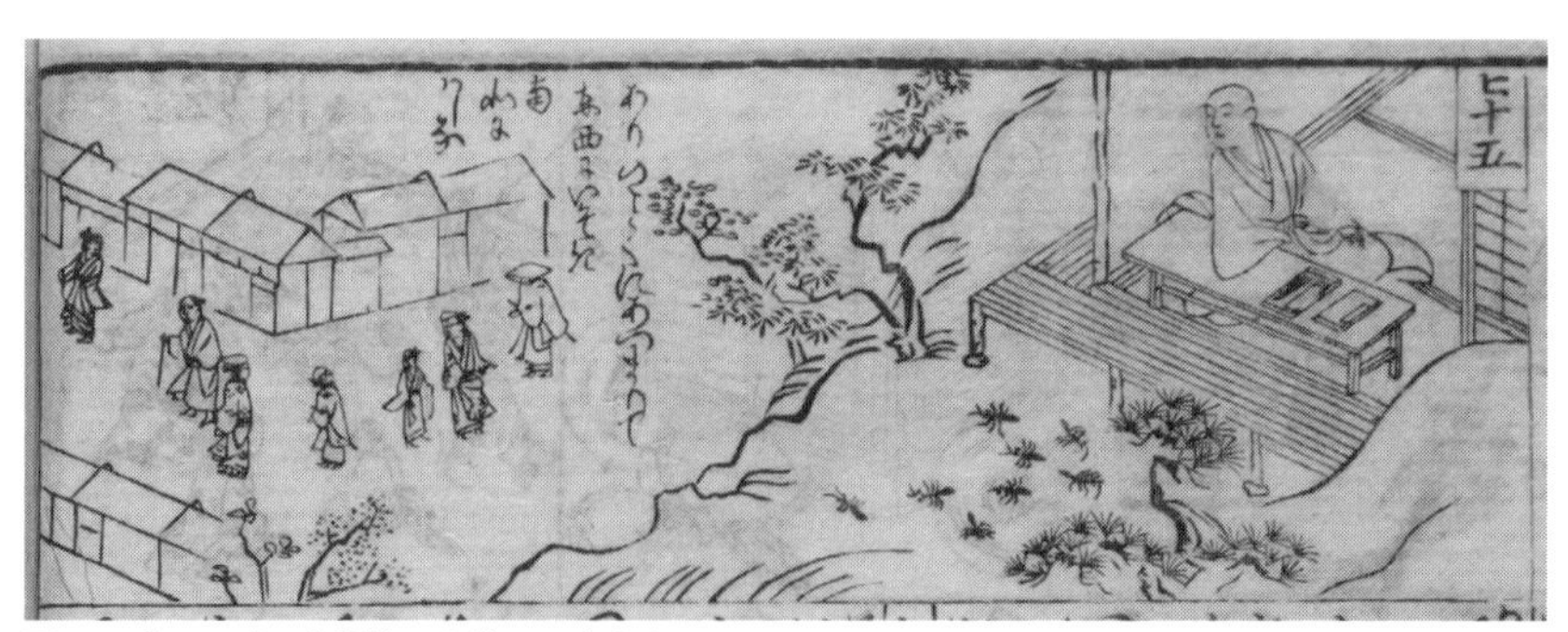

図 34 『つれづれ草絵抄』上巻・三十六ウ

それから、これまで見てきたように、両者は切っても切り離せない関係にあります。古典としての絵巻は、絵注釈の中でしっかりと息づいていて、生きていて、その成立・成長を支えておりました。絵というメディアの根底において、両者は共通していると認識したいものです。

4 デジタル表現への模索

最後にデジタルというキーワード、簡単に触れておきます。かつて存在しなかった、いろいろなデジタルによる表現の可能性を与えられた今、私たちには何ができるのでしょうか。私は動画、朗読、朗読動画などの方法の可能性を模索し、『徒然草』という魅力あふれる古典を少しでも有効に伝え、届けることができないかと模索してきました。みなさまからのご意見、ご批判などを楽しみにしております。

注

1 楊暁捷「絵巻の文法序説――『後三年合戦絵詞』を手掛かりに」(『日本研究』四十六、二〇一二年九月)。

図版出典一覧

●図1・3・11・14・17・21・24・28・29・31・34
『つれづれ草絵抄』(元禄四年〈一六九一〉刊) 国文学研究資料館高乗勲文庫所蔵(後印本)
請求番号:89-113 DOI:https://doi.org/10.20730/200016348

●図2・23
『頭書徒然草絵抄』(元禄三年〈一六九〇〉刊) 国立国会図書館デジタルコレクション

請求番号：特1-772　DOI：https://doi.org/10.11501/2536039

●図4・6・8・10・13・16・20・22・26・30・32・33

『なぐさみ草』（松永貞徳。慶安五年〈一六五二〉刊）国文学研究資料館高乗勲文庫所蔵

請求番号：89-88　DOI：https://doi.org/10.20730/200016213

●図5　東京国立博物館所蔵「徒然草図」（模本）列品番号：A-4510

出典：国立文化財機構所蔵品統合検索システム（https://colbase.nich.go.jp/collection_items/tnm/A-4510?locale=ja）

●図7　サントリー美術館所蔵『徒然草絵巻』（海北友雪）

URL：https://www.suntory.co.jp/sma/collection/data/detail?id=780

●図9　徳川美術館所蔵『徒然草絵巻』 © 徳川美術館イメージアーカイブ/DNPartcom

URL：https://www.tokugawa-art-museum.jp/exhibits/planned/2020/0718-2hosa/post-1/

●図12・25・27『絵本徒然草』（西川祐信。元文五年〈一七四〇〉刊）国立国会図書館デジタルコレクション

請求記号：京乙-247　DOI：https://doi.org/10.11501/2534221

●図15・18『つれつれ草絵入』（三木隠人。文化九年〈一八一二〉刊）早稲田大学図書館九曜文庫所蔵

請求記号：文庫30_e0106　URL：https://www.wul.waseda.ac.jp/kotenseki/html/bunko30/bunko30_e0106/index.html

●図19　国文学研究資料館鉄心斎文庫所蔵『伊勢物語／和哥ノ巻』

請求記号：98-1076　DOI：https://doi.org/10.20730/200025218

〈編集部注〉

本稿は、二〇二三年二月十一日に行われた国際シンポジウム「古典の再生」における楊暁捷氏の発表動画の文字起こしである。楊氏は二〇二二年十月、発表動画を完成させ、主催者に送付して後、まもなく逝去された。楊氏のご冥福を衷心よりお祈り申し上げる。

文字起こしはまず松本大が行い、飯倉洋一が確認し、図版を配置した。文字起こしにあたり、一部省略した部分、発表時と異なる表現をしている部分がある。また楊氏が発表で使用した画像を一部省略した。それらを含めて文字起こし・図版配置の文責は飯倉にある。

6 人麿画像の讃の歌

佐々木孝浩　SASAKI Takahiro

はじめに

万葉歌人の柿本人麿は、『古今和歌集』の仮名真名両序で歌聖として称えられたことにより、後代の歌人たちから崇拝されるようになった。その画像を掲げて歌会を行う儀式である「人麿影供（柿本影供）」が、院政期に行われるようになって一層その神格化が進み、中世期になると住吉・玉津島両明神と並ぶ歌神としての地位を確立するに至る。江戸時代には根拠薄弱な千年忌を契機として、天皇家より神位・神号が贈られて、人麿はとうとう皇室からも認められた神へと昇りつめたのである。

鎌倉期になると歌会の席に人麿画像を掲げることが一般化し、「人麿影供」などと称することは次第になくなっていく。その一方で、人麿の像容や付される讃の歌が、人麿の伝記研究の進展や、信仰的な展開などの影響を受けつつ、様々に変化していったことが認められるのである。

本章では、人麿画像と讃の歌の変化、特に江戸時代における「古典の再生」ともいうべき新たな展開に注目して、その変化の様相と意味について考察してみたい。

1　人麿影供の歴史

具体的な考察に先立ち、人麿影供の歴史について簡単に整理しておきたい。

白河院の乳母子にして近臣であった藤原顕季（一〇五五―一一二三）が[*1]、元永元年（一一一八）六月十六日に六条東洞院の自邸において、柿本人麿を称える歌会を催した。[*2]会に参加し、顕季に頼まれて人麿画像の讃文を記した、儒学者藤原敦光（一〇六三―一一四四）の日記『敦記』の当日条に、敦光の歌会序と参加者十三名の和歌からなる歌会本文を加えた、『柿本影供記（人丸影供記など書名は様々）』が伝わっており、会の具体的な様子を知ることができる。

同記には、「件の人丸影は新たに図絵せらるゝ所也。一幅長三尺許、烏帽子直衣を着し、左手に紙を採り、右手に筆を握る。年齢六旬余の人也」（原漢文）とあって、当日用いられた人麿の画像は、新しく制作されたもので、烏帽子に直衣姿で、左手に紙を持ち、右手に筆を握った年齢六十あまりの姿であったという。

この時に使用された人麿影は顕季の子孫の間で相伝され、その所有は顕季に始まる歌道家六条藤家の当主であることの証となり、少なくとも顕季六代の孫である鎌倉中後期の九条隆博（?―一二九八）[*3]まで伝わったことが判明しており、顕季の孫の清輔（一一〇四―一一七七）とその弟の季経（一一三一―一二二一）が人麿影供を催していることが確認できる。[*4]

その後人麿影供は、清輔・季経と同時代の俊恵法師（一一一三―一一九一）の白河の坊である歌林苑に集った歌人たちの間でも行われ、[*5]顕季の子孫以外にも広まっていった。大きな転機となったのは、後鳥羽院の近臣源通親（一一四九―一二〇二）が正治二年（一二〇〇）頃から自邸において歌合と合体させた「影供歌合」を催し始めたことである。参加者であった後鳥羽院（一一八〇―一二三九）は、翌建仁元年から三年にかけてこれを主催するようになり、人麿影供は公に認められた存在となったのである。[*6]この後も後鳥羽院の孫の後嵯峨院が、建長三年（一二五一）九月十三夜に仙洞において約半世紀ぶりに影供歌合を催している。

具体的な状況は不明ながら、飛鳥井雅経（一一七〇―一二二一）、藤原信実（一一七六―一二六五）、順徳院（一一九七―一二四二）と藤原範宗（一一七一―一二三三）、宗尊親王（一二四二―一二七四）・真観（一二〇三―一二七六）・九条行家（一二二三―一二七五）・高階宗成（生没年未詳）らが、影供と百首和歌を合体させた「影供百首」を詠じていたことが確認でき、ちょっとした流行となっていたことが判る。[*7]また西園寺公経（一一七一―一二四四）が木像を用いた影供を行っていることも[*8]興味深い。

鎌倉時代も末近くなると「人麿影供」開催の記事はほとんど見当たらなくなる。しかしながら、永仁三年（一二九五）に成立した『伊勢新名所絵歌合絵巻』や、観応二年（一三五一）成立の本願寺三世覚如の伝記絵巻『慕帰絵詞』の歌会の場面には、本文には言及がないにも拘わらず人麿画像が描き込まれていることが確認できる。[*9]人麿影供が様々な形式で拡散した結果、人麿画像を掲げることが歌会の一作法として定着していたことが理解できるのである。[*10]

2　文献にみる人麿画像

歌会の場に人麿影を掲げることが作法となったということは、人麿影の需要が高まり量産されるようになったことを意味している。人麿影は幾つあるのか不明なほどに現存しており、鎌倉時代の制作とされているものも少なくない。画像自体を確認する前に、文献上に見える人麿影の特徴に関する記述を整理しておきたい。

顕季の初度の人麿影供で用いられた画像については、鎌倉中期の説話集である『十訓抄』や『古今著聞集』などに関連する説話がある。十一世紀の歌人藤原兼房（一〇〇一―一〇六九）の夢想に由来し、鳥羽の宝蔵に納められていた画像を、顕季が白河院に懇望して借り出して模写したというのであるが、『柿本影供記』には全く見えない話であり、信憑性には問題があるのは確かである。[*11] しかしながら、その描写はかなり具体的であり、六条藤家で相伝されていた影についての説明である可能性は高そうなのである。

『十訓抄』によると、兼房の夢に現れた人麿は「年高き人」で、「直衣に薄色の指貫、紅の下の袴を着て、なえたる烏帽子をして、烏帽子の尻、いと高くて、常の人にも似ざりけり。左の手に紙をもて、右の手に筆を染めて、ものを案ずる気色」であったという、そしてその場所は「西坂本とおぼゆる所に、木はなくて、梅の花ばかり雪のごとく散りて、いみじく芳しかりける」という有様であったとのことである。

烏帽子の形態や指貫や下袴の色を具体的に示すほか、背後に梅の花が雪のように散っていたなどと、『柿本影供記』よりも詳しい説明になっている。後述するようにこのように描かれた画像は非常に数多く存在しており、最も基本的な像容であるといえよう。

室町後期の歌学書で、猪苗代兼載（一四五二―一五一〇）の談話の筆録である『兼載雑談』には、基本形と異なる像容の存在が記されている。

一、人丸影に、信実、岩屋とて両流あり。岩屋は行尊の夢なり。虎の皮をしくなり。信実のは粟田の関白の孫あきふさの夢にみ給しを信実にかゝせ給ふ。信実の夢にあらず。

人麿影に信実流と岩屋流の二流があり、岩屋流は平安後期の僧侶歌人であった大僧正行尊（ぎょうそん）（一〇五五―一一三五）の夢に由来するもので、人麿が虎皮に座っていると説明する。冷泉家（れいぜいけ）末流の古今集秘伝と考えられ、末尾に「永仁五年（一二九七）三月十三日」との年記を有する『古歌抄（こかしょう）』[12]には、行尊が「しやうのいは屋（笙岩屋）」に籠って「くさのいほなに露けしとおもひけん／もらぬいはやも袖はぬれけり」と詠んだ際に出現した人丸（麿）の姿を描いたのが「いはやの本」であるとの記述がある。ここには虎皮についての説明はないものの、こうした伝称が鎌倉期には存していたらしいことが判る。虎皮を敷く人麿影も確かに確認でき、それらは行尊流あるいは岩屋の本などと呼ばれていたらしいのである。

一方の信実流は、「あきふさ」が夢にみた姿を信実に描かせたものだという。「粟田の関白の孫」とあることから、「あきふさ」は関白道兼（みちかね）の孫の兼房であると判断できるのだが、『古歌抄』にはいはやの本に続けて、顕季が「山さくらさきそめしよりひさかたの／くもゐに見ゆるたきのしらいと」と詠んだ際に夢中に現れた人丸の姿が「ゆめの本」だと説明しており、兼房と顕季の夢想説が混乱して「あきふさ」となってしまったらしいことが理解できるのである。

信実はいうまでもなく鎌倉初期の有名な公家画家であり、信頼できないものながら信実筆とされる人麿影も少なくはないのだが、兼房・顕季とは時代が合わない。あるいは兼房夢想に由来する像を源通親か後鳥羽院が信実に写させたというような伝承があったのであろうか。ともあれ夢の本が信実流のことであるのは、続いて説明される像容の記述からも明らかである。

中世期成立の文献で人麿影の描写が最も詳しいのは、やはり中世期の和歌秘伝書である東北大学附属図書館狩野文庫蔵の『古今大事』（『古歌抄』とは別書）である。

> その姿は烏帽子はなへ烏帽子、顔の色白くして、面長く鼻大也。口と鼻との間遠し。居長たかく、ぼんのくぼながし。眉しげく生て末さがり也。目尻少あがりて、左の目の尻にあざあり。同方の鼻のわきにふすべあり。ひげほそくながくして臍につく也。眉の間に長き毛一あり。白青の藤の丸の直衣にはなだのうすきにほやの丸のさしぬき也。赤き帯に赤きくゝり也。右のひざをたてゝ手をひざにおさめ、左のひざをふせて、手には紙を持給て、ひざへおさへ給也。人丸の真形を見奉らんとおもはゞ此まゝに書くべし。

ここには口と鼻が離れていて、首の中央の窪んだ箇所である盆の窪が長いとか、左の目尻にあざがあり、鼻の両脇に贅（黒子か疣）もあり、眉毛の間に長い毛が一本あるだの、非常に具体的に特徴が書かれており、服装に関しても『十訓抄』より詳しくまた異なる部分もある説明がなされているのである。顔についてこの通りに描かれた人麿影には出会ったことはないが、服装に関してはほぼ合致するものもあり、ある程度実態を反映した記述であると思われる。

以上のような文献資料からも、中世期には複数の人麿影の発生説話が存在し、それらと関連した画像が存在していたらしいことが確認できるのである。

3　中世期までの人麿画像の展開

鎌倉時代のものとされる人麿影は少なくない。例えばアメリカのクリーブランド美術館所蔵の鎌倉時代作とされるもの【図1】は、鎌倉末期制作と考えられている。服装や梅花が描かれている点は『十訓抄』の記述と一致し、右膝を立てて左膝は寝かせることや、手の位置などについては『古今大事』と一致しており、この向かって左を向き、やや仰けに反る姿であるのが、最も基本的にして大多数を占める像容であると考えられる。

これに対し向かって右を向き、左膝を立てて右膝は寝かせ、上半身は真っ直ぐで顔は水平方向を向くという古例も確認できる。東京国立博物館蔵の鎌倉期とされるもの【図2】がその代表例であるが、『慕帰絵詞』の歌会場面に描かれた影も装束の色が異なるものの、姿勢などは共通しており、この形式もある程度広まっていたことがうかがえるのである。

また信実筆との伝称を有する京都国立博物館蔵の南北朝期と考えられる影【図3】は、右脇に脇息を置き、それに寄りかかって両足を向かって右方向に伸ばし、顎を上げて向かって左上方を見上げた姿をしており、維摩居士(ゆいまこじ)像との姿勢の共通性から「維摩形」などと呼ばれるものである。[*13] 装束は基本的に共通するものの筆と紙を手にしておらず、上部に讃がなければ人麿影と判断することが難しいものである。

さらに左脇に脇息を置き、左肘を付けて手に紙を持ち、右膝を立てた上に右肘を置いて、筆を握ったままで頬杖とする、首を少し傾げた像容の影も存在している。讃のないものながら、慶應義塾(センチュリー赤尾コレクション)

図1　米国クリーブランド美術館蔵の基本的な像容の人麿影

図2　東京国立博物館蔵の基本形とは逆向きの人麿影（ColBase〈https://colbase.nich.go.jp〉）

図3　京都国立博物館蔵の維摩型の人麿影（ColBase〈https://colbase.nich.go.jp〉）

蔵の狩野永徳（一五四三―一五九〇）筆との伝称を有する室町期とされる像【図4】は虎皮を敷いており、[14] これが岩屋形である可能性が考えられる。この像容のものは、中国古代の官制に基づく大巾頂という頭巾をかぶっていることも注目される。後述するような渡唐伝承と関係する影である可能性もあるものである。

あるいは同じコレクションの山崎宗鑑（一四六五―一五五三）の讃を有するものは、両手をお腹のあたりで組み合わせて筆を握った珍しい半身像であり【図5】、孔子やその弟子などを祀る儀式である釈奠で用いる孔子像などを意識しているように思われる。またこの姿は、江戸時代に『三十六人歌合』や『百人一首』などの歌仙絵で登場する、人

図４　慶應義塾（センチュリー赤尾コレクション）蔵の岩屋形の人麿影

図５　慶應義塾（センチュリー赤尾コレクション）蔵の孔子像に似た人麿影

麿の立像の魁と評することができそうである。

非常に簡略な整理ながら、以上のように中世期までの人麿影は、様々な人麿の伝記説や秘伝などと結び付きつつ、基本形とは異なる像容のものが幾つも生み出されたのである。

4　中世期までの讃の歌

先述の維摩形のように、一見すると誰の画像か判らない画像も、上部に加えられた讃により人物が判明することは少なくない。讃とは褒め称える文章のことであり、画に加えられたものを「画讃」と称する。古例の人麿影の画讃を確認すると、顕季邸での初度の影供の折に、敦光が顕季の依頼を受けて草した「柿本朝臣人麿画讃」と共に、人麿の代表作とされる和歌が加えられたものを多く確認できる。またこの漢文の画讃はなく、人麿の詠のみが記された例も少なくない。古い正統的な画像ほど画讃と和歌の両方を有するものが目立つので、この形が本来的なもので、次第に画讃が省略されて代表歌のみに変化していったらしいことが推測できるのである。

歌人像に加えられた代表歌は、正式には讃ではないのだが、同じ位置にあることなどから、これを讃として認識することも普及しているので、ここでも「讃（の歌）」と呼ぶことにして検討を行いたい。

画讃の有無を無視して、中世期頃までの様々な人麿影に加えられた讃の歌を、その代表的な入集作品の情報を加えて整理すると以下のようになる。

A　ほのぼのと明石の浦の朝霧に島がくれ行く舟をしぞ思ふ（読人不知）　（古今和歌集・巻九羇旅・四〇九）
このうたは、ある人のいはく、柿本人麿が歌なり

B　梅花それとも見えず久方のあまぎる雪のなべてふれれば（読人不知）　（古今和歌集・巻六冬・三三四）
この歌は、ある人のいはく、柿本人まろが歌なり

C　たつた河もみぢば流る神なびのみむろの山に時雨ふるらし（読人不知）　（古今和歌集・巻五秋下・二八四）
又は、あすかがはもみぢばながる

C′　奈良のみかど竜田河に紅葉御覧じに行幸ありける時、
御ともにつかうまつりて　柿本人麿
竜田河もみぢ葉ながる神なびのみむろの山に時雨ふるらし　（拾遺和歌集・巻四冬・二一九）

D　あまとぶやかりのつかひにいつしかもならのみやこにことづてやらむ　（拾遺和歌集・巻六別・三五三）
「もろこしにて　かきのもとの人まろ」

具体的な数を把握しているわけではないが、Aが最も使用例が多い歌であることは確かである。次いで多いのがBで、両歌が共に記される例も少なくない。この両歌は『万葉集』には見えないもので、『古今集』に「読人不知」として撰歌され、左注で人麿作との説があることが示されたものである。しかしながら同集の仮名序では、人麿の代表歌として引用される形となっており、そのことが人麿影の讃の歌として利用された主な理由であると考えられる。またAは藤原公任撰の『和歌九品』で、最上位の「上品上」二首の内の一首とされており、平安時代の評価の高さが理解できるのである。

B単独の例で興味深いのは、大巾頂をかぶり頬杖をついた像容のものに目立つということである。基本形とAという最も代表的な組み合わせの人麿影に対立する存在として注目できよう。

ABと較べると使用例がずっと少ないCも『古今集』入集歌ではあるものの、人麿作説を伝える左注もない単なる読人不知歌である点で異なっている。ただしC'としたように『拾遺集』に重出しており、こちらでは人麿の作となっているのである。

Dの例はもっと少ないのだが、やはり『拾遺集』に人麿作として入集するこの歌は、詞書に「もろこしにて」とあり、人麿が渡唐したことになってしまう不思議な歌である。この歌は『万葉集』巻十五に存する、天平八年（七三六）の遣新羅使歌群の「引津亭船泊之作歌七首」との題詞を有する読人不知歌（三六七六、第三句「衣弓之可母〈エテシカモ〉」）であり、人麿の歌ではないのである。

人麿影の讃として確認できるA～Dの四首で、『万葉集』に見える歌はD一首のみであり、しかも人麿作であることが確実なものは一首もないのである。使用率の高いABが『古今集』仮名序で人麿の代表歌とされているように、人麿影供は万葉歌人としての人麿を称えるものではなく、古今集時代にイメージが形成された歌聖としての人麿を称える催しであることが、讃の歌を確認することでよく理解できるのである。

5　人麿影と讃の歌の近世的展開

中世期に複雑な様相を示していた人麿影は、近世期に突入する頃から新たな展開を見せ始める。本阿弥光悦・松花堂昭乗とともに「寛永の三筆」と称されるほどの書の名手で、鎌倉時代から続く伝統的な青蓮院流に禅味を加えたような力強さを有する、独特な書風である三藐院流（近衛流）を生み出した近衛信尹（一五六五―一六一四）は、その書風を活かした文字絵をも得意とし、「天神」二文字の渡唐天神像と「柿本人丸」四文字の人麿像を何度も描いている。

慶應義塾（センチュリー赤尾コレクション）には信尹の人麿像が三幅あり【図6】、いずれも「柿」字で上半身を、「本」字で筆を握った右手を、「人」字で膝を立てた右足を、「丸」字で膝を倒した左足を描き、細筆で顔を描いて基本形の姿に仕上げている。

興味深いのは、東京国立博物館蔵を加えた四幅の三藐院流で書かれた讃の歌がすべて異なっていることである。その四首を主要入集作品の情報を加えて整理すると次のようになる。

E　ほのぼのとあかしの浦の旦霧にしまがくれ行ふねをしぞおもふ　（古今和歌集・巻九羇旅・四〇九）

F　和雅開土に以奈於本世止里農なくなへにけさふくかせにかりはきにけり

（読人不知・このうたは、ある人のいはく、柿本の人まろがなりと）　（古今和歌集・巻四秋歌上・二〇八）

＊古今伝授「三木三鳥」の「三鳥」の一つ

G　梓弓いそへの小松たか世にかよろつ世かねてたねをまきけむ

（読人不知・この歌は、ある人のいはく、柿本人麿がなり）　（古今和歌集・巻十七雑歌上・九〇七）

H　ます鏡手にとりもちて朝な〳〵見れともあかぬ君にもあるかな　（拾遺和歌集・巻十四恋四・八五七「人まろ」）

h'　真鏡（マソカガミ）　手取以（テニトリモチテ）

朝朝（アサナアサナ）　雖見君（ミレドモキミヲ）

飽事無（アクコトモナシ）　（万葉集・巻十一・二五〇二）

図6　慶應義塾（センチュリー赤尾コレクション）蔵の文禄5年（1596）信尹筆文字絵の人麿影

Eは A と同歌で、人麿影の讃として代表的な歌であることはいうまでもない。信尹も伝統をそのまま受け継いだ作例を残してもいるのである。Fは初二句を万葉仮名的に書いていることが注意されるが、歌は『古今集』に人麿作説を伝える左注を有する読人不知歌群（よみびとしらずかぐん）の一首である。Gもやはり左注のある読人不知歌群中のもの。そしてHは、『拾遺集』の人麿歌であるが、h'として示した『万葉集』巻十一の作者未詳の

「寄物陳思」歌群中の歌が、平安時代的に改変されたと考えられるものである。

ＦＧＨが先行例を真似たのか、あるいは信尹が新たに撰んだ歌なのかは不明であるが、これらもＡ～Ｄと同様の人麿作歌である根拠を有さず、平安時代に人麿作とする説のあった歌ばかりなのである。

信尹の柿本人麿の文字絵は追随者を生んでもいる。信尹と同時代の伝説的な才女である小野お通（生没年未詳）は、信尹に書を学んだともいわれるが、女性的な柔らかさを備えた書風を編み出し、お通流の祖とされる人物である。お通の文字絵の人麿像は慶應義塾（センチュリー赤尾コレクション）にもＡ（Ｅ）と同一歌が書かれた一幅が蔵されている【図7】。顔付などに若干の工夫も認められるものの、文字絵の描き方は全く同じであり、信尹の作例を模したものであることは疑いない。

二〇一九年に和泉市久保惣記念美術館で開催された「ピカソと日本美術――線描の魅力」展に出品された、個人蔵の元和八年（一六二二）作のお通の文字絵の人麿像の讃は次の歌である。

Ｉ　ほとゝきすなくやさ月のみしかよもひとりしぬれはあかしかねつも　（拾遺集・巻二夏・一二五・読人不知）

今のところ讃としての前例は確認できない『拾遺集』入集歌で、やはり「読人不知」である。ただし『拾遺抄』には左注に「此歌柿下人丸集にも入れり云云」（巻二、八〇）とあり、実際に四種の『人丸集』に見えている。しかしながら複数の『赤人集』に存在してもいるのである。とはいえ『和漢朗詠集』の「夏夜」（一五四）でも「人丸」とされており、これまで確認してきた讃の歌と性格的に共通する例であろう。

また後陽成天皇と信尹妹中宮前子の間に生まれ、信尹の養子となった信尋（一五九九―一六四九）は、見事な三

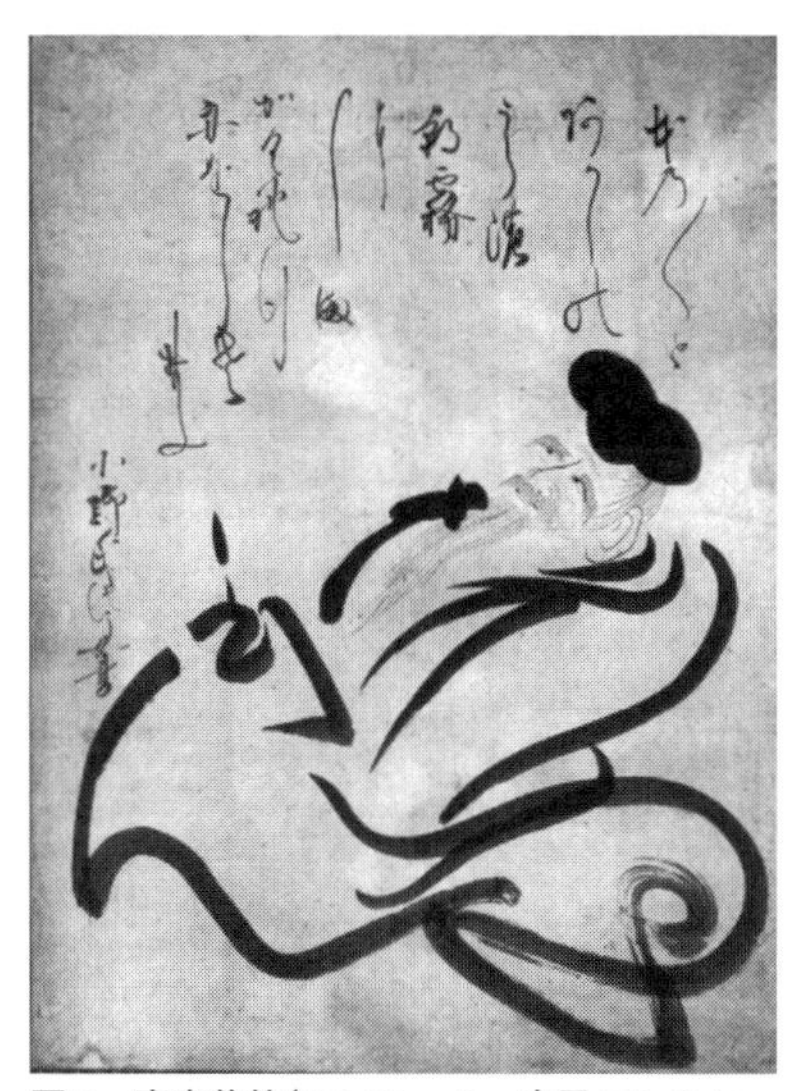

図7　慶應義塾（センチュリー赤尾コレクション）蔵の小野お通筆文字絵の人麿影

図8　慶應義塾（センチュリー赤尾コレクション）蔵の信尋筆の人麿影

藐院流の筆跡の持ち主であり、養父の作を模した「天神」の文字絵を残している。「柿本人丸」の文字絵も描いた可能性が高いのだが、残念ながら未だ管見に入らない。しかしながら慶應義塾（センチュリー赤尾コレクション）には、右脇の脇息に寄りかかり足を伸ばして、向かって右方向を仰ぎ見る維摩形の墨画の人麿影が蔵されている【図8】。

この讃は次のようなものである。

J　阿摩賛加留非難能南閑路遠古喜久礼波
　あかしのとよりやまとしま見ゆ
（新古今和歌集・巻十羇旅歌・八九九・人麿）

『新古今集』入集歌であることは新機軸であるといえ、また作者も人麿であるばかりではなく、『万葉集』巻三雑歌に「柿本朝臣人麿羈旅歌八首」の内の一首として見える歌

（二五五）なのである。[15] ただし万葉仮名表記は一致しない。また『万葉集』では第三句が「恋来者（コヒクレバ）」とあるので、これは『新古今集』を出典とする可能性が高そうである。

江戸時代の近衛信尋に至って始めて、『万葉集』の人麿詠が讃に記されるようになったのである。これはやがて来る人麿影と讃の歌の大変革の予兆であるのかもしれない。

6　人麿影の近世的展開

上記のように人麿影の制作が延々と続けられたことは、「人麿影供」という名称を用いなくなっていても、人麿を尊崇する心はしっかりと受け継がれていたことを示しているといえよう。そうした人麿信仰の念が結実した出来事といえるのが、享保八年（一七二三）三月十八日に千年忌を迎えると信じられていたことを契機として、同年二月一日付で正一位の神階贈位を伝える中御門天皇の位記（いき）が石見国高津の柿本社に、女房奉書（にょうぼうほうしょ）が播磨国明石の柿本社に奉られたことである。[16] 柿本人麿は江戸時代に至って公に認められた神の地位にまで登り詰めたのである。

享保十三年（一七二八）に荷田春満（かだのあずままろ）が、幕府や諸藩の学校教育が儒教を中心とするものであることを批判して、国学を中心とした学校の設立を幕府に進言した『創学校啓（そうがっこうけい）』を著したことに象徴されるように、人麿が神となった時期は、日本の古典を研究することによって、仏教や儒教が伝来する以前の日本の文化や思想などを明らかにしようとする学問である国学（和学）が、勃興した時期でもあるのである。国学者の主要な研究対象の一つである『万葉集』の、主要な歌人である人麿の伝記研究が活発に行われたのも当然なことであった。

国学を代表する学者の一人である賀茂真淵（かものまぶち）（一六九七―一七六九）の『万葉考』中の、「柿本朝臣人麿歌集之歌（人麻呂集)」は、弟子が草稿をまとめて没後の天保六年(一八三五)に刊行されたものであるが、国学的人麿研究の代表的なものであり、その伝記考証は以後の研究に多大な影響を与えている。未刊ながら江戸時代における人麿研究の重要な著作であるのが、真淵の孫弟子で読本作者としても著名な上田秋成(うえだあきなり)(一七三四—一八〇九)が、天明五年(一七八五)に著した『歌聖伝(かせいでん)(柿本記)』である。[*17] 考証の精密さでは真淵の「柿本朝臣人麿歌集之歌」を上回る存在であり、博引旁証による実証的考察という国学らしい研究となっている。

秋成には今一つ人麿に関する興味深い著作がある。安永八年(一七七九)の序を有する『ぬば玉の巻』は、室町後期頃の連歌師宗椿(そうちん)が、夢の中において明石の浦で人麻呂に出会い、『源氏物語』や和歌に関する意見を聞き、その内容をまとめた本を秋成が見たという設定で、秋成自身の見解を述べたものである。[*18] 主に『源氏物語』を対象とした内容なのであるが、夢中に現れた人麿に関連する記述に、秋成の人麿研究の成果が利用されているのである。『上田秋成全集第5巻』(中央公論社、一九九二年)所収の自筆本翻刻により関連部分を引用しておきたい。

御よそほひの見なれ奉らぬには。たゞ〳〵いぶかしうこそ侍れ。……此冠さうぞく。そのかみのさだめにて。おのが徒の。品高からぬ服色也。……いつの頃よりか。此岡のべに我をいはひまつれる者のありて。こゝに降りて。諸人のきよき心をうくる也と。告たまへば。……神又のたまはく。我をまつれるものは。粟田の兼房のあだ夢にもとづきて。翁さび。やつか髭しろき人の。その世ならぬ姿も絵がきて。我なりと崇むるよ。……又人の諺に。こゝにまつられし由は。朝霧の言の葉によりて也とかや。祭れる人の心はさる故にこそあらめ。此哥は我よみたるにあらず。……ほの〳〵の哥は。我いまそがりし世の体にあらず。

宗椿の夢に現れた際の姿が、兼房の夢想による人麿影の伝統的な姿と異なることが述べられた後に、人麿自身が自分を老人の姿に描くことはあやまりで、「ほのぼのと」歌は自分の詠でないことなどを告げるなどしており、間接的な形ではあるものの、従来の人麿観を具体的に否定する内容になっているのである。

こうした国学者による考証の成果が、人麿像の変化をもたらすことになるのは、自然な流れであったといえよう。将軍吉宗の次男で田安徳川家の初代となった宗武（一七一六―一七七一）は、荷田（春満養子の）在満や賀茂真淵より国学を学んでおり、国学の庇護者としても重要な人物であった。その宗武が賀茂真淵に相談して、新たな人麿影を描かせたことが知られている。

その像容は国学的な考証を反映したものとなっており、五十歳に達せずに没したと考えられることから白髪白髭の姿ではなく、黒髪黒髭の壮年の姿で描かれており、装束なども上代様となっている。斎藤茂吉『柿本人麿 雑纂篇』（岩波書店、一九四〇年）に掲載される、紀州徳川家・斎藤茂吉旧蔵の、住吉広行（一七五四―一八一一）画に橘千蔭が文化四年（一八〇七）に讃をした画像は、現蔵者不明であるが、国学者系の人麿影の代表的な作品であるといえよう【図9】。

図９　住吉広行画・橘千蔭讃の国学者系の人麿影（斎藤茂吉『柿本人麿 雑纂篇』収載）

これとよく似た姿の人麿影が、福岡市博物館蔵の福岡藩御用絵師衣笠守由（一七八五―一八五二）画で福岡藩士の国学者青柳種信（一七六六―一八三六）讃のものである。その讃は末尾に「于茲文化十一歳甲戌孟春五日／大蔵種麿謹書」とあって、その名も種麿（たねまろ）であった一八一四年の正月五日に記したものとわかる。そして讃の歌としては、最初に「幸于吉野宮之時柿本朝臣人麿作歌并短歌」と題詞を記し、「安見知之吾大王神長柄」で始まる長歌（三八）を、万葉仮名で句を切ることなく続け書きし、改行して「反歌」と記してまた改行し、「山川毛因而奉流神長柄多芸津河内尓／船出為加母」（三九）と、やはり万葉仮名で記しているのである。

　この長歌と反歌は、同じ題詞でまとめられた、「八隅知之（ヤスミシシ）　吾大王之（ワガオホキミノ）　所聞食（キコシヲス）」（三六）で始まる長歌と、その反歌「雖見飽奴（ミレドアカヌ）　吉野乃河之（ヨシノノカハノ）　常滑乃（トコナメノ）　絶事無久（タユルコトナク）　復還見牟（マタカヘリミム）」（三七）に続くものであり、『万葉集』そのままの引用ではなく、少しだけ手を加えて引用していることがわかるのである。また画像の考証のあり方からしても、万葉仮名のみで続け書きしているのも意図的なものであろう。

　国学者系の人麿影ならびにその讃については、調査が不十分であるので、これ以外の歌があるのかどうかもはっきりしないのであるが、この人麿の姿の意味を理解した者の着讃であれば、古歌を引用する場合には、『万葉集』にはっきりと「柿本朝臣人麿」作とされている歌しか書かなかったのではないだろうか。

　江戸初期の近衛信尋の讃の例に見えた、伝承ではなく人麿実作と考えられる詠を記す試みは、国学の勃興により、『万葉集』の人麿詠を長歌とその反歌を合わせて万葉仮名のままに記すという到達点に至ったのである。

おわりに

　院政期に藤原顕季によって始められた歌人柿本人麿を尊崇する儀式である「柿本影供」歌会は、顕季子孫に止まらない歌人たちにも催されるようになり、鎌倉時代には歌合や定数歌と結び付くなどして広まっていき、鎌倉中期を過ぎると、ことさら「影供」などと称さずとも、人麿画像を掲げることが歌会の作法となるに至った。人麿が千年忌と考えらえた享保八年（一七二三）に、朝廷から「正一位柿本大明神」の神位と神号を贈られた背景に、歌会の場に人麿影を掲げる伝統の存在があることは確かであろう。

歌仙絵の伝統の始発に位置する人麿影は、讃と共にあるいは讃の代わりとして、人麿作とされる和歌が記されるのが定型であった。宗教の影響を色濃く受けた神秘主義的な中世歌学の中で展開していった、非現実的な人麿の伝記研究[*19]を反映した像容が生み出されていく中で、讃の歌も様々な歌が書かれるようになったが、それらは人麿の実作とは考え難い伝承的な歌ばかりであった。

江戸時代に生まれた実証を重んずる国学において、新たな人麿の伝記研究が進むにつれ、考証成果を反映した新しい人麿影が制作され、讃の歌も人麿作であることが確実であるとともに、いかにも人麿らしい『万葉集』歌が書かれるようになったのである。

歌会の場に人麿影を掲げる作法の伝統は、時代に応じた、あるいは時代なりの、人麿歌という古典の再生をもたらす存在でもあったのである。人麿影の讃の歌は、そこに描かれている人麿を象徴する役割を担う存在であるだけに、その影が制作された時代の人々の、人麿に対する認識を理解する手助けともなりうる資料なのである。

注

1　顕季については、井上宗雄『平安後期歌人伝の研究（増補版）』（笠間書院、一九八八年）、および川上新一郎『六条藤家歌学の研究』（汲古書院、一九九九年）を参照いただきたい。

2　この初度の人麿影供については、拙稿「六条顕季邸初度人麿影供歌会考」（『国文学研究資料館紀要』二十一、一九九五年三月）、鈴木徳男・北山円正「柿本人麿影供注釈」（『相愛女子短期大学研究論集』四十六、一九九九年三月）を参照いただきたい。

3　隆博については、拙稿「六条藤家から九条家へ――人麿影と大嘗会和歌」（『藝文研究』五十三、一九八八年七月）、同「九条隆博伝の考察（一）（二）――永仁勅撰撰者の生涯」（『三田国文』十四、一九九一年六月・十六、一九九二年六月）を参照いただきたい。

4　影供の歴史については、拙稿「人麿影供年譜稿――鎌倉時代篇」（『三田国文』十二、一九八九年十二月）を参照いただきたい。

5　歌林苑の影供については、拙稿「歌林苑の人麿影供（一）〜（三）」（『銀杏鳥歌』三、一九八九年十二月・四、一九九〇年六月・五、同年十二月）を参照いただきたい。

6　後鳥羽院歌壇における影供歌合については、拙稿「後鳥羽院歌壇「影供歌合」考」（『国語と国文学』八十一―五、二〇〇四年五月）を参照いただきたい。

7　影供百首については、拙稿「影供百首の系譜」（『銀杏鳥歌』二、一九八九年六月）、黒田彰子「順徳院影供百首について」（『神女大国文』十四、二〇〇三年三月）、稲葉美樹「飛鳥井雅経の『千日影供百首和歌』詠」（『十文字国文』十一、二〇〇五年三月）を参照いただきたい。

8　公経の木像の影供については、拙稿「西園寺公経の人麿影供（一）〜（三）」（『銀杏鳥歌』十四、一九九五年六月・十五、同年十二月・十六、一九九六年六月）を参照いただきたい。

9　『慕帰絵詞』の人麿影については、拙稿「家集としての『慕帰絵詞』――巻五第三段の歌会場面存在の意味について」（石川透編『中世の物語と絵画　9中世文学と隣接諸学』（竹林舍、二〇一三年）を参照いただきたい。

10　このことについては、拙稿「歌会に人麿影を掛けること」（『文学』六―四、二〇〇五年）を参照いただきたい。

11　このことについては、拙稿「人麿を夢想する者――兼房の夢想説話をめぐって」（『日本文学』四十八―七、一九九九年七月）を参照いただきたい。

12　『古歌抄』については、京都府立京都学歴彩館蔵の『古今大事』に拠った。

13　維摩居士像との類似については、島尾新「常磐山文庫蔵柿本人麿像について」（『美術研究』三三八、一九八七年三月）、三浦敬任「中世柿本人麿像の図様の成立について――常盤山文庫本・京都国立博物館本を中心に」（『美術史学』三十八、二〇一七年三月）などを参照いただきたい。

14　一面に円形の模様があるので豹の皮と思われるが、東アジアでは伝統的に豹を雌の虎と考えていたようであるので、虎皮を敷く事例としてよいであろう。

15 同集巻十五（三六〇八）に第五句「伊敝乃安多里見由（イヘノアタリミユ）」として重出し、左注に「柿本朝臣人麿歌曰、夜麻等思麻見由（ヤマトシマミユ）」とあり、二五五の左注に「一本云、家門当見由」とあるのに一応対応した形になっている。

16 このことに関しては、小倉嘉夫・神道宗紀「柿本人麻呂と神位神号――月照寺蔵『神号神位記録』を基に――」（『帝塚山学院大学日本文学研究』三十六、二〇〇五年二月）を参照いただきたい。

17 この作品については、山下久夫「『歌聖伝』の記述」（『日本文学』五十五―十、二〇〇六年十月）を参照いただきたい。

18 この作品については、美山靖「ぬば玉の巻について」（『皇学館大学紀要』八、一九七〇年三月）、飯倉洋一「人麿・宗椿・無腸――「ぬば玉の巻」の言説構造――」（『富士フェニックス論叢』中村博保教授追悼特別号、一九九八年十一月）を参照いただきたい。

19 このことについては、三輪正胤『歌学秘伝の研究』（風間書房、一九九四年）、同『歌学秘伝史の研究』（同、二〇一七年）などを参照いただきたい。

7

霊媒〈メディウム〉としての古典
——初期テレビと一九五六年の幽霊

ジョナサン・ズウィッカー Jonathan Zwicker

1 幽霊にも歴史がある

一九五六年八月から民俗学者今野圓輔は『人物往来』で「怪談は生きている」というエッセイの連載を開始した。このエッセイの趣旨は「幽霊なるものはもともと人間の霊魂、信仰の産物なのだから、ある時代の幽霊が、その時代、時代の国民生活をそのまま反映していることは当然なことなのである」ということで、ある時代で「なぜ怪談は繁昌するか」という問いから始まる。[*1] 偶然だと思えないが、この同じ一九五六年の夏、テレビ放送の開始から三年目にテレビの怪談ブームがあり、七月五日に放送されたNTV（日テレ）のドラマ『生きている小平次』はその嚆矢であった。[*2] このドラマの歴史を辿りながら、今野がいうように、なぜこの一九五六年に怪談は繁昌したのか、なぜお化けが電波に乗ったのかという問いによる、戦後十年の一つの古典再生の意義を考察したい。

2　歴史と偶然——一九五六年七月の或る木曜日のこと

同じ一九五六年の七月五日に『映画と大衆』という翻訳本が紀伊國屋書店から出版された。原作はRoger Manvellという英国の評論家がその前年に書いた*Film and The Public*で、その中に「テレビジョンと映画」という一章があり、初期テレビについての言説としては非常に面白い文章である。

> 映画用カメラは映像をセルロイドの上に記録し、将来使用できるよう保存する。テレビのばあいには、映像はそのまま放送され、別に映画用カメラでテレビのスクリーンにでてくる映像を再録するのでなければ記録に残すことはできない。テレビに映る映像は鏡に映る映像と同じようなその場限りのものである。映画用カメラの利点は、過去に行われた種々の行動を写真として再生できるというところにある。聴視者の立場からみれば、映画は過去を対象としている。テレビ・カメラの利点は現在の動きをそのまま聴視者に伝えられるところにある。[*3]

重要な点はセルロイドの媒体で映像を残す映画に対して、テレビは「ナマ」で放送されるので、「鏡に映る影像と同じようなその場限りのものである」「儚い」メディウムということである。最後にマンウェルが書くように、観客の視点から見れば、映画の対象は「過去」であることに反して、テレビは「生きている現在の像」を届けることになる。

海外のシンジケーション番組は例外として、初期の日本テレビ放送はすべて「ナマ」で、日本テレビ研究は当然プロレスやボクシング、野球などを中心とした、テレビの「見せ物」性に注視している。[*4] しかしながら、一九五三年当初から（あるいは厳密に言えば一九四〇年の戦時中の実験テレビ放送の時の『夕食前』から）、テレビドラマも同時に放送されていた。[*5] 映像が残ってないせいか初期のドラマはほとんど研究対象になっていない。映像研究の視点から見れば資料不足でこれは当然かもしれないが、「儚さ（エフェメラルリティ）」を前提とするパーフォーマンススタディズの方法から見れば、幽霊的な存在しか残らない現象を追求するのは当たり前の目標であると言えよう。[*6]

3　美人とコキブリ男

『映画と大衆』の翻訳者は若い心理学者の南博（みなみひろし）であった。南は一九三七年から一九四〇年まで京都大学で哲学を勉強し、特に九鬼周造（くきしゅうぞう）から強い影響を受け、一九四〇年からコーネル大学の大学院で心理学を勉強し、一九四三年の戦時中に博士号を取得した。[*7] 当時「敵性外国人」として米国ＦＢＩに調べられたが、結局終戦まで研究を続けた。[*8] 南の研究は動物を対象とした実験心理学で、博士論文はゴキブリの研究で、南は同僚に「コキブリ男」と呼ばれるようになった。[*9] しかし、一九四三年に博士を終えてから一九四七年ようやく帰国できるまでの四年間、新分野であったコミューニケーション学に興味を持つようになり、特に帰国便を待っている間の一九四六年に出たCharles W. Morrisの*Signs, Language, and Behavior*からかなり強い影響を受け、日本に帰ってからは実験心理学ではなく、マスコミューニケーション研究で活躍した。[*10] 一橋大学で席を占めて、メディアで活躍し、

「ジャーナリズムの流行児」や「ときめく心理学者」と呼ばれて、[*11]一九五〇年から俳優座で心理学の講義をするようになり、生涯のパートナーになる俳優東恵美子と出会うきっかけになった。[*12]

『映画と大衆』の日本語版が出た同じ七月五日の夜、東恵美子は日本初の民間テレビ放送局の日テレの『生きている小平次』というドラマに出演した。いうまでもないが、日テレの『生きている小平次』はナマで放送されたが、このドラマはManvellが言うような「生きている現在の像」(あるいは南の翻訳による「現在の動きそのまま」)だとは考えにくい。内容から見れば、生きている者より蘇った幽霊がメインになるし、それよりもこの話の背景は戦後の「現在」ではなく江戸時代であり、その原点は一八〇三年に出た山東京伝の読本『復讐奇談安積沼』の小幡小平次の話である。『安積沼』が出て以来、小幡小平次の物語は読本や合巻という出版メディアだけではなく、歌舞伎や新劇、ラディオドラマや無声映画など、様々なジャンルやメディアで一世紀半に渡って繰り返して語り続けられてきた。さらに、こういったメディアで、小幡小平次は海を渡って、半世紀で広く植民地や日系移民地の日本語圏で流布した。一九五六年の視点から見れば小平次は決して「現在」の現象ではなく、あくまでも過去の幽霊であるゆえ、終戦十年のテレビ初期においてこの小平次がもう一回蘇えるという行為はどういう歴史的な意義があったかをこれから論じたい。

4 失われたテレビドラマを求めて

一九五六年に放送した日テレの『生きている小平次』を録画した映像はもちろんのこと、スチル写真も、脚本も残っていない。そもそも当時のテレビ評さえもない。『小幡小平次』の放送はちょうど七月三・四日、後楽園で開催されたプロ野球のオールスターゲームと重なり、四台のカメラを使った試合の放送がかなり言論の話題になったせいである。[*13] 資料として残っているのは放送の二日前に出た『読売新聞』の「怖さを心理面で追及」という新聞記事と、それに添えられた写真一枚だけである。[*14] 歴史的な皮肉とも言えるが、戦後の「現代」日本を代表すべきテレビというニューメディアは、十九世紀のメディアの象徴ともいうべき新聞と写真でしか把握できない。文字通り映像として再生できない、失われたこのテレビドラマによって、古典の「再生」について何が言えるか、戦後、あるいはポスト占領期において古典はどういう意味を持つかという問題を考察したい。

わずかな資料だが、「怖さを心理面で追及」という記事はいろいろな面で非常に面白い。まず添えられた写真のキャプションによると、この写真は「タタリのないように」一九二三年『生きている小平次』の原作を書いた大正時代の新劇作家で有名な鈴木泉三郎（すずきせんざぶろう）の墓参りをした時に撮影したと書いている。この記事の大事な点は一九二三年に書かれた演劇を再生する際、その早世した作家の怨霊を再生しないような行為である。この幽霊を慰めるという行為は『生きている小平次』の架空世界と一九五六年の現在の同一性を強調するレットリックの一つである。と同時に、この写真は一九五六年の「現在」を対象として撮っているととれるにしても、その方向性から見るとあくまでも戦前の「過去」である。あるいはその戦前の「過去」と戦後の「現在」をつなげる絆が写真の対象と言える。

戦前の演劇を再生する、あるいはこの戦前の演劇を通じて江戸時代を代表する幽霊の一つである小幡小平次を再生するこのドラマは、同時に現代メディアであるテレビの実験でもあった。『読売新聞』の記事によるとドラマは「舞台や映画では見られない、テレビ独特の怪談にしたい」という点で、実音以外に、音楽などを使わないこと、小道具や照明を効果的に使用することなど、現代メディアに適切な表現力を探るための実験であり、「とにかく、自分の後ろに誰かがいるというこわさを出してみたい。背筋がゾッとする……と皆が感じてくれれば成功だ」とそのプロデューサーが述べている。『生きている小平次』のテレビ評はないが、それに継いで、第二作として七月十二日に放送された『山霧の深い晩』は「照明や小道具を有効に活用、心理的恐怖感をある程度まで盛りあげることに成功したのは、その意味で貴重な実験といえる。」と評価された。[15]

日テレの『生きている小平次』の二年前の一九五四年に鈴木の演劇は明治座で戦後初めて再生されたが、この演劇は当時で劇評を書いた安藤鶴夫によると粗雑で失敗だった。[16] しかし、その翌一九五五年に鈴木の台本は『現代日本戯曲選集』に収録された際に山本二郎が書いたように、鈴木の劇が「幽霊を表に出さず心理的に恐怖感をもりあげてゆくところに新しい技巧があり新しい形式があった」として認められ、「近代的な味の中に妖気をただよわせた懐疑的な作風を形成」して、「粘着性のある表現は全編に妖気を漂わせることに成功した」といわれ、テレビという新しいメディアにアピールできたのは容易に理解できると思う。[17]

『生きている小平次』のキャストはびっくりするほど大家がそろっていた。一九五六年一月に公開した市川崑監督の『ビルマの竪琴』の主演安井昌二が小幡小平次の役、東恵美子は小幡小平次の妻おちか、敵役の太九郎はゴジラシーリズなどの活躍で有名な田崎潤で、原作にはない女中の役はその四年前の黒澤明監督『生きる』で一気にスターになった小田切みきである。[18] しかし、安井昌二や東恵美子のようなカメラの前に立つスターではなくて、「陰」で活躍する一人の人物を霊媒師として、一九五六年の幽霊の意味を求めていきたいと思う。

5 霊媒師としての脚色家——山下与志一の俤

日テレの『生きている小平次』の脚色家だった山下与志一は今ではほとんど忘れられている存在である。その父親山下義清は一九一〇年、鹿児島県の帖佐村から植民地台湾に渡り、台中で警官として勤め、与志一はその長男として一九一六年台中で生まれたのである。一九三六年早稲田大学文学部に入学した際に初めて日本に渡り、在学中に早大劇研に参加して、卒業した後、文学座に入団し、その後映画やラジオドラマの脚本の執筆で活躍した。戦争の末期ごろに徴兵されるが、戦争の経験は後で触れる。戦後間もなく台本執筆活躍を再開して、一九四五年に斎藤寅次郎監督、古川緑波主演の『東京五人男』の脚本も書いた。

山下は戦後、映画やラジオの脚本を次々を出して、一九五三年にテレビ放送が開始すると「同じ電波媒体という理由からテレビに首を突っ込まされたんです」と後で自ら述べている。[*19] 当時はテレビ脚本家として勤めている者が自分のテレビを持っていないという「余りに日本的[*20]」な状況の中で、山下の脚本者としての仕事は「冒険的で、無邪気なものでした[*21]」。その当初の一九五四年のテレビドラマは「内容となると、実況中継以外は、映画にもラジオにも、まだ遥かに及ばない。ドラマにしても、バラエティにしても、独自のモノはまだ生まれていないようである[*22]」と言う山下だが、『生きている小平次』の脚本を書いた一九五六年にはもうすでにこの新しいメディウムの将来性とその可能性が見えてきた。「目下のところテレビの魅力は何といっても実況中継が圧倒的らし」いが、「テレビを珍しがり、面白がっていた時代もソロソロ過ぎようとしているようだ。自らテレビ作家と名乗るライターも今年あたり現れるのであるまいか[*23]」。

山下のこの予言は正しかったと言わざるを得ない。「珍しがり、面白がっていた」テレビは見せ物だった時代から「茶の間の劇場」になる六十年代への過程で、山下自身も専門的な「テレビ作家」になり、一九六一年から始まったＮＨＫ連載テレビ小説のパイオニアとして名を残している。しかしここで、今野が言った「幽霊の歴史」

に戻り、この様々なメディアや様々なジャンルを横断してきた作家にとって、幽霊はどのような意味を持っていたかを問いたい。

6 山下与志一のよく見る夢

一九六三年に山下が『シナリオ』という雑誌に「よくみる夢」という短いエッセイを寄せた。[24] 私が知っている限り山下が自分のことを直接述べているのはこの随筆だけであるが、ここも直接ではなく、やはり「夢」という媒体を使って自分のことを書いている。また偶然かもしれないが、高橋義孝（たかはしよしたか）訳のフロイト『夢判断』がちょうど一九五四年に出て、その文庫本版は三年後の一九五七年であった。山下は「よくみる夢」でこう述べる。「いいトシになっても、学生時代の試験に苦しめられた夢をよく見ては、ハッと目覚めてホッとした、という話を聞いたものだが、戦中派にゾクする僕たちの夢は、兵隊時代につながる」。[25] 植民地台湾に生まれた山下は徴兵された時、戸籍は父親の故郷であったゆえ、九州部隊に召せられた。出兵する前に怪我をして小倉に残され、「部隊はレーテに沖縄に移動してその大半の戦友は戦死したという」と書いている。「その戦友が夢のなかで突如現れたりする」。[26] 戦友の幽霊が「夢のなかで突如現れたりする」という意味を把握するのに、もう一つ山下が書いた文章を引用したい。『生きている小平次』の台本を書いた四年後、一九六〇年の「脚色について」というエッセイに山下はこう書いた。「飽くまで自分をみせたかったらオリジナルを書くべきで、他人の原作の上であくらをかいてみせても始まらない」。[27] 言い換えれば、自分のことを見せたくないならば、原作ではなくて脚色を書くべきだと言ってもいいだろう。この場合は脚色が一つのメディウムともいうべき。脚色家が霊媒師として自分のことを隠しながら表す。

と言うのは、山下にとって、あるいは山下だけではなく彼がいう「戦中派にゾクする」世代にとって、幽霊はただの幽霊ではない。例えば、終戦間もなく山下が脚本を書いた斎藤寅次郎の映画『東京五人男』の初めに、復員した五人男の中の一人が一種の「幽霊」として自分の葬式に邪魔するというシーンがある。そこで彼の妻は〝何の便りもないいんだもの。今頃出てくりゃそれこそお化けだよ〟と言った途端彼が目の前に現れたことで、〝出た〟と言いながら失神する。この戦中派が書いた怪談にはもう一つの意義が陰に潜んでいると言えるだろう。もちろん、『生きている小平次』の場合はドラマの映像も残っていないし、台本も残っていないので、脚色を分析し、山下の言葉の裏の意味を実証する可能性はない。しかしながら、例えば、仮に日テレの『生きている小平次』の映像が残ったとしても、その間接的なメディウムで山下与志一の本質が見えたのか。あるいは見えると思えばそれはどれくらい我々の欲望、あるいは心理内的な幻想にしかとどまらない現象であるかも考えなければならなかったはずである。この心理的な状況で古典はどういう役割を果たすか。あるいはこの幽霊的な状況で古典をもう一回生かすこと、再生することはどういうことを意味をするかについて、考察を深めていきたいと思う。

7　方法としての幽霊

『生きている小平次』の小平次の幽霊の姿の陰で山下の戦死した友達の幽霊が潜んでいたかは、多分永遠にわからないと思う。しかし、この「古典」の怪談と戦争の経験を結びつけるのは無理ではない。例えば、同じ一九五六年七月に『朝日新聞』連載された手塚治虫の四コマ漫画『あんてな一家』に次の例が見える。一コマ目は、ラジオ放送で『四谷怪談』を聴いている子供たちの怖がっている姿。続いて落語にダイヤルを回すと『皿屋敷』の話で、やはり怖がる。三コマ目で浪花節に回すと『怪談牡丹灯籠』が出て、同じく怖がる。最後の四コマ目は面白い。ニュースに回すと「ニューギニア……の陣地に日本兵の幽霊が出る」というニュースが流れる。今度は彼らのお父さんであるヒゲオヤジも震える。[28] これを見ると「幾十万の若き同行の今は亡き霊久安の場所をつくるために残ります」と日本への引揚船に乗った戦友たちに別れを告げる『ビルマの竪琴』の水島の言葉も思い出す。[29]『生きている小平次』が放送された一九五六年には、十年前に終わった戦争の幽霊たちはまだ生きていたと言える。

冒頭で今野圓輔の幽霊や怪談の歴史性、あるいは時代性に触れたが、最後にもう一回戻りたい。「古典」を再生する行為の中で、「古典」の実体が一つの蘇った幽霊の姿になるであろう。そうすると「古典」という怪談を語る我々の歴史性、あるいは時代性を考える必要があると言わざるを得ない。また、「古典」の定義の幅によってどのような歴史性が見えてくるかという問題もよく考える必要があるであろう。例えば、普段「古典」として認められていない、省かれたジャンル、あるいは資料不足の問題で最初から取り扱われていない課題でさえ、「再生」という行為で何が言えるか、どういう歴史が描けるか。この問いに答えるために、安部公房（あべこうぼう）の『幽霊はここにいる』の「あとがき」（一九五九年）からヒントが得られる。安部にとって「テーマであると同時に、方法でもあったわけである」幽霊をこう定義している。「幽霊とは要するに、まだ論理化されない現実の部分が、すでに論理化された部分とのあいだでひきおこす、摩擦音のようなものなのだ」。[30] 例えば、「古典」はこのように「論理化された」作品であると仮に定義すると、今の「古典の再生」の研究の最終の目的は「古典化」＝「論理化」するというプロセスではなく、かえってその中間的な存在を伸ばして、その「摩擦音のようなもの」を増幅するということではあるまいか。つまり、「古典の再生」は新しい「古典」を生み出す、あるいは見逃された「古典」を再発見する、ということより、「摩擦音のようなもの」の増幅による「古典」という枠組み自体を問い直す必要性を強調することではないだろうか。

注

1 今野圓輔「怪談は生きている」『人物往来』(一九五六年八月)、八十九頁。

2 例えば、「お化け電波に乗る」という見出しで載っている記事群(『読売新聞』一九五六年七月十四日)、四頁。

3 R.マンウェル著・南博訳『映画と大衆』(紀伊国屋書店、一九五六年)、一六六頁。

4 飯田豊『テレビは見せ物だったころ：初期テレビジョンの考古学』(青弓社、二〇一六年)。

5 森田創『紀元2600年テレビドラマ：ブラウン管が写した時代の交差点』(講談社、二〇一六年)。

6 エフェメラリティ(一過性)についてPeggy Phelan Unmarked: the Politics of Performance (London: Routledge, 1996), 特にCh.7"The Ontology of Performance: Representation without Reproduction"は詳しい。パフォーマンス・スタディーズで論じてきた演技(パフォーマンス)の幽霊性についてJoseph Roach Cities of the Dead: Circum-Atlantic Performance (Ann Arbor: University of Michigan Press, 1996)とDianna Taylor The Archive and the Repertoire: Performing Cultural Memory in the Americas (Durham, NC: Duke University Press, 2003)を参考．なメディアの幽霊性についてはJeffrey Sconce Haunted Media: Electronic Presence from Telegraphy to Television (Durham, NC: Duke University Press, 2000)とAllen S. Weiss Breathless: Sound Recording, Disembodiment, and the Transformation of Lyrical Nostalgia (Middletown, CT: Wesleyan University Press, 2002)は詳しい。

7 九鬼周造の影響について南博『学者渡世：心理学とわたくし』二十四〜二十五頁を参考。

8 南博『学者渡世：心理学とわたくし』七十二頁。

9 同書八十頁。

10 同書九十四頁。

11 「[新・人物風土記]＝635　東京都・人文科学＝1　ときめく心理学者」(『読売新聞』一九五六年七月三日)、三頁。

12 「新劇の俳優養成所」『読売新聞』一九四九年七月九日、四頁。東恵美子『永遠(とわ)の愛をつらぬいて』(大和書房、二〇〇二年)、十五頁から。

13 「テレビ週評」見事な多角的画面　NTV〝夢の球宴〟中継」（『読売新聞』一九五六年七月十日）、八頁。

14 「怪談4夜NTVで5日から〝怖さ〟を心理面で追及」（『読売新聞』一九五六年七月三日）、八頁。

15 「[テレビ週評]舌足らずの「上陸第一歩」」（『読売新聞』一九五六年七月十六日）、五頁。

16 「[ステージ]粗雑な「生きている小平次」」（『読売新聞』一九五四年九月九日）、二頁。

17 山本二郎「解説」伊藤整編『現代日本戯曲選集』第四巻（白水社、一九五五年）、四四一頁。

18 「怪談4夜NTVで5日から〝怖さ〟を心理面で追及」（『読売新聞』一九五六年七月三日）、八頁。

19 「[テレビと共に]タレント繁盛記＝6　神話時代＝6　新天地開拓」（『読売新聞』一九六九年六月十二日）、十八頁。

20 山下与志一「テレビ一年生」（『シナリオ』十（二）一九五四年二月）、三七頁。

21 「[テレビと共に]タレント繁盛記＝6　神話時代＝6　新天地開拓」（『読売新聞』一九六九年六月十二日）、十八頁。

22 山下与志一「テレビ一年生」（『シナリオ』十（二）一九五四年二月）、三十六頁。

23 山下与志一「テレビ珍談」（『シナリオ』十二（一）一九五六年一月）、四十五頁。

24 山下与志一「よくみる夢」（『シナリオ』十九（十）一九六三年十月）、十九〜二十頁。

25 山下与志一「よくみる夢」（『シナリオ』十二（一）一九五六年一月）、十九頁。

26 同前。

27 山下与志一「脚色について」『現代テレビ講座』第一巻（ダヴィッド社：一九六〇年）、二六三頁。

28 手塚治虫「あんてな一家」（『朝日新聞』一九五六年七月二十二日）、四頁。

29 この場合は水島を演じた安井昌二も小平次を演じたことも考える必要はある。参考にMarvin Carlson, The Haunted Stage: The Theatre as Memory Machine (Ann Arbor: University of Michigan Press, 2001), 八頁："The recycled body of the actor, already a complex bearer of semiotic messages, will almost inevitably in a new role evoke the ghost or ghosts of previous roles if they have made any impression whatever on the audience, a phenomenon that colors and indeed may dominate the reception process."

30 安部公房『幽霊はここにいる』（新潮社、一九五九年）、一六九頁。

8

江戸期における十二単の変遷
——『筺底秘記』を中心に現代の装束に至る

佐藤　悟　SATO Satoru

はじめに

五衣・唐衣・裳ともよばれる現代の宮中装束は俗に十二単（じゅうにひとえ）とよばれている。十二単という名称は平安時代には見られず、女房装束、装束などと記されている。十二単は十三世紀前半に現れた言葉である。江戸末期になると山科言成（やましなときなり）『筺底秘記（きょうていひき）』などに見られるので、有職の世界でも一般化していったものと思われる。

実践女子大学は『源氏物語』「若菜　下」六条院の女楽に見える明石の君の女房装束の「再現」を目指し、筆者はその責任者として携わってきた。[*1] 二〇二三年二月十一日（土）から十二日（日）にかけて京都産業大学で開催された国際シンポジウム「古典の再生」では、我々が装束を「再生」しようとしているのか、「再現」しようとしているのか、それとも「復元」しようとしているのかという問題が提起された。江戸時代にも古来の装束に対する関心は高かった。有職を家職とする、あるいは有職に関心のある公家の間では装束に関する情報が蓄積されていた。豊臣秀吉、徳川家康による武家官位制[*2]によって男性装束に対する関心は高まり、装束の知識は不可欠のものとなっていた。男性装束のみならず女房装束についても研究が行われるようになった。伊勢貞丈(いせさだたけ)や松岡辰方(まつおかときかた)らの研究はこの延長線上にある。また国学の勃興も装束についての関心が民間に広がる契機となったと思われる。それらの動きの中にも「再生」「再現」「復元」と共通する問題を見いだすことができる。

現代の宮中で使用される装束の形状は結論からいえば平安期の女房装束とは似て非なるものである。装束は院政期に柔装束から強装束へ変わったとされるが、柔装束の時代でも、強装束の時代でも絶えず変化していた。現在「五衣」とよばれる五領(装束を数える単位)からなる女房装束の重袿の枚数は、『栄花物語』には二十領という例もあり、一定していなかった。強装束の時代になると、女房装束も制式化していく傾向がみられるが、それでも絶えず変化していたことが鎌倉期に製作された絵巻などから窺える。唐衣や裳が着用されるのは女房たちが主人の前に出る時、あるいは晴の場であり、褻の場面で着用されることはなかったと思われる。

十二世紀に描かれた国宝『源氏物語絵巻』「横笛」では、主人の子どもの急病で急遽招集された女房の裳が乱れている様子から、女房が自室から大慌てで裳を付けて主人の前に出たということが読み取れる。「宿木 二」では裳を着装せず、傍らに置いてあるだけの例を見いだせる。十二単は正装ではあるが、礼装ではなかったのである。

特に注目すべきが裳の小腰の変遷である。『源氏物語絵巻』「東屋 一」の左端の中君の髪を梳く女房の大腰はめくりあがり、落剝が激しいものの小腰の位置を確認することができる。『源氏物語』の時代は身頃と袖が閉じた縫腋（ほうえき）の装束であったため、『源氏物語絵巻』では小腰は床すれすれで結ばれている様子が描かれている。それが鎌倉期の『紫式部日記絵巻』では小腰は胸のあたりで結ばれているので、縫腋が闕腋（けってき）へと変化したことが知られる。同時に小腰自体が太く装飾性に富むようになったことが看取される。

十三世紀に成立した奈良国立博物館蔵「普賢菩薩十羅刹女像」の和装をした羅刹女は十二世紀に成立した『平家納経』に描かれた和装の羅刹女とは異なる装束で、特に目に付くのが懸帯（掛帯）[*3]である。懸帯は裳の大腰のかつて小腰があった位置から伸びているので、懸帯が小腰から変化したことが推定される。ここに描かれている懸帯は細いが、やがて幅が広くなり、装飾性に富んだものへと変化していく。

『有職故実大辞典』[*4]の「かけおび　掛帯」の項（鈴木敬三執筆）には裳の懸帯について触れ、次のように記す。

> この様式の裳は弘化元年（一八四四）の古式再興まで存続した。再興後は肩にかける掛帯を廃止し、裳の大腰の左右につけた紐を小腰とよんで前に廻して結ぶのが例となった。

中世以降、裳には懸帯を付けるのが一般化し、江戸末期まで続いた。

本章で取り上げるのは十二単と称されるようになった江戸時代の女房装束である。十二単は日常的に着用されるものではなかったことを、その調進の経緯から明らかにする。さらにここでいう「古式再興」は仁孝（にんこう）天皇による天保十四年（一八四三）の「御再興」である。裳から懸帯が消え、代わりに小腰が復活して現代の宮中装束へと変化していく過程について述べていきたい。

1　江戸時代以前の女房装束

中世と近世の女性の正装の中心は腰巻と小袖であった。宮中でも小袖と袴という姿が一般化し、唐衣などの女房装束を日常的に着用することはなくなっていった。女房装束が必要とされたのは儀礼の時であった。十四世紀に成立した『神道集』（赤木文庫本）[*5]には懸帯の記述が二か所みられる。

神ニハ懸帯、仏ニハ袈裟、神ニハ唐裳、仏ニハ衣、神ニハ唐衣、仏ニハ法服等ナリ（巻第五「廿六　御神楽事」）

祖母ノ方ヘハ白キ重ネノ小袖五ツ、、一ト重ニ五尺ノ鬘ニ懸帯ヲ取リ副ヘテ（巻第六「卌三　三島之大明神之事」）

「白キ重ネノ小袖五ツ」は五衣、「一ト重」は単のことであろう。民間において、唐衣を着用する女房装束はイメージだけのものとなり、またここに記したように神との関連が連想されるものもあった。

十四世紀に熊野速玉大社に足利義満が奉納した御神宝の女房装束には「海賦裳」[*6]と称される裳があるが、形状は袴のようで、「上袴（うえのはかま）」と見なしてもよい。一方、『女官飾抄』などに見られる裳とは形状が大分異なる。熊野速玉大社の装束がこの当時の公家社会の装束とどのような関係があったか不明である。

室町時代、宮中の儀礼の費用を負担してきたのは幕府で、段銭などの形で諸国に賦課してきた。応仁の乱（一四六七―七七）以降、戦乱が続き、幕府は宮中の儀式を支出ができなくなった。将軍はしばしば京都から離れ、京都の政治空間が空白となることが続いた。そのため天皇の即位礼や大嘗祭、改元その他の国家行事も滞る状態となった。明応九年（一五〇〇）に即位した後柏原天皇の即位礼が大永元年（一五二一）であったことはよく知られている。後奈良天皇、正親町天皇の即位礼も大幅に遅れている。戦国末期には京都に在住して儀礼に参加しなければならない公家が地方に離散するような状況であった。そのような状況下では、装束の調製にあたる職人や素材を供給する職人の確保も困難を極めたものと思われる。儀礼がなければ礼服の調製は行われず、技術は失われる。神田裕理「山科家家司・大沢久守」は山科言国『言国卿記』文亀元年（一五〇一）八月十三日の条に、応仁の乱以前は内蔵寮専属で山科家の支配下にあった御陵織手が装束を織っていたが、領内の織手が織らざるを得なかったこと、『山科家礼記』応仁二年（一四六八）十二月五日の条には天皇の直衣を調製する記事があり、応仁の乱が始まると天皇の装束さえ平民と同じ素材を使わざるを得なかったことを指摘する。[*7] 天皇の装束すらままならぬ状況であったので、女官や女房の装束の調製も思うようにはできない時代であった。

2 江戸時代の女房装束（十二単）

この状況を改善させたのが、豊臣秀吉の資力を背景とした天正十四年（一五八六）十一月二十五日に挙行された後陽成天皇の即位礼であった。それが十全のものであったかというと、下行米等について関係者から不満が出ていたことが『礼服』[*8]に指摘される。

後水尾天皇の時代になると徳川秀忠の娘和子に慶長十九年（一六一四）四月に入内宣旨が出され、元和六年（一六二〇）六月十八日に和子が女御として入内する。

武家から皇室に入るのにしても装束は不可欠であり、入内宣下から入内まで六年間あるので、装束の製作は可能であったと思われる。和子の女房装束だけではなく、和子に仕える女房たちの装束も必要だったはずで、どのような形で装束は製作されたのであろうか。江戸期の女房装束製作の試行錯誤を考えると古来通りに調製できたか疑問に思われる。おそらく一条兼良(いちじょうかねよし)『女官飾抄』などの限られた資料に基づき調製されたのであろう。徳川家からの入内であり、装束の素材等は最高のものが使用されたとは想像されるが、装束の形状や素材がそれ以前のものを踏まえていたかは不明である。『女房装束裁縫抄』[*9]などを見ると、女房装束の素材として、江戸時代の新しい素材である羽二重などが使用されている。すくなくとも江戸時代前期・中期には素材まで吟味した伝統的な装束を製作するという意識は希薄であったと思われる。東福門院の衣裳としてよく知られているのは雁金屋に調製させた絢爛豪華な大量の小袖である。東福門院の下でも十二単は非日常的なものであった。

十二単が製作されるのは以下のような場合であったと思われる。

a　天皇即位時の女官の装束

b　女帝の即位、退位

c　皇太后になった場合、あるいは女院宣下を受けた時

d　内親王、五摂家の息女の入内

近世の天皇や女院の装束について考察するとき重要な文献は髙倉家[*10]と山科家[*11]の文書である。本章では主に山科言成『篋底秘記』によって論を進めていく。

『篋底秘記』序文は同書成立の経緯について次のように記す。

件壱帖頗秘記家業枢要備一身之失念予元来不記臆家業之重繁且憂雄歎戦々悚夕薄氷深淵之思縷々之余粗記極
秘努々不可存麁略他見禁断尤不及謂雖為親昵尚在憚万壱於犯制者自然蒙
天地神祇梵天帝釈之厳罰予先途入黄泉ハ直使此一帖投于火中為灰燼幸在孝子者可守株不可遣予痴愚之恥辱於
末代穴賢々々

于時右虎賁中郎将兼倉帑令藤言成

『篋底秘記』は他見を許さない山科家の秘書であった。内容は山科家の即位、立后などに関わる装束についての記述で、特に天皇の装束についての記述が大半を占め、大量の貼込み、加筆がある。「家公」として父の山科言知と相談した痕跡も随所に見られる。慶応三年（一八六七）一月九日の明治天皇の践祚前後の記事が最後であるので、そのころまで書き継がれていた。

著者の山科言成は山科家の二十四代目に当たる。山科家は十二世紀末の公卿、藤原実教（ふじわらのさねのり）を初代とし、内蔵頭として朝廷の財政に関わってきた家である。山科言成は『公卿補任』[*12]によれば、文化八年（一八一一）六月二十八日に生まれ、天保二（一八三一）年八月二十八日に内蔵頭に、天保十年十二月十九日に権中将になっている。その間の天保六年九月十八日には儲親王（後の孝明天皇）家司となったことが注目される。天保十二年十二月六日に従三位に叙任され、公卿となった。序文に見える「右虎賁中郎将」は右近衛中将の唐名であり、「倉帑令」は内蔵頭を指す。言成の日記『言成卿記』は宮内庁書陵部に所蔵される。東京大学史料編纂所蔵『山科家譜』[*13]によれば、明治三年閏十月三日に没している。

a　天皇即位時の女官の装束

慶長十六年（一六一一）の年記を有する国立歴史民俗博物館蔵『両御所御装束目録』（高倉家旧蔵装束記録類）には、慶長十六年の後水尾天皇の即位礼の際に、六人分の十二単が高倉家から調進された記事がある。高御座の御帳を褰げ開く褰帳（けんちょう）の役を務める女王と典侍のものと思われる二名分の「五ッきぬ」・「うはきぬ」・「ひとへ」・「かけ帯」・「ひきこし」・「も」・「からきぬ」・「はりはかま」の八領からなる装束、剣璽内侍（けんじのないし）用と思われる二名分の「五ッきぬ」・「ひとへ」・「かけ帯」・「ひきこし」・「も」・「からきぬ」・「はりはかま」・「御うちきぬ」の八領からなる装束を、威儀命婦（いぎのみょうぶ）と御前命婦用と思われる「五ッきぬ」・「ひとへ」・「かけおひ」・「ひきこし」・「も」・「からきぬ」・「はりはかま」の七領からなる装束を二名分調進している。唐衣については褰帳のものには「面うきおり　うらかたおり　いろもへき」とあり、表が浮織、裏地が固織で萌黄色の上質なものであると記される。剣璽内侍の唐衣は「おもてもへきのわうもんあや　うらきぬもへき」と記され、命婦用の唐衣には「おもてねり　うらきぬもへき」とあり、練糸の織物であったことが知られる。女官の身分によって着用する女房装束の質が異なっていた。また『院中御服留帳』（高倉家旧蔵装束記録類）には「女中衣」として「五ッ衣」三領、「うはき」一領、「唐衣」三領、「ひとへ」三領、「うち衣」三領、「うちはかま」三領、「も」三領、「ひきこし」三領、「かけおひ」三領、「かうけつのも」三領、「あふき」三、「かみあけの具」三、「はかま」五領、「ひとへ」三領が唐櫃三合に入れて上皇用に調進されている。譲位した上皇にも女官用の十二単が調進された。調進を担当したのは高倉家であった。天正十三年（一五八五）に山科言経（ときつね）が勅勘をこうむって京都を離れるという事件があり、慶長三年（一五九八）に赦免されるも、即位礼に際しての装束の調進は衣紋の家であった高倉家に移ってしまっていた。本来ならば女官は天皇の即位礼に当たっては、大袖などの礼服を着用すべきであったが、何らかの理由で女官が十二単を着用したのである。故実に則った礼服を調製できる職人が四散してしまって辛うじて礼服の代替品として十二単が調製されたのであろうか。その十二単も故実を踏まえたものであるか疑問が残る。戦乱に伴う火災や略奪により、女房装束の湮滅数は膨大なものに及んだであろうし、参考品の入手も難しかったのに違いない。このあたりの問題が後述する天保十四年（一八四三）の「御再興」への動きにつながるのであろう。

内閣文庫所蔵『大内日記』巻六には寛永七年（一六三〇）九月十二日の明正天皇即位礼についての記述がある。この時の女官は褰帳（女王・典侍）、剣璽内侍二名、威儀命婦と御前命婦が各一名、執翳（はとり）の采女が六名と後水尾天皇の即位礼に準じている。この時の御服方として髙倉・山科両家が関わっている。『大内日記』巻六によれば、御譲位の際の下行米は髙倉家が六百二十石一斗四升、山科家が三十九石七升五合、即位礼の際の下行米は髙倉家が一千百六十九石一斗三升、山科家が二十七石九斗七升五合である。装束の調進を担当したのはこの時も髙倉家であった。

東山天皇の即位礼を描いた屏風[*14]には十二単を着用した褰帳女王、威儀命婦、劔内侍、璽内侍と采女装束を着用した六名の執翳女嬬が描かれる。この時の調進も髙倉家であった。

近世期における宮中装束の調進については、髙倉家と山科家による調進が、大部分を占めるようであるが、未解明の点が多い。後述するように服忌の場合等には調進を遠慮せねばならず、独占は困難であった。髙倉家の一門（水無瀬流）には堀川家と樋口家があり、髙倉永秀が宝暦事件で処罰された直後の後桜町天皇の即位礼では樋口基康（ひぐちもとやす）が調進に参加している。

髙倉家と山科家の調進の問題に示唆を与えてくれるのが保田那々子「平安朝服飾の途絶と復活：産着細長を例

に」[15]である。保田は『樋口家記』を引いて、延宝六年（一六七八）に朝廷から幕府への産着細長の進呈に中院通茂が娘婿の山科持言のために祖父にあたる高倉永慶を差し置いて介入したことを記している。このあたりから山科家の巻き返しが始まったのであろう。それが実現したのが中御門天皇御即位礼の時の装束調進であった。

宝永七年（一七一〇）十一月十一日の中御門天皇御即位礼の時の十二単について『筐底秘記』は次のように記す。

> 宝永七十月　日調進也　御即位御用也
> 女中衣十二単　典侍二通　内侍三通　命婦四通　采女六通
> 右閏八月十日被仰出御即位以前調進之ス

閏八月十日に調進が命ぜられ、十月に調進が完了した。典侍が二名分なのは褰帳の女王が含まれているのであろう。内侍が一名分、命婦が二名分、明正天皇即位礼の時よりも増えている。霊元天皇らによる朝廷の復古を目指す動きを反映したものであろうか。この記録が残っていることから、この時の調進は山科家である。

b　女帝の即位、退位

江戸時代には明正天皇と後桜町天皇という二人の女帝がいる。女帝の即位礼に着用されたのは礼服であって、十二単は使用されなかった。それ以外の通常の儀礼には十二単は必要であった。

明正天皇の即位礼は寛永七年（一六三〇）九月十二日である。十一歳であったが、その時にも十二単が用意されている。『大内日記』には「常御衣」として御五ッ衣（五衣）、御ヒトヘ（単）、御ウワキ（表着）、御カラ衣（唐衣）、御裳、御コウケツ（纐纈）、御ハカマ（袴）、御扇の名が挙げられている。「常」とは日常の意ではなく、「唐装束」の意で用いられている。

明正天皇は寛永二十年（一六四三）十月三日に後光明天皇に譲位し、上皇となる。その時のものと思われる女房装束の調進控が「明正院上皇御服」[16]である。奉書を二つ折りにして以下のように記されている。

明正院上皇御服

御五衣

御表紅御紋桜散花

御裏紅平絹

御唐衣

紫亀甲上紋白八藤丸二重織物

御裏萌木小菱板引

御掛帯

右二同し桐鳳凰縫

御表着

萌木浮織物御紋唐花形

御裏紅平絹

御単

幸菱御色萌木

御打袴

御表紅平絹板引

御裏紅平絹

御裳

白穀織桐笹鳳凰色絵

御引腰

白小窠霰御裏白小菱板引

表さし椿

御几帳

表りん子御紋桐竹鳳凰縫

中倍萌木平絹御裏紫貫

白白の四ッ菱遠紋

野筋

生綾御紋大紋紅

三重襷

表さし　白紅蜷四結凡九ッ、

つり糸紅

引腰の表さし（上指）に「椿」とあるが、伝東福門院着用十二単[*17]の引腰にも椿の図柄の上指が用いられている。これは寛永期の椿の流行を反映したものであろう。装束も流行に敏感で、着用者の好みを反映する余地があった。

『頼言卿記』宝暦十二年（一七六二）七月二十一日の条によって七月二十七日に後桜町天皇が践祚した際には十二単の製作が間に合わず、関白近衛内前（このえうちさき）の家に下賜されていた明正院の十二単を用いたことを『礼服』は指摘する。後桜町天皇は桜町天皇の内親王であるが、内親王であっても十二単を日常的に着用することはなく、十二単は調進されていなかったのである。これは十二単が儀礼用の装束であったことを示している。

山科言成『筐底秘記』には「〳〵小袿夏冬調進之例」という女房装束を製作するのに必要な経費についての宝暦十四年の次のような記述がある。後桜町天皇の常の装束として明正院の十二単のほかに小袿も必要と考えられたのであろう。

一御小袿夏冬　代銀一貫三百匁
一御裏絹　代銀三百四十匁
　調料　四十匁
　　銀合一貫六百八拾匁
宝暦十四年甲申歳五月　山科——
　小林木工
右京大夫殿

夏冬二領の小袿の代金一貫六百八拾匁は六十匁を一両で換算すると二百八十両になる。材質は二陪織物であったはずである。最高級の十二単の唐衣や表着には二陪織物が使用されているので、この記事からも調進には多額の費用が必要であったことが類推される。後述するように山科家が女院宣下等で調進する装束には明正院には調進されなかった小袿や打衣が含まれているので、調進の内容も時代とともに変化していったことが理解される。

さらに後桜町天皇は日記[*18]を残しているが、神事等で袿や裳を付けることがあっても、女官を含めて日常的に五衣・唐衣・裳を着用している例はほとんどない。

c　女院宣下

女院は天皇の母后であることが原則であったが、近世には様々な形の女院号宣下があった。これについては久保貴子『近世の朝廷運営——朝幕関係の展開——』[*19]に詳しい。女院御所の主としてふさわしい装束として考えられていたのが十二単で、女院宣下が行われた時にも十二単は調進され、その記録が『筐底秘記』に残っている。また皇太后に冊立された場合も十二単の調進が行われている。

後水尾天皇は寛永六年(一六二九)十一月八日、興子内親王(明正天皇)に譲位し、中宮和子は東福門院となる。この時の装束と思われるのが前掲の霊鑑寺蔵の伝東福門院着用十二単であろう。構成は明正院の十二単と同一である。

新上西門院は関白鷹司房輔の妹の房子で、霊元天皇の中宮となった。寛文九年(一六六九)十一月二十一日に霊元天皇のもとに入内して女御となり、天和二年(一六八二)十二月七日准三后宣下、天和三年(一六八三)二月十四日には中宮に冊立された。霊元天皇の東山天皇への譲位に伴い、貞享四年（一六八七）三月二十五日に新上西門院の女院号を宣下された。その時の霊元天皇の寵愛は東山天皇の生母であった敬法門院（松木宗子）にあったことはよく知られるが、その出自、経歴ともに女院にふさわしい女性であり、女院御所の主としてふさわしい装束が調進されたはずである。

山科言成『筐底秘記』には新上西門院の女院宣下時と思われる調進の記録が残っている。

御衣御色目　冊

御理髪具

白御衣　面堅織物御文藤唐草御裏紅　五領

紅御単　幸菱

紅御表着　二重織物御文菱上文牡丹

紅綾御打衣

御唐衣　白地萌黄亀甲上文紅牡丹裏萌黄打

白御裳　絵桐竹鳳

大腰引腰　白浮織物霰地窠

掛帯　如唐衣有繍桐鳳

御下裳　平絹紅有繍

紅打御袴　平絹

御桧扇　画梅竹鎊結花如常
御小袿　蘇芳地文唐草上文松白

夏

御理髪具
白御衣　生織冬ニ同　御裏花田　五領
白生御単　精好
紅御表着　生織冬ニ同
紅綾御打衣
御唐衣　紫二重生織物亀甲上文牡丹白裏萌黄打
白御裳　画桐鳳
大腰引腰　如冬　掛帯唐衣同有繍
御下裳　如冬平絹
紅打御袴　平絹
御桧扇　如冬
御小袿　経紫緯蘇芳御文同冬

この後に二基の四尺几帳についての記述があるが、省略する。御衣は五領とあるので五衣のことであり、表着と唐衣、小袿は冬夏ともに二陪織物（二重織物）を使用している。例えば冬の唐衣は萌黄色の亀甲紋の地文がある白地に、紅牡丹の上文があり、裏地は萌黄色の打った絹を用いた豪奢なものであった。前出の明正上皇の装束と比較すると、打衣と小袿が追加されている。

これに続けて盛化門院の記録がある。関白太政大臣近衛内前の娘の維子は明和五年（一七六八）十一月に後の後桃園天皇に入内し、明和七年の後桃園天皇の即位に伴い、安永元年十二月女御宣下があり、安永八年（一七七九）一月二十四日に欣子内親王を出産、六月には准三后宣下を受けた。同年十月二十九日に後桃園天皇が崩御し、十一月二十五日に光格天皇が践祚、安永九年十二月四日に即位すると、維子は安永十年（一七八一）三月に皇太后となった。天明三年（一七八三）十月十二日に崩御し、同日に盛化門院の女院号を宣下された。この装束は皇太后になった時に調進されたものと思われる。装束の構成は新上西門院とほぼ同じである。

上記の新上西門院以下の女院たちの装束の調進は山科家による。髙倉家は宝暦事件の結果、宝暦十年に当主の髙倉永秀が落飾の上、永蟄居の処分を受ける。この経緯は武家伝奏廣橋兼胤の日記[20]に詳しい。そのため天皇関係の装束の調進は山科家が一手に担うような観を呈する。『篋底秘記』には記されない女院たちの十二単を髙倉家が調進していた可能性も含め、女院たちの装束について考察する必要がある。

壬生院（園光子）は京極局とよばれた後光明天皇の生母である。承応三年（一六五四）八月十八日に准三宮に叙せられ、同年に後光明天皇が崩御すると十月六日に後西天皇から女院号を宣下された。十二単の調進については不明であるが、調進された可能性が高い。

新広義門院（園国子）は後水尾院の典侍で霊元天皇の生母である。延宝五年（一六七七）七月五日、准三宮に叙し、女院宣下を受けたが、同日薨去しているので十二単が製作された可能性は低い。

逢春門院（櫛笥隆子）は後西天皇の生母である。貞享二年（一六八五）五月十七日に准三宮となり、女院宣下を受けたが、五月二十二日に薨去しているので、十二単が調進された可能性は低い。

敬法門院（松木宗子）は霊元天皇典侍で、東山天皇の生母である。元禄二年（一六八九）准三后、正徳元年（一七一一）十二月二十三日に女院宣下、享保十七年（一七三二）八月三十日に薨去しているので、十二単が調進された可能性は高い。

承秋門院（幸子女王）は有栖川宮幸仁親王の娘で、元禄十年（一六九七）二月二十五日に東山天皇に入内、女御宣下。宝永四年（一七〇七）五月三日准三后宣下、宝永五年二月二十七日中宮冊立、宝永七年三月二十一日女院号宣下。享保五年（一七二〇）二月十日薨去。身分の高さから入内の時にも、女院号宣下の時にも十二単は調進されたものと思われる。

新崇賢門院（櫛笥賀子）は東山天皇の女官で、中御門天皇の生母である。没後の宝永六年（一七〇九）十二月二十九日に准后と女院号を追贈されている。生前の身分を考えれば十二単の調進はなかったものと思われる。

新中和門院（近衛尚子）は関白近衛家熙の娘で、享保元年（一七一六）十一月十三日、中御門天皇に入内、女御宣下、享保五年一月一日に桜町天皇を出産するも二十日に亡くなる。没後准三后並びに女院号追贈。入内時には十二単は調進されたと思われる。

青綺門院（二条舎子）は左大臣（後に関白）二条吉忠の娘で享保十八年（一七三三）に後の桜町天皇に入内、享保二〇年十一月三日に桜町天皇が即位すると元文元年（一七三六）十一月十五日に女御宣下、延享四年（一七四七）に桜町天皇が桃園天皇に譲位すると皇太后に冊立、寛延三年（一七五〇）に桜町上皇が崩御すると女院号宣下がなされた。天皇家を支えた重要な女院であったことはつとに久保貴子の指摘がある。寛政二年（一七九〇）一月二十九日没。入内、皇太后宣下、女院宣下など様々な際に十二単が調進されたはずである。

開明門院（姉小路定子）は桜町天皇の女官で、桃園天皇の生母である。宝暦十二年（一七六二）七月十二日に桃園天皇が崩御すると、青綺門院が桃園天皇の母とされていたため、その処遇を巡って問題が起きた。これについても久保貴子の研究に詳しい。宝暦十三年二月一日女院号宣下があり、寛政元年（一七八九）九月二十二日に没した。女院号宣下の時に十二単が調進された可能性を考えるべきである。

恭礼門院（一条富子）は関白一条兼香の娘で、後桃園天皇の生母である。宝暦五年十一月に桃園天皇に入内、宝暦九年（一七五九）三月に准三宮、明和八年（一七七一）四月二十八日に後桃園天皇が即位すると、五月九日皇太后に冊立、同年院号が宣下された。寛政七年（一七九五）十一月三十日没。

皇太后に冊立された時の装束について『筐底秘記』は山科家が混穢のため、高倉家が調進したことを述べている。また恭礼門院と前年十一月に太上天皇となった後桜町上皇とでは唐衣の仕様が異なっていたことを記す。『筐底秘記』「〽唐衣裏板引或張裏之事」の条には弘化四年の鷹司祺子の皇太后立后の記事に関連して以下のように記す。

一　唐衣裏板引也

一　張裏モ在之云々

明和七年従高倉家調進　後桜町院御服

冬板引夏張裏云々

明和八年立后之節高倉家調進

当家御服忌于時御唐衣裏不打云々

彼夏之立后也

髙倉家が調進した後桜町上皇の冬の唐衣の裏地は板引で、夏の唐衣の裏地は張裏であったという。板引とは漆塗りの板に蝋を塗り、布を糊付けして乾いたらはがして布に光沢を与えるという技法、張裏とは裏地に引糊することをいう。恭礼門院の唐衣は夏の分しか調進されなかったが、「裏不打」とは裏地を砧で打たないという意であろう。両者とも後桜町院や恭礼門院の好みによるもので、伝統を反映したものではなかった。後述する光格天皇や仁孝天皇の理想とは遠くかけ離れたものであった。この記事が残されたことは髙倉家と山科家の唐衣の仕様が異なっていたことを示すものであろう。

光格天皇の典侍で仁孝天皇の生母となった勧修寺婧子（かじゅうじただこ）は天保十四年（一八四三）三月二十一日没し、翌天保十五年二月十三日、准三后・女院を追贈された。院号は東京極院。装束は調進されなかったものと思われる。五摂家出身の女院には確実に十二単が調進されたと思われる。女官出身の女院も天皇の生母であるから、長命であれば天皇即位後に女院宣下が行われ、女院御所の主にふさわしい十二単が調進されたはずである。また『筐底秘記』は山科家の調進記録を集大成した観があるので、そこに漏れたものは髙倉家から調進された可能性について考えなければならない。巷説では天皇の装束は山科家、院の装束は髙倉家などと言われるが、再考が必要であろう。

d　内親王、五摂家の息女の入内

内親王や五摂家の息女といった出自の高い女性は入内時に十二単の調製が行われている。次代の天皇の即位の際には皇太后、女院となるので、その時にも装束は調進されている。ここで使用した記録は『篋底秘記』のみである。

後桃園天皇と盛化門院（近衛維子）の間に生まれた欣子内親王は、後桃園天皇が崩御した翌年の安永九年（一七八〇）十二月十三日に内親王宣下を受けている。後桃園天皇の唯一の血脈であるため、別格の扱いを受けていた。寛政五年十二月二十四日に准三后宣下を経て、寛政六年（一七九四）三月一日に光格天皇に入内し、三月七日に中宮に冊立された。文化十四年（一八一七）三月二十二日に光格天皇が仁孝天皇に譲位すると文政三年（一八二〇）三月十四日に皇太后となる。天保十一年（一八四〇）十一月十八日に光格上皇が崩御すると天保十二年閏一月二十二日に出家して女院号宣下を受け、新清和院と称した。『篋底秘記』には「寛政六年入内中宮御衣冬」とあるので、中宮に冊立された時の装束が記される。その構成は新上西門院の装束と同じである。弘化三年（一八四六）六月二十日に六十八歳で崩御するが、その間に後述する天保御再興時の趣旨にそった装束が調製されている。その装束は冬の白の袿が六領、白の唐衣、紅の単、紅の打衣、小袿が各一領ずつと夏の白の袿が五領から構成されている。白を基調としているのは後述する鷹司祺子や九条夙子の例に見るように皇太后であったためと思われる。ただ時期的には出家後の調製である。

関白鷹司政熙の娘繋子は、文化十年（一八一三）に後の仁孝天皇に入内し、文化十四年九月二十一日の仁孝天皇の即位に伴い女御宣下を受ける。『篋底秘記』には「文化十四年女御入内御衣」とあるのでこの記録はその時のものである。御理髪之具や御檜扇については「明和度之通」、白羅御裳には「中宮御料調進之通」とあるので、近衛維子や欣子内親王の前例通りに装束が調進されたことが窺える。繋子は文政三年（一八二〇）十二月二十六日、准三后となるが、文政六年四月四日、難産により崩御、四月六日に新皇嘉門院の女院号を贈られた。

鷹司繋子の妹祺子(やすこ)は文政八年(一八二五)に仁孝天皇に入内し、女御宣下を受けた。『筐底秘記』には「文政八年入内」とあるので、そこに記されているのは祺子の装束についての記録である。繋子の装束との違いは、夏の袿が五領から二領に減り、代わりに中陪(なかべ)が付いた捻重の袿へと変わっている。夏の打衣について「濃打御倍木　綾」とあるのは「濃打御衣　引倍木　綾」のことであろうか。裏地が外されたのである。また夏冬とも小袿には中陪が付くという変化が見られる。祺子の好みを反映したものであろうか。弘化三年(一八四六)正月二十六日に仁孝天皇が崩御して、弘化三年二月十三日に孝明天皇が践祚すると、弘化四年三月に祺子は皇太后となる。『筐底秘記』には「弘化度立大后御唐衣裏并裳腰紐裏依御好張裏而打裏可然事」として皇太后に立后した時に調進された装束の注記がある。それによれば弘化三年十一月二十二日に表着、唐衣、裳、袴の色目について次のような伺いが出されている。

弘化三十一廿二来年立大后御服御色目伺定
鞠塵御表着　白浮織物御紋雲立湧御裏黄
御唐衣　白浮織物亀甲上文浮線蝶
　御裏小菱綾不打之明和度之通
御裳三重襷地摺以金青緑青画桐竹鳳凰
　近年御再興不足口伝抄之通
大腰　御紋窠霰御裏小菱綾不打之　明和度之通
引腰　同上但繍若松水以五色糸

小腰　如唐衣

この時の唐衣の色は白であり、小腰と共布であった。弘化四年十月十三日に出家して女院号の宣下を受け、新朔平門院となるが同日中に崩御した。

関白九条尚忠の娘夙子（英照皇太后）は弘化二年九月十四日、東宮統仁親王（後の孝明天皇）妃となり、嘉永元年（一八四八）十二月七日従三位、同月十五日入内して女御宣下を受け、さらに嘉永六年五月七日、夙子は正三位・准三宮となる。孝明天皇の生前に皇后に冊立されることはなかった。『篋底秘記』には入内時の装束について次のように記す。

嘉永元年冬御入内女御之衣御寸法御再興後女房事も寸法可准之

『篋底秘記』に記載された他の女御の記述とは異なり、装束についての記述は材質や色ではなく寸法の記述に終始している。これから後述する「御再興」による十二単の寸法の変更を知ることができる。装束の寸法の研究が今後の課題であろう。明治天皇即位後の慶応四年（一八六八）三月十八日、皇太后に冊立される。明治天皇の即位礼の変化を考えると、その時に十二単が調進された可能性は低いのではなかろうか。英照皇太后の十二単姿の写真が現存するが、それは入内時の時の十二単の可能性が高い。

以上、十二単が調進される四つの場合を検討してきたが。女官用の礼服として調製された時から、その型式には多くの問題を内包していた。さらにその後の十二単の調製は着用者の好みが反映されたので、光格天皇の時により強まった平安時代への復古の要求には応えられないものであった。そこで十二単を平安時代により近づけようとしたのが「天保の御再興」であった。

3　天保の御再興

江戸時代の十二単が現代の十二単に変化する契機となったのが、「天保御再興」「卯年御再興」「天保卯年御再興」「天保十四年卯御再興」などと『筐底秘記』に記される女房装束の改革である。「御再興」とあるので、仁孝天皇の叡慮で、この改革が行われたことは明らかである。

仁孝天皇は寛政十二年（一八〇〇）二月二十一日に誕生し、文化六年（一八〇九）三月二十四日に立太子、文化十四年三月二十三日に父の光格天皇の譲位に伴い、践祚した。光格天皇は朝儀の復興に意を注ぎ[*21]、仁孝天皇もその遺志を継承して朝儀の復興に熱心であった。

天保二年（一八三一）六月十四日に後の孝明天皇が誕生、天保十一年三月十四日に立太子礼が行われた。天保十一年十一月十八日に光格上皇が崩御すると、孝明天皇が元服、即位し、仁孝天皇は上皇になるという路線が明確になったものと思われる。孝明天皇の即位礼は仁孝天皇の時よりも、より復古を目指したものであった。ただ仁孝天皇は弘化三年（一八四六）一月二十六日に崩御し、二月十三日に孝明天皇が践祚、九月二十三日に即位礼があった。即位礼における装束は仁孝天皇既定方針通りに調進されている。山科言成が天保六年に儲親王家司となったのもこれらの予定を踏まえてのことであった。なぜならばこの頃の即位礼に関わる装束の調進は山科家が担当していたからである。仁孝天皇からの指示は天保期には議奏の三条実万、安政期には中山忠能を通していた

ようで、『筐底秘記』には「〽東宮拝観御禄之事　天保十一三十九前十八日従議奏召家公被仰出当今御古物御服可被重調云々」、「安政五五廿九議奏中山大納言再官庫ニ在夏内侍衣唐衣生与練与如何与答曰練緯夏冬通用如袴」、「安政五五十一自議奏被調安永九年御即位御用之内女房衣夏冬壱通宛調進其時以注進帳色目斗書抜差出其写」、「件一紙天保十三十廿自議奏三条亜相被示家公御直筆当家秘書轡抄御抜萃橋本黄門附属然而嘉永七年御焼失安政五議奏被示自予差出了」というように記され、『言成卿記』にも関連事項が記されている。

平安時代の女房装束は現在一点も存在しないが、その当時も残存していなかった。それではどのようにして女房装束の「御再興」は行われたのであろうか。参照できたのは御神宝として残っていた古装束と有職書であった。

御神宝の調査について『筐底秘記』「衣寸法之事」には

一　鶴岡神宝後白河帝御奉納　捻重衣ハ延喜小尺ニ而七尺也

と記し、「延喜小尺」によって寸法の換算を行っていることが注目される。平安期の女房装束の再現を目指していた山科言成にとって、鶴岡八幡宮の御神宝は有力な手掛りであったと思われる。『女官飾抄』を引用し、

一きぬのたけの事
　八尺九寸也それによりてかつらのたけもなかし

と記して、鶴岡八幡宮の御神宝のたけが通常よりも短いことを指摘している。この装束については亀山天皇の時

代という伝承もある。

長禄二年（一四五八）に足利義政が奉納したと伝えられる熱田神宮所蔵の御神宝も参照したようである。

熱田社神宝女房衣雛形寸法

納于宮庫　天保十五卯年御再興ニ付雛形自熱田被召云々

予行向于官庫之便宜件雛形一覧寸法写取

于時弘化三十二十一

天保十五年（一八四四）に前年の御再興の指示による調査として、熱田神宮から女房装束の寸法を記した雛形を召し寄せ、官庫に納めていた。その雛形を山科言成は弘化三年（一八四六）十二月十一日に写している。この日の『言成卿記』には日付のみ記し、本文は空白である。

この御神宝の丈の調査により、

天保十四年卯御再興女房衣惣たけ壱尺斗みしかく云々

という結論につながったようである。『筐底秘記』「女房服之事」の条にも

天保十四年卯御再興女房衣

惣たけ一尺斗みしかし

とある。明徳元年（一三九〇）に足利義満により奉納されたとされる熊野速玉大社や阿須賀神社に所蔵されていた御神宝は参照した形跡が見られない。安永五年（一七七六）刊、上田秋成『雨月物語』所収「蛇性の婬」には熊野速玉大社の御神宝が登場するし、熊野御師の活動[*22]もあるので、その存在が知られていなかったわけではない。いずれにせよ、平安期の女房装束は現存していなかったので、中世の女房装束を参照せざるを得なかった。

有職書については「御再興」の要求に応えられるものはなかったようである。『筐底秘記』「天保卯年御再興女房衣」「表着之事」の項に禁色に関する記述があるが、そこで参照されているのは『永徳記』『女官飾抄』『雅亮装束抄』『禁秘抄』である。『永徳記』は永徳二年（一三八二）四月十一日に行われた後円融天皇御譲位後の小松天皇即位に関する記録であろう。『群書類従』「公事」所収徳大寺実時『永徳御譲位記』がこの時の記録として知られるが、女房装束に関する記述はない。清原良賢（きよはらよしかた）『永徳御譲位部類』『永徳御即位記』などの儀礼書を参照したのであろう。一条兼良『女官飾抄』は十五世紀に成立した装束書で、女房装束の装束書として権威のあるものであった。源雅亮（みなもとのまさすけ）『雅亮装束抄』は平安末期に成立した装束書である。源雅亮は藤原頼長の家司であり、故実に詳しく、本書は女房装束について書かれた現存最古の著作である。順徳院『禁秘御抄』は『禁秘抄』として知られる十三世紀の装束書である。上巻末に女官や女房の装束の色についての記述が見られる。

「表着之事」に続けて禁色について記した「女房聴色之事」には次のような一文がある。

不足口伝抄云女房色ユルヽトハ赤色青色唐衣地摺ノ裳ヲ着夏ハ三重襷冬ハ綾ノ三重襷

ここに「不足口伝抄」とあるのは『続群書類従』所収の連阿『不足口伝抄』ではなく、著者不明の『文章不足口伝抄』のことで、ここの記述は内閣文庫所蔵本と内容が一致する。

鷹司祺子（たかつかさやすこ）が皇太后に立后した時の裳について、『筐底秘記』には弘化三年（一八四六）十一月二十二日の伺い（前出）の中には次のように記されている。

御裳　三重襷地摺以金青緑青　画桐竹鳳凰
　近年御再興不足口伝抄之通

金青は紺青のことで、これも『文章不足口伝抄』の記述と一致する。

今日でも『雅亮装束抄』よりも古い女房装束についての有職書は見いだすことができないので。有職書から平安期の女房装束を再現することは困難であったと思われる。

「御再興」での一番大きな変化は裳の形状であったと思われる。冒頭に述べたように、小腰が復活した。『筐底秘記』には次のように記す。

〽女房袴大腰小腰之事
　女房裳八ツ巾　ハヾナリニテハナシタチ合シナリ
　たけ　弐尺六寸五分

卯年御再興たけ七尺斗　四尺五寸

また特筆すべきは天保十四年以降に製作されたと考えられる新清和院の装束が懸帯を有していたのに対し、弘化四年三月の祺子皇太后の装束には裳の小腰を復活させている。この時の典侍の袴の上に重ねる裳について次のように記す。

其上ヱ裳ヲ重
　典侍料　画桐竹鳳凰
　　白掛帯
掛帯ヲ袴ノ上ヱ延シ重掛帯ノサキ袴ノ裾ヨリ四五寸斗アカルヨウニ重ト丶ノヱ裳ノ真中両ニヒロゲテ重腰紐も折合ノ内ヱトリ密々糸ニテ閉ル

こちらには懸帯が依然として残っている。改革は急激には進まなかったのであろう。

「御再興」は天保十四年に一度になされたわけではなく、天保十四年に始まり、前出「熱田社神宝女房衣雛形寸法」に見るように、孝明天皇の即位礼後の弘化三年暮れになっても調査が続いていた。さらに「御再興女房衣」には

弘化四六廿五調進　御即位御用云々

とある。弘化四年九月二十三日の孝明天皇の即位礼用に調進されたものの記録である。その中の「典侍衣」の「五衣」について

寸尺当家以前調進来ヨリハ惣丈一尺短ク成ナリ近来御再興ノ通ナリ

但次第ニ上ニ重ル方イサヽカヅヽヲメルト云々

という注記を付ける。さらに裳については次のように記す。

裳　綾三重襷　地摺が桐竹鳳凰八所也以紺緑画之

八巾　タチ違ナリ表裏カタミニ縫合裏ヱ耳出ル様縫端〳〵捻ル長四尺斗

大腰　引腰　小腰　各御再興

大腰　引腰　表小形ノ窠霰 裏小菱綾白打　窠五クワ天地ナシ

飾糸五色水ノ形ニ差紐サキ引腰蝶ノ形ニナス

小腰如唐衣五色ノ糸上差アリ

大腰引腰ノ飾ヨリハ聊細キ也　委細雛形等ニ在ベシ

また小腰に唐衣と同じ布を使うことを次のように述べる。

一　御再興女房衣
唐衣裏裁切之事
入尺弐尺
身前後
二枚壱丈壱尺
此内ヨリ小腰取ルトリ様ハ前ヱ治ショリ二尺宛出ル其中ヱ余分三尺斗入タチキル仍小腰七尺分ニ成ナリ
袖斗九尺

袴についても大きな変化があった。「大腰ノ紐サキリウゴノ事」の条には現在の長袴に見られる立鼓の装飾についての記述がある。また「御再興女房衣」の末尾には袴について触れ、女房衆の要望で六寸ほど短くなったことについて次のように記す。

たけ弐尺弐寸許先ニ調進成ハ弐尺八寸斗之処長過之間短ク可裁縫去冬女房衆被示旨飛鳥井中納言被噂依之六寸斗減了凡ツイタケニ成ナリ

飛鳥井中納言は権中納言飛鳥井雅久である。宮中を挙げての「御再興」で、試行錯誤が繰り返されたのであろう。光格天皇、仁孝天皇が目指した平安期の装束の再現は孝明天皇の即位礼の時に一応の達成を見たとはいえる。

これが現代の宮中装束の祖型となったものであろう。我々が再現した『源氏物語』に登場する明石の君の装束と異なる仕様になったのは、山科言成が『源氏物語絵巻』[*23]を参照することができなかったことによる。その後、「御再興」は宮中外にも知られるようになり、『近代女房装束抄』[*24]のような不正確な有職書が流布するようになった。

ところが明治天皇の即位礼は従来の儀礼を廃して、新式で行われた。津和野藩主亀井茲監（かめいこれみ）が参与職神祇事務局判事として主導し、国学者でもあった同藩出身の神祇官判事福羽美静（ふくばびせい）の指導の下に、地球儀を飾るなどまったく異なる様相を呈した。[*25] 装束は光格天皇、仁孝天皇の叡慮を背景とした山科言成らの「御再興」とは異なる路線を歩むこととなった。中国の装束の影響を受けたと認識されていた十二単も廃絶の危機にあったが、大正天皇の即位礼の後は立礼を基準とする近代の皇室儀礼の中で、新たな装束として展開していくのである。

注

1 再現された装束は二〇二三年十二月一日から二十八日まで東京丸紅本社ビル内の丸紅ギャラリーにおいて「源氏物語 よみがえった女房装束の美」として丸紅ギャラリーと実践女子大学の主催で展示された。再現装束が現代巻間で見られる十二単とは形状、材質、美意識もまったく異なることを示すことができた。

2 矢部健太郎『豊臣政権の支配秩序と朝廷』（吉川弘文館、二〇一一年）など。

3 『たまきはる』には懸帯の用例として三例があげられるが、後の時代の懸帯と同じかというと疑問が残る。承安三年（一一七三）十月の御堂供養の装束として「裳にも縫物をし、金をさえ延べて付けなどしたりき。錦の掛帯、玉の上刺、袙の色、紅葉を忌まれて、たゞ黄なる綺に青裏などにて」とある。小原幹雄・錦織周一・吉川隆美・稲村榮一『たまきはる全注釈』（笠間書院、一九八三年）。

4 鈴木敬三編『有職故実大辞典』（吉川弘文館、一九九六年）。

5 貴重古典籍叢刊『赤木文庫本　神道集』（角川書店、一九六八年）。

6 上野顯『熊野速玉大社の国宝古神宝』（熊野速玉大社、二〇二三年）等に図版が紹介されている。

7 中脇聖編『家司とよばれた人々』（ミネルヴァ書房、二〇二一年）第三章。

8 武田佐知子・津田大輔『礼服——天皇即位儀礼や元旦の儀の花の装い』（大阪大学出版会、二〇一六年）。

9 宮内庁書陵部蔵『女房装束裁縫抄』は元禄八年（一六九五）冬に大串元善が清閑寺熙房蔵本を写した彰考館本の転写本である。熙房の妻は高倉永敦の娘、元善は彰考館の史臣で、この年、上方で多くの書籍を写している。

10 高倉家所蔵の文書はかつてその一部が「衣紋道高倉家秘蔵展」として展示され、図録〔多摩市文化振興財団、一九八七年〕が刊行されている。また高倉家旧蔵の資料が国立歴史民俗博物館（「高倉家旧蔵装束記録類」）、宮内庁書陵部、東京大学史料編纂所、名古屋市立博物館などに所蔵されている。高倉家の調進控については國學院大學神道資料展示室編『高倉家調進控装束織文集成』（おうふう、一九八三年）でその一部と國學院大学所蔵高倉家文書の一部が写真で紹介されている。

11 山科家は歴代が日記を残したことで知られ、宮内庁書陵部や東京大学史料編纂所、内閣文庫に所蔵されている。

12 『公卿補任』第五篇（新訂増補国史大系第五十七巻オンデマンド版、吉川弘文館、二〇〇七年）。

13 明治八年五月に山科言縄によって記された。

14 「京都の御大礼即位礼・大嘗祭と宮廷文化のみやび」展実行委員会編『京都の御大礼：即位礼・大嘗祭と宮廷文化のみやび』（思文閣出版、二〇一八年）。

15 保田那々子「平安朝服飾の途絶と復活：産着細長を例に」『国際服飾学会誌』五十五（二〇一九年七月）。

16 髙倉永佳「女房装束の歴史——高倉家の歴史を通して」（『源氏物語　よみがえった女房装束の美』〈丸紅株式会社、二〇二三年〉）所収。

17 『寛永の華　後水尾帝と東福門院和子』（霞会館、一九九六年）に写真掲載。

18 『後桜町天皇宸記』は後桜町女帝宸記研究会により『京都産業大学日本文化研究所紀要』六号（二〇〇〇年）、七・八号（二〇〇二年）、九号（二〇〇三年）、十号（二〇〇四年）十一号（二〇〇五年）、十二・十三号（二〇〇八年）、十四号（二〇〇九年）、十五号（二〇〇九年）、十六号（二〇一〇年）に紹介されている。

19 久保貴子『近世の朝廷運営——朝幕関係の展開——』（岩田書院、一九九八年）。

20 大日本近世史料『廣橋兼胤公武御用日記　十』（東京大学出版会、二〇一一年）。

21 藤田覺『光格天皇』（ミネルヴァ書房、二〇一八年）第三章「朝儀の再興・復古」に詳しい。

22 阪本敏行・長谷川賢二編『熊野那智御師史料——旧宝蔵院所蔵史料の翻刻と解題』（岩田書院、二〇一五年）。

23　五島美術館、徳川美術館書蔵。強装束の時代となった十二世紀に描かれた絵巻であるが、ことさら柔装束を意識し、写実適に描かれている。

24　『故実叢書』所収『近代女房装束抄』には「御再興女房衣」として、「典侍衣」、「内侍衣」、「内侍命婦等略打衣」、「命婦衣」、「采女」、「闈司」、「舞妓衣」、「衣下」、「内侍」、「命婦」、「右」の各装束についての説明が並び、「右」は題目だけが記される。裳についていえば、「典侍衣」、「内侍命婦等略打衣」には小腰についての記述があり、「舞妓衣」、「内侍」、「命婦」には掛帯についての記述がある。矛盾する内容である。「衣下」には「天保十三年頃御改正云々　別段新嘗祭ニハ不限十年或ハ十二三ヶ年月々御新規壱付云々　総テ兼用也否」という朱書きがあり、不正確な記述である。

25　所功『近代大礼関係の基本史料集成』(国書刊行会、二〇一八年)。

［COLUMN］

芸能としての古典再生
――竹田からくりにおけるイメージとパフォーマンス

山田和人　YAMADA Kazuhito

二〇二三年二月十一日、十二日と、国際シンポジウム「古典の再生」が開催された。わたくしは十二日の第一部「イメージとパフォーマンス」というテーマのセッションのディスカッサントを担当した。その総括から入りたい。

「絵巻と『徒然草』絵注釈の間――デジタルアプローチの試みをかねて」の楊暁捷（カルガリー大学）は絵注釈の画像を絵巻と比較検証して、イメージが相互に交流することで立ち上がってくるイメージ形成のダイナミズムを明らかにし、そこに内在するイメージの「文法」についての問題提起がなされた。楊暁捷が生前に制作したビデオ映像を会場で再生して、イメージに本来備わっている創造力について考える機会となった。冥福を祈りたい。

「人麿画像の讃の歌」と題した佐々木孝浩（慶應義塾大学斯道文庫）の発表は、いつもながら明快で、資料も豊富、人麿画像の変遷を通史的にたどりながら人麿影のバリエーションとイメージの相互作用、転用と展開の諸相を明示した。イメージの多様性と自立的な生成のダイナミズムが明らかにされた。聖徳太子や菅原道真などの座像もイメージ文化論的に論じられることを期待したい。

「霊媒〈メディウム〉としての古典：初期テレビと一九五六年の幽霊」ジョナサン・ズウィッカー（カリフォルニア大学バークレー校）は、一九五〇年代テレビ草創期のテレビドラマ「生きている小平次」を取り上げ、現存する映像がない、いわば失われたドラマをいかに研究することができるのかを問うた。古典と「現代」をいかにつなぐことができるか、できるとすればそれはいかなる方法か、メディアとの関わりから古典を再生させる方略の検証を促す問題提起になった。

最後に「女房装束の変遷——平安期女房装束の復元を通じて——」佐藤悟（実践女子大学）の発表は、佐藤が近年意欲的に取り組んでいる平安期の女房装束の復元の試みの発表だった。絵巻などの絵画資料の分析を通して、現代の装束製作を踏まえて、すでに失われた平安期の女房装束を復元しようとした。そのプロセスで浮かび上がってきた文学史と服飾史の交差点からの問題提起だった。復元か再生か、そこに問題の所在がある。復元から展示というパフォーマンスへ、そこに再生の神髄が現れるだろう。

イメージとパフォーマンスというパネルの中で、古典を再生させる仕掛けとしてこのふたつの創造的な伝承のありかたに注目する必要のあることを学んだ。

本コラムでは、芸能における古典再生の問題としてイメージとパフォーマンスのクリエイティブな相関性について考えてみたい。具体的には、菅原道真の天神像と聖徳太子の太子像、柿本人麿の御影に注目して、日本の古典を代表する三人の人物図像を取り上げ、これらがどのようにパフォーマンスとして再生されていくのか、述べたい。今回は、竹田からくりという文学史、芸能史の周縁から、古典の再生について問いかけてみたい。なお、引用本文は適宜句読点を施し、漢字に置き換えたり、送り仮名も読みやすいように手を加えていることを断っておきたい。

1 天神像とからくり

天神像をめぐって、竹田からくりの「三筆松梅童」を取り上げ、天神摂政像との関わりについて考察を加える。

「三筆松梅童」(絵尽し、宝暦七年〈一七五七〉六月以前『機関竹の林』国立国会図書館)[*1]には、次のような画中の説明(口上)が付されている。「からくり三筆松梅童」という演目名の左側に「附り永日の遊びのつたりのつたり。綱の上の手ばひ。花はさかりに春めいた北野の社」という語りが付されている【図1・2】。

画中には菅丞相(菅原道真)が書写する様子を「天神、最初に左右の手にて、一度に松桜の文字を書き、後、筆を口にくわへ、梅と文字を書き給ふからくり」と記し、「天神、愛樹の梅桜松のからくり」と、左右の手と口にくわえた筆で三文字を書写する文字書きからくりの動態を記している。

さらに、舞台の前には、「松童子、二筋の綱を手ばいにて渡り、おのれと鉢植への松と成るからくり」と、松童子の綱渡りのからくりが展開されること、また、口上人(解説者)が松童子の渡る「糸に掛けたる竹をはづし持ち、歩む内も、人形、手足を働き、伝とふ」様子が写実的に描かれている。

他方、「梅童子、木地台の上より篠竹に取りつき、台を離れ、段々とたぐり伝ひ、向こふへ行くぜんまひの積もり物、後、鉢植への梅と成る大からくり」とあり、梅童子が綱につかまり、渡っていくところも詳細に記され、ぜんまいを動力とするからくりであることがわかる。最後は松童子と同様、鉢植えの梅に変化するからくりであることを述べている。

他にも竹田からくりの絵画資料としては、「天満神和合書始」『竹田新からくり』(国立国会図書館)(草双紙、

図１「三筆松梅童」

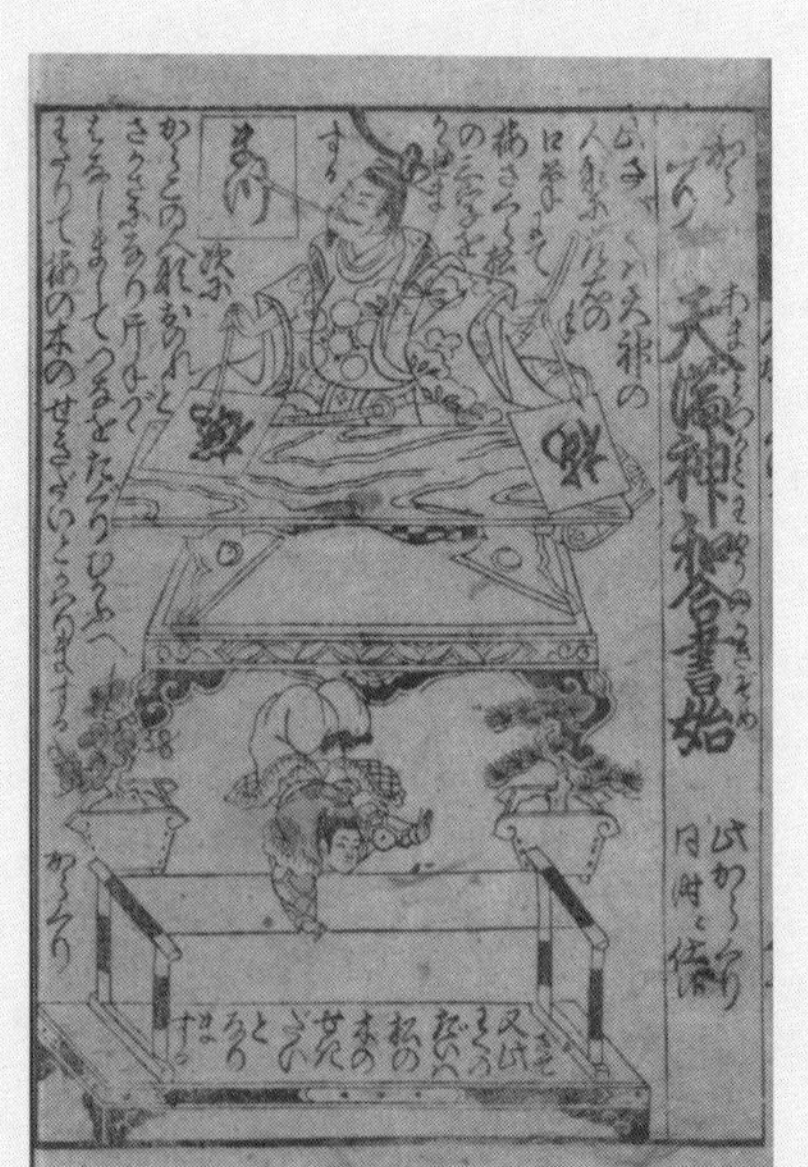

図２「天満神和合書始」

宝暦八年〈一七五八〉正月）、「三筆松梅童」『機関千種の実生』（東京都立中央図書館）（草双紙、明和四年〈一七六七〉三月）、「筆曲松梅童」（早稲田大学坪内博士記念演劇博物館）（絵番付、宝暦八年〈一七五八〉か）がある。

参考までに、座敷からくりではあるが、安城市歴史博物館に曲書きの「文字書人形」が所蔵されており、右手と口にくわえた筆で「松」「竹」の文字を書く。左手は書写額を持っており、この額にセットされた用紙に文字を書きつける。まさに曲書きの文字書きからくりであり、国内で唯一の座敷からくりの事例である。ちなみにこの座敷からくりの文字書きの機構は、てこ棒とカムで動きを制御しており、文字数に応じてカムの枚数を増やして、円滑な動きを実現している。[*2] 竹田からくりでは、機構の詳細は不明だが、舞台からくりとして、さらに高度で複雑な機構と操作技術で演出して見せたのだろう。

「三筆松梅童」の絵には、菅丞相（菅原道真）が左手で「さくら」、右手で「まつ」と書いている様が描かれている。利き腕ではない左手と右手で同時に書くところが曲書きである。歌舞伎でしばしば上演される『芦屋道満大内鑑』の葛の葉子別れにおける葛の葉役者の曲書きが有名だが、それと同様の演技をからくり人形が演じるという趣向である。後に筆を口にくわえてケレン味たっぷりに「梅」と書くのも曲書きである。左右の手と口で筆を巧みに操り、松梅桜の三文字を見事に書き上げる。しかも、左右の両手で松桜と別々の文字を同時に記し、その後、口にくわえた筆で梅の文字をアクロバティックに書き上げた。

このからくりの演技・演出の背景には、天神信仰の広まりがある。天神信仰の具現としての天満宮は平安時代以降各地に勧請されて、近世には津々浦々に建立され、勧請にまつわる縁起、詩歌、絵画、天神像、天神講などが普及した。とりわけ、元禄年間以降急速に普及した寺子屋とは密接に結びついていた。寺子屋では、学問筆道の神として道真の図像を屋内に掲げ、道真死去の二十五日を毎月の祝日と定め、その日は、寺子は家から食物を持参し、師匠の家でも小豆飯や茶菓を用意してともに会食した。その後、土地の天神社に学問筆道の上達を祈願した。学問筆道の神としての菅原道真の図像を掲げ、尊崇したのである。

からくりでは、天神が書写するのは、菅丞相が愛した「松」「梅」「桜」である。このことについては、『源平盛衰記』巻三十二の記事が詳しい。要約して示す。

それによれば、安楽寺から都を望み、菅丞相が「こち吹かばにほひおこせよ梅の花主なしとて春を忘るな」と詠じると、紅梅殿の梅の枝が折れて、太宰府安楽寺に飛行したという飛梅伝説。後に紅梅殿から飛んでいった梅を探していると、どこからか十二、三歳ほどの童子が示現して、ある梅の古木のもとで「是や此こち吹風に誘はれてあるじ尋し梅のたちえは」と詠じて姿を消した。この童子を「北野天神の影向」ととらえている。この童子から梅童子、松童子が構想されたのだろう。『北野本地』には「梅のあとを追い来るによつて、おひ松の神と申す」とあり、飛梅伝説の後、追松（老松）伝説が生じたのであろう。

また、梅は言葉をかけられたが、桜は声をかけられなかったことを恨みに思い、一夜のうちに枯れたのを、源順が「梅はとび桜は枯れぬ菅原やふかくぞたのむ神の誓を」と詠じた桜枯れ伝説も記されている。後の人形浄瑠璃『菅原伝授手習鑑』では、「梅は飛び桜は枯るる世の中に何とて松のつれなかるらん」とあり、松梅桜の三文字が菅丞相の筆によって記されるのは、こうした説話を踏まえてのことであろう。

このからくりの作者が何に依拠したのかはわからないが、こうした素材をもとにして松梅桜の文字を記す菅丞相の曲書きの演技・演出を構想した。そして、北野天神の影向と結び付けられた童子説話から梅童子、松童子を着想した。こうして飛梅伝説、追松伝説に因んで梅童子、松童子が登場して、竹棒や文柱に張られた綱を逆立ちで渡っていく離れからくりを演じ、後に童子は、それぞれ梅、松の石台（植木鉢）になるという変身型のからくりで終わる。

このように菅原道真の詠んだ、あるいは詠んだとされる古歌にちなんで、「松」「梅」「桜」の三文字を書写する巧みな曲書きの文字書きからくりと、道真の摂政像や古歌によって形成された多様なイメージを竹田からくりのパフォーマンスの中に意表を突く離れからくりとして再生させている。

2　太子像とからくり

大工道具が太子像に変身するからくりは、赤本『竹田新からくり』（国立国会図書館）には「天王寺番匠尊像」として記されており、絵尽し『四天王寺桜御帳』（『歌舞伎浄瑠璃稀本集成』下巻）[*3]には「番匠の御影」【図3・4】として収録されている。

『四天王寺桜御帳』は、四天王寺の聖徳太子の事蹟を一代記的に構成しており、「亀井の水」「執金剛神」「番匠の御影」のからくりがそれぞれに複数のからくり台で連動して上演された。「亀井の水」は聖徳太子慧思禅師後身説、聖徳太子勝鬘夫人後身説を踏まえ、

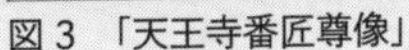
図3 「天王寺番匠尊像」

図4 「番匠の御影」『四天王寺桜御帳』

蓮の花から聖徳太子の前身である慧思禅師、勝鬘夫人が太子とともに現れ、そこに聖徳太子十六歳の絵像を取り合わせたからくりと、亀井堂の石の亀から三色の水が噴出するからくりである。「執金剛神」は、聖徳太子南岳取経説話と聖徳太子救世観音化身説話によって場面を構成し、執金剛神が、太子に経巻を与えた後に、岩角を伝い渡っていくからくりがあり、その後、太子の姿が救世観音に変じていくというからくりである。執金剛神が岩角を渡る、いわゆる乱杭渡りに類似したからくり、梅の枝を逆立ちして渡っていくからくり、執金剛神が綱を腹這いで渡っていく、いわゆる「はやぶさ」のからくり、三種の離れからくりを組み込んでいる。

そのうちの四十二歳の聖徳太子の物語として「番匠の御影」が組み込まれている。それによれば、「番匠の御影」は「番匠の道具　太子四十二歳の御影と成るからくり」とあり、四天王寺の番匠（大工）の大工道具が聖徳太子の四十二歳の尊像となるからくりであり、「番匠槌　御髪と成る」と、大工道具の槌が御髪になり、「しやくり鉋　袖口と成る」と、しゃくり鉋が太子像の袖口になる。そして、「道具箱二畳台と成る」と、道具が収納されている道具箱が太子の尊像の座る二畳台になるという変化・変身であることが確認できる。その他、手斧、鋸、錐、差し金などの道具類が太子像の部分として自ずと立ち上がり、鑿が笏となっている。木像の載っている二畳台までも、道具箱が変化したものである。

このように複数のからくりをオムニバス風にひとつのストーリーに組み込んで上演する例としては、『万歳稚大力』（赤本、宝暦八年〈一七五八〉正月『竹田新からくり』国立国会図書館）の例がある。男児が三歳で「ひいひい笛」を吹き、「しし（小便）」をする。五歳で「三味線」を弾き、「二挺鼓」を打つ。十歳で、自らが支える梯子の上に子供を乗せて軽業を演じさせる。このように三歳、五歳、十歳と子供が成長していくなかで、拍子事や軽業を演じさせるというかたちで、三演目を子供の成長の物語として組み込んでいる。
「番匠の御影」は、聖徳太子説話をベースにしたからくりであり、聖徳太子が大工の職能神として祀られていることから、大工道具が太子の御影になるという霊験奇瑞を眼前に見せるのがこのからくりの見せ場である。

もうひとつは、「四天王寺伽藍建立の手斧始め人形さまざまのはたらき」があり、「墨壺より糸を繰り出し材木に墨を打つからくり」や「こなたの人形差し金を立て見るからくり」が演じられ、「四大工後四天王と成るからくり」「四大工の人形多聞持国広目増長の四天王と成る」と画中に説明（口上）がある通り、四天王寺の大工が伽藍建立の手斧始めとして、材木に手斧を当てたり、墨壺で材木に墨を打ったり、差し金を当ててみせるからくりで、ここに登場する四人の大工は後に多聞天、持国天、広目天、増長天の四天王へと変身する。

なお、『四天王寺桜御帳』の「番匠の御影」には、道具箱から吹き出しが出ており、吹き出しのなかに、二畳台に着座する太子の尊像が描かれており、道具箱が二畳台に変化したものであることを明確に示している。ちなみに、吹き出しはこうした変化を象徴的に示す表現技法として、からくりの絵画資料で使用される。それほど高さのない道具箱から、かさ高で比較的ボリュームのある太子像が立ち現れてくるところが、このからくりの見せ場であった。

このように一般に流布していた聖徳太子の摂政像の座像のイメージが立体化され、からくりに仕立てられることで、太子の霊験奇瑞を観客の興味をそそるパフォーマンスとして見せようとした。これには大工で組織される太子講などで知られる太子信仰が背景にあったと考えられる。文字通り、大工道具がひとりでに動き、それらが合体して太子像を形作っていく、観客の意表を突いたパフォーマンスを見せることができたのである。ここでの「御影」は掛幅であったり、木彫であったり、バリエーションがあった。イメージをとらえる場合、絵画に限らず彫刻も視野に入れてアプローチすることが有効である。

3　人麿像とからくり

人麿像の展開については本書所収の佐々木論文に譲るが、竹田からくりの文字書き人形の演目にも、「人麿明石硯」がある。人気の高いシンプルな文字書きのからくり人形であり、人麿が「明石」の文字を扇の地紙に書き付けるからくりである。硯の墨を筆に含ませて、巧みに二文字を書き上げる。目線は筆先を追い、静かに筆を運ばせる、品格の備わった運筆を見せた。

これについては、「人丸の人形明石といふもんじをかく」『銘菊艶』(なづけたりきくのはなやか) 絵尽し、明和四年 (一七六七) (早稲田大学坪内博士記念演劇博物館)、「人丸明石硯」一枚摺、宝暦・明和か (早稲田大学坪内博士記念演劇博物館)、「人丸明石硯」一枚摺、宝暦・明和か (東京大学総合図書館霞亭文庫)、「人丸あかしすずり」(「竹田大からくり双六」)「扇の地紙へ明石の文字を書かせますするからくり」双六、寛保元年 (一七四一) (東京国立博物館) の四点が確認できる【図5】。

人麿が書写するのが「明石」であるのは、柿本人麿を歌聖として祀り、和歌を詠じて供養する人麿影供の時に、掲げられる人麿讃の代表的な歌「ほのぼのと明石の浦の朝霧に　島がくれゆく舟をしぞ思ふ」であり、その「明石の浦」から来ていると誰しもが連想したことだろう。人麿讃の歌のバリエーションについては佐々木論文に譲り、この歌は『古今和歌集』巻九「羈旅歌」に「題しらず　よみ人しらず」とあり、左注に「このうたはある人のいはく、柿本人麻呂が歌也」と伝人麿の歌として記されている。この歌が人麿の影供の図像に記されるようになるのは平安時代以来であるが、近世になると影供そのものが庶民の間にも浸透するようになり、この歌が歌聖人麿のイメージを広め、それが身近なものとして流通していた。

竹田からくりの「人丸明石硯」において、老翁人麿の姿は、御影供の図像の立体化であり、その人麿が扇

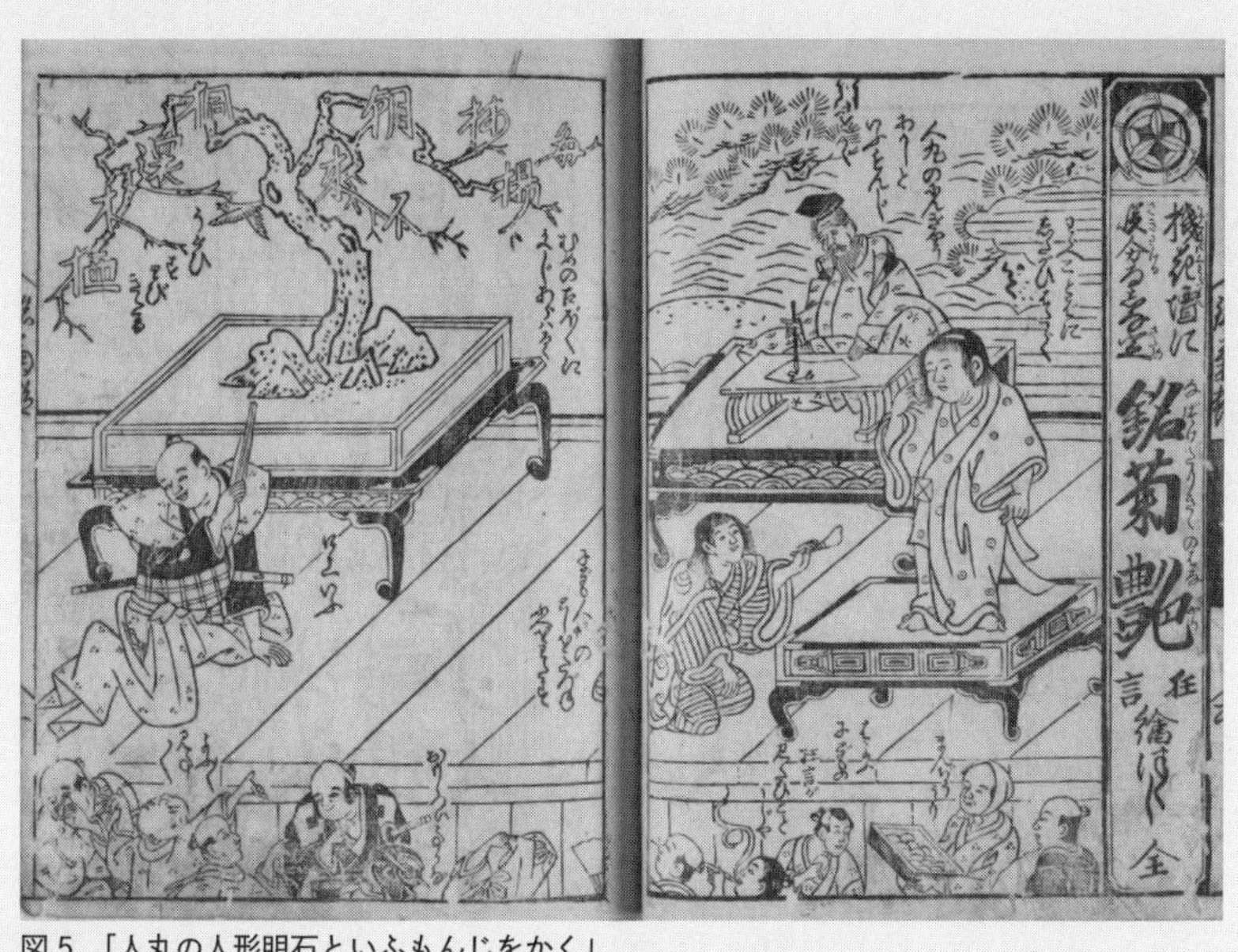

図５　「人丸の人形明石といふもんじをかく」

の地紙に「明石」という文字を書き付けるのは、「ほのぼのと」の歌の「明石」から来ており、当時の人々にとって、この歌は大変なじみ深いものであった。からくり作者の意図は、多様な御影供の図像の人麿が、自らの歌にちなむ「明石」の文字を書くというパフォーマンスを生み出すことにあったとみるべきであろう。こうした文学的な構想力がからくりの作者にはあったということを示している。

このように天神像は道真を学問や筆道の神とする天神信仰、太子像は聖徳太子を大工の職能神とする太子信仰、人麿像は柿本人麿を歌の神とする人麿明神として知られた図像である。こうした信仰の対象でもある御影や木像がイメージとして流布し、それぞれに多様な展開を示しており、そうした庶民の間に浸透した図像が個性的な造型を生み出していった。天神像は筆をとる学問筆道の神として、人麿像も筆をとる和歌の神として、ともに文字書きからくりという形式を選択し、太子像は大工の神として、大工道具が合体して太子像を作り上げる変身系のからくりとして、それぞれの図像が持つイメージの特性を最大限に発揮したパフォーマンスとして竹田からくりの舞台に再生されたと言える。

注

1 拙稿「資料紹介『機関竹の林』」(『同志社国文学』八十七、二〇一七年十二月)。

2 拙稿「安城市文字書きからくり人形(曲書き)の文化史的な位置づけ」他、『文字書きからくり人形調査報告書』(安城市歴史博物館、二〇一七年三月)。

3 拙稿「解題『四天王寺桜御帳』」(演劇研究会編『歌舞伎浄瑠璃稀本集成』下巻、八木書店、二〇〇二年)。

図版出典一覧

図1「三筆松梅童」(絵尽し、宝暦七年〈一七五七〉六月以前『機関竹の林』国立国会図書館) わ七七七—一

図2「天満神和合書始」(草双紙、宝暦八年〈一七五八〉正月『竹田新からくり』 国立国会図書館デジタルコレクション DOI：https://doi.org/10.11501/2575120

図3「天王寺番匠尊像」(草双紙、宝暦八年〈一七五八〉正月『竹田新からくり』 国立国会図書館デジタルコレクション DOI：https://doi.org/10.11501/2575120

図4「番匠の御影」『四天王寺桜御帳』(『歌舞伎浄瑠璃稀本集成』下巻、八木書店、二〇〇二年) 二一九・二二〇頁より転載。

図5「人丸の人形明石といふもんじをかく」(絵尽し、明和四年〈一七六七〉)『銘菊艶』(早稲田大学演劇博物館・早稲田大学文化資源データベース・近世芝居番付データベース) №.ロ一八—二三一—一七K

なお、掲載をご許可頂いた所蔵機関に謝意を表します。

III　源氏物語再生史

9 『阿仏の文』から『源氏物語』へ

田渕句美子 TABUCHI Kumiko

　女房たちにとって、『源氏物語』は仰ぐべき古典であり、ことばの源泉でもある。そして、時代による違いはありつつも、基本的には『源氏物語』の基底に流れる意識は、宮廷に生きる女房たちの心性の凝縮であろう。『阿仏の文』はそのことを中世から照射するものである。ここでは『阿仏の文』を視座にして、『源氏物語』を少し読んでみたいと思う。

1 『阿仏の文』・阿仏尼とその娘について

『阿仏の文』は、長年にわたり断続的に安嘉門院女房であった阿仏尼が、後深草院に仕える女房である娘に対して、女房の心得を説く長文の消息である。母から娘への教訓であるからこそ、宮廷女房の意識が率直に生の形で著されている。こうした消息は多くが消えてしまうが、『阿仏の文』は著名な阿仏尼の著という点により今日まで残ったとみられる。

『阿仏の文』は、『乳母の文(めのとのふみ)』あるいは『庭の訓(をしへ)』とも呼ばれており、広本と略本とがある。広本が『群書類従』に『乳母のふみ』として、略本が『扶桑拾葉集』に『庭のをしへ』として収められている。いずれも伝阿仏尼作とされ、古くから広本・略本それぞれに真作説・偽作説があって諸説錯綜していた。それに対して岩佐美代子[*1]が、広本は阿仏尼の真作であり、弘長三年（一二六三）〜文永元年（一二六四）頃に、当時十三歳前後の娘に宛てて阿仏が書いたものであり、略本は後人による抄出本であると明快に結論した。つまり『阿仏の文』広本は、阿仏が娘に宛てて書いた教訓的な長文の消息（書状）そのもの、ということになる。岩佐の論証は正鵠を射ており、他の資料の記述とぴったり一致し、井上宗雄[*2]も「周到な考察」と述べて岩佐論を支持している。また岩佐は昭和天皇第一皇女照宮成子内親王にいわば女房として宮仕えした経歴があり、「女房気質」を深く理解していた[*3]。その上でこの書が「宮仕え人の心向けのあり方」を懇切に説いたものであると位置づけていることは説得力に富む。この岩佐論は現在の『阿仏の文』研究の礎となっており、拙著[*4]においても屡々言及してきた。近年は国内でも海外でも関心が高い。また『阿仏の文』注釈を昨年共著で刊行したので、本文・解説（田渕執筆）等をご参照いただきたい[*5]。

本書の書名について述べよう。群書類従本等の写しではない写本の外題・内題は、広本では、本章で底本とする架蔵本（注釈の底本）には外題・内題共にないが、陽明文庫蔵本は外題『阿ふつの文』である。略本では、国文学研究資料館蔵本（タ5・128）は外題が「為家乃御前阿佛のふみ」、内題が「阿佛のふみ」、河野美術館蔵本（73）は内題「阿仏のふみ」である。群書類従本等が『乳母のふみ』とするのは、内容や著者から見れば不適当であり、おそらく女訓書『めのとのさうし』や、お伽草子で女訓書的な『乳母の草紙』などと交錯したゆえであろう。このように写本の外題・内題によっても、内容からも、『阿仏の文』と呼ぶべきである。

阿仏の娘については、岩佐論の推定により、以下のようなことがわかる。建長三年（一二五一）～四年頃の生まれで、正嘉元年（一二五七）頃、七歳の時に女房として初出仕し、後嵯峨院の御前で箏を弾き、八歳で、東宮（亀山）の琵琶と合奏して箏を弾いた。娘は幼いながら女房出仕を続け、阿仏はそれを支えたが、約五年後の弘長三年（一二六三）～文永元年（一二六四）ごろ、阿仏が娘の保護者としての立場を離れ、歌道家の当主である藤原為家と結婚・同居することになり、その折に、十三歳前後の娘に向けて『阿仏の文』を書き送った。この数年後、娘は後深草院の皇女を生む。

このように『阿仏の文』は、すでに女房となっているがまだ年若い娘に、宮廷に生きる女房の行動規範を、改めて説き聞かせたものである。宮廷社会での人間関係の注意、特に自己を抑制する態度を保つことについての訓戒、女房の基本的職務や規範についての考え方、女房としてあるべき態度・容姿、身につけるべき諸芸・教養、主君の寵愛をめぐる振る舞い、宮廷女房を退く時の心構え、出家とその後の注意などについて、具体的に語っている。思いつくままに書き連ねていった私的消息なので、繰り返しや重複も多く、整理されていない。

この時に阿仏尼が書いた消息はこれ一通だけとは限らないし、補足的な消息も書かれたかもしれない。前掲『阿仏の文（乳母の文・庭の訓）注釈』解説で述べたが、他の教訓的消息として、たとえば正親町院が、誠仁親王急逝後に、まだ十代の若さであった孫の後陽成天皇に、数年にわたりその時々に書いた、おびただしい数の仮名の宸翰群が東山御文庫に伝存する。天皇としての心得や注意などを記した、いずれも短くて断片的なものである。阿仏の場合も、心配のあまりこうした消息が時々に何通も書かれるようなことは容易に想像できる。とはいえ、この『阿仏の文』が中心的なものであったことは間違いないだろう。

また、強い類似性がある『紫式部日記』消息部分（後述）と比べると、『阿仏の文』には具体的な人名などが記されず、書き方も婉曲な面がある。それは、まだ女房ではなく実家で生活している賢子（紫式部の娘）と、宮中ですでに女房（内侍である可能性がある）の阿仏の娘、という宛所の性格の違いであろう。出仕先、局などでは、届いた消息は誰の目に触れるかわからないので、書き方に配慮が必要であり（この類の記述は『紫式部日記』『源氏物語』等に多い）、実家にいる娘への手紙のようにあからさまに何でも書けるわけではない。

『阿仏の文』の表現には、『源氏物語』などの王朝古典が、意識的・無意識的に、縦横に引用される。阿仏が生きた後嵯峨院時代は、鎌倉中期の王朝文化復興の時代であり、和歌も隆盛し、『源氏物語』など物語への志向も強かった。後嵯峨院、後深草院、亀山院の宮廷では、『源氏物語』の基礎知識が前提の催し・遊びがしばしば行われている（『とはずがたり』『増鏡』ほか）。阿仏尼が為家に親近した契機は、為家のもとで『源氏物語』書写をする仕事を得たことであり、歌道家が用いる『源氏物語』を日々書写する中で、その本文等は熟知するようになっていたであろう。後年、飛鳥井雅有（あすかいまさあり）の『嵯峨のかよひ』に見える為家の『源氏物語』講義で、阿仏尼は御簾の中から『源氏物語』を読み上げる講師の役を任されている。雅有はその時「馴らひあべかめり」と見ている。為家や雅有が聞いてもおかしくない音読は、『源氏物語』に精通した者でなければできないだろう。また阿仏尼著『うたたね』には、全編の構成・表現に『源氏物語』の影響がある。それは、この『阿仏の文』にも多く見出される。*6

たとえば『阿仏の文』第六段に、次のようにある。

さるべき答（いら）へ、折（を）りふしのなさけ、いたく埋（む）もれ、いぶせくて、黒貂（ふるき）の皮衣（かはぎぬ）に口覆ひたるやうなどこそ、口（くち）

惜しかりぬべく候へ。

これは言うまでもなく、『源氏物語』末摘花巻に、「表着には黒貂の皮衣、いときよらにかうばしきを着たまへり。……いたう恥ぢらひて、口おほひし給へるさへ、ひなび古めかしう、…」とあるのに拠っている。こうした意識的・無意識的な引用は他にも多い。これらは表現レベルの受容であり、次節以降で述べるものとは性格を異にする。

2 『紫式部日記』『源氏物語』と『阿仏の文』の共通性

(1)『紫式部日記』消息部分との共通性

旧稿において、[7]『阿仏の文』と『紫式部日記』のいわゆる消息部分(『紫式部日記』の二割強)とに多くの類似点があり、それは影響・引用関係ではなく、共通した意識の存在によること、『紫式部日記』の消息部分は、『阿仏の文』と同じように、宮廷女房である母が年若い娘(賢子。十二歳位)に宛てて、賢子がいずれは女房となることをふまえて、宮廷女房生活の現実や女房たちの様子、言動の注意点などについて書き送った長文の教訓的消息であろうこと、基本的骨格は中宮御産記である『紫式部日記』に、何らかの理由で竄入したものであろうと推定した。こうした共通性は、『紫式部日記』のうち消息部分のみに存在する。竄入説は昔からあったが、『阿仏の文』との対照により『紫式部日記』消息部分の定位が可能になると論じた。多くの類似点があるが、ここでは二箇所のみ掲げる。

・『紫式部日記』消息部分

さまよう、すべて人はをひらかに、少し心をきてのどかに、おちゐぬるをもととしてこそ、ゆゑもよしもをかしく、心やすけれ。……我はと、くすしくならひもち、けしきことごとしくなりぬる人は、立ち居につけて、われ用意せらるるほどに、その人には目とどまる。

・『阿仏の文』第二段

何よりも心短く、引き切りなるが、あなづらはしく、悪きことにて候ふ。長々と、何事も、「あるやうあらんずらん。」と思ひのどめたるが、なだらかによく候ふ。……かく申し候へばとて、憎い気してさし過し、賢々しう、面だつさまの御もてなしは、ゆめゆめ候ふべからず候ふ。ただおいらかに美しき御さまながら、良し悪しを御覧じとどめて、……

穏やかで、おおらかな落ち着いた態度がよいとする点は、両書でいろいろな表現で強調されている。逆に、自己主張して目立つ行動をしてはならないと戒めている。

・『紫式部日記』消息部分

まいて、かばかりに濁りふかき世の人は、なをつらき人はつらかりぬべし。それを、われまさりていはんと、いみじき言の葉をいひつけ、向かひゐてけしきあしうまもりかはすと、さはあらずもてかくし、うはべはなだらかなるとのけぢめぞ、心のほどは見え侍かし。

・『阿仏の文』第二段

心のままなるが、返々悪しきことにて候ふ。たとへ人のいみじうつらき御こと候ふとも、色に出でて人に見えむは、恥づかしかりぬべきこととおぼしめして、さらぬ顔にてはありながら、さすがに、そやとはおぼえて、言少ななるやうに、御もてなし候へ。

自分の内心を他人に見せたり言ったりしてはいけないと繰り返されていて、これは女房社会の対人関係において最も重要なことなのだと思われる。ここでは、自分に対してつらくあたる人に対しても、争わず、顔に出さず、穏やかな態度を保つべきであると戒める。

平安期と鎌倉期の宮廷女房たちの意識や価値観には、もちろん異なる点も一部にあるが、さほど変わっていない部分が多くあるとみられる。そしてこの記述は紫式部の個性だけに帰すべきではなく、むしろ当時の良識ある女房たちに共通する見識であるとみてよいだろう。

(2)『源氏物語』の教訓的・評論的語り

これも旧稿(注7と同じ)で論じた問題であるが、作り物語には女子に向けての教育的テクストという性格がある。『源氏物語』も例外ではない。その一つとして、『源氏物語』の第一部を中心に、物語の本流とは逸れながら語られている長い評論的語りがある。それは権門子弟の教育論、作り物語論、女子教育論、返書論、音楽論、内侍論、結婚論、継母論などであり、種々の分野にわたる評論・知識である。これらは光源氏から夕霧・玉鬘など教育対象の人物に対して語られる説諭という形で、物語中に織り込まれている。そしてここには、『阿仏の文』などの女訓書、教訓書、あるいは説話類などとの共通部分がしばしば見られる。

以上の二論では、『紫式部日記』消息部分が娘への教訓的消息であるゆえに、『阿仏の文』と共通性があること、また『源氏物語』で、いくつかの箇所が評論的教育的語りであるゆえに、『阿仏の文』などの教訓書のいくつかと共通性があることを論じた。本章では、こうした箇所ではない『源氏物語』の部分で、登場人物の誰かによって語られている言葉や会話などに、あるいは誰かの言動を叙述しているところに、断片的ながら、『阿仏の文』との内容的共通点が見出されることに注目したい。女房たちの意識をリアルに生々しく語る『阿仏の文』を一つの基点として、『源氏物語』を少しだけ読み直してみよう。

3 『阿仏の文』から『源氏物語』へ

（1） 零落への恐れ

親が、自身の逝去後の娘の将来を心配する言葉は、『源氏物語』『栄花物語』『夜の寝覚』『とはずがたり』などに少なくないが、ここでは『源氏物語』と『阿仏の文』を掲げる。

・『源氏物語』椎本巻[*8]

おとなびたる人々召し出て、「……にぎははしく人数めかむと思ふとも、その心にもかなふまじき世とならば、ゆめゆめかろがろしくよからぬ方にもてなしきこゆな」などのたまふ。

・『阿仏の文』第十八段

夢の世、など申しなして、心もちゐ浅々しき人の、「何事もしかるべきこと。」と申して、よからぬ筋には軽(かろ)らかに、物に心得たるさまして、「身をやすらかにもてなし、品おくれたる窓のうちにも、にぎははしくてだにかしづきすゑられ候へば、心に憂ふることなくてありなんかし。」など申しなすことにて候ふ。ゆめゆめその御心づかひ候ふまじく候ふ。さやうに物を思ひ始め候ひぬれば、落ちぶれ、身をもてはふらかし候ふぞ。……もしはさぶらふ古御達の中にも、「あな心苦しの御ありさまや。……」など申し聞かせ、誘ひまゐらせ候ふ人候ふとも、なびかせ給ひ候ふな。

『源氏物語』椎本巻では、八宮が姫君たちに長々と訓戒し、この宇治の山荘を離れるなと遺言する。その後に

「おとなびたる人々」、年配・古参の女房たちを呼んで説諭し、宮家の誇りがあるのだから、絶対に姫君に身分高からぬ男を手引きするなと命ずる。『阿仏の文』第十八段でも、甘言によって身分低い男の富裕につられてはならない、それは零落する契機になるのだと強く戒める。宮家の姫君・宮廷女房という身分の差はあるが、「古御達」が同情の甘言をもって誘ってくるかもしれないと言う部分は、『源氏物語』と同じである。当主没後に残された娘について、鍵を握るのは年配の女房・侍女であり、彼女たちこそが仕える女主人の将来を左右しかねない存在であった事実が、これは当然のことかもしれないが、改めて鮮明になる。

（2）寵愛を競う女性たちの言動

後宮で主君の寵愛を競う女性たちのありさまについては、『源氏物語』で桐壺巻から様々に描かれるが、それに関する視線から見てみよう。

・『源氏物語』竹河巻

「……人は何の咎と見ぬことも、わが御身にとりては恨めしくなん、あいなきことに心動かいたまふこと、女御、后の常の御癖なるべし。さばかりの紛れもあらじ物とてやはおぼし立ちけん。ただなだらかにもてなして、御覧じ過ぐすべきことに侍る也。……」

・『阿仏の文』第十七段

はじめよりあながちに映え映えしき御覚えならずとも、心もちゐおだしくて、人と争ひそねむ気配なう、ほけらかにもてなして、さる並（なみ）にても交じらひぬべからんほどは、よろづを知らず顔に、うらなくらうたきさまして、……

『源氏物語』竹河巻には、冷泉院御息所の大君の境遇を心配する玉鬘に対して、第三者であり、冷泉院の近臣として間近で後宮の様子を見ている薫の言葉が記されている。

『阿仏の文』にも、主君の寵愛をめぐって軋み合う渦中の当事者になった時、ただ穏やかに、人と争ったり妬んだりせず、おっとりとしてやり過ごすべきだということが記される。娘に必要な教訓が書かれるという観点では、『阿仏の文』が執筆された弘長三年（一二六三）～文永元年（一二六四）頃、娘はすでに後深草院の目にとまっていたのかもしれない。『阿仏の文』には娘が皇子を生み国母となることへの期待が書かれている。たしかに弘長三年頃はまだ後深草院の皇子女は夭逝する場合が多く、阿仏が大望を抱くこともできたのかもしれない。数年後、おそらく文永五（一二六八）～六年頃に、阿仏の娘は後深草院の皇女（夭折せず成人した皇女のうちでは長女。遊義門院より年上）を生む。しかしこの頃には、東二条院、玄輝門院、大納言二位成子らの所生による皇子女たちが次々に誕生して成長しており、大きく状況が変わっていた。阿仏の娘が生んだ皇女は、内親王宣下を受けることもなく、この母子の存在は忘れられていったのであろう。やがて後深草院御所を離れ、室町院の女房となり、おそらく母子ともに室町院に庇護され、この皇女は後年、法華寺長老となったと推定される（岩佐論による）。この推定は、『法華滅罪寺年中行事』などによって裏付けられる（以上は『阿仏の文〈乳母の文・庭の訓〉注釈』解説参照）。

なお、小さなことだが興味深いのは、『阿仏の文』第十七段の「さすがに、おしなべての列に、ちと御目かけられまゐらせなどするほどのことは、又もるるもありがたき事にて候へども、その中にも、少し御心とめられたるとだに思ひ、おごり候へば、したり顔に憎い気して、人にそしりもどかるることのみ候ふ。」という一文である。女房が主君の天皇（院）に少し目をかけられて君寵を受けるのは、常によくある事であり、特別な事ではないという女房側の認識が、『阿仏の文』で可視化される。『とはずがたり』や『増鏡』に描かれる中世宮廷は、『とはずがたり』の作品形成の個性によると言うよりも、当時の宮中や女房の実態を反映するものであることが、改めて実感されるところである。

(3) 離(か)れがちな男性への態度

上流貴族や主君の愛人となった女性は、その男性が途絶えがちの時に、どのようにふるまっていたのか、あるいはふるまうべきであると考えられていたのだろうか。

・『源氏物語』帚木巻

…さばかりになればうち頼めるけしきも見えき。頼むにつけては恨めしと思ふ事もあらむと、心ながらおぼゆるをりをりも侍りしを、見知らぬやうにて、久しき途絶えをも、かうたまさかなる人とも思ひたらず、ただ朝夕にもてつけたらむありさまに見えて心苦しかりしかば、頼めわたる事などもありきかし。親もなく、いと心細げにて、さらばこの人こそはとことにふれて思へるさまもらうたげなりき。かうのどけきにおだしくて、久しくまからざりしころ、……思ひ出でしままにまかりたりしかば、例のうらもなきものから、いともの思ひ顔にて、……

うちはらふ袖も露けき常夏にあらし吹きそふ秋も来にけり

とはかなげに言ひなして、まめまめしく恨みたるさまも見えず、涙を漏らし落としても、いと恥づかしくつつましげに紛らはし隠して、つらきをも思ひ知りけりと見えむは、わりなく苦しきものと思ひたりしかば、心やすくて、また途絶えおき侍りしほどに、跡もなくこそかき消ちて失せにしか。

『源氏物語』帚木巻のこの部分は、頭中将が語る「常夏の女」(すなわち夕顔)についての叙述である。彼女は、頭中将が途絶えがちであっても、それを恨むような様子は見せず、何気ないふうにしており、涙がこぼれてもそれを紛らわして隠し、自分が男の不実を思い知ったことを男に悟られるのを避ける様子でいる。ただ「うちはらふ…」の歌に心中の悲しみをこめて、男にほのかに訴える。そうした夕顔の描写として、「らうたげ」「うらもなき」「のどけきに」「見知らぬやう」「いともの思ひ顔」「恨みたるさまも見えず」「紛らはし隠し」「つらきをも思ひ知りけり」というような言葉が連ねられている。

また帚木巻で左馬頭が語る中でも、「すべて、よろづの事なだらかに、怨ずべきことをば見知れるさまにほのめかし、恨むべからむふしをも、憎からずかすめなさば、それにつけて、あはれもまさりぬべし。」のように、女はおだやかな態度で、男の不実を知っていてもちらりとほのめかすだけで、婉曲に事を荒立てないで対処する態度がよいと述べる。

実は『源氏物語』に、同じ内容の教訓を述べる条が若菜下にある。朱雀院が、源氏が最近は女三宮をほとんど訪れないと聞いて憂慮し、周囲の良からぬ女房のせいで何かあったのかとまで憶測し（その憶測は当たっていたが）、心配して女三宮に消息を送る。その中で「世中さびしく思はずなることありとも、忍び過ぐし給へ。恨めしげなるけしきなど、おぼろけにて、見知り顔にほのめかす、いと品おくれたるわざになむ。」と訓戒している。

さて、次にこれらに対応するような内容の『阿仏の文』第十七段を掲げよう。

・『阿仏の文』第十七段

…よろづを知らず顔に、うらなくらうたきさまして、さる物から、身のありさまは、深く思ひ入れたるやうに、うちとけみだれ心ゆるびたる気色など御覧ぜられず、ことのつまごとには、物思はしきを思ひ入れず、うちまぎらはすほどと覚えて、さるべき折々の御答へは、さやかならぬ物から、うちかすめて、詞多く長々とこと続けぬやうに、思ひ知りけりとは、さすがに色見ゆる体に、何のあはれをも思ひ知りたる色見えで、あはれなるべきふしも思ひとどめず、「そこはかとなき身のほどにて。」など、ほのかにほのめかせ給ふとも、言に出でて顔の色変はり物恨めしげなる色あらはさず、人笑はれに、本意なきことありとも、心のうち深くしづめて、……

これは（2）で掲げた部分に続く箇所である。婉曲で間接的な言い方を取りつつも、当事者の女房にしかわからないような機微をふまえて、主君の寵愛をめぐる諸事について長々と語る。

ここでは、主君の寵愛が深くなくても、おっとりとした態度で、周囲のいろいろなことは素知らぬふうに、何心もなく可憐な様子で、そうは言っても自分の身の上のことは深く心にかけているふうにし、けれども気を緩めずに節度ある様子を保ち、物思いは尽きないけれどもそれがはっきり表に出るようなことは避け、主君に長々と訴えるようなことはせず、かすかにほのめかすだけにして、はっきり言葉に出したり恨めしそうな様子は見せないようにし、「人笑はれ」で不本意なことがあっても、その嘆きは心の底に沈め、……というように、まるで両端に振り子がふれるようにして、両面のバランスを取る形で、次々に言葉が重ねられていく。ここでは心情を態度にほのかにあらわすことと、抑制してあらわさないことの両面が求められているのである。感情の発露を抑え、恨みがましい様子は決して見せないが、言葉少なにほのめかし、可憐で何気ない態度でいるのがよいと説く。これは『源氏物語』の夕顔の態度、あるいは左馬頭や朱雀院の言とあちこちが重なる。

これらは同文的な表現ではなく、叙述の流れも異なるので、『阿仏の文』が『源氏物語』を引用して書いているわけではないだろう。途絶えをおかれている女が、どうふるまうべきかを示しており、つらい現実に生きる女性たちの意識、主君や上流貴族の愛人となった女たちのふるまいが、ある共通性を持ちながら、具体的に言語化されている。

　こうした途絶えだけではなく、ある危機的な状況が生じて、夫（恋人）が離れていくかもしれない時の態度として、『源氏物語』のいろいろな場面が思い起こされる。たとえば、『源氏物語』若菜上での紫上の態度には、以上の叙述と、多くの共通点が見出される。紫上は、源氏から女三宮と結婚することを打ち明けられた時にも平静で、その後も「人笑へならん事を下には思ひつづけ給へど、いとおいらかにのみもてなし給へり。」という態度を保つ。源氏が紫上のもとから女三宮のいる寝殿に通う婚儀の夜、その準備をする紫上の様子は「いとらうたげなる御ありさま」「うちながめてものし給ふけしき、いみじくらうたげにをかし。」と繰り返し描写されている。紫上は終始恨みがましい態度を見せず、三日目の夜に源氏が言い訳がましいことをつぶやいた時、ちらりとたしなめ、「目に近く移れば変はる世の中を行く末とほく頼みけるかな」という哀切な歌を、古歌にまぜて手習いのようにして書く。紫上が心中の深い悲しみをほのめかす場面である。そして翌朝源氏が戻ってきた時には、紫上は「すこし濡れたる御単衣の袖を引き隠して、うらもなくなつかしき物から、うちとけてはた、あらぬ御用意など、いとはづかしげにをかし。」というように、涙で濡れた袖を隠してうち紛らわせる。可憐な優しい態度であるものの完全に打ち解けるわけでもないという、両面を兼ね備えた振る舞いである。その態度を源氏が改めてこの上ない美質と称えている。以上のような紫上の抑制的で品ある態度、けれども少しほのかに心中をあらわして見せる、という振る舞いは、まさに『阿仏の文』の記述と内容が重なる。

　『阿仏の文』がなければ、『源氏物語』の夕顔のはかなく控えめな態度は、物語の人物造型の一環として、夕顔の個性を表現するもののように見える。左馬頭の語りは男性目線の一方的な言葉にも見えてしまう。また紫上の態度は、紫上の気高さやその苦悩の深さに帰せられることも多いのではないか。けれども、『阿仏の文』と読み合わせることによって、現実の宮廷社会に生きる女性たちの思念が、ここでは、愛人の女房たちがいつ寵愛を失うかもしれないという不安に怯え、あるいは実家などの後見を持たない女性が、夫が今後自分から離れていくかもしれないという怖ろしい苦悩に向き合う時、その時の現実的な対処として抑制的なふるまいが必要であり、外側からだけではなく女性たちがそれを内面化しているありようが、もちろんある断面に過ぎないけれども、具体的に浮き彫りになる。

『源氏物語』とは遠く離れた時代に生きている私たちにとって、物語は常ならぬ世界の雰囲気に包まれている上に、物語と当時の現実とのずらし・韜晦がわかりにくい。けれども『阿仏の文』の助けを借りることで、現実の宮廷社会に生きる女性たちが、我が身のふるまい方に思い悩み、人間関係のむずかしさに対処し、人生の転変に際してどのように身を処すかについて苦慮しているありさまが、そこに浮き彫りになるように思われる。

(4) 和歌の贈答、風雅への姿勢

次に、和歌のやりとりや風雅への態度に関する言辞に注目してみたい。『源氏物語』帚木巻で左馬頭は、このように述べる。

時々うち語らふ宮仕へ人などの、あくまでされぱみ好きたるは、さても見る限りはをかしくもありぬべし。時々にてもさる所にて忘れぬよすがと思う給へんには、頼もしげなくさし過ぐいたりと心おかれて、その夜の事にことつけてこそまかり絶えにしか。

時折言葉をかわす女房などが、とても気取って風流なのは、逢うだけなら興趣があるものだろうが、時々であっても通い妻の一人とするには、軽薄で出過ぎており、嫌気がさすと語る。ここでは「あくまでされぱみ好きたる」という態度は、はっきり否定されている。

そして雨夜の座談の最後で、左馬頭は、女の歌や手紙について次のように言う。

歌詠むと思へる人の、やがて歌にまつはれ、をかしきふる事をもはじめより取り込みつつ、すさまじき折々、詠みかけたるこそ、ものしき事なれ。返しせねば情けなし、えせざらむ人ははしたなからん。……よろづの事に、などかは、さても、とおぼゆる折から、時々思ひわかぬばかりの心にては、よしばみ情けだたざらむなん、めやすかるべき。すべて心に知れらむ事をも知らず顔にもてなし、言はまほしからむ事をも、一つ二つのふしは過ぐすべくなんあべかりける。

自分はひとかどの歌詠みであると思っている女が、和歌のことしか考えなくなり、古歌を最初から取り込むような凝った歌を、こちらが困るような時に詠みかけてきたり、時宜をわきまえずに歌を送ってきたりして、風流ぶって自分が情緒を解していることを見せようとする言動は、ここではすべて否定的に評されている。そして逆に、自分が知っていることでも知らぬかのようにふるまい、言いたいことがあっても少しは言わずにおくというような控えめな態度が、ここでは理想とされている。

また胡蝶巻では、源氏は玉鬘に来る多くの恋文に、どう返しをするかについて教訓しており、それは前述の多くの長文の教訓的語りに含まれる部分であるが、そこには「すべて女のものづつみせず、心のままに、もののあはれも知り顔つくり、をかしき事をも見知らんなん、その積りあぢきなかるべきを、……」という一節がある。女性が恋文への返事などで、慎みを忘れ、時節の情趣もわかっている顔をし、風雅も理解しているというふうなのは、結局はよからぬ結果になると戒めているのだが、その内容と重なるものである。

これと似た言い方は、前掲の若菜下、朱雀院の女三宮への消息の前の箇所で、朱雀院の心中が、「内わたりなどのみやびをかはすべき仲らひなどにも、けしからず憂きこと言ひ出づるたぐひも聞こゆかし、とさへおぼし寄るも、……」と語られ、類似の内容である。

このような風雅への態度に関する訓戒は、『阿仏の文』第六段にある。

さる方にをかしき気して、色をも香をも映え映えしく、知るさまに見せ、今めかしう花やかなる振る舞ひは、一度はさる方にかひある心地し候へども、二度返り見候へば、いかにぞや、見劣りせぬやうは候はぬぞ。

人に対する時に、風流ぶって、風雅の知識をひけらかすような態度、当世風で華やかな振る舞いは、最初は目を惹くが二度目からは見劣りするのだからやめるように、と諭す。

また『阿仏の文』第十三段でも、繰り返し同じような内容の説諭が述べられる。

かく申し候へばとて、よろづに染(そ)み返り、物めでするさまにもて出でて、艶ある気色、ありさま、人に見えん、などは、おぼしめし候ふまじく候ふ。花ばなと愛敬づき、気近きもてなしの過ぎ候ひぬれば、何わざにつけても、難になることにて候ふ。

いつも風雅を愛好する様子をあらわにし、自分の風流で優雅な様子を人に見せようなどと思ってはならない、と厳しく制止し、華やかで魅力的な、親しみやすい応対の態度も度を越してはならない、という説諭が述べられる。これらは、前掲の『源氏物語』帚木巻の「宮仕へ人などの、あくまでされば み好きたるは、……頼もしげなくさし過ぐいたりと心おかれ」などと、同じような内容をあらわしている。

『源氏物語』に代表される王朝時代において、またそれを憧憬し再現する文化に包まれている後嵯峨院時代の奢侈と風雅の宮廷においても、良識ある女房の現実の振る舞いとしては、風雅にあまりにも耽溺する言動や、自分こそがもののあはれを理解しているというような態度はしてはならないという見方が、この両書においてはっきり示されている。

この『阿仏の文』の執筆時には、阿仏自身まだ勅撰集には入集しておらず、おそらく執筆の翌年に『続古今集』に三首入集する。しかもうち二首は題詠歌ではなく、贈答歌と旅の歌であり、題詠の歌人としての評価はまだ得ていないし、まだ為家との正式な結婚の前であり、歌道家の女主人という地位にはまだ至っていない。だからこそ、宮廷歌壇で専門的に活躍する女房歌人ではない、ごく一般的な女房による、宮廷における風雅と和歌への意識が、この『阿仏の文』に書き著されていて、それがむしろ貴重である。阿仏尼の姉妹も安嘉門院の女房であり(『源承和歌口伝』ほか)、また母も女房であった可能性がある。阿仏尼だけではなく、彼女たちの女房としての見識が、『阿仏の文』に吸収されているような面もあるだろう。

宮廷女性たちの日常の心構えに加えて、危機的な何かの状況が生じた時にどのような自分を見せるべきか、日々の生活で贈答歌や風雅に対する態度・姿勢はどのようであるべきなのか。女子への教育的テキストでもある作り物語において、これらは種々語られているが、教訓書としては『阿仏の文』以前に、女房の眼で直接説諭している書物は伝存していない。『阿仏の文』から『源氏物語』へと遡って読むとき、基底に流れている女性たちの意識や視線、価値観、自己規制と内面化、女房たちが置かれている位置などが、より可視化されるように感ずる。

4 『阿仏の文』の魅力

恣意的にいくつかを取り上げてきたが、『阿仏の文』を読んでいると、他の資料と響き合って、これが女房たちが直面していた現実なのだということが可視化されることが少なくない。もちろんそれは『源氏物語』との交響に限らない。蛇足であるが最後に少し触れておく。

たとえば、貴女・女房たちと僧との性愛関係は、古来説話などに屡々見え、史実としても残り、『とはずがたり』には二条と高僧（性助法親王）との密事が描かれているが、まさしく当時の実態を映す記録として、以下のような記事が『明月記（めいげつき）』と『民経記（みんけいき）』にある。

- **『明月記』嘉禄三年（安貞元年・一二二七）八月三日条**[*9]

　宣陽門院、立飼念仏法師十二人、十人充壮年女房十人局給、二人又御物、寵愛事甚奇恠、以濫僧之輩、可奉責、…

- **『民経記』同年八月三十日条**

　此間風聞念仏者余党可搦出夾名也、於此夾名者、天下女房恥辱歟、不可説々々々、未曾有々々々、

女房と念仏僧との関係は後鳥羽院時代からあり、処罰されていたが、承久の乱後も続いていた。この『明月

記』では、後白河院皇女宣陽門院が念仏僧十二人を御所に住まわせ（「立飼」と表現している）、十人を壮年の女房の局に宛てがい、二人は宣陽門院の「御物」として寵愛したという。『民経記』では「天下女房恥辱歟」とあきれ、この記事の後に逮捕すべき念仏僧を列挙し、そこに細注を加えている。たとえば敬佛は宜秋門院女房の東御方と同棲し、観明は宣陽門院女房の権中納言殿と同棲しているなど、具体的に記している。古来ままあることだが、女院やその女房たちの現実の一断片が記されている。

『阿仏の文』では、第十九段で、出家して仏道に帰依する時の注意について、「又いかなる聖、世に聞こえ高くて、賢きありと申すとも、むつび寄りて、法文聞かんなど、馴れ近づく御こと、返々あるまじく候ふ。」「かりそめにも、「この聖こそ、かの御帰依僧」など、人に言はれさせ給ひ候ふまじく候ふ。」のように教え諭して、僧と密接に関わることを厳しく制止している。それは女院に長年仕えた阿仏の見聞に基づいており、さらには世間に広まって『明月記』『民経記』にまで書かれるような実態に即したものなのであろう。とは言え、この時の阿仏の娘はまだ十代前半であり、出家はずっと先のことであるゆえか、『阿仏の文』でこれにはさほど多くの紙幅は割かれておらず、あまり具体的でもない。けれども天理本『女訓抄』（上中下）の下巻は、そのすべてが出家後の戒めであり、僧を近づけるなという訓戒も繰り返し記されている。『身のかたみ』でも端的に教訓されている。

現実には女房と僧との関係に多くの問題があったことは間違いない。が、こうした実態は、『とはずがたり』を除いて、女房文学ではほとんど叙述されていない。実態はともかく、それを女房が日記や物語に書くことには、やはり禁忌の意識があったのであろう。

『阿仏の文』は、現存する最古の女訓書と言われるが、いわゆる女訓書とはやや異なる。『阿仏の文』は著者が阿仏尼であり、宛先はその娘であり、後深草院に使える宮廷女房であることが判明しており、その執筆意図、成立、背景の時代・宮廷などを知った上で、読むことができる。これ以降の女訓書は、成立や著者が不明なものがほとんどであり、原形そのままではなく編集を経てきたものが多く、あるいは当事者ではない人物が、あるいは男性が、女性（女房）がこうあるべきという説諭を外側からの視線で書いているものも多い。

けれども『阿仏の文』はそうした筆致とは異なる。道徳的な規範ではなく、後世の女訓書にみられるような儒教的言説とは無縁であり、作法書・礼法書でもなく、一般的な啓蒙書でもない。また注目すべきは、他の女訓書に多く見られる、説話・故事、歴史上の著名な女性の言動などを例示して教訓するという形が、『阿仏の文』にはほとんどないことである。説話の語りや型を借りることなく、リアルな言葉で、当時の宮廷に生きる女房にとって必要かつ重要な行動規範を、今・ここの現実に即して、女房として長いキャリアをもつ先輩女性（母親）が内側から書き著したもの、それが『阿仏の文』である。

『阿仏の文』は小品であるが、現代の私たちの眼からは見えにくい、名も無くて、輪郭のはっきりしない、黒衣（くろこ）のような多くの宮廷女房たちの姿、声、意識を、鮮やかに今に伝える、魅力的な資料である。女房による語りそのものであり、日記のようでもあり、一種のドキュメンタリーのようにも感じる。同時に、現代において私たちが、女房の存在というもの、女房文学というものを考えることの意味を、改めて考えさせる作品のようにも思われる。

注

1　岩佐美代子『宮廷女流文学読解考 中世編』（笠間書院、一九九九年）。

2　井上宗雄『鎌倉時代歌人伝の研究』（風間書房、一九九七年）。
3　それを述べるものは岩佐美代子『京極派と女房』（笠間書院、二〇一七年）ほか多数ある。
4　田渕句美子『阿仏尼とその時代――『うたたね』が語る中世――』（臨川書店、二〇〇〇年）、同『十六夜日記白描淡彩絵入写本・阿仏の文』（勉誠出版、二〇〇九年）、同『阿仏尼』（吉川弘文館、人物叢書、二〇〇九年）、同『女房文学史論――王朝から中世へ――』（岩波書店、二〇一九年）。
5　田渕句美子・米田有里・幾浦裕之・齊藤瑠花『阿仏の文〈乳母の文・庭の訓〉注釈』（青簡舎、二〇二三年九月）。本章における『阿仏の文』の本文・章段等は本書による。校異・研究論文等も本書をご参照いただきたい。なお本章の内容には、本書の解説と重複する部分がある。また底本の翻刻として幾浦裕之「枡型本『阿仏の文』（広本）解題・翻刻」（『早稲田大学大学院教育学研究科紀要別冊』二十五―一、二〇一七年九月）もある。
6　田渕句美子「阿仏尼の『源氏物語』享受」（至文堂、源氏物語の鑑賞と基礎知識二十八、二〇〇二年四月）においていささか論じた。
7　田渕句美子『女房文学史論――王朝から中世へ――』（前掲）。
8　『源氏物語』は岩波文庫『源氏物語』（一）～（九）』（二〇一七～二〇二一年）、『紫式部日記』は新日本古典文学大系（岩波書店、一九八九年）により、漢字・仮名、送り仮名、句読点その他の表記はすべて私意による。
9　『明月記』は『翻刻明月記 三』（朝日新聞社、冷泉家時雨亭叢書別巻四、二〇一八年）により、『民経記』は『民経記 一』（岩波書店、大日本古記録、一九七五年）による。

10

『源氏物語』享受史における詞の表象
──色紙形の事例を中心に

松本　大　MATSUMOTO Oki

1　問題の所在

『源氏物語』の享受史は、本文が描き出す世界をどのように把握し、その把握した世界をどのように表現するか、という営為の歴史と言える。この営為は様々な媒体によって行われており、媒体ごとに多くの先行研究が現在まで蓄積されている。その様相を大局的に把握することは、各資料の独自性を消し去ってしまうという意味において学術的にさほど意味を持たない行為かもしれないが、ある特定の形態や享受層にまつわる資料群を対象とすることで見えてくる部分もあると考える。

本章では、物語本文（以下、「詞」とする。これは、単なる文字列ではなく、物語世界を呼び起こす機能を有する文言、という意味）を用いた享受資料に注目し、物語世界をどのように表出させていくのか、という点を、室町後期から近世期の諸資料を用いながら考察していく。かつて拙稿[*1]において、『源氏物語』の本文抄出について考究を加えたことがあるが、本章はこれに続くものであり、物語世界の再現化における詞の役割を通時的視点から捉えることとする。

物語世界を把握する方法としては、本文を直接読むことが最も本来的かつ根本的な行為となる。しかし、長大な作品をすべて読み通すことは多くの時間や労力を掛けるものであり、一部の享受者にとっては大きな負担となる場合もある。この負担を軽減するために取られた方策の一つが、抄出である。抄出を作品理解という観点から捉えると、長大な作品の一部分を何らかの方法によって示し、それによって全体像を把握しようとする方法、と規定できる。もちろん、抄出が描き出す作品世界は作品の全体像そのものではなく、むしろ削ぎ落とされてしまった部分の方が大半を占めることになってしまう。それにも拘わらず抄出という方法が取られてきたのは、それだけ抄出という行為が有意義であったことを示すものであり、また同様に抄出された部分にも重要な意味が含まれていたと見なせよう。抄出された詞は、著名な一場面や印象的な一情景を端的に示すごく短い文言でありながら、それ以上に、物語世界全体を再現するという意味で注視すべき重要な対象と位置付けられる。

『源氏物語』の享受資料の中にも、種々の抄出が確認される。試みに、伊井春樹氏『源氏物語注釈書・享受史事典』に当たってみると、「源氏抜書」で六項目、「源氏物語抜書」で四項目が立てられおり、さらにこれらに類する典籍も数多く報告されている。[*2]具体的な典籍の事例としても、巻子装や折本装（場合によっては一紙）などの形態を取りながらある程度の分量を抄出する資料、絵巻の一部、注釈書や梗概書の類、短冊・升形の色紙・扇形・団扇形などの書き付ける媒体が特定の形を持っているもの、結果的なものではあるが古筆切、等々、枚挙に暇がない。先にも簡単に述べたが、これらの資料は、それぞれ、異なる目的・異なる文化的背景・異なる対象者・異なる成立事情が複雑に絡み合った上で成立したものであり、また形態や用途に応じて抄出内容も柔軟に変化することが考えられるため、一概的に把握することは不適切である。

研究史を振り返ると、このような抄出された詞に関する評価は決して高いものではなく、個別資料の検討の域に留まりがちであった。その要因はいくつか考えられるが、大きなものとしては、抄出資料が、作品全体に対する簡略版でしかない、もしくは絵画部分に対する補助的な役割でしかない、といった捉えられ方しかなされなかった点にある。また、室町期以降の抄出資料に特に顕著であるが、ごく限られた本文では本文研究に資するだけの情報を持ち合わせないであろうことが容易に予想された点も、関係しよう。

しかし、いくつかの抄出資料には、詞でも十分に注目に値する性格を有しており、また同種の抄出資料を対象とすることで詞の性質を把握することも可能と考える。

そこで本章では、室町期から江戸期に作成された升形の色紙を対象の中心とし、本文抄出の様相と物語の再現化、という二つの観点から、諸資料が見せる詞の実相の一端を掴むこととする。色紙形を対象とする主な理由は、室町後期から江戸期にかけて、色紙形（もしくはそれを意識した）の本文抄出が十分に残存しており、かつ、色紙ゆえに紙幅がある程度限られている点が諸資料の共通項として存在するからである。

2　和歌色紙と物語色紙

さて、色紙という媒体を考える際には、やはり和歌色紙の存在は外せないであろう。和歌を色紙に認めることは、例えば有名な平安の三色紙など、かなり早くから見られる行為である。また、和歌と物語とでは、和歌の方が圧倒的に文学的に格が高いものであることを踏まえると、和歌色紙の形態を模倣することも納得できる。物語の本文の抄出が色紙という媒体で為された場合は、その根底に和歌の色紙を意識した部分があると考えるべきと言える。

本章で扱う色紙や典籍資料においても、和歌の書式を意識しているものが見られる。高岡の森弘前藩歴史館蔵『源氏物語之詞』[*3]の須磨巻、静嘉堂文庫蔵『源氏絵詞』の帚木巻、[*4]かつて拙稿でも取り上げた『源氏物語詞散紅葉賀巻[*5]などである。翻刻によってその様相を示すと、次頁の通りである。

高岡の森弘前藩歴史館蔵『源氏物語之詞』須磨巻は、厳密には升形色紙ではないが、色紙形への抄出と似通う箇所を多く持つと判断されたため、取り上げた。該当箇所は、須磨に退去した光源氏が、初めて迎えた秋に、雁を見ながら従者たちと唱和する場面である。ここでは四首の和歌が詠者を伴いながら記されている。和歌を上部から書き、詠者は下部に、そして詞書の箇所に巻名の「須磨」と、明らかに和歌集の書式を踏襲していることが分かる。一首目の後の「とのたまへは」とある地の文を、和歌の後に含めている点からも、その意識が強く窺える。もともとの本文が和歌と詠者が連続するものであったため、和歌集の形式に改変しやすかったのであろうが、散文の書写形態としては全くあり得ない姿となっている。

静嘉堂文庫蔵『源氏絵詞』帚木巻の本文は、雨夜の品定めの冒頭部分に当たる。和歌は出てこない場面であるが、本文の示され方は、和歌や連歌を列挙する際の書式のように、行頭の一字下げが二行ごとに登場する形態となっている。物語の内容としては韻文的要素がほぼ存在しない箇所でありながら、詞はさも韻文であるかのように表出されているのである。これは、抄出する物語本文に韻文的要素が含まれているかどうかという点が、詞の

・高岡の森弘前藩歴史館蔵『源氏物語之詞』須磨巻

須磨
初雁は恋しき人のつらなれや旅の空
とふこゑのかなしきとのたまへは
よしきよ
かきつらねむかしのことそおもほゆる雁は
そのよの友ならねとも
民部大輔
こゝろからとこよをすてゝなく雁を雲の
よそにもおもひけるかな
さきの右近のせう
とこよいてゝ旅の天なるかりかねも
つらにをくれぬほとそなくさむ

・静嘉堂文庫蔵『源氏絵詞』帚木巻

はゝき木
おほとなふらちかくてふみとも
なと見給つゐてにちかき
みつしなる色々のかみなるふみ
ともをひき出て中将わりなく
ゆかしかれはさりぬへきすこしは
みせんかたわなるへきもこそと
ゆるし給はねはそのうちとけて
かたはらいたしとおほされん
こそゆかしけれ

・『源氏物語詞散』紅葉賀巻

けむしの中将は青海
波をそまひたまふける
かたには大殿の
頭中将
かたちようい人には
ことなるを
たちならひては
なを花の
かたはらのみやま木也

表出と直接的に関わるものではなかったことを示唆している。つまり、本文内容と表現形式とは、必ずしも連動しないということである。同様のことは『源氏物語詞散』紅葉賀巻からも見て取れる。該当本文は、光源氏と頭中将が青海波を舞う著名な一節であり、色紙中央下に見える「頭中将」という文字が、和歌の詠者名のように配置されており、その前の本文が詞書、その後の本文が和歌であるかのように見える。登場人物名が記された本文を巧に利用して、さも和歌色紙であるかのように作成したことが非常によく把握される。

これら三例は、一見しただけでは、和歌色紙かと見紛うばかりであり、和歌という存在を強く意識していたことが窺える。ただし、物語色紙の資料群には、ここまでのような和歌を意識した部分だけではなく、物語色紙に特徴的と思われる事例も存在する。和歌色紙と共通する部分もあるが、物語の本文であることを有効に利用したと思しき現象もある。例えば、上に示す伝良恕法親王筆源氏物語色紙は、蓬生巻の詞を散らし書きにて記したものであるが、それだけではなく、「松」「藤」「月」「風」と、景物が漢字によって書かれている点に注目したい。写本における物語本文と比較すると、写本においても漢字使用は見られるが、当該色紙のような意図的な漢字使用は見られない。仮名の中に漢字が含まれていると、その箇所に目が行くように、ここでは景物を視覚的に認識させていると言える。三十一文

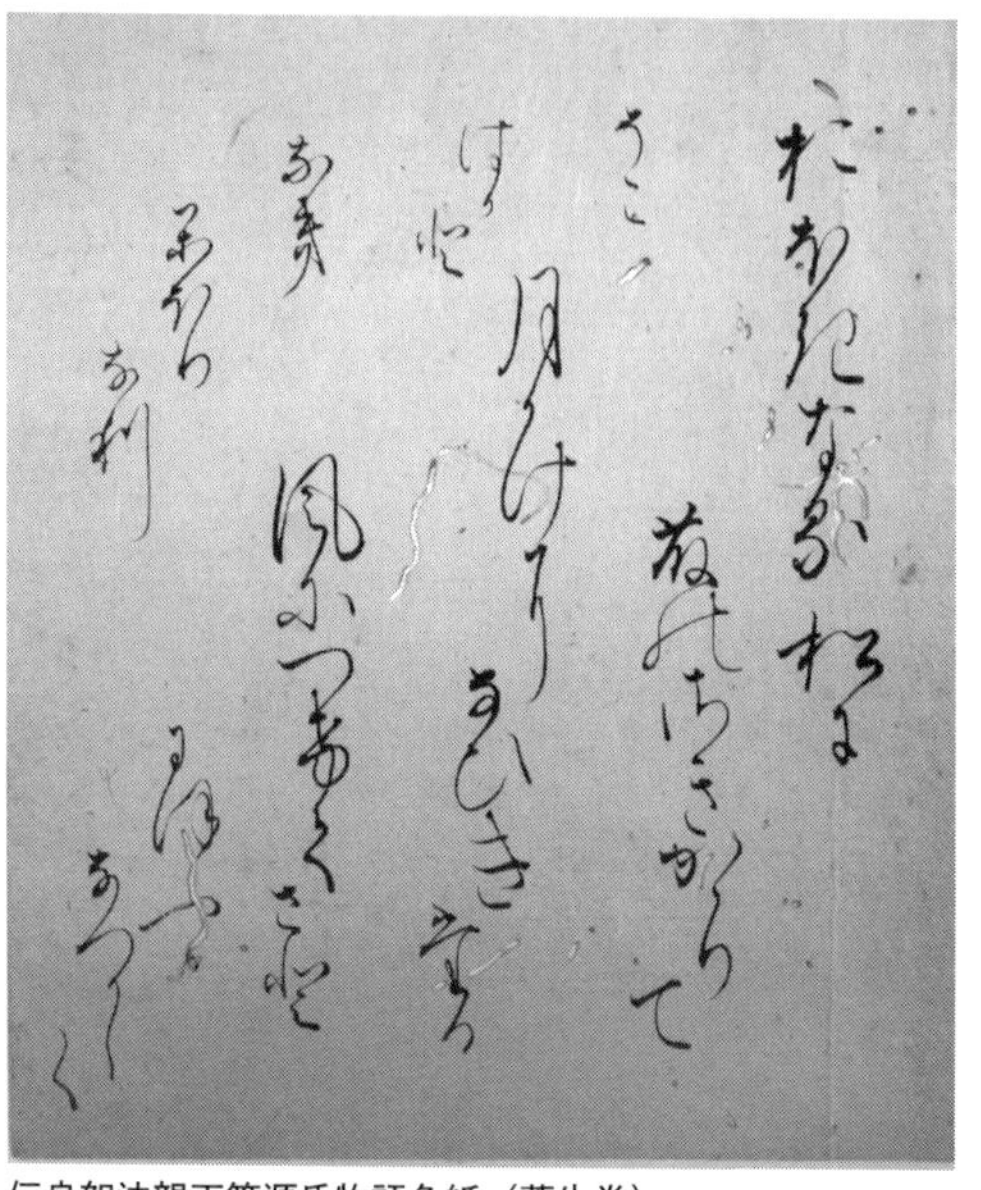
伝良恕法親王筆源氏物語色紙（蓬生巻）

字で表現される和歌と違い、字数の制限がない散文だからこそ、仮名と漢字をより効果的に使用することが可能であったと捉えたい。

物語色紙の特徴はこの他にもいくつか指摘できる。詳細については旧稿[*6]と重なるため省略するが、形態面を中心として簡略にまとめると、美麗な装飾料紙に書かれる場合がまま見られ、さらに詞や巻全体と関係する下絵などが付される場合もあるという点、漢字の使用や散らし書きになどによって視覚的な効果を狙う点、詞の選定や掲出方法に共通の形式・規定があったと思しい箇所も存在する点、といったところが挙げられる。なお、詞の内容については大局的には類型化が認められるものの、資料によってかなりの揺れが見られ、詞がある程度の柔軟性を持って扱われていたことが指摘できる。以上をまとめると、物語色紙とは、類型を踏まえながら各々の色紙が独自に趣向を凝らし、色紙という限られた範囲で効果的に詞を用いて、物語世界を再現したもの、と規定される。

このように見て来ると、物語色紙が作成された際の、美麗な色紙を新たに作り出そうとする意識を、明確に汲み取ることができよう。作成の事情は様々であるため一概には規定できないが、室町後期から江戸期にかけてこうした色紙が数多く登場することは、単なる偶然ではなく、文芸復古を要請する時代的背景のもと作成された、と稿者は考える。その対となるのは、古筆切である。古筆切は作成することに物理的な限りがあるため、新たにそれに代わる色紙を作り出したのではないか。その際に参考になるのは、『源氏物語』絵合巻に見られる物語絵の様相である。

・『源氏物語』絵合巻[*7]

かう絵ども集めらると聞きたまひて、権中納言いとど心を尽くして、軸、表紙、紐の飾りいよいよととのへたまふ。三月の十日のほどなれば、空もうららかにて、人の心ものび、ものおもしろきをりなるに、内裏わたりも、節会どものひまなれば、ただかやうのことどもにて、御方々暮らしたまふを、同じくは、御覧じどころもまさりぬべくて奉らむの御心つきて、いとわざと集めまゐらせたまへり。こなたかなたとさまざまに多かり。物語絵はこまやかになつかしさまさるめるを、梅壺の御方は、いにしへの物語、名高くゆゑあるかぎりかぎり、弘徽殿は、そのころ世にめづらしくをかしきかぎりを選り描かせたまへれば、うち見る目のいまめかしき華やかさは、いとこよなくまされり。上の女房なども、よしあるかぎり、これはかれはなど定めあへるを、このごろのことにすめり。

（②三七九）

傍線部のように、光源氏方の梅壺の御方は、「いにしへの物語」で「名高く」「ゆゑ」ある絵を持ち出すのに対し、内大臣方の弘徽殿は、「世にめづらしくをかしきかぎり」を選び描かせ、その様が「いまめかしき」「華やかさ」と、両者が対となるように語られている。古来風のものと現世風のものという対立の構図は、古く由緒ある古筆切と、新たに美麗に作成された物語色紙とに、そのまま当てはまる。物語色紙作成の基盤に、こうした新旧の対立的要素やそれに起因する要請があったことを、可能性の一つとして指摘しておきたい。

3　和歌と地の文

前節で触れた通り、物語色紙の根底には和歌色紙があったことを述べてきたが、詞の内容についてはどの程度影響を与えているのであろうか。実際の物語色紙を和歌の有無という観点から見ると、抄出された詞は、和歌のみのもの、和歌と和歌前後の地の文を含めたもの、地の文のみのもの、とに分けられる。[*8] いずれの内容にあっても散らし書きで書かれることが多いが、色紙に記す文字数が少なければそれだけ紙幅に余裕が出るため、和歌のみを書く場合の方が地の文とともに書かれる場合よりも、比較的大きな文字でゆったりと書かれる傾向があると言える。ただし、従来研究では、抄出される詞における、和歌の占める比率や資料や巻ごとの傾向などについては、不分明のままにある。本章では、いくつかの典籍を対象として、和歌と地の文がどの程度分布しているのか、総体的に捉えることとする。

今回は、画帖や屏風等の実際の作例、「源氏抜書」と題されるような本文抄出、そして色紙形を集積した資料、以上の三種のものから、それぞれ複数の典籍を取り上げることとした。調査対象は、室町後期から江戸中期にかけて作成された諸資料で、以下のAからJまでの十典籍である。

A：大阪公立大学蔵『源氏物語絵詞』

列帖装1冊。天正・文禄頃の写か。各巻の複数の場面について、図様の指示を細字にて付した後に、該当の本文を示す。清水好子氏[*9]や片桐洋一氏[*10]の論考があり、片桐氏は「絵に対応する物語本文の一部を画中に揮毫するための参考書あるいは手控え」と述べる。全281箇所。

B：浄土寺蔵『源氏物語絵扇面散屏風』[*11]

室町後期に作成されたものか。絵は土佐派。六双一局の屏風に、四季の順に60図を貼り付ける。詞は後に付されたものと思しく、二筆以上か。絵は60図が存在するが、詞はすべての巻が存在するわけではない。

C：京都国立博物館蔵『源氏物語画帖（土佐光吉画）』

彩色画帖4帖。室町後期の作。絵は、土佐光吉。詞は、後陽成天皇をはじめとする22名の手による。詞は全54枚。宿木～夢浮橋の六帖を欠き、その代わりに、夕顔・若紫・末摘花・賢木・花散里・蓬生が重複する。

D：徳川美術館蔵『源氏物語画帖（土佐光則画）』

彩色画帖。寛永十五年（1638）以前成立か。絵は土佐光則。詞は、江戸初期の貴顕60名の手により、光則没後に添えられたと考えられている。詞は全60枚で、重複は、帚木・若紫・須磨・椎本・宿木・蜻蛉。

E：静嘉堂文庫蔵『源氏絵詞（土佐光成画）』

袋綴装2冊。江戸前期から中期の写。各巻、白描の絵と色紙形の詞を持つ。伊井春樹氏による詳細な検討が存在し、[*12]氏は「源氏物語絵のデザイン集」とする。

F：曼殊院蔵『無尽蔵』所収「源氏抜書（仮）」

袋綴装2冊。江戸前期の写。和歌・漢詩・物語・法語・消息等々の抜書を集成したもの。早くに島崎健氏による紹介[*13]があり、当該資料を色紙等に認めるための抜書と位置付ける。『源氏物語』の抜書に関しては、物語本文を単に示すのみで、散らし等はない。詞は全78箇所。

G：宮内庁書陵部蔵『先代御便覧』所収「源氏抜書（仮）」Ⅲ

袋綴装28冊。江戸時代中期までに成立。「先代」とは霊元院のことか。様々な和歌・漢詩・物語・法語・消息・注釈等々の抜書を集成したもの。『源氏物語』の抜書は第三冊に含まれており、他に六種ほどの抜書が存在する。ここで扱うのは、三番目に示される抜書であり、巻の提示順が不同であることから、色紙などに記されていたものを転写した可能性が高いと判断した。詞は全56箇所で、紅葉賀と橋姫が重複する。

H：高岡の森弘前藩歴史館蔵『源氏物語之詞』

巻子装2軸。元禄期（一七世紀末〜一八世紀初頭）の成立。近衛基熙をはじめとする貴顕の手による、各巻の抄出本文が散らし書きにて記されたもの。近年では村上謙吾氏による本格的な検討がある。[*14]

I：丸成文庫蔵『源氏物語詞散』[*15]

巻子装1軸。江戸中期頃の写。色紙形の枠の中に、各巻の抄出本文を散らし書きにて記す。54枚分。

J：紅梅文庫旧蔵『源氏物語色紙形』[*16]

袋綴装1冊。江戸中期〜後期の写。各巻の抄出本文を散らし書きにて記す。色紙を意識した書式をとる。54枚分。

各資料の大まかな見取りとしては、Aが、絵の作成時にともに用いられていたと思しい本文の実例、B〜Eは、絵とともに記されたの詞の実作例で、絵と詞がそれぞれ色紙として作成されているもの、F・Gは、具体的な表現形態を伴わず、ただ単に詞部分のみが列挙して記された資料、H〜Jが、詞のみが色紙上で具体的に表出されている実作例、となる。詞を抄出した資料はこの他にも膨大に存在するが、今回はあくまであくまで傾向を測ることを主としているため、研究史で触れられることが多いものを中心に選定した。[*17]

これらの典籍が示す詞における、和歌記載の分布の様相は、次頁の表の通りである。◎は和歌のみを記したもの、○は和歌と地の文がともにあるもの、△は地の文ではあるものの引歌や歌句引用があるもの、×は地の文のみ、と記号によってそれぞれの状況を示した。数字は、複数箇所の場合にその数量を示したものである。また、表中の◎と○の箇所、つまり和歌を有する部分には、網掛けを行った。さらに、表の後には、各資料における、和歌を有する部分の総数と割合を示した。

◎：和歌のみ　○：和歌と地の文　△：地の文だが、引歌や歌句引用等あり　数字：複数箇所の場合

J	I	H	G	F	E	D	C	B	A	
×	×	×	○	×	×	×	×	◎	3	桐
×	×	×	×	○	×	×	◎	◎	3	帚
×	×	×	×	×	×	×	×	◎	×	空
○	×	×	○	○	×	○	2	◎	3	夕
×	○	△	×	○	×	×	×	2	2	紫
×	○	○	×	○	×	×	2		2	末
×	×	×	×	×	×	×	×		4	賀
×	△	△	△	○	×	○	○		2	宴
△	×	×	×	○	○	×	×	×	3	葵
×	○	○	○	○	○	○	2	◎	3	賢
○	○	○	○	○	○	○	○	◎	2	散
×	○	◎	×	2	×	×	○	×	4	須
○	○	○	×	×	×	×	×	◎	2	明
×	○	○	○	○	△	×	×	×	2	澪
○	○	○	○	○	×	×	2	◎	2	蓬
×	×	×	×	×	×	×	×		1	関
×	×	×	×	×	×	×	×	×	2	絵
○	×	○	×	×	○	×	×	×	1	松
×	×	○	×	2	×	×	◎	◎	2	薄
×	×	×	×	×	○	×	×	3	3	朝
×	×	×	×	×	○	×	×	○	4	少
○	×	×	×	×	×	×	×	×	3	玉
×	○	○	×	○	×	×	○	◎	1	初
×	×	×	○	×	○	×	×	○	3	胡
×	×	○	×	○	×	○	◎	◎	1	蛍
×	×	×	×	×	×	×	×	×	×	常
○	○	○	×	○	○	×	○	◎	1	篝
×	×	○	×	×	×	×	×	×	×	野
×	○	○	×	○	×	×	○	◎	3	行
×	○	○	○	○	○	○	×		2	蘭
×	×	○	×	×	×	○	×	◎	2	真
×	○	△	○	○	○	×	○		3	梅
×	○	○	×	○	○	○	○		3	藤
×	○	×	×	×	○	○	×	△	6	上
×	×	×	○	○	○	×	○	×	6	下
×	×	×	○	×	○	×	×	×	4	柏
×	○	○	○	○	○	○	○	×	3	横
×	○	○	○	○	○	×	○	×	×	鈴
×	×	×	○	×	×	×	○	◎	3	霧
×	×	○	×	×	×	×	○	×	2	法
×	×	○	×	×	○	×	○	◎	4	幻
×	×	×	△	×	△	×	×		×	匂
○	○	○	×	○	○	○	×	◎	×	紅
×	×	○	○	○	○	○	○		3	竹
×	×	×	×	×	○	×	×	×	1	橋
×	○	×	×	×	×	2	×		4	椎
×	×	×	○	×	×	×	×	×	1	総
○	○	○	○	○	○	×	○	◎	2	早
×	○	×	×	○	○	○		◎	6	宿
×	×	×	×	×	×	×			2	東
×	○	×	○	○	○	×		◎	8	浮
×	×	×	×	○	△	×			3	蜻
×	×	○	×	×	○	×			1	手
×	×	×	×	○	×	×			1	夢

	【全体数】	／【◎・○の数量】	／【和歌の割合】
A：大阪公立大学蔵『源氏物語絵詞』	全281箇所	／132箇所	／46・98％
B：浄土寺蔵『源氏物語絵扇面散屏風』	全60枚	／31枚	／51・67％
C：京都国立博物館蔵『源氏物語画帖』『源氏物語画帖（光吉画）』	全54枚	／27枚	／50・00％
D：徳川美術館蔵『源氏物語画帖（光則画）』	全60枚	／15枚	／25・00％
E：静嘉堂文庫蔵『源氏絵詞（光成画）』	全54枚	／24枚	／44・44％
F：曼殊院蔵『無尽蔵』所収「源氏抜書（仮）」	全78箇所	／31箇所	／39・74％
G：書陵部蔵『先代御便覧』所収「源氏抜書（仮）」III	全56箇所	／18箇所	／32・14％
H：高岡の森弘前藩歴史館蔵『源氏物語之詞』	全54枚	／25枚	／46・30％
I：丸成文庫蔵『源氏物語詞散』	全54枚	／22枚	／40・74％
J：紅梅文庫旧蔵『源氏物語色紙形』	全54枚	／9枚	／16・67％

右の結果からは、いくつかの特徴が指摘できる。

まず、特定の巻によって、和歌が多く用いられる巻とそうでない巻とに分かれる点が挙げられる。和歌がほぼ扱われない巻としては、空蝉巻・関屋巻・絵合巻・常夏巻・野分巻・匂兵部卿宮巻などである。絵合巻などは語られる内容が盛儀中心であるため和歌が摘出されずとも納得できるが、空蝉巻や関屋巻などは巻の中心的な内容に和歌が関わってくる巻であるにも拘わらず、和歌が用いられにくいという結果となっている。和歌使用の結果が分立するであろうことは調査以前の段階でも容易に想定されうるが、いわゆる和歌的な要素が強い巻であったとしても、必ずしも和歌を扱うわけではないという実状には留意すべきである。この現象は、各巻の和歌解釈や場面解釈に因むものであり、時代的な享受実態と深く関わることが想定されるが、明確な要因は現段階では不明である。今回の検討では、異なる場面の抄出であったとしても和歌の有無によって統一的にまとめてしまったため、より詳細な場面内容を踏まえた検討が必要になってこよう。

最も興味深い点は、詞における和歌使用の割合である。『源氏物語』の巻名は、その多くが作中の和歌に因む。そのため、限られた色紙の中で効率的にその巻の特徴を描き出すのであれば、巻名歌を示すことが近道であろう。しかし、実際はそうではないようである。和歌記載の割合を見ると、Bの浄土寺蔵『源氏物語絵扇面散屏風』や Cの京都国立博物館蔵『源氏物語画帖』のように、50％を越える資料もあるが、40％から30％の割合を見せる資料群が大半を占めており、低いものであればDの徳川美術館蔵『源氏物語画帖』の25％や紅梅文庫旧蔵『源氏物語色紙形』の17％など、地の文の方が格段に多く使用される典籍もある。意外にも、和歌使用の割合はそれほど高くないのである。和歌を意識していたはずの色紙でありながら、実際は和歌を記さず、地の文が書かれていく――言い換えると、地の文が注目され、重きが置かれていた――と言える。もっとも、『源氏物語和歌抄出』など和歌のみの抄出資料や、和歌のみの色紙で構成された資料も存在するため、全く和歌が注目されていなかった訳ではない。しかしながら、色紙に記される詞においては、和歌だけでなく地の文にも重きが置かれていたこと、また、今回の資料群の偏りによるものかもしれないが、大まかには時代が下るにつれて和歌よりも地の文に重きが置かれていく傾向が見られる、という点は見過ごしてはならない要素と考える。以上のことから、地の文は、和歌と同様かそれ以上の役割を担う存在であったと規定できる。

4　地の文への重視

和歌よりも地の文が徐々に注目されていった、という点を傍証する例を二点ほど示す。

一点目は、蜻蛉巻の事例である。該当箇所の本文を、まずは確認しておく。

・『源氏物語』蜻蛉巻

月たちて、今日ぞ渡らましと思ひ出でたまふ日の夕暮れ、いとものあはれなり。御前近き橘の香のなつかしきに、ほととぎすの二声ばかり鳴きてわたる。「宿に通はば」と独りごちたまふも飽かねば、北の宮に、ここに渡りたまふ日なりければ、橘を折らせて聞こえたまふ。

忍び音や君もなくらむかひもなき死出の田長に心かよはば

（⑥二一三）

この箇所は、浮舟失踪後、庭の橘にやってきたホトトギスが二声ばかり鳴いたのを聞いた薫が、落ち込んでいる匂宮に和歌を贈る場面である。実際の絵でもこの場面は取り上げられており、今回取り扱った静嘉堂文庫蔵『源氏絵詞』（E）や、石山寺蔵『源氏物語四百画面』などに作例が見られる。*18

問題としたいのは、この箇所の詞の諸相である。以下には、先に掲げた典籍の中から、この場面を取り扱っている大阪公立大学蔵『源氏物語絵詞』（A）、静嘉堂文庫蔵『源氏絵詞』（E）、丸成文庫蔵『源氏物語詞散』（J）の三資料から詞の様相を掲出した。EJに関しては、色紙上での表出をそのまま反映させてある。また各資料ともに、当該の物語本文における、和歌の箇所に傍線を、共通する地の文の一部に波線を付した。

・『源氏物語絵詞』（A）

同

此五月かほるの家也御前ちかきたちはなをおりて匂ふへをくり給ふ所也ほとゝきすなきてわたる也

おまへちかきたち花のかのなつかしきほとほとゝきすのふたこゑはかり鳴てわたるやとにかよはゝとひとりこち給ふもあかねはきたのみやこゝにわたり給ふ日なりけれはたちはなをおらせきこえ給

しのひねや君も啼らんかひもなきしてのたをさにこゝろかよはゝ

・『源氏絵詞』（E）

かけろふ

日の夕くれいと物あはれにおまへちかきたち花のかのなつかしきに郭公の二こゑはかりなきてわたる宿にかよはゝとひとりこち給

・『源氏物語色紙形』（J）

かけろふ

おまへちかきたち花のかのなつかしきにほとゝきす二こゑはかりなきてわたる

Aの『源氏物語絵詞』では、波線部の地の文と傍線部の和歌が、揃って記されている。これに対し、Eの『源氏絵詞』、Jの『源氏物語色紙形』にあっては、波線部の地の文のみ——具体的には、和歌の直前の、橘にほとぎすが来て二声鳴く、という本文——を提示するに留まっている。当該場面においては、景だけなく薫の心情も大切な要素であるため、抄出に和歌が含まれていても問題ないであろうし、むしろ和歌のみでも十分に場面再現の役割を果たすことが可能であるとも考えられる。それにも拘わらず、E・Jの詞は、和歌を排除し、地の文のみでこの場面を示そうとしている。つまりこれは、意図的に和歌部分を扱わなかった行為と認められるのである。

・丸成文庫蔵『中院家書法秘伝書（仮）』

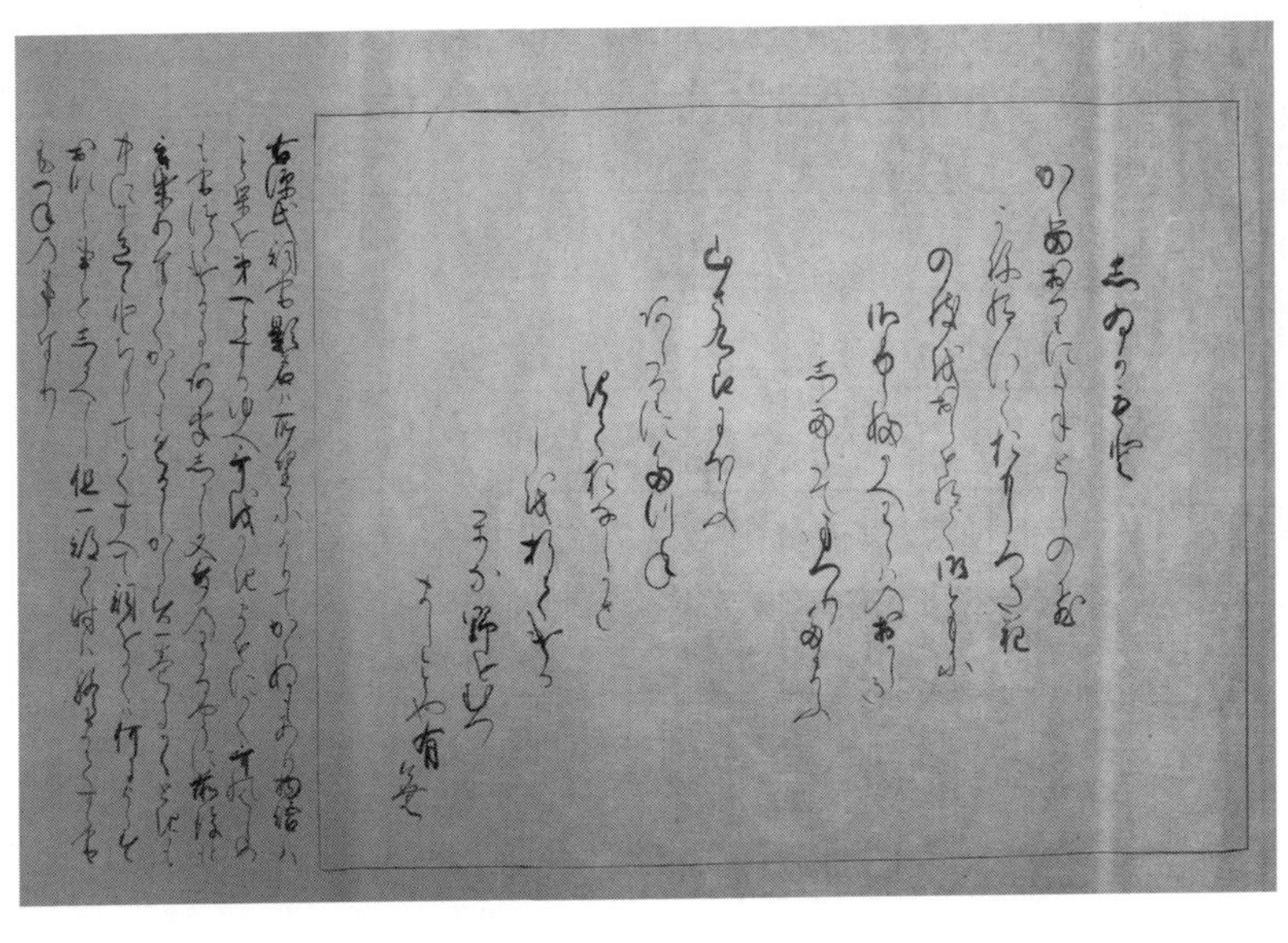

二点目は、『源氏物語』の詞を書き記す際の書式に関する、直接的な記述である。少し時代は下るものの、「中院家書法秘伝書」[*19]と仮に題した典籍より、該当する記述を掲げた。

上の資料への詳細な検討は別の機会に譲りたいが、江戸後期の中院通知による書法に関する伝授書である。当該資料は、和歌や漢詩等を認める際の実例やその注意点を示すものであり、当時の書の実態を反映したものと位置付けられる。その末尾近くに、『源氏物語』の抄出に関する記述が存在する。当該箇所では、実例として椎本巻を取り上げており、傍線部が和歌となってなっている。和歌が地の文とともに抄出されており、散らし書きの形態なども、これまでに扱ってきた色紙形の資料と同様のものとなっている。注目すべきは、抜書の作例後に示される文言、なかでも二重傍線部「物語はこと葉を第一とするゆへ哥をかきませにかく」の部分である。この直後には和歌の書き方にも触れているが、当該箇所における言及は、和歌と地の文の融合こそが物語の特質であり、

しゐかもと
かゝるおりにたにとしのひ
かね給ひておもしろき花
の枝をおらせ給て御ともに
さふらふうへわらはのおかしき
してたてまつりたまふ

山さくらにほふ
あたりにたつね
きておなしかさ
しを折てける
かな野をむつ
ましみとや有
けむ

右源氏詞書題名は所望によりてかゝぬもあり物語は
こと葉を第一とするゆへ哥をかきませにかく哥のはしめ
も書つゝける事ありしかし又哥のわかるやうに前後とも
言葉あけてかくもくるしからす一巻にかくときも
中にて色々とちらしてかくすへて詞をかくは何によらす
おなし事としるへし但一段かく時は終まてすく書
もつねの事なり

和歌と地の文とが同じ基準で扱われていたことを示唆している。実作例でも地の文が和歌とともに書き混ぜられているように、地の文の価値は和歌と同等となっていたのではなかろうか。あくまで当該資料に限った特異な言及かもしれないが、二重傍線部に見られるような直接的な文言は、地の文の価値が変化・向上していく過程を示す、大きな指標になり得ると考えられる。

これらの二事例と前節に示した詞の実相を踏まえると、やはり地の文に対する評価の向上を認めるべきであろう。地の文は、場面説明や和歌の補助的な役割といった従属的な存在ではなく、それだけでも十分に場面を呼び起こすことが可能な基幹的な存在として、その役割を見出されていったのである。

まとめ

本章では、色紙形の詞を対象として、その実相の一端を明らかにした。特に、詞の実態的な表出に注目し、詞における地の文の位置付けが、徐々に変化し、重みを増していった可能性を示した。これは、物語世界を再生する際の、地の文の有効性に気付いたことの証左と考えたい。和歌だけでなく、地の文までも含めて、どのように物語世界が再生されていったのかを考えることが、今後の享受資料分析の際には必要となろう。本章は色紙形という形態に限定した検討であったが、地の文の価値変遷については、他の注釈書や享受資料などとの連関の中でより多角的になされるべきであり、今後の研究成果が待たれるところである。

ただし、和歌と地の文とが同等の価値で扱われ、場合によっては和歌を採らず地の文のみを対象にするという姿勢は、物語中の和歌を中心に本文を要約していく梗概書や、登場する和歌を基幹として語彙を集成する連歌寄合書などとは、明らかに異なる姿勢であると言える。また、『源氏物語』古注釈書の研究を中心としてきた稿者の立場からは、こういった詞の抜書の方法や形式には、諸注釈書の影響がほぼ見えない、ということは指摘しておきたい。諸注釈書との関連が見られないことは、今回取り上げたような抜書資料が、学問というよりも、芸術や娯楽に近い存在であったことを意味するものと思われる。もちろんそれは、作成者・対象者にしろ、媒体にしろ、源氏学の反映を企図したものではなかったためであり、当然のことではある。ただ一方で、様々な媒体や形態を見せる『源氏物語』の享受実態は、それだけ物語世界へ対峙した結果でもある。源氏学では捉えきれない享受実態を解明することも、今後の『源氏物語』享受史研究には求められるものと考える。諸賢の忌憚のないご叱正を賜りたい。

注

1 拙稿「詞による『源氏物語』享受の一端――『源氏物語詞散』の紹介をかねて――」(『詞林』六十八、二〇二〇年三月)。

2 伊井春樹編『源氏物語注釈書・享受史事典』(東京堂出版、二〇〇一年)。

3 当該資料については、豊島秀範「高照神社所蔵『源氏物語之詞』について――その一――」(『弘学大語文』十七、一九九一年九月)、久慈きみ代『津軽の源氏物語――高照神社所蔵『源氏物語之詞』――』(青森大学社会学部社会学科、二〇〇八年)、村上謙吾「高照神社所蔵『源氏物語之詞』における場面選択の問題――源氏絵との関連を中心に――」(『弘前大学国語国文学』四十二、二〇二一年三月)に詳しい。当該資料は、横長の一紙に各巻の詞が書き付けられるという形態である。色紙という形態ではないが、詞の表出のあり方としては升形色紙と類似するため、対象に含めた。なお、詞の具体的な配置を示すために、該当資料の紙幅を点線で示した。

4 伊井春樹編『源氏綱目付源氏絵詞』(源氏物語古注集成十、武蔵野書院、一九八三年)。

5 前掲注1。

6 前掲注1。

7 『源氏物語』の本文は、新編日本古典文学全集(小学館)を便宜的に使用し、引用後に所在を示した。

8 色紙形における、和歌の様相については、野口剛「源氏絵・色紙・和歌――源氏物語画帖の詞書をめぐって――」(『中古文学』八十四、二〇〇九年十二月)に言及がある。

9 清水好子「源氏物語絵画化の一方法」(『源氏物語の文体と方法』東京大学出版会、一九八〇年。初出『国語国文』二十九―五、一九六〇年五月)。

10 片桐洋一「解題」(片桐洋一・大阪女子大学物語研究会編著『源氏物語絵詞――翻刻と解題――』大学堂出版、一九八三年)。

11 当該資料の色紙は扇形ではあるが、前掲注3と同様の理由で対象に含めた。

12 伊井春樹「『源氏綱目』の多面性」(『源氏物語論とその研究世界』風間書房、二〇〇二年。初出前掲注4、一九八三年五月)。

13 島崎健「源氏詞抜粋の書――その他、源氏絵詞色紙、等――」(『国語国文』五十一―二、一九八二年二月)。

14 前掲注3の村上氏論考。なお、当該資料については、作成の際に依拠したと思われる資料の存在を確認しており、詞の抄出自体は一七世紀中頃には行われていたと考えられる。詳細な検討は、別の機会に譲る。

15 前掲注1。

16 現蔵は丸成文庫。

17 なお、各巻の和歌のみを取り上げる諸資料については、今回の検証では取り扱わなかった。これらは詞の表出ではあるものの、和歌のみを対象としている点において、散文の抄出という意図からは外れると判断したためである。

18 この他、MIHO MUSEUM蔵『源氏物語絵巻（住吉具慶画）』にも作例があることを、稲本万里子氏よりご教示いただいた。この場を借りて御礼申し上げる。

19 当該資料は、巻子装の一巻であり、末尾には中院通知のものと思しい伝授奥書が付される。京都大学附属図書館中院文庫には、『中院家書法』と題する、別の大きさからなる仮綴の二冊の典籍があり（請求記号：中院／Ⅶ／3、https://rmda.kulib.kyoto-u.ac.jp/item/rb00007151）、丸成文庫蔵本はこの後半一冊と同内容となっている。ただし、中院文庫蔵本には通知による伝授奥書は見えない。この書法の作成時期は不明であるが、中院通知の活躍した江戸後期にはすでに中院家の伝授書としての性格を有していたため、ひとまず江戸中期頃の書法が反映されたものとしておく。

11 樋口一葉と『源氏物語』——方法としての和歌

兵藤裕己 HYODO Hiromi

はじめに

『源氏物語』賢木巻の一節である。

六条御息所の娘が斎宮に選ばれ、御息所は娘とともに伊勢へ下ろうとしている。光源氏は御息所が京を離れるまえにひと目対面すべく、新斎宮の忌み籠もる嵯峨野の野宮（ののみや）を尋ねてゆく。

はるけき野辺を分け入りたまふより、いとものあはれなり、秋の花みなおとろへつつ浅茅（あさぢ）が原もかれがれなる虫の音（ね）に松風すごく吹きあはせて、そのこと（琴）とも聞き分かれぬほどに物の音（ね）ども絶え絶え聞こえたる、い

と艶なり、

能「野宮」の前シテの謡にほぼそのまま引かれる有名な一節である。この文で嵯峨野に分け入る動作主（主語）は明示されないが、平安朝の社会では、動作の主体をあからさまにいうことを忌避する感覚があったらしい。しかし「分け入りたまふ」の敬語「たまふ」から、動作主が光源氏とわかる。

「分け入りたまふより」（分け入りなさるとすぐに）は、語り手の発話だが、「いとものあはれなり」は、語り手の声に嵯峨野に分け入る光源氏の声が響いている。

語り手の声がいわば多声化しているのだが、つづけて、「いとものあはれな」る嵯峨野の情景が語られる。秋の花がしおれ、浅い萱原も「枯れ枯れなる」が、晩秋の「嗄れ嗄れなる」虫の声となり、それは「離れ離れなる」源氏と六条御息所の関係の隠喩でもある。そして虫の声に、山の尾（山裾）を吹きわたる松風の音と琴の音がまじりあう。ここには『拾遺和歌集』巻九（雑上）の斎宮女御徽子の歌がふまえられている。

野の宮に斎宮（規子内親王）の庚申しはべりけるに「松風入夜琴」といふ題をよみはべりける、
琴の音に峰の松風かよふらしいづれの尾（緒）より調べそめけむ

新斎宮の野宮での潔斎に付き添った母徽子の題詠歌である（「松風入夜琴」の題は李嶠百詠による）。このあと徽子は、娘の新斎宮とともに伊勢へ下ってしまう。この前例のないできごとを、『河海抄』は賢木巻の物語の准拠としてあげるが、『源氏物語』が書かれた当時、読者は容易にこの二十数年前のできごとを想起し、またその折に読まれた斎宮女御徽子の名歌を想起しただろう。和歌と物語が織りなすこうした高度に隠喩（メタフォリック）的な文章が、後世の文芸に多大な影響をあたえている。

たとえば、「はるけき野辺を分け入りたまふより……」ではじまる賢木巻の文章を平易にしたかたちが、『平家物語』巻六「小督」で、高倉天皇の命を受けた源仲国が、琴の音をたよりに、小督の局を嵯峨野に尋ねてゆく一節である。仲国が小督の爪音を耳にしたときの、「峰の嵐か松風か、尋ぬる人の琴の音か」の名調子は、謡曲の「小督」をはじめ、近世の地唄・箏曲の世界へ引き継がれる。

それらの起点となった『源氏物語』賢木巻では、「浅茅（あさぢ）が原も枯（か）れ枯（が）れなる」という陳述は、輻輳する隠喩のなかで宙づりにされ、「嗄（か）れ嗄（が）れなる虫の声に松風云々」とつづく。

文脈がねじれているのだが、こうした王朝の和文のレトリックは、『古今和歌集』仮名序にはじまり、中世の『平家物語』以下の和漢混淆文、また謡曲や連歌・俳諧を経て、江戸前期の西鶴のねじれ文（いわゆる「曲流文」）、さらに江戸後期の戯作の雅俗折衷文へ引き継がれる。

読本や草双紙（合巻）に頻出するねじれ文を、坪内逍遙の『小説神髄』は、馬琴の『近世説美少年録』から例文をあげ、「音韻転換の法」として説明している（下巻「文体論」）。平安朝の物語文から江戸の戯作まで、和文から和漢混淆・雅俗折衷文を問わずにみられる日本語文の「文」のあり方であり、それは明治二十年代の西鶴ブームを背景にした尾崎紅葉や幸田露伴、さらに樋口一葉にも共通する文体的特徴だった。

西欧の形式論理学でいう「S is P」の命題形式（たとえば「吾輩は猫である」）で定式化されないのが、近代以前の日本語文である。近代の言文一致体の「文（センテンス）」の観念[*1]が普及する以前の明治二十年代、小説文体において一つの頂点を示した樋口一葉に関して、その文体形成の基盤となった『源氏物語』と和歌（題詠）の方法について考えてみたい。

1 『源氏物語』との出会い

樋口一葉が小石川伝通院前にあった歌塾萩の舎に入ったのは、明治十九年(一八八五)五月、満十四歳のときである。

その三年前の明治十六年、青海学校(小学)高等四級を首席で終えた一葉は、「女子にながく学問をさせなば行々の為によろしからず」という母の「意見」で学校をやめ、家事の手伝いと針仕事の稽古に通わされた(『日記』「塵の中」)。

学校をやめざるをえなかったことを、一葉は「死ぬばかり悲しかりし」と回想しているが、父則義は、そんな一葉に『古今集』などの歌集を買いあたえ、また知り合いの歌人に頼んで和歌の通信教授を受けさせた。

そして小学校をやめて三年後、一葉は、父の尽力で上中流の子女が通う萩の舎に入塾できたのだが、ほぼその頃だろう、則義は一葉のために『源氏物語湖月抄』を買いあたえている。

江戸初期の注釈書を集成した『源氏物語湖月抄』(北村季吟著、以下『湖月抄』と略称する)は、明治二十三年に『源氏物語』の活字本が出るまで(『日本文学全書』全五冊、博文館)、『源氏物語』の流布本の地位を占めていた。一葉が所持した『湖月抄』は、現在、山梨県立文学館に所蔵されるが、全五十五冊という大部な版本は、父則義が娘に寄せた思いのほどをうかがわせる。

一葉が萩の舎に入塾した翌年(明治二十年)、長兄の泉太郎が肺結核で病没した。その療養費は樋口家の家産を傾けたというが、家運を挽回すべく父則義が始めた事業も人にだまされて失敗し、その心労と病で明治二十二年に父が急逝すると、一葉は、針仕事や洗濯の請負をしながら、実質的な家長として母と妹をやしなった。

稼業のあいまに萩の舎に通う一葉が、上野の帝国図書館で読書にふけったことは、日記から知られる。明治二十年代の小説界の大家は尾崎紅葉と幸田露伴である。かれらのあいだに起きた元禄文学ブームを背景に、一葉は、萩の舎ではおそらく禁書扱いだった西鶴や近松の作品に接したらしい。

やがて生活の資として小説を書くことを思い立ち、明治二十四年（一八九一）の夏、妹のくに（邦子）の知人を介して、新聞の小説記者、半井桃水に弟子入りした。小説執筆を思い立ったきっかけは、萩の舎で四歳年長の先輩、田辺花圃（まもなく三宅雪嶺に嫁して三宅花圃）が、明治二十一年に発表した小説『藪の鶯』が好評で、多額の印税収入を得たのを横で見ていたからである。

そして二十五年四月、桃水がはじめた雑誌『武蔵野』に小説『闇桜』を発表し、一葉の作家生活が開始される。また同年十一月、三宅花圃の仲介で雑誌『都の花』に発表した『うもれ木』が、翌年一月に発刊される『文学界』の同人たちのあいだで話題となり、一葉と『文学界』同人との付き合いがはじまる。

2　西鶴の影響

『文学界』の最年少の同人で、たびたび一葉の自宅を訪ねた平田禿木は、明治二十六年七月、一葉が下谷竜泉寺町（吉原大音寺前）に転居して開業した荒物屋を訪ねたときの印象を記している。[*2]

狭い店の奥のひと間に調度類はなく、文机には、「源氏らしい古い和装の書物」が置かれていたという。和装の『源氏物語』は、亡父則義が購入した『湖月抄』の版本だろうが、このときの一葉は、平田のまえでさかんに「源氏を語り、近松、西鶴を談じ」たという。

吉原遊郭に隣接する下谷竜泉寺町で一葉が荒物屋を開業したのは、生活の必要からという以上に、近松や西鶴が描く「苦界」に小説の材を求めるという意図があったろう。荒物屋の女主人として、吉原界隈に生きる人びとと身近に接した体験が、やがて小説『たけくらべ』の世界へ結実することになる。

明治二十七年十月に平田禿木が一葉に送った手紙に、「御約束の鶴全集近きに持参いたすべく」とある。[*3]「鶴全集」とは、この年の五月、博文館から刊行された『校訂西鶴全集』全二巻のこと（『帝国文庫』第二十三、二十四編）。尾崎紅葉が企画し、紅葉の門人大橋乙羽（まもなく博文館編集長）が編集・校訂の実務にあたった同書が、『文学界』の編集部から一葉に贈られたのだが、それからまもなく、同年十二月刊の『文学界』二十四号に掲載されたのが、『大つごもり』だった。

それまで薄幸・落魄の淑女をヒロインとしたような小説を書いていた一葉が、社会の底辺に生きる女を主人公にしたという点で、『大つごもり』は一葉にとって画期的な作品だった。この小説によって、一葉は作家としてのみずからにめぐり会えたのだといえる。

大晦日の金策をめぐる窮民の悲喜劇を描いた『大つごもり』は、ヒロインの「婢女（はした）」の境遇が、テンポの速い文体で語りだされる。

井戸は車にて綱のながさ十二尋（ひろ）、勝手は北むきにて師走の空のから風ひゆうひゆうと吹ぬきの寒さ、おゝ堪えがたと竈の前に火なぶりの一分は一時にのびて、割木ほどの事も大臺にして叱りとばさるゝ婢女（はした）の身のつ

らや、

一見してそれとわかる西鶴調である。白金台町のお屋敷に奉公する「婢女」のお峰は十八歳、早くに両親と死に別れ、母方の伯父に育てられた。正直安兵衛の異名をとる伯父は病をわずらい、稼業の八百屋も閉じて高利貸しには多額の借金がある。その利息の支払い期限が大晦日に迫っている。

そんな窮迫する伯父の年越しに用立てるため、お峰は、奉公先の御新造に借銭を申し出た。しかしいったんは引き受けたはずの御新造は、大晦日の当日、お峰が恐る恐る話を持ちだすと「毛頭(すこし)も覚えの無き事」と取り合わない。伯父にはきょうまでに金を用立てると約束しており、従弟の三之助が、昼に金を受けとりに来る。おりしも御新造は、娘の初産で家を留守にしている。進退きわまったお峰は、御新造が引き出しにしまっていた金から、二円だけ拝借した。

はたして夕方、御新造が帰ってきて、金がなくなっているのに気づく。ひたすら怯えるお峰に破局がおとずれると思いきや、その寸前で話はどんでん返しとなる。

まさに西鶴の『世間胸算用』に倣った大晦日の金策をめぐる悲喜劇であり、文章にも西鶴調の地口やねじれ文がみられる。そしてこの『大つごもり』の発表の翌月から連載がはじまったのが、『たけくらべ』だった。

3 『たけくらべ』の中の『源氏物語』

『文学界』明治二十八年一月号から連載が開始された『たけくらべ』も、冒頭から小気味のよい西鶴調で語りだされる。小説の舞台である吉原大音寺前のようすが、地口をまじえたテンポの速い文体で語られるが、その一節には、つぎのようにある。

昨日河岸店（かしみせ）に何紫の源氏名計（ばかり）に残れど、けふは地廻（ぢまは）りの吉と手馴れぬ焼鳥の夜店を出して、身代たゝき骨になれば再び古巣への内儀姿、どこやら素人よりは見よげに覚えて、これに染まらぬ子供もなし、

つい先日まで河岸店（吉原内で低級・格安の妓楼）で「何紫」の源氏名を称していた女郎が、地廻り（遊客を食い物にするごろつき）の男と所帯を持ち、馴れない焼鳥の夜店を出したはよいが、鳥がらの出汁を絞り取るように、なけなしの資財をはたいてしまうと、また元の郭にもどって遊女の世話をやく番頭新造（世話女郎）となり、その内儀姿は、さすがに素人女よりも垢抜けて見えるので、近所の女の子たちでその悪風に染まらない者はいない。

現代語訳すると、ほぼ倍の字数を要するが、地口を駆使した圧縮した言いまわしは、『大つごもり』から引きつがれた西鶴調である。とくに傍点を付した「身代たゝき骨になれば云々」は、地口（掛詞と縁語）によって文脈が二重化されているが、こうしたテンポの速い文体が、『大つごもり』（明治二十七年十二月）から『たけくらべ』（同二十八年一月〜二十九年一月）にいたる一葉の「奇蹟の期間」[*4]の作品を特徴づけている。

西鶴の文体的特徴の一つとして、作中人物の会話がいつのまにか地の文になり、また地の文がいつのまにか作中人物の会話になってしまう文章がいわれている。いわゆる「曲流文」（板坂元）の一種である。そのような西鶴の文体を意識的に模倣したのは、明治二十二、二十三年頃の尾崎紅葉だが[*5]、そうした西鶴調を近代の小説文体として成功させているのは、むしろ明治二十七、八年の樋口一葉だったろう。

たとえば、『たけくらべ』第二回の人物紹介で、吉原界隈の少年グループの頭(かしら)の長吉は、金貸しの祖母をもつ正太のグループと張り合っている。長吉の乱暴ぶりとその「にくらしき風俗」を語る地の文は、しかし長吉の思いの内側を語りだすうちに、いつのまにかその皮肉な語り口が消えてしまう。地の文の語りを作中人物の内的独白や発話の声とひと続きの文で語ることで、語り手の立場が自在に移行する。そのような語りの方法は、西鶴文体の影響であるとともに、むしろそれ以上に、萩の舎に入塾したころから一葉の座右にあった『源氏物語』の影響だったろう。[*6]

吉原に隣接する地で荒物屋を開業した女主人(ときに一葉二十二歳)の文机に置かれた和装本の『源氏物語』という、いかにも不似合いな取り合わせが、『たけくらべ』の豊饒なテクストを紡ぎ出している。それは萩の舎の師匠の中島歌子や、先輩の三宅花圃らには思いもよらない王朝古典の受容だった。[*7]

4 「何紫の源氏名計に残れど……」

一葉の日記や書簡をみると、本人は自分の「遅筆」にかなり苦しんでいたらしい。西鶴ふうの地口を駆使した文も、「読者を載せて飛ぶ舟」(露伴)にたとえられた西鶴俳諧の即吟的連想で綴られたのではなく、掛詞と縁語を用いて練りに練られた文章である。

たとえば、原稿用紙(四百字詰)で八十枚足らずの『たけくらべ』の執筆に、一葉は、連載開始から完結まで一年以上を要している。[*8] 明治二十九年一月から三月の『文学界』(第二十五〜二十七号)に三回分が掲載され、その後、四月から四ヶ月間の休止があり、八月(第三十二号)に一回分を載せたあと、二ヶ月の休止をへて、十月から翌年一月（第三十五〜三十七号）に四回分が掲載されて完結した。

四月から七月の四ヶ月間の連載の休止は、一葉が、『たけくらべ』のストーリー展開を考えあぐねた時期とみられるが、その時期は、いっぽうで博文館の編集長大橋乙羽の依頼を受け、『ゆく雲』を雑誌『太陽』（五月）に、『にごりえ』を『文芸倶楽部』（九月）に発表した時期でもあった。

なかでも『にごりえ』は、銘酒屋（私娼を置いた居酒屋）の抱え女郎をヒロインとしている。吉原界隈を舞台とした『たけくらべ』は、遊里の外の世界を生きる子どもたちの一見無邪気な世界を描いているが、しかしそんな少年少女たちに忍び寄る大人の世界の影を、『たけくらべ』は『源氏物語』のたくみな引用によって描き出している。

『たけくらべ』の第十五回、ある時雨の日に、ヒロインの美登利がひそかに思いを寄せる真如が、たまたま彼女の住む大黒屋の寮（遊女屋の別宅）の前で、傘を風にあおられ、その拍子に鼻緒を踏み切ってしまう。古来、人口に膾炙する名場面だが、その舞台となる寮の門前は、つぎのように語られる。

> 仮初(かりそめ)の格子門、のぞけば鞍馬の石灯籠に萩の袖がきしをらしう見えて、椽先に巻(まき)たる簾(すだれ)のさまも懐かしう、中(なか)がらすの障子のうちには今様の按察(あぜち)の後室(こうしつ)が数珠(じゅず)を爪(つま)ぐつて、冠(かぶ)つ切りの若むらさきも立出(たちいづ)るやと思はるゝ、其一ト構へが大黒屋の寮なり。

いうまでもなく『源氏物語』若紫巻をふまえた一節である。美登利の住む大黒屋の寮を、「按察の後室」（祖母）と若紫が隠れ住む北山の山荘に見立てるのだが、しかしこうした見立ては、みやびな王朝文学の引用などではありえない。この見立ての背景には、『たけくらべ』の語りだしの一節、「何紫の源氏名計に残れど、今日は地廻りの吉と云々」が響いている。やがて姉の跡を追って遊女となり、苦界から抜けられなくなる美登利の将来が暗示されているのだ。

5 吉原界隈から本郷丸山の銘酒屋街へ

さきに引いた『たけくらべ』の冒頭の一節の「河岸店」「地廻り」「内儀（番頭新造）」などの語を、辞書やネットの助けなしに理解できる読者は、こんにち、まずいないだろう。一葉本人もこうした文章を書くためには、吉原界隈の人びとのくらしを身近に知る必要があったろう。吉原大音寺前で荒物屋の女主人として九ヶ月間を過ごした一葉は、子どもたちに駄菓子などを売りながら、地域の人びとと交わり、その暮らしぶりを観察していた。

吉原の荒物屋を明治二十七年五月に店じまいした一葉は、本郷丸山福山町の銘酒屋街に転居している。銘酒屋とは私娼を置いた居酒屋のこと。丸山福山町は、その種のあやしげな店の多い地域として知られていたが、吉原大音寺前と同じく、この地も一葉がみずから決めた転居先だった。丸山福山町で記した歌日記ふうの詠草「しのぶぐさ」（明治二十八年一〜二月）から引用する。

となりに酒うる家あり、女子あまた居て、客のとぎをする事うたひめのごとく、遊びめに似たり、つねに文かきて給はれとて、わがもとにもて来る、ぬしはいつもかはりて、そのかずはかりがたし、

まろびあふはちすの露のたまさかは

誠にそまる色もありつや

右の歌で、「まろびあふはちすの露」は、苦界にひしめく女たちのはかない姿の隠喩であり、それは「たまさかは」をみちびく序詞にもなっている。売色をなりわいとする女たちも「たまさかは誠にそまる色もありつや」とその境涯を思いやる。

一葉は、「ぬし（相手）はいつもかは」る恋歌や恋文の代筆をたのまれる。それは一葉にとって萩の舎でつちかった題詠の力量を試す機会ともなったろう。萩の舎に入塾して二年目の十六歳のとき、[*9]一葉はすでに恋の百首歌を詠んでおり、折々に詠んだ恋の題詠は数百首を下らない。いずれも「被忘恋」「独寐恋」「会後不会恋」「中絶恋」「暁月別恋」「夜中思出恋」「絶後恋人」「思痩する恋」「晩風催恋」等々の題詠歌だが、こうしたフィクショナルな恋歌の世界をなぞるようにして、銘酒屋の抱え女郎たちの恋の駆け引きは行われる。[*10]

まさに虚実皮膜の世界だが、そんな恋歌が、ときに女たちの現実の人生を狂わせる。丸山福山町の娼妓お力を主人公にした『にごりえ』では、お力がうわごとのように口ばしる「わが恋は細谷川の丸木橋」の端唄は、歌枕の細谷川を詠んだ小宰相と平通盛の有名な恋歌をふまえている（『平家物語』巻九所収）。恋歌にある「ふみ返されて」「落ちざらめやは」は、まさにフィクショナルな恋ゆえに命を失うお力の運命を暗示している。

歌日記の「しのぶぐさ」は、右にあげた「まろびあふはちすの露」の和歌につづけて、つぎのような一節がつづく。

うしろは丸山の岡にて物しずかなれど、前なる町は、物の音つねにたえず、あやしげなる家のみいと多かるを、かゝるあたりに長くあらんは、まだ年などのいとわかき身にて、終（つひ）にそまらぬやうあらじと、しりうごと折々に聞ゆ、

つまごひのきゞすの鳴音しかの声
こゝもうきよのさがの奥也

三味線の音色の絶えない「あやしげなる」家並みが続く銘酒屋街に、女を呼ぶ男の声がする。そんな声を妻恋いの雉や鹿の鳴き声にたとえ、「ここもうきよのさがの奥也」の「さが」は、人のさがと歌枕の「嵯峨」の掛詞である。歌ことばをふまえた巧みな地口だが、その詞書きには、年若い一葉にたいして、「かゝるあたりに長くあらんは終(つひ)にそまらぬやうあらじ」という「しりうごと」(かげで言う噂)が聞こえてくる。この「しりうごと」は、萩の舎あたりから聞こえるのだろうが、しかしこの丸山福山町も、下谷竜泉寺町も、一葉はみずから選んで住んだのだ。

そしてついの棲家となった丸山福山町で過ごした二年余りの日々は、女たちのために恋歌や恋文を代筆し(もちろん代書屋として手間賃は取ったろう)、様々なフクショナルな恋を実体験しえたという意味で、作家一葉にとっては充実した毎日だったはずだ。

6　一葉の小説文体と和歌

ところで、一葉と同じ明治五年(旧暦では明治四年十二月)の生まれで、十八歳で桂園派の歌塾(萩坪会、松浦辰男主宰)に学び、まもなく小説の世界に転じたのは、田山花袋である。

歌塾の同門には、花袋より三歳年少の松岡(柳田)國男がいたが、和歌や新体詩を書くかたわら小説家を志した花袋は、明治二十四年、尾崎紅葉を介して江見水蔭を紹介され、またほぼ独学で英語を学んで西洋文学を読みあさった。そして明治二十七年六月、『文学界』の北村透谷追悼号に短歌一首を寄稿したことがきっかけで、花袋と『文学界』同人とのつきあいが始まる。

ときあたかも、一葉が『文学界』を発表の場としてつぎつぎに話題作を発表しはじめる時期である。当時、西洋文学を熱心に学んでいた花袋は、西鶴ふうの文体で文壇の脚光を浴びつつあった一葉には反感すら覚えたらしい。

明治二十八年一月から翌年一月にかけて『文学界』に断続的に掲載された『たけくらべ』は、二十九年の四月に『文芸倶楽部』に一括掲載された。そして同月刊の『めざまし草』で行われた森鷗外・幸田露伴・斎藤緑雨による作品合評「三人冗語」で、一葉の『たけくらべ』は激賞された。鷗外は、一葉を「まことの詩人」と評し、また露伴は、「多くの批評家多くの小説家に、このあたりの文字五六字づつ技量上達の霊符として呑ませたきものなり」と述べている。

鷗外、露伴といった文壇の大家に賞賛された一葉の文体は、しかし当時、花袋らの若い文学者がめざしていた小説文体の対極にあるような西鶴もどきの雅俗折衷体である。後年の回想録で、花袋は、一葉の『たけくらべ』を「大家があゝして条件なしに褒めたのは、新進作家の圧迫に対する一種の防御運動のために、かれ等に大したじやまにならない一葉をあゝいふ風に持ち上げたのではなからうか」として、つぎのように述べている。[*11]

当時の新興文芸の芽として、かの女は決して新しいとは言ふことは出来なかつた。その教養も全くお嬢さん風と言つて好かつた。かの女は矢張り歌の会に出て老人などに交つて歌を詠んだりした者の一人であつた。

恐らくかの女にして、もう少しその周囲に新しいグルウプを持つてゐたならば、もう少し新しい方に出て来ることも出来たであらうが、桃水などをその師にしたためか、それともまた、ああした古い文体に興味を持つやうな気分であつたのか、ああした若い心をあの不自由な文体の中に埋め尽して了つたのは惜しいやうな気がした。（中略）国木田独歩などは、その頃から、さうした文体の不自由なのを説き、何してあの若い一葉があああした文体に頼つたかと訝つてゐた。

ここでいわれる一葉の「ああした古い文体」「あの不自由な文体」の対極にイメージされている「自由」な文体とは、言文一致体である。小説文体の言文一致化を主導した最大の功労者は国木田独歩である。やがて勃興する自然主義文学で主導的な役割を果たした独歩が、花袋が述べるように、「何してあの若い一葉がああした文体に頼つたかと訝つてゐた」のが事実だとすれば、それは一葉の「古い」「不自由」な文体がつくりだす作品の豊かさへの独歩の戸惑いだったろう。旧派和歌の修練と、それと不可分な「不自由」な文体がもたらす一葉作品の完成度の高さは、文学研究のすぐれて現時点的な課題を提起している。

7 「方法学としての和歌」

ところで、花袋のいう「かの女は矢張り歌の会に出て老人などに交つて歌を詠んだりした者の一人であつた」とあるその「老人」の一人、佐佐木信綱（じつは一葉と同じ明治五年生まれで、花袋よりも一歳年下）は、明治末年に、一葉の妹の邦子から四十冊に及ぶ一葉の詠草を託され、その編集を依頼された。

佐佐木信綱編の『一葉歌集』は、一葉の十七回忌にあたる大正元年(一九一二)に博文館から刊行された。萩の舎の才媛として令名をはせた一葉が多くの和歌を詠んでいたことは以前から知られていたが、彼女の和歌がまとまったかたちで公にされたのは、この『一葉歌集』が最初だった。

『一葉歌集』冒頭の佐佐木信綱による解説「一葉歌集のはじめに」は、一葉の和歌とその小説との関係を述べ、彼女における題詠の修練が、その小説文体の形成に作用したことを、つぎのように述べている。

今の眼をもて女史のこの歌集をよまむ人は、おもふにその期待せしところにたがふ感なきにあらざるべし。その歌風は古今風桂園風の流をくみ、その題目着想いづれも古を襲ひ、その作概ね題詠を出でざればなり。歌に於ける題詠上の工夫が、自ら小説の上にさまざまに思を構へ心をめぐらしけむ素地をなせるもあるべし。女史と小説とその恋歌との間には、自ら相通ずるものあるべきこと亦疑ふべからず。女史が詩人としての天才の、こゝにその当時の和歌にまつはれる因美を自ずから打破せるを見るは、殊に喜ばしくおぼゆる所なり。

一葉の和歌は、「題目着想いづれも古を襲ひ、その作概ね題詠を出」ないが、しかし「歌に於ける題詠上の工夫が、自ら小説の上にさまざまに思を構へ心をめぐらしけむ素地をな」したという指摘は注意される。似たようなことは、昭和十六年(一九四一)に新世社版の『一葉全集』第五巻で一葉歌集の編集に携わった萩原朔太郎も、より批評的なことばで述べている。

その一葉歌集の編集後記で、朔太郎は、一葉が「一銭の金にもならない」月並みな題詠歌の制作に生涯の多くの部分を費やしたことを「今日の常識」から考えて「不可解」とする。だが、すぐあとで、小説の書き方を学ぶために、一葉は、「方法学としての和歌」を稽古したと述べているのは、佐佐木信綱とほぼ同趣旨の見解とみてよい。すなわち、「秋成の『雨月物語』と同じやうに一葉の『たけくらべ』等には、和歌の基本的な修辞学が、その文章のあらゆる精緻と美しさとを構成して居る」と述べるのだが、一葉作品の背景に「方法学としての和歌」があったとするのは、小稿の「はじめに」で述べたように、じつは『源氏物語』の方法の問題でもあった。

8　多声化する文体

さきに述べたように、『たけくらべ』の第十五回、大黒屋の寮の門前の一件は、『源氏物語』の「若紫」の一節がたくみにふまえられていた。その門前での一件に続くのが、美登利が「大人」の女性になった日の翌朝、大鳥神社の祭礼での正太との出会いである。『たけくらべ』のクライマックスになる場面だが、大鳥神社の祭礼の日、いつになく着飾った美登利は、遊び仲間の正太と道で出会う。

美登利は島田髷に結った髪に、高価な鼈甲や花かんざしを付けている。正太はいつもの調子で一緒に祭り見物へと誘うが、美登利は無言のまま大黒屋の寮へ帰ってゆく。あとに付いて寮の家まで来た正太が、美登利に不機嫌のわけを尋ねると、布団のうえに突っ伏した彼女は、前髪の毛先が濡れるほど涙を流している。

じつはこの日の朝、「大人」の女性のイニシエーションを体験した美登利は、新吉原の花魁の姉のもとで、髪を島田に結ってもらったのだ。いっしょに遊ばないわけを繰り返し尋ねる正太をまえに、美登利の心の動きは次のように語られる。

憂き事さま〳〵、是れは何うでも話しのほかの包ましさなれば誰に打明けいふ筋ならず、物言はずして自づと頬の赤うなり、何故と言はれぬども次第〳〵に心ぼそき思ひ、すべて昨日の美登利の身に覚えなかりし思ひをまうけて、唯々もの〻耻かしさ言ふばかりなく、薄暗き部屋の中に誰れとて詞をかけもせず我顔ながむるものなしに一人気まゝの朝を経たや、さらば此様の憂き事ありとも人目つゝましからずば斯くまで物は思ふまじ、何時までも何時までも人形と紙雛様とを相手にして飯事ばかりして居たらば嘸かし嬉しき事ならんを、ゑゝ嫌や〳〵、大人に成るは嫌やな事、何故此やうに年をば重る、もう七月十月、一年も以前へ帰りたいにと老人じみた考へをして、正太の此処にあるをも思はれず、物いひかけくれゝば悉々蹴ちらして、帰つてお呉れ、正太さん後生だから帰つてお呉れ、お前が居ると私は死んで仕舞ふであらう、……

惑乱する美登利の思いを語る地の文が、いつしか本人の内的独白となり、やがて正太を「蹴ちら」すような発話となる。地の文の語りにヒロインの声が重なりあい、それが内的独白から発話へと移行する。西鶴にも紅葉・露伴にも前例のないこうした文体を、一葉はおそらく『源氏物語』から学んだのだ。そして地の文の語りが自在に多声化してゆくこうした文体こそ、明治三十年代に成立する日本の近代小説からは失われてゆく語りの方法だった。

たとえば、二葉亭四迷の『浮雲』第二篇（明治二十一年）は、第一篇（同二十年）の戯作調を克服するかたちで、たしかに主人公内海文三の心の内側を描きえている。第二篇で多用される文三の内的独白は、二葉亭の盟友内田魯庵によって、「新しい厳粛な人生観照」と激賞された。[*12] こうした内的独白の文体は、二葉亭が内田魯庵とともに心酔していたドストエフスキーから学んだと思われるが、[*13] しかし第二篇の達成を頂点として、『浮雲』第三篇（同二三年）は急速に失速してしまう。

内田魯庵によって「全部に弛みがあつて気が抜けてをる」と評された第三篇は、もはや文三の心の動きを追おうとはしない。三人称客観の過去形「……た」の語りを一貫させるのだが、こうした作風の変化の背景に、二葉亭が第二篇の刊行後に行ったツルゲーネフの短編小説『あひびき』『めぐりあひ』の翻訳があったろう。

とくに『あひびき』の翻訳文体が、明治三十年代以後（二十世紀）の日本の小説文体の形成にはたした役割はあらためていうまでもないと思うが、ツルゲーネフ作品の翻訳によって獲得された文体とは、じつはツルゲーネフが習得したフランス近代小説のいわば古典的文体でもあった。[*14] そんな小説文体が、十九世紀末の二葉亭四迷に『浮雲』第二篇の多声的な語りの方法を捨てさせ、第三篇の単声的な語りの文体を選ばせてゆく。

第一篇の戯作調で開始された『浮雲』は、第二篇の内的独白体をへて、第三篇の三人称客観小説へと、明治の近代小説史をきわめて早足で駆け抜けた作品だった。そして駆け抜けたすえに身動きがとれなくなり、未完で終わったという意味でも、たしかに『浮雲』は、その後の日本近代文学が直面する難題を先取りしていた。[*15] そして国木田独歩や田山花袋らの小説文体が文壇の主流となってゆく明治三十年代よりも以前、『浮雲』第二篇の多声的な語りの方法を図らずも継承するかたちで希有な文学的達成を示したのが、明治二十七年十二月から同二十九年一月にいたる樋口一葉の「奇蹟の期間」なのであった。

注

1　兵藤「言文一致体の起源――主体の観念、近代的自我の始まり」（『季刊 iichiko』二〇二一年十月）。

2　平田禿木『禿木遺響　文学界前後』（四方木書房、一九四三年）。

3　樋口悦編『一葉に与へた手紙』（今日の問題社、一九四三年）。

4　和田芳恵『樋口一葉』（角川文庫、一九六一年）。

5　兵藤「言文一致体という「近代」——ことばと「現実」、泉鏡花の口語文体」（『季刊 iichiko』二〇二三年七月）。

6　参考までに一例をあげる。『源氏物語』でも内的な独白体が顕著な第三部（宇治十帖）、蜻蛉巻の一節である。宇治の山荘から浮舟が失踪し、川に身を投げたと思われた彼女の葬儀が行なわれる。薫は、浮舟を失った失意のなかで、あらためてわが宿世のつたなさを思い、匂宮は、悲嘆の思いがつのって病になる。そんな匂宮を薫が見舞いにくる。匂宮がじぶんの病状を話したあとに気まずい沈黙がつづくが、無言の薫をまえにして、匂宮は止めようもなく流れてしまうじぶんの涙を、浮舟を失ったゆえの涙とは、薫が「いかでか心得む、ただめめしく心弱きとや見ゆらむ」と思う。だが薫は「ただこのこと（浮舟の死）をのみ思すなり」と察してしまう、そして二人の関係がいつからだったのかと考え、さぞそのあいだ、このじぶんを「をかしと物笑ひしたまふ心地に、月ごろ思しわたりつらむ」と思う。そう思ううちに、薫は浮舟を失った悲しみもつい忘れてしまうが、そんな薫をまえにして、匂宮は、薫の浮舟への情愛を「こよなくも疎かなるかな」と思い、仏道に心を寄せる人は、こんなにも女にたいして冷淡でいられるものかといぶかしく思う。語りの人称や話法が不安定に揺れうごく文章であり、まさに地の文の語りと作中人物の内的独白とをひと続きの文で書くことで、さまざまな想いや情念の響きあう文体になっている。『源氏物語』蜻蛉巻のばあい、こうした文章によって、親友であるはずの薫と匂の心のディスコミュニケーションが、ぶきみなほどリアルに描かれる。——兵藤「浮舟の「うき身」と救済／非救済の物語」（寺田澄江編『身と心の位相』青簡社、二〇二一年）。

7　明治期の文学者の『源氏物語』受容について補足しておく。尾崎紅葉の長編『多情多恨』（明治二十九年）が、『源氏物語』の桐壺巻や夕霧巻を参照したことはよく知られている。『源氏物語』の活字本は、明治二十三年に博文館『日本文学全書』の五冊本として刊行されており、紅葉はそれを明治二十八年春に二箇月で読破している。作家の丸谷才一は、尾崎紅葉を唯一の例外として、鷗外・漱石も含めて明治の文豪（男性作家）に『源氏物語』を読んだ形跡がない（少なくとも読んだ確証が得られない）ことに注意を喚起している（岩波文庫、尾崎紅葉『多情多恨』改版、「解説」二〇〇三年）。なお、ついでにいえば、『源氏物語』の「雨夜の品定め」への言及が鷗外や漱石にみられることなどは、かれらが『源氏物語』を読んでいた証拠にはならない。

8　関良一「一葉小説制作考」（『一葉全集 第七巻』筑摩書房、一九五六年）。

9　藤井公明「樋口夏子歌集成立考」（『樋口一葉全集　第七巻』筑摩書房、一九五六年）。

10　なお、筑摩版『一葉全集』第五巻には四千首余りの一葉の和歌が収録されるが、その多くが恋の題詠歌である。

11 田山花袋『近代の小説』（近代文明社、一九二三年）。

12 内田魯庵「二葉亭四迷の一生」（『思ひ出す人々』所収、春秋社、一九二五年）。

13 二葉亭四迷「作家苦心談」は、ドストエフスキーとツルゲーネフの作風の違いについて、「作中の人物以外に作者が確かに出てゐる趣が見える」ツルゲーネフにたいして、ドストエフスキーでは、「作者と作中の主なる人物とはほとんど同化してしま」うこと、また『浮雲』の第二篇以降は、ドストエフスキーに倣ったと回想している（『新著月刊』明治三十五年五月）。なお、ドストエフスキーの『罪と罰』は、明治二十五年十一月から翌年二月に内田魯庵によって前半部が翻訳・刊行され、作中人物の独白や発話で語られる心理記述の「非凡」さは、刊行直後から、『文学界』の主要メンバーである北村透谷によって注目されていた（「罪と罰（内田不知庵訳）」『女学雑誌』明治二十五年十二月、「「罪と罰」の殺人罪」同二十六年一月）。あるいはこの透谷の書評を介して、樋口一葉も『罪と罰』の語りの方法に接したかもしれないのだ。

14 兵藤、注1の論文。

15 前述（注13）のドストエフスキーの作風に関する二葉亭の発言と、ほぼ同趣旨の発言は、一九三〇年前後のミハイル・バフチンによって、より全面的かつ理論的に展開されているが、バフチンによれば、ドストエフスキーの芸術的課題は、要するに「ヨーロッパの基本的にはモノローグ的な（あるいはホモフォニー的な）小説の既成の諸形式を破壊する」ことであった（『ドストエフスキーの創作の問題』桑野隆訳、平凡社、二〇一三年）。であるとすれば、『浮雲』第二篇の執筆後の二葉亭は、「あひびき」の翻訳作業をとおして習得したモノフォニックな語りの方法を（おそらく逍遥の影響下にあって）あるべき「近代小説」の唯一の方法として誤認したということになる。『浮雲』第三篇の失敗と中絶は、文学史における日本「近代」のタイムラグの、おそらく標本的適例の一つといえようか。

［COLUMN］

十七世紀の『源氏物語』——版本メディアと古典

中嶋　隆　NAKAJIMA Takashi

一　はじめに

シンポジウムでは、私は【セッション2 源氏物語再生史】のディスカサントを担当した。司会は加藤弓枝、パネラーは田渕句美子、松本大、兵藤裕己という錚々たるメンバーである。与えられた役割上、パネラーの業績紹介や発表の要約、コメントなどが私の発言の大部分をしめたが、発表についてのコメントは、本書にパネラー諸氏の論考が載ると思うので本コラムでは省略する。

本セッションのテーマが「源氏物語再生」でなく「再生史」である以上、私は、パネラーの自己完結的発表テーマに、いかに通事軸を設けるかということに留意した。質疑の最後に、パネラー全員に江戸期（近世〈近代初期〉[*1]）をどう把握しているのか」という、いささか曖昧模糊とした質問を投げかけたのは、その意図からだった。

会場では、パネラーに質問の意図が十分に伝わらなかったかもしれない。私が問題にしたかったのは、中世以前の物語・和歌等の堂上中心の文学史と、版本文化のなかで展開した近世（近代初期）文学史との断絶を、どう位置づけ止揚するかということだった。一般的に、中古・中世の古典研究者は、江戸期を、古典が大衆化・俗化した時期としてとらえ、近代文学研究者は、古典や江戸文芸の延長上に近代文学を考える発想に乏しい。その点では、物語類や、西鶴など江戸文芸を視座に据えて近代文学の成立を論じた著書や論考を次々と発表している兵藤裕己[*2]からは、興味深い発言があった。

本コラムでは、シンポジウム当日に発言できなかった上述の点について、私見を述べたいと思う。ディスカサントは論文ではなくエッセイを書け、という本書の編集方針を勘案し、私が従来主張してきたことを、大雑把に繰り返すこととなるが了解されたい。

1　出版メディアと『源氏物語』

十七世紀の『源氏』受容は、版本という新しいメディアのもとで行われた。すなわち、十六世紀末から十七世紀初頭の「風流」「かぶき」に象徴されるアナーキーな文化状況を経て、堂上文化の創りだした写本メディアによる古典が、版本によって再生していく様相を呈したのが十七世紀である。たとえれば、大坂の陣で破壊された大坂城に盛り土がされ、その上に、太閤の立てた大坂城とは全く別物の大坂城が再建されたようなものである。

十八世紀になると、都市文化の構造が変わる。簡単に述べるなら、慶長から芭蕉・西鶴の活躍する元禄にかけての、変化を尊び既存文化の枠組を崩していく風潮が、享保ころから、文化の枠組や人間観を「型」として固定化するような傾向に変質してくる。この文化構造に反発するように、上田秋成の読本や本居宣長らの古典学が登場する。本コラムでは、十八世紀に国学が成立する以前、十七世紀の『源氏』再生の諸相を俯瞰したい。

貞享元年（一六八四）刊、西鶴『諸艶大鑑』巻七「勤の身狼の切売よりは」には、次のようなエピソードが載る。

有時、物覚のよはき人「わりなきは情の道と書しは、柏木の巻にはなき」とあらそひ、去太夫殿へ、『源氏物語』を借に遣しけるに、其まゝ『湖月』おくられて、即座に其埒もあけしに、此本を見て「さても〳〵」、此里の太夫も、するになるかな。むかしは、名の有御筆の哥書を揃へて、持ぬはなし。板本つかはされて、物毎あさまになりぬ。

文中の『湖月』は、言うまでもなく、北村季吟が編纂し、延宝三年（一六七五）に刊行された『湖月抄』のことである。堂上的教養が高位の遊女に求められていた廓においてさえ、実際には、版本の抄物（注釈書）で『源氏』が読まれていたことが分かる。

『湖月抄』は、江戸時代を通じて大きな影響力をもった注釈書だが、その影響力は、季吟独自の解釈や学説によるのではなく、頭注・傍注に『細流抄』『孟津抄』『河海抄』『花鳥余情』『弄花抄』『明星抄』等の古注を手際よく抄録したことにあった。本セッションのパネラー松本大が、『河海抄』を中心に中世源氏学の諸相を分析した『源氏物語古注釈書の研究』[*3]第三部第五章で、『湖月抄』の『河海抄』からの引用は原典によるものではなく、孫引きであると指摘したが、今風に言うなら、『湖月抄』は、先行注釈書のコピペで作成した学習参考書の類にすぎなかった。

しかしながら、江戸期の源氏学は、『湖月抄』を基礎に成立したと言ってもいい。十八世紀の国学だけではなく、十九世紀の代表的合巻、柳亭種彦『偐紫田舎源氏』も『湖月抄』を用いている。また、会場で兵藤裕己が紹介したように、明治期になっても、樋口一葉は『湖月抄』版本で『源氏』を精読した。江戸期・明治初期を通じて、十七世紀に出版された『湖月抄』が、新しい学問や文芸の創作を媒介したのである。

十七世紀には、『湖月抄』をはじめ、『絵入源氏物語』、嵯峨本を元に版を重ねた『源氏小鏡』、野々口立圃の『十帖源氏』、『おさな源氏』、『首書源氏物語』など、絵入本・梗概書・注釈書が多く流通した。これらの版本の流布は、『源氏』受容層の拡大とともに、『源氏』にかかわる「知」の均質化をもたらした。このような文化現象を、中世以前の源氏学の俗化・大衆化として否定的に把握するのではなく、版本文化（プリントカルチャー）のなかで、中世以前とは位相の異なった新しい『源氏』受容が始まったと位置づけなくてはならない。

2　教養としての『源氏物語』

注釈書・梗概書だけではなく、十七世紀以降、往来物のような教養書によっても『源氏』が受容された。町人の婦女子がもつべき知識や教養を、日用事典のように記した、元禄五年（一六九二）刊『女重宝記』巻四「哥をよみならふ事付たり哥書作者をしる事」には、十三代集、万葉集、伊勢物語、百人一首と並んで『源氏』が女性の学ぶべき教養知識としてあげられている。

> 源氏物かたりは、紫式部といふ女ばう、江州石山寺にこもり、くはんをんにいのりてつくりし物がたりなり。（略）右は女のもてあそぶさうしなれば、作者をしらしむるなり。

また、巻五には、「源氏物語の目録」という項目がたてられ、巻名が羅列されている。現代も似たようなものかもしれないが、たとえ本文を読んでいなくても、最小限知っておくべき知識として、作者と巻名とが女性必須の教養とされたのである。

このような例だけではなく、『源氏』を読む意義を述べた女性向け教養書も出現した。初版を改編した、貞享四年（一六八七）刊『女用訓蒙図彙』再版本巻五「源氏伊勢物語みる意入（こころいれ）の事」では、次のように述べられる。

> 源氏伊勢物語等の物は女性のもてあそびぐさにて、あてやかなる人のうへにても、これにすぎたる物なし。（略）表に好色の事書ければ、見る人

色好事の便となして、心をそれにうつすなり。是ひがこと也。もとより此みちは人倫のもとなれども、人一盛の程夢にして皆無常なり。名のみ残りて永き世がたりとなれば其名残る事をはぢつつしむべきとのおしへ。又栄いつしかにへんじて無常と成ことはりをおしゆるため也。巻を五十四帖になし、天台の四門になぞらへて巻々の名をつけしと也。（略）これらの物語人に好色をすすむるものならば、此物語はなきにはしかじ。底の心其にはあらざればこそ、我国の至宝は源氏物語に過たるはなしと、古人もほめ給ひしなり。

『源氏物語』を学習する意義を、無常観や天台教義と結びつけて説明する、右のような見解は、『源氏』を好色の書とする説に対抗する言説であった。

このように、広く流布した婦女子向け教養書で、女性が『源氏』を読む必要性が強調されたのだが、その一方で、『女用訓蒙図彙』が述べるように『源氏』は、女性を好色にする書であるという理解も多く見られた。たとえば西鶴は、貞享五年（一六八八）刊『日本永代蔵』巻二「世界の借屋大将」で、稀代の倹約家藤屋市兵衛（藤市）が娘を養育する様子を、次のように描いた。

娘おとなしく成て、頓て、嫁入屏風を拵とらせけるに、「洛中尽を見たらば、見ぬ所を歩行たがるべし。源氏・伊勢物語は心のいたづらになりぬべき物なり」と、多田の銀山出盛し有様書せける。此心からは、いろは哥を作りて誦せ、女寺へも遣ずして、筆の道を教、ゐひもせす京のかしこ娘となしぬ。

以上のように、『源氏』について、肯定・否定の対立する評価が、十七世紀には並存した。私は、このこと自体に、十七世紀の文化構造が反映していると考える。この点について、簡単に説明したい。

徳川幕府が混乱した文化秩序を再構築しようとし

ていた慶長から寛永期（十七世紀初め）に、堂上／地下 都／鄙といった境界概念の明確な上／下の文化的階層秩序（ヒエラルキー）が、あたかも横並びに並存するかのような現象を見せた。言い換えれば、上／下の文化構造が崩壊し、日常／非日常、生産／消費のような、境界概念の曖昧な両義的構造に変質したのである。そのなかで幕府は、幕藩体制の維持に必要な上／下の新しい文化秩序を模索した。消費文化に対する、倹約・蓄財の生産文化の優位、朱子学の重視、室町期の文化秩序の復興等々は、上／下の文化秩序の再構築をもくろんだ幕府の一種の文化政策である。

　したがって、この時期の「古典復興（ルネッサンス）」は、前時代の文化構造がそのまま再現されたわけではない。古典的価値観の転調をともないつつ進行した。堂上文化の粋ともいうべき『源氏物語』は憧憬の対象であり、女性の学ぶべき教養とされたが、日常／非日常、生産／消費という新しい文化的階層秩序（ヒエラルキー）のなかでは、非日常・消費を象徴する文化として否定された。このように、十七世紀の『源氏』受容には、堂上文化が絶対的上層文化であった室町時代以前の文化構造が転調し、町人的価値観と横並びに並存しながら、擬態、憧憬（幻想）としてその上位性を保つという側面がみられた。『源氏』評価は錯綜し、『源氏』享受の様々な共時軸が存在したのである。

　また、十七世紀の俳諧流行が『源氏』受容層を拡大したが、その需要に応じた出版メディアによって古典知識の均質化現象が起きた。そこからパロディ・「やつし」など作者・読者の共通コードを前提にした文芸形態が生じた。版本文化で育った知識人の古典に関する教養には大差があるわけではない。たとえば、東山文化の美意識に影響された芭蕉と、職能的人間性を重視した西鶴とは対照的文芸を創作したが、ともに中世以前の古典享受とは異なった均質的知識を基盤にしている。

3 『源氏物語』への憧憬

延宝六年（一六七八）ごろ成立した、遊里の百科全書ともいうべき藤本箕山著『色道大鏡』巻十七「扶桑列女伝」は、古今の名妓十九人の伝記を漢文で記したものだが、万治元年（一六五八）、二十四歳で退廓した八千代太夫の『源氏』受講が記録されている。

才智ハ万人ヲ越エ、諸芸ニ通達ス。其ノ中ニモ書ヲ能クシテ一流ノ祖ト為ス。（略）俳諧ノ連歌ニ携ツテ、発句ヲ作ル。松江氏重頼之ヲ聴テ、万治三年庚子夏五月、懐子ニ集ムルノ時、尊子ノ句選入ス。（略）承応三年甲午春三月、百人一首ヲ発起ス。洛ヨリ講談ノ人ヲ呼ンデ之ヲ聴ク。同年六月、伊勢物語ヲ聴ク。明暦元年乙未春、徒然草ヲ聴ク。同三年丁酉春正月、古今和歌集ノ読方ヲ聴ク。仝年四月上浣ヨリ源氏物語ヲ聴ク。翌年十月、幻巻ヲ読ムニ至ル。講人病シ、故ニ懈怠ス。惜シイ哉。

八千代太夫は、承応三年（一六五四）三月に『百人一首』、同年六月に『伊勢物語』、明暦元年（一六五五）春に『徒然草』、明暦三年（一六五七）正月に『古今和歌集』、そして、同年四月上浣（一日～十日）から『源氏物語』の講釈を聴き、翌年十月には、第四十一帖「幻の巻」まで読むに至っている。明暦三年（一六五七）四月から翌年の万治元年十月（明暦四年七月に改元）まで、約十九ヶ月で「幻の巻」まで読んでいるのだから、かなりのハイペースである。病になった「講人（講談ノ人）」が誰かは未詳だが、恐らく公家だろう。

八千代太夫が『源氏』はじめ古典の講義を受けたのは、当時の高位の遊女が、吉野太夫を正妻に迎えた灰屋（佐野）紹益のような京の町衆（大町人）と、教養と価値観とを共有する必要があったからである。八千代太夫の発句が、万治三年（一六六〇）刊、松江重頼編『懐子』に入集したと記されているが、当時流行した「俳諧ノ連歌」と同じレベルで、堂上文化の基で創作された古典が、廓という閉鎖空間のなかに擬似的に再生された。

恐らく、廓に遊んだ町衆は、平安時代の物語に展開するような「恋」を遊女に求めたにちがいない。出版メディアにより大衆化し、均質化した文化空間のなかに、点のように存在した堂上的空間が廓であるという事実は、現代の我々には奇異に思われるかもしれないが、初期の廓をささえた美意識の底流には、堂上文化への憧憬が存在した。

一方、『源氏』受容の均質化と憧憬にあらがうような現象も存在した。版本によらない古典受容、いわば正統的、伝統的な『源氏』受容である。豊臣秀吉の正室高台院（北政所おね）の甥にあたる歌人木下長嘯子は、版本文化の埒外に身を置いた歌人だった。関が原合戦後、京都東山、西山に退隠し、公家、儒者はじめ多くの知識人たちと交流した。その交友は、中院通勝、細川幽斎、松永貞徳、小堀遠州、那波活所、林羅山をはじめ多彩であるが、その教養は言うまでもなく、堂上に根ざすものである。

慶安二年（一六四九）刊『挙白集』には、前半の和歌を除いた後半五巻の和文に『源氏』を踏まえる表現が十四箇所に及んでいる。『源氏』について、巻六「石枕記」で、長嘯子は次のように述べた。

源氏物語とて世にもて興ずる、五十四帖の草子とやらん、こころみになにごとぞとくりひろげてみしかば、みだれたるいとすぢの口なきやうにて、更によみとかれ侍らぬは、いかにととふ。さかし、たゞなれよ。後々見もてゆかば、さながらまどひははてじ。（略）すべて此物語、むかし今、此国のたからとかいひのゝしる、更にこそうけられはべらね。しのびてうち〳〵みんは、つみゆるしつべし。はて〳〵は、三史五経のうへにおきて、たふとみずし、なべて人にしめさんはかたはらいたく、こゝろおさなかるべし。かゝるたぐひ、さのみもてあそび、よみきかせずともありなんかし。

まず『源氏』本文の難解さを言い、慣れることの必要性を強調する。さらに「わが国の至宝は源氏物語に過たるはなかるべし（『花鳥余情』序）」のような見解を否定し、『源氏』講釈の類を批判する。『源氏』を徒に権威化するのではなく、他の古典と同じように享受することが、長嘯子の基本的姿勢だった。版本文化の培った『源氏』への憧憬を、長嘯子は一切抱いていない。

４　芭蕉の『源氏物語』受容

芭蕉が、古典をパロディにする貞門・談林的技巧を離れるのに影響を与えたのは、版本文化とは無縁だった木下長嘯子の『挙白集』である。芭蕉と活動時期の重なる西鶴『好色一代男』の『源氏』利用については、しばしば述べたので繰り返さない。西鶴の場合は、必ずしも『源氏』本文がコードとなる必要がなく、パロディが直感的に「大笑い」に収斂する。いわば「雅」を「俗」におとす笑いが眼目である。芭蕉は、それとは逆に、『源氏』本文と重層することによって、「俗」が「雅」に転化する。両者のベクトルは逆向きに機能しているのだ。芭蕉の俳諧的方法は、「寄合・付合」のような詞の連想のレベルをこえて、『源氏』本文の理解の上に成立している。『おくのほそ道』の門出の文章を例にする。

> 明ぼのゝ空朧々として、月は有明にて光おさまれる物から

三月二十七日、芭蕉門出の日の、この光景描写は、『源氏』「箒木」の、次の文章が踏まえられている。

> 月は有明にて光をさまれるものから、影さやかに見えて、なかなかをかしき曙なり。何心なき空の気色も、ただ見る人から、艶にもすごくも見ゆるなりけり。

『源氏』では、方違えの夜、空蝉と契った光源氏のやるせない心情が、早朝の風景と重ねあわせて、表現されている。風景描写に、光源氏の心情を読みとるべきことは、『細流抄』を引用した『湖月抄』頭注に「なに心なき 細 此時の源の心に成かへりて此段は見るべき也。余情かきりなき物也」と指摘される。

心情と風景とが一体となった表現として、『おくのほそ道』の引用文を読むなら、「上野・谷中の花の梢、又いつかはと心ぼそし」という一文との照応が注意される。空蝉との再会もおぼつかない光源氏の目に映った有明の月と同じ月が、旅の不安にさいなまれる芭蕉の目に映じている。このように解釈すべきだろう。西鶴の直感的な古典利用とは異なり、芭蕉の『源氏』利用は、作品世界を重層化している。

『おくのほそ道』出立の際に踏まえられた『源氏』の文章は、『挙白集』巻六「山家記」にも利用されている。

明ぼのゝ空はいたくかすみて、有明の月すこしのこれるほど、いとえんなるに、峯のさくらを吹きおろす風の、あまぎる雪とみえて、松の上葉にかろらかなるけしき、またふかれゆかんとこそうしろめたけれ。

長嘯子の古典利用は技巧的であり、古典類を駆使することによって架空の堂上（雅）空間を創造しているかのようである。その意味では、重層的な作品世界を構築するが、芭蕉のように原典の文脈に忠実なわけではない。しかしながら、岡本聡が『木下長嘯子研究』[*4]で考証しているように、『おくのほそ道』執筆の折には、『挙白集』版本が置かれていた。岡本は、「貞享二年（一六八五）中成立の『野ざらし紀行』あたりから、『挙白集』の内容からの影響が散見され始め、貞享三年秋の「四川の瓢」から元禄三年（一六九〇）の「幻住庵記」そして元禄五年（一六九二）の『おくのほそ道』にかけて、芭蕉の長嘯子からの影響は次第に定着していくものと考えられる」と述べるが、談林俳諧的古典利用からの脱却が、堂上知識人の歌文に依拠しながら行われたことは、芭蕉俳諧の本質にかかわる問題であろう。

注

1 中嶋隆「近代初期（近世）文学史論序説――十七世紀文学の座標軸――」（『近世文芸研究と評論』一〇〇、二〇二一年六月）。この論文で、私が「近世」は「近代初期 early modern」と位置づけるべきだと主張したのは、中世以前との文化的断絶を重視したからである。明治政府が成立して「近代」が始まったのではなく、明治二、三十年代にさらに文化構造の断絶が起こるまでは、「近代初期（近世）」の文化構造が持続する。

2 兵藤の一連の論考から、本セッションに直接関わる著書・論文をあげる。
兵藤裕己『物語の近代――王朝から帝国へ』（岩波書店、二〇二〇年）。

同「言文一致体の起源――『主体』の観念、『近代的自我』の始まり――」（『iichiko』一五二、二〇二一年秋）。

同「樋口一葉と西鶴、そして『源氏物語』――近代小説の始発、その周辺――」（『物語研究』二十二、二〇二二年三月）。

3 松本大『源氏物語古注釈書の研究――『河海抄』を中心とした中世源氏学の諸相』（和泉書院、二〇一八年）。

4 岡本聡『木下長嘯子研究』（おうふう、二〇〇三年）。

Ⅳ 江戸文学のなかの古典

12

柴野栗山の復古論
——江戸幕府の儒臣と朝廷の文物

山本嘉孝　YAMAMOTO Yoshitaka

はじめに

「古典」の「典」は、書物や文献を意味することが多いが、「典」の字には、制度や儀礼という意味もある。本章では、「古典」を《古代の制度・儀礼》として捉え、江戸時代中後期の儒者、柴野栗山(しばのりつざん)が記した漢文のなかで「古典」がどのように位置づけられ、当時の政治的状況とどのように関わり合うものであったかを検討する。

柴野栗山(一七三六—一八〇七)は、三十二歳の明和四年(一七六七)から徳島藩儒を務めた後、天明八年(一七八八)正月に五十三歳で江戸幕府に寄合儒者として召され、幕府老中の松平定信のもとで幕府の様々な事業に携わり、寛政二年(一七九〇)七月には、内裏の賢聖障子図を復元する際の考証を命じられた。[*1] 栗山は、光格天皇のもとで進められた朝廷の文物の復興に、幕府儒臣の立場から関与した人物として注目される。

本章では、栗山が、幕府に仕える儒者という立場から、光格天皇が主導した復古的事業についてどのように記したのかを検討すべく、栗山自身が著した漢文二篇を取り上げる。まず第一節で栗山と朝廷の関係について概観した後、復古的な内裏造営の後に光格天皇が徳川将軍家斉に漢詩を贈ったことについて記した「宸翰御製詩記」を第二節で、次いで第三節では、賢聖障子図の復元について記した「紫宸殿賢聖障子画摸本屏風記」の内容を考察する。結論を先取りすれば、栗山は、朝廷の文物の復古を論ずるなかで、幕府と朝廷の両方を最大限に尊重したが、同時に、幕府は朝廷に従順であるべきであるとの考えも明確に提示した。

1　柴野栗山と朝廷

近世日本の儒者が、朝廷に対していかなる姿勢を持っていたか、という問題について考える上では、藤居岳人氏の論が参考になる。[*2]藤居氏は、政治的実権を握る幕府を尊重し、本心では朝廷を軽視していたと考えられる新井白石のような儒者とは対照的に、大坂で懐徳堂学主を務め、松平定信とも交流のあった中井竹山(なかいちくざん)が、幕府と朝廷の両方を尊重しつつ、殊に朝廷を尊重する姿勢を見せたことを明らかにされている。また藤居氏は、竹山や弟の履軒(りけん)が公家の高辻家と交流し、竹山・履軒と高辻家の双方が上方における学問の隆盛を共通の目標としており、その実現のために互いを必要としたこと、また高辻家を媒介として竹山・履軒の名が光格天皇に伝わっていたとする逸話が存在することを記されており、近世日本の特に上方に、朝廷と近い位置にいた儒者が存在していたことに光を当てられた。[*3]

栗山は、新井白石の約八十年後ではあるが、白石と同じく幕府儒臣の役職に就いた人物である。それゆえ、栗山は白石と同様、朝廷より幕府を尊重したのではないかと思われるかもしれない。しかし、実際は全く逆で、以下に明らかにするように、栗山の朝廷観はむしろ竹山のそれに近い。それもそのはずで、栗山は、幕府儒臣として江戸に赴任する前の二十数年間、徳島藩主に随って幾度も江戸に赴きつつも、京都を生活の拠点としており、朝廷の文化と学問に直接触れ、公家とも交流する機会に恵まれたのである。

栗山の最初の師は、高松藩儒の後藤芝山であった。芝山に師事したことは、栗山の朝廷観がどのように形成されたかを推し測る上で重要な意味を持つ。栗山は宝暦三年（一七五三）、十八歳で江戸に行き、林榴岡に入門した。榴岡は芝山の師であり、芝山も十八歳の年に榴岡に入門した。[*4] 栗山は、江戸留学中に、幕府儒臣の中村蘭林からも儒学を学んだ。[*5] 芝山の紹介また導きによって、栗山は江戸での生活経験、そして幕府との接点を小さいながらも得たのである。

その一方で、芝山は、栗山が京都で留学し、有職故実を修得できるようにも取り計らったようである。柴野碧海による「柴野家世紀聞」には、「明和二年、先君年三十。去江戸遊京。受国学高橋図南先生。々々芝山先生師也。故先君亦事之」（明和二年、先君年三十。江戸を去りて京に遊ぶ。国学を高橋図南先生に受く。先生芝山先生の師なり。故に先君も亦た之に事ふ）と記されている。[*6] 明和二年（一七六五）、三十歳の栗山は、江戸を後にして京都に留学し、芝山の師であった高橋図南（宗直）から「国学」を教授されたというのである。高橋宗直は、有職故実家であり、天皇の食事や節会の酒肴を準備する御厨子所預の役職を世襲した公家であった。[*7] 碧海のいう「国学」とは、具体的には有職故実、すなわち朝廷の行事・儀式・制度等の研究を指すように思われる。また、碧海は、芝山が宗直に師事したことがあったので栗山も宗直に師事した、と記しており、栗山が有職故実を学ぶきっかけを作ったのは、芝山であったと考えられる。芝山には『宮詞一百首』（安永六年〈一七七七〉刊）や『職原鈔考証』（安永六年〈一七七七〉序）といった著作があり、朝廷の文物に詳しい儒者であった。

高橋宗直は、公家で有職故実家の野宮定基や滋野井公澄に有職故実を学ぶ傍ら、古義堂の伊藤東涯にも学んだ。野宮定基は、応仁以降途絶えていた賀茂祭が元禄七年（一六九四）に再興されるに当たって尽力した人物である。[*8] 宗直自身も朝廷儀式の復興に関与し、享保年間、一条兼香の命によって旧儀復興のための調査を行い、享保十八年（一七三三）には佳節朝餉大床子御膳の儀が復興された。さらに元文三年（一七三八）には、桜町天皇の大嘗会再興に尽力し、その内容を『大嘗会神饌調度図』に記した。加えて、朝廷の儀式のみならず建造物についても考証を行い、『殿門考』や『清紫両殿図考証』を著し、平安朝の内裏の殿舎、特に清涼殿と紫宸殿の図面を復元しようとした。[*9]『清紫両殿図考証』は、天明八年（一七八八）正月の大火で内裏が焼失した後、復古的な内裏造営が行われるに際して参考にされた裏松固禅『大内裏図考証』にも影響を与えたとされる。三十歳代の栗山は、芝山の導きにより、このような人物から有職故実を学び、朝廷における儀式再興や、内裏建築の考証が行われていた現場の空気を吸える環境に身を置いていたのである。近世日本で幕府儒臣を務めた人物たちのなかで、この種の経験を積んでいた者は稀有な存在であったといえる。

栗山は、公家の有力者に学問について助言することも行った。拙稿で明らかにしたように、五摂家の一つとして朝廷で力を持ち、徳川将軍家とも近しい近衛家の当主であった近衛経熙は、天明七年（一七八七）七月、家臣の佐竹重敏（重勝）を介して栗山に連絡をよこした。[*10] 連絡内容は、近衛家への栗山の「出入」に関することであり、「出入」が具体的に何を指すかは詳らかでないが、たとえば漢籍の講釈などを行いながら栗山が経熙に儒学を教えることであった可能性がある。確かなのは、栗山が、経熙の下問に答える形で、天明八年八月、公家が修めるべき学問について漢籍の書名を挙げながら意見した『御学則』（国立公文書館蔵、請求番号一九〇－〇〇四九、寛政三年〈一七九一〉転写）を経熙に献呈したことである。栗山が幕府儒臣としての任務を開始した天明八月正月までの期間、経熙の日記が途切れていることもあり、栗山が近衛家に出入りし、漢籍の講釈等を行ったかどうかは確認できないが、栗山が幕府に仕えるため江戸に居を移した後も、経熙は江戸の栗山のもとに使者を送り、言付けや褒美を遣わしたことが、碧海の「柴野家世紀聞」に記されている。また栗山は、経熙の曽祖父にあたる近衛家熙（このえいえひろ）（予楽院）の筆による法帖二点に跋文を寄せており、そのうち「予楽藤公遺教経跋」は文化三年（一八〇六）に記されたものである。幕府儒臣となった後も、栗山と近衛家の交流は継続されていたことが窺える。

以上に見てきたように、栗山は幕府儒臣に就任する前から、朝廷と深い関係にある儒者であった。天明八年の京都大火で内裏が焼失しなかったとしても、光格天皇は朝廷文化の復古を進め、幕府の協力を求めたかもしれない。ところが、次節以降でも確認するように、天明八年の大火によって内裏が全焼してしまったからこそ、古制に基づく内裏造営が幕府の協力によって本格的に実施されることとなり、奇しくも、朝廷の文化や学問に造詣が深く、公家との交流経験も豊富な栗山が、朝廷と幕府の間を橋渡しする役割を果たすこととなったのである。

松平定信は、藤田覚氏も指摘されたように、いわゆる大政委任論を奉じ、将軍・幕府が天皇・朝廷から日本を統治する権限を委任されたと主張することで、勢いの弱まりつつあった幕府の政治権力を正当化し、強化することを目指していた。[*11] 藤居岳人氏は、定信の大政委任論は、外面では天皇・朝廷を尊重するものであったが、内実としては天皇・朝廷による幕政への干渉を防ぐことを意図したものとして考えられる、との見解を示しておられる。[*12] 定信の本心を推し測ることは容易ではないものの、定信には、確かに朝廷を疎ましく思っていたように見える節がある。栗山が幕府儒臣に抜擢された経緯について詳細は分からないものの、想像をたくましくすれば、朝廷と縁のある栗山を幕府儒臣として登用することで、幕府による朝廷尊重を外面的に装うことができる、と定信が打算的に判断した可能性も皆無ではなかろう。

なお、藤田覚氏は、『栗山上書』の書名で伝わる政策提言書に、幕府の政治権力が朝廷ではなく天から将軍に預けられたものである、という内容の記述が見られることを指摘し、栗山の思想が定信の大政委任論とは異なる、との見解を示されている。[*13] 藤田氏は、栗山が定信に差し出した意見書として『栗山上書』を紹介されているが、拙著でも述べたように、近年の研究では、『栗山上書』の成立年次は、定信が老中に就任する十四年前の宝暦十三年(一七六三)と推定されており、実のところ、著者が栗山であるかも確実とはいえない。[*14] 著者が栗山であったとしても、『栗山上書』は、京都に留学して有職故実を学ぶ前の段階で書かれた可能性が高く、定信に提出するために書かれたのではないと考えられる。定信のもとで幕府儒臣を務めていた時期の栗山が朝廷ないし朝幕関係について記した著作としては、『栗山上書』ではなく、次節以降で取り上げる漢文を参照すべきである。

2　復古的な内裏造営と大政委任論

天明八年の京都大火で内裏が焼失した後、光格天皇が復古的な内裏造営を望んで幕府による費用負担を期待したが、それに対して定信は初めから乗る気であったのではなく、幕府の財政難に頭を抱え、多くの費用を要する復古的造営には当初は反対であったものの、最終的には光格天皇・朝廷側の要求を受け入れ、幕府が朝廷文化の再興に貢献したことをむしろ将軍・幕府の威信回復に利用しようと企てたであろうことは、藤田覚氏が鮮やかに論証されている。[*15] 朝廷は朝廷の威信増大のために幕府を利用し、幕府は幕府の威信増大のために朝廷を利用するという、緊張をはらんだ共生が、寛政期の朝幕関係には殊に顕著であった。

寛政二年（一七九〇）、幕府の財政負担による復古的な内裏造営は完了した。古制に復した新内裏の完成を喜んだ光格天皇は、翌寛政三年三月、自ら制作した漢詩を自ら筆書し、家斉将軍に贈った。[*16] 寛政四年（一七九二）閏二月二十七日、家斉は宴を催してその漢詩を自らの臣下、すなわち幕臣たちの前で披露した。この宴で家斉将軍が光格天皇の漢詩を臣下たちに披露した経緯、また宴の直後に将軍と栗山が交わした会話について栗山が記録した漢文の記が「宸翰御製詩記」（『栗山文集』〔天保十三年〈一八四二〉刊、国文学研究資料館蔵〕巻二下）である。成立年次は、寛政四年と見てよいであろう。

栗山の「宸翰御製詩記」は、天明八年の京都大火と内裏焼失について「皇帝八年正月晦、京市失火、延及宮城」（皇帝八年正月晦、京市失火し、延いて宮城に及ぶ）と記録するところから始まる。「天明」の年号ではなく「皇帝」の語を用いることで、光格天皇の存在が冒頭から殊更に強調される。天皇の御世であり、将軍の御世ではないのである。

栗山は続けて、大火の報が江戸に届くまで三日かかったことを記し、それを耳にした家斉将軍の反応については「大君震悼」（大君震悼す）と記す。「大君」は、一般の漢文においては天子を意味する語であるが、近世日本の漢文、特に海外を意識して書かれた近世日本の漢文では、徳川将軍を指す語である。「震悼」は、心が震えるほど驚き悲しむことで、『楚辞』九章の「抽思」に用例がある。「抽思」では、屈原が主君の懐王に対する思いを述べ、「震悼」の語は、臣下である屈原が懐王から見捨てられてしまったことを心配する文脈のなかで、屈原自身の気持ちを表現するために使われている。『楚辞』に見られる表現と重ね合わせれば、徳川将軍が「震悼」した、との表現が、将軍が臣下の立場にあること、より具体的には、天皇と将軍が君臣関係にあることを暗に規定する、との解釈も不可能ではなかろう。後述するように、栗山のこの記の最大の論点は、将軍は天皇の臣下であり、天皇にうやうやしく従うべきである、とするところに見出される。

栗山は続けて、将軍が老中の定信（「補佐元老白河侯源公」）を内裏造営の「総督」に任命したことをいう。そして、光格天皇、定信、家斉将軍のそれぞれの発言内容として、次のように記す。「帝」は光格天皇、「公」は定信、「大君」は家斉将軍を指す。

帝曰、国有規制。勿草草。公曰、慶元恢復、百度苟簡。九重之居、未尽由礼。歴朝仁聖、殊重煩民、因仍至今。雖王者御世以徳不以富、抑亦堂堂天朝単薄如此。何以鎮天下。大君曰、文献有徴。往欽哉。

（帝曰く、国に規制有り。草草なること勿かれ、と。公曰く、慶元の恢復、百度苟簡なり。九重の居、未だ尽く礼に由らず。歴朝の仁聖、殊に民を煩はさんことを重り、因仍して今に至る。王者は世を御むるに徳を以てして富を以てせずと雖も、抑亦た堂堂たる天朝の単薄なること此の如し。何を以てか天下を鎮めん、と。大君曰く、文献徴とする有り。往きて欽めよ、と。）

三者の発言は、実際の発話を記録したものではなく、三者の立場と関係性をどのように見せたいか、という観点で書かれたものとして解釈すべきであろう。光格天皇は、国家の運営には規則・制度が必要であり、それらを粗雑また簡略に済ませてはならない、という。定信は、天皇の発言を受けて、次のように発言したことになっている。慶長・元和年間の内裏造営は、あらゆる点で粗雑・簡略であり、皇居は礼に適合していなかった。歴代の天皇は、民を苦しめることを恐れ、前例を引き継ぐまま、今になってしまった。帝王は徳によって統治するのであって、財力によって統治するのではないが、堂々たる朝廷がこれほど弱々しいようでは、どうやって天下を安定させられようか、という内容である。最後の家斉将軍の発言は、「文献」が証拠を提供するので、慎重に処置せよ、というもので、臣下に発した命令と解せる。「文献有徴」（文献徴とする有り）の四字は、『論語』八佾で、「文献」が不足しているので古代の礼について知ることが難しい、と孔子が論ずる場面で、「文献不足故也。足則吾能徴之矣」（文献足らざるが故なり。足れば則ち吾能く之を徴とせん）とある箇所を踏まえる。「文献」は書物に加え、故実に通じた人物も指すので、内裏造営の文脈においては、有職故実書と有職故実家の両方を指すと考えてよいであろう。

まず注目すべきは、光格天皇が最初に発言していることである。復古を望む天皇の鶴の一声に、定信と家斉将軍が完全に賛同する形で応じる、という構図が描かれている。上に参照した藤田氏の研究と照らし合わせて考えると、栗山がここで記す定信の発言内容は、幕府の出費を抑えたいと考えていた当初の本心とは真逆の方向性を持つ。復古的な内裏造営に幕府の財をつぎ込んで幕府の威信を回復させようとの目論みも、内心にとどめておくべきことであった。定信にとって、外面的には、天皇に従順な姿を見せておくことが、幕府の威信回復のためには必要であり、栗山の記述も、それを考慮した結果のものと思われる。この三者発言は、栗山の考える大政委任論の理想を表現したものとして位置づけることができよう。

また、家斉将軍の発言に用いられる「往欽哉」（往きて欽めよ）の三字は、『書経』虞書・堯典で、皇帝が臣下に向けて発する言葉に出典がある。大政委任論と重ね合わせて解釈するのであれば、天皇から大政を委任された将軍が、天皇に代わって、天皇が発したであろう言葉を臣下に投げかけている、という読みも可能であろう。「往欽哉」は、実際、光格天皇の「勿草草」（草草なること勿かれ）と同様の意味を持つのであり、光格天皇の言葉を言い換えたものとしても解釈できる。

寛政二年、復古的な内裏が造営され、さらには光格天皇が幕府に御製の漢詩を贈った。栗山はこの一連の出来事について、左のようにと記す。

越二年庚戌、新宮成。殿堂門廡以及窓戸陛欄之細、稽拠古制、尺寸不失。帝大喜、親書御製詩、以寵光幕府。

（二年庚戌を越えて、新宮成る。殿堂門廡以て窓戸陛欄の細かきに及び、古制に稽拠して、尺寸失せず。帝大いに喜び、親ら御製の詩を書して、以て幕府に寵光す。）

細部に至るまで、一寸のくるいもなく「古制」による殿舎が出来上がったこと、またそれを光格天皇が大変喜んだことが記されるが、この部分で注目すべきは「寵光」の語である。「寵光」は、「寵」の字が示唆するように、主君が臣下をかわいがることを指す。光格天皇が御製の漢詩を幕府に贈ったことを「寵光」の語と結びつけることにより、栗山は、天皇の臣下として将軍・幕府を位置づけているのである。ここにも大政委任論が現れているが、政治権力を委任するだけでなく、朝廷と幕府の関係性を明確に君臣関係、すなわち上下関係として見なしている点に注意が必要である。

朝幕関係を君臣関係として見なす考え方は、この記の後半で、栗山が家斉将軍との会話を記す箇所にもはっきりと現れている。光格天皇の漢詩を見せるために家斉将軍が臣下たちを集めて開いた宴から時をおかずに、家斉将軍は、栗山に次のように質問したという。

既召邦彦謂曰、鎌倉室町之隆、攘夷尊王、非無其人、而未嘗聞有天章至幕府者何哉。

（既にして邦彦を召して謂ひて曰く、鎌倉室町の隆んなる、攘夷尊王、其の人無きに非ずして、未だ嘗て天章幕府に至る者有るを聞かざるは何ぞやと。）

家斉将軍の質問は、鎌倉・室町幕府の時代にも「攘夷尊王」の人が全く存在していなかったわけではないのに、天皇の御製が鎌倉・室町の幕府に届いたことがなかったのはなぜか、というものである。幕末にかけて政治的な実質を伴うようになる「尊王」と「攘夷」の二語が、寛政四年（一七九二）の段階ですでに用いられていることは注意を引く。また、家斉将軍の質問の根底に、光格天皇が御製の漢詩を贈ってきたのは、当代の幕府に「攘夷尊王」の人がいるからだ、という論理が見え隠れする点も興味深い。「尊王」の人は大政委任論と関連させれば、家斉将軍や定信のことを指すものとして理解できるが、「攘夷」が具体的に何を意味したかの検討は今後の課題としたい。関連性の有無は不詳だが、ロシアのラクスマンの根室入港は、同年の九月のことであった。

とまれ、家斉将軍の質問に対する栗山の回答は、まず理想的な君臣関係の説明から始まる。

邦彦進曰、自古君臣所以款密無間者、独和而已矣。夫和者必由譲而協焉。其盛者為楽。所謂言志者則又非金石鏘鏗之所肇道哉。

（邦彦進みて曰く、古より君臣款密にして間無き所以の者は、独り和のみ。夫れ和は必ず譲るに由りて協ふ。其の盛んなる者は楽たり。所謂志を言ふ者は則ち又た金石鏘鏗の肇道する所に非ざらんや。）

君臣関係は「和」すなわち調和を重んじて譲ることに尽きるという。調和の最たる例は音楽であり、『礼記』

楽記に基づき、「志を言ふ者」すなわち詩も、古来は「金石鏘鏗」つまり楽器に導かれるものであったことを指摘する。ここには、光格天皇の漢詩が、調和を基底とする君臣関係としての朝幕関係を取り持つものである、という栗山の理解も反映されている。事実、平安朝では漢詩の君臣唱和が、朝廷内の調和を保つ機能を担っていた。[17]

栗山は続けて家斉将軍の疑問に答える。

伏惟神祖恭順之誠、奉循百年。至于殿下、更有加焉。茲焉稽古営繕、大合聖天子隆礼之意。褒嘆之余、油然煥然、発為天章以昭回幕府。大君不以独私、而分之閣下。閣下又播之百執事。其遜譲清穆之和、薆然中外。
(伏して惟ふに、神祖恭順の誠、奉循すること百年。殿下に至つて、更に加ふる有り。茲に古を稽へて営繕し、大いに聖天子隆礼の意に合ふ。褒嘆の余、油然煥然として、発して天章を為して以て幕府に昭回す。大君独り私するを以てせずして、之を閣下に分つ。閣下又た之を百執事に播く。其の遜譲清穆の和、中外に薆然たり。)

徳川家は初代将軍の家康(「神祖」)から「恭順」であり、「殿下」すなわち家斉将軍がますます「恭順」であることをいう。慎み深く従順なことを意味する「恭順」の語は、『礼記』楽記に用例があり、音楽の調和と関連深い語であり、ここでは将軍が天皇・朝廷に対して従順であることを指す。家斉将軍が「聖天子」すなわち光格天皇に対して「恭順」であり、光格天皇が望んだ通りの復古的な造営を行ったからこそ御製の漢詩が幕府に届いたのだ、と栗山は説明するのである。さらに、家斉将軍が光格天皇の漢詩を独り占めするのではなく、臣下たちと分かち合ったことを称賛している。ここにも《天皇↓将軍↓将軍の臣下》という大政委任論における政治権力の委任構造が看て取れるが、栗山においては、その委任構造が君臣関係として捉えられている。従順な臣下の存在によって生ずる調和が、天下の安定を作り出すのである。次に栗山は、天皇と将軍の理想の関係性について、次のように記す。

夫聖天子在上。大君祗承以恭順。閣下又輔之以訏謨、継之以敬畏。於凡天下事、抑何難之有。宜乎祝融蕩天、粗不失一物。適以開維新之美観、而鼓至和之淵音矣。若夫鎌倉室町二氏、仮非其有以自営私。是以其為世、王臣挟名器以自大、幕僚恃富強以方命。上下相軋、動有違言。

（夫れ聖天子、上に在り。大君祗承するに恭順を以てす。閣下又た之を輔くるに訏謨を以てし、之を継ぐに敬畏を以てす。凡そ天下の事に於いて、抑何の難きことか之有らん。宜なるかな、祝融天を蕩かせども、粗一物も失はず。適に以て維新の美観を開きて、至和の淵音を鼓す。若し夫れ鎌倉室町の二氏、其の有に非ざるに仮りて以て自ら私を営む。是を以て其の世を為むる、王臣名器を挟んで以て自ら大とし、幕僚富強を恃んで以て命に方らふ。上下相ひ軋み、動もすれば違言有り。）

天皇（「帝」）は将軍（「大君」）の上にいるので、将軍は天皇を尊敬して補佐し、「恭順」にでなければならない。高位の武家（「閣下」、幕府老中や大名を念頭に置くか）がさらに将軍を補佐し、「訏謨」すなわち広大なはかりごとのために、つつしみおそれながら将軍の後に続くべきである。このようにすれば、国家の政事はうまくいく、という。栗山はその証拠として、光格天皇と家斉将軍のもとでは、内裏が火災に見舞われても、何も失われることなく、美しい新内裏が姿を現し、調和した奥深い音楽の響きに象徴されるような朝廷と幕府の「和」が得られたことを挙げる。対照的に、鎌倉・室町の幕府は、利己的に朝廷を利用するだけで、将軍の臣下も財力と腕力をたのみにして上に逆らい、調和が取れず対立が生じた、という。

ここでも栗山が説くのは大政委任論であるが、やはり、従順な臣下によって調和がとられる君臣関係として提示されている。なお栗山は、当然、倒幕は企図しておらず、むしろ将軍以下の者に対しては将軍への服従を説いている。しかし、天皇・朝廷に対しては、将軍・幕府が臣下として「恭順」であることが天下の安定ために必須である、との思想を幕府儒臣が将軍に向かって力説する、というこの場面は、明治維新までの道のりをどことなく暗示するようでもあり、寛政期の朝幕関係に見られる時代の転換を如実に伝える。

3　賢聖障子画の復元における徳川家の役割

栗山は、定信からの影響を受けて、大政委任論を唱えるようになったかと推測される。とはいえ、栗山の記述を見る限り、栗山は将軍・武家が朝廷を尊重することの政治的効力を心から信じていたようであり、徳川家の有力者に対して尊皇の姿勢を取るべきことを積極的に説いた。家斉将軍の例は前節で確認した。本節では、尾張徳川家の例を確認する。

復古的な内裏造営は、建築だけでなく内装にも及んだ。平安時代の内裏の紫宸殿に存在していた賢聖障子の図像は長らく失われていたが、当初の姿を再現すべく復元されることとなった。鎌田純子氏が述べられたように、寛政二年、栗山は、賢聖障子の図像に関する狩野典信の考証に誤りがあることを発見し、図像案の改訂を定信に願い出て、考証を行うよう命じられ、約二年をかけて、朝廷の文章博士たちとやり取りを重ねながら図像の復元を完成させた。[*18] 有職故実を学んでいた栗山にとって、自身の知識と経験を活かせるまたとない機会が到来したのである。

では、栗山は、単に自身の腕試し、あるいは業績のために、賢聖障子画の考証に取り組んだのであろうか。確かに、そのような側面が全くなかったとも思われない。もっとも、栗山が柴野家に送った私的な書簡には、「先日荒々申上候賢障子絵に付ての御用も京都より御首尾よく相済候由、昨日越中守より御息書にて被仰下候。是は私文章、天子の叡覧にも入り候て、末代にのこり候事に御座候。誠に以冥加に叶難有儀に御座候」と記し、自身の「文章」が光格天皇の目に入ったことを大喜びしている。[*19] なおこの「文章」が具体的に何を指すかについての特定は、今後の課題としたい。

一方で、栗山による漢文の記「紫宸殿賢聖障子画摸本屛風記」を読むと、栗山には、自身だけでなく、天下の安定のためを思って賢聖障子画の復古的制作に参加したのではないか、と思わせる記述もある。本心がどうであれ、栗山としては、朝廷と幕府の調和に貢献する幕府儒臣として、自身の立ち位置を捉えていたのではないかと考えられる。

この記は、尾張藩主の徳川宗睦(とくがわむねちか)が、賢聖障子画の模本を作らせて屛風に仕立てた経緯を記し、寿ぐ内容である。左に引用するように、栗山は、『春秋左氏伝』昭公二年・襄公二十九年に見られる韓起と季札の逸話に言及しながら、古来、唐土でも、皇帝を補佐する諸侯が古代の文物を保守した事例があることを述べ、宗睦が障子画の摸本を作らせたことに比している。

昔晋韓宣子聘魯。観書於太史氏曰、周礼尽在魯矣。又呉公子札如魯、観周楽四代舞。夫周之盛、礼楽之籍、王府豈有所闕哉。而周公魯侯又備而存之者、蓋宗室元侯之於天子、不独干城禦侮之為、而副王府而守邦典、亦侯度之大者矣。大納言尾張公閣下、三宗上班、一代耆徳、夾輔幕府、藩屛王室、今欲学周公魯侯之事、為天朝守邦典。

（昔、晋の韓宣子、魯を聘ふ。書を太史氏に観て曰く、周礼尽く魯に在りと。又た呉の公子札、魯に如きて、周楽四代の舞を観る。夫れ周の盛んにして、礼楽の籍たる、王府豈に闕くる所有らんや。而して周公魯侯又た備へて之を存するは、蓋し宗室元侯の天子に於ける、独り干城禦侮の為のみならずして、王府に副ひて邦典を守るも、亦た侯度の大なる者なり。大納言尾張公閣下、三宗の上班、一代の耆徳、幕府を夾輔し、王室を藩屏し、今周公魯侯の事を学ばんと欲し、天朝の為に邦典を守る。）

孔子が生まれた国でもある魯では、周王朝の古い礼楽が保存されていた。その保存に携わっていたのは、諸侯であった。国土を防衛するだけでなく、国の制度・儀礼を守り伝えることも、帝王を補佐する諸侯の重要な任務であり、これに徳川御三家の大名である宗睦が学んで、幕府と朝廷（「王室」）の両方を補佐すべく朝廷（「天朝」）の文物を守り伝えるのだ、と称賛している。ここにも、《天皇→将軍→大名》という大政委任論の構造が見られる。右に「国の制度・儀礼」として訳した「邦典」の「典」は、「古典」の「典」とも通じる。「典」は書物や文献だけでなく、制度・儀礼も指す。障子画は、古の日本の制度・儀礼を伝える物であった。そして栗山が「天朝」の語を敢えて用いたように、その制度・儀礼とは朝廷の文物であった。

ただ、古の日本の朝廷の文物は、長らく失われた状態が続いていた。光格天皇の代になって、ようやく復古が成し遂げられたのである。

建長火遂成塵土。既而兵燹相仍、宮闕苟簡、此図只取具数。章服儀容、非復寛平之旧。慶元撥乱百事草草、

> 此又未暇及云。今上御極、百度復古。中衛殿廊、尽照古式、改造此図、亦命釐正。
> （建長火ありて遂に塵土と成る。既にして兵燹相ひ仍ぎ、宮闕苟簡にして、此の図只だ具数を取るのみ。章服儀容、寛平の旧に復するに非ず。慶元乱を撥めて百事草草にして、此れも又た未だ及ぶに暇あらずと云ふ。今上極に御し、百度古に復す。中衛殿廊、尽く古式に照らし、此の図を改造し、亦た釐正を命ず。）

鎌倉時代の建長年間に内裏が焼失した後は、戦乱の世が続き、障子画も平安前期の寛平年間に作られた際の姿を取り戻すことはなかった。徳川幕府が戦乱の世を鎮めてからも、慶長・元和の内裏造営ではすべてが簡略・粗雑だったが、光格天皇（「今上」）が即位してから、あらゆる制度が「復古」（古に復す）した、という。障子画もまた古の様式に従って復元されたのである。そして栗山は続けて、自身の役割について次のように記す。

> 邦彦不肖、辱執役于幕僚末班。幸奉台旨、与大学頭林信敬等詳議作図進上。更経二菅博士福長為徳駁正、而議定以授画員広行。綵絵功畢、而後三十有二像、宛然寛平之旧矣。
> （邦彦不肖にして、辱くも役を幕僚の末班に執る。幸ひに台旨を奉じ、大学頭林信敬等と詳議して図を作りて進上す。更に二菅博士福長為徳の駁正を経て、議定して以て画員広行に授く。綵絵の功畢はりて、後に三十有二像、宛然として寛平の旧なり。）

栗山は、幕府官僚の末端に属し、「台旨」すなわち天皇の意向を受けて、同じく幕府儒臣の林信敬とともに障子画の図案を作り上げて献上した。さらに朝廷の文書博士と議論を行ったことも記される。その後、絵師の手によって、寛平の障子画そっくりの図像が描かれた、という。栗山が「台旨」の語を用いて、天皇の意向を受けた、とする点に注目すべきであろう。栗山にとって、幕府儒臣もまた天皇に従順であるべき役職であったことが窺える。ただし、栗山が光格天皇の意向を尊重したことは、幕府を蔑ろにしたことにはならない。むしろ栗山自身は、幕府の威信を強化する行為として捉えていたはずである。事実、栗山は家康を筆頭とする徳川家の功績について、以下のように記している。

恭惟帝徳広運、振挙墜典、使臣庶得仰観五百年前文物者、是蓋烈祖在天之霊、誘叡聖思賢之衷、以開知人官人之哲鑑矣。宜哉政治礼楽駸駸於延天之盛矣。
（恭しく惟ふに、帝徳広運し、墜典を振挙し、臣庶をして五百年前の文物を仰観することを得せしむるは、是れ蓋し烈祖在天の霊、叡聖賢を思ふの衷を誘ひて、以て人を知り人を官するの哲鑑を開くなり。宜なるかな、政治礼楽、延天の盛んなるより駸駸たり。）

天皇の徳が天下に広がり、失われていた制度が復古し、臣下たちまでもが五百年前の「文物」を目にすることを可能にしたのは、徳川家康（「烈祖」）の霊が導いたからだ、という。光格天皇は、天下を統一し安定させて徳川幕府の存在があってこそ、朝廷の文物を復古させることができたのである。費用負担はもちろんのこと、古制の考証においても幕府の協力は不可欠であった。平安朝の延喜・天暦の治にもまさる文物の隆盛は、徳川幕府の手柄でもあったのである。

徳川家の功績に栗山が触れたのは、この記が尾張徳川家のために書かれたことと多分に関係している。しかし、栗山にとって、朝廷の文物の復古が、単に朝廷文化を復活させることを意味したのではなく、幕藩体制全体を巻き込んだ、当代の日本の安定を支える重要な政治的事業であったことを反映していよう。

そもそも、徳川幕府に仕える儒者が、徳川幕府による天下の安定について語る際に、朝廷の文化・文物を引き合いに出したのは、栗山が初めてではない。拙稿でも論じたように、近世前期の林家では、奈良・平安時代の朝廷の文物・制度が思慕され、特に釈菜と漢詩文制作が意識的に復興された。[*20] しかし、林家の場合は、古代日本の朝廷文化に匹敵するような優れた文化・学術を徳川家に仕える自分たちが今の世に出現させるのだ、との林家一家に限定された決意だった。それに対し、栗山の論は、今上天皇が実際に復古に取り組み、幕府がそれに従うことが実質的な意味を持つ現実を踏まえ、大政委任論に依拠しながら朝廷と幕府の関係を君臣関係として捉え直すという、日本における統治体制の全体に関わる広範囲な射程を持つものであった。

本章で取り上げた栗山の漢文が、同時代や後世の読者に影響を与えたかについては、今後の検討を俟たねばならないが、天保十三年（一八四二）に刊行された『栗山文集』では、天皇・朝廷に関する事項については擡頭、将軍・幕府に関する事項については平出が用いられ、天皇・朝廷に対してより多くの敬意が払われている。栗山の文が、近世後期の尊王思想を何らかの形で後押しした可能性についても考えねばならない。

復古は、そもそも儒者にとっては大きな問題であり、林家の例も示すように、伊藤仁斎や荻生徂徠といったいわゆる古学の派に限定されない。栗山の復古への関心、また復古についての理解は、一体どこから得られたものなのか。この問いに答えるのは簡単ではないが、本章のこれまでの議論を踏まえて考えるならば、栗山の復古論については、儒学というよりも、有職故実、すなわち日本の朝廷文化の研究によって規定される側面が重要である可能性が指摘できる。栗山の仕事について、有職故実の方面からあらためて検討する必要がある。[*21] また、さらに視野を広げると、栗山による儒学の研究・教育そのものが、有職故実や朝廷に対する関心によって方向づけられた可能性もある。たとえば、寛政三年～六年に栗山が導入を担当した学問吟味（幕臣を対象とした儒学・漢文作文の試験）は、公家が取り組むべき学問として栗山が天明八年に近衛経熙に提言していた内容がその下地となった可能性もある。[*22] 寛政期の幕府における学問の動向は、同時期の朝廷における学問の高まりとの関係性も考慮しつつ、研究されるべきであろう。

おわりに

光格天皇が主導した復古的事業について柴野栗山が記した漢文においては、松平定信が奉じていたとされる大政委任論、すなわち将軍・幕府の政治的権力は天皇・朝廷から委任されたものであり、それによって将軍・幕府の威信が強化される、との考え方が看て取れる。しかし、栗山は、さらに尊王の方向へと大きく踏み出し、将軍は天皇の臣下であり、天皇と将軍が調和のとれた君臣関係を保持することが天下の安定につながるので、将軍は天皇に「恭順」でなければならない、と説いた。

栗山の朝廷尊重は、必ずしも将軍・幕府を軽視することと同一ではなかった。栗山も、定信同様、将軍・幕府が朝廷を尊重することによって、将軍・幕府の立場が守られる、と考えたと思われる。とはいえ、朝幕関係を君臣関係、すなわち主従のある上下関係として明確に位置づける栗山の論は、定信のうわべだけの朝廷尊重よりも、はるかに強力にまた根源的に朝廷の優位性を主張するものであった。京都で有職故実を学び、公家とも交流を結んでいた経験が、栗山の思想の背景にあったと考えられる。今後、明治維新へと連なる近世後期における尊王思想の系譜のなかで、栗山の位置づけを行う必要があるであろう。

注

1 柴野碧海「年譜」(駒井乗邨編『鶯宿雑記』別録巻十五〈国立国会図書館蔵〉所収)。以下、栗山の伝記については、別記しない限り、本資料を参照した。
2 藤居岳人「江戸時代における儒者の朝廷観——中井竹山、新井白石らを例として」(『懐徳堂研究』九、二〇一八年)。
3 藤居岳人、同上、十八頁、二二～二三頁。
4 東条琴台『先哲叢談続篇』(明治十七年〈一八八四〉刊)巻十「後藤芝山」。
5 柴野栗山「錦里文集序」(天明七年〈一七八七〉撰、木下順庵『錦里文集』〈寛政元年〈一七八九〉刊〉所収、柴野栗山『栗山文集』〈天保十三年〈一八四二〉刊〉巻二再録)に「先輩蘭林中村深蔵之学、出於室師礼。邦彦少時従其問経」(先輩蘭林中村深蔵の学、室師礼に出づ。邦彦少き時其れに従ひ経を問ふ)とある。
6 柴野碧海「柴野家世紀聞」(『鶯宿雑記』別録巻十五、国立国会図書館蔵)。
7 鈴木敬三「高橋宗直」(『国史大辞典』)。以下、宗直については、別記しない限り、本記事を参照した。
8 橋本政宣「野宮定基」(『国史大辞典』)。
9 是澤恭三「皇居「御湯殿上」の間の性格(一)」(『日本学士院紀要』十一—一、一九五二年)、一九七頁。
10 山本嘉孝「柴野栗山と近衛経熙」(飯倉洋一編『近世中後期上方文壇における人的交流と文芸生成の〈場〉研究成果報告書』〈二〇二二年〉所収)。以下、栗山と近衛家の交流については、本論文による。
11 藤田覚『松平定信——政治改革に挑んだ老中』(中央公論社、一九九三年)、一一〇～一二〇頁、一三三頁。
12 藤居岳人、前掲、十八頁、二二～二三頁。
13 藤田覚、前掲、一〇八頁。
14 山本嘉孝『詩文と経世——幕府儒臣の十八世紀』(名古屋大学出版会、二〇二一年)、二三二頁。
15 藤田覚、前掲、一二一～一三三頁。
16 藤田覚、前掲、一三二頁。光格天皇の漢詩は松平定信『宇下人言』に載る。合山林太郎氏の御教示による。
17 滝川幸司『天皇と文壇——平安前期の公的文学』(和泉書院、二〇〇七年)。

18 鎌田純子「寛政度賢聖障子における「負文亀」の復興をめぐって」(『豊饒の日本美術――小林忠先生古稀記念論集』藝華書院、二〇一二年)、三二二頁。

19 九月二十三日付、「六十五 柴野家に寄せし書簡(其二)」(川口萬之助編『家庭に寄せし柴野栗山の書簡』聚精堂、明治四十三年〈一九一〇〉)、一二〇頁。

20 山本嘉孝「林羅山・鵞峰による奈良・平安朝の思慕」(『斯文』第一三八号、二〇二三年)。

21 栗山と有職故実の関係性に注目すべきことについては、勢田道生氏の御教示を頂いた。

22 山本嘉孝『詩文と経世』、前掲、二三五～二四〇頁。

13 紀行文の中の古典——江戸時代女性旅日記を例に

ユディット・アロカイ Judit Árokay

はじめに

江戸時代には数多くの紀行文が現れるが、その目的や執筆動機は大きく異なり、個別に扱う必要があるに違いない。中古・中世の旅行記は歌枕として固定化した風景のイメージを重んじて、旅の実際よりも古来の名所の描写を踏まえて書かれたものが多いと言える。江戸時代に入ると政治と社会の変化に伴って本格的な旅行ブームが起こるが、旅についての表現も大きく変わって、作者自身の旅行体験が反映された紀行文が主流になる。しかし、実際の経験を記したテクストでも、中古・中世の文献から知られている古典のモデルと一致するモチーフが多いことに驚かされる。いわゆる歌枕が多く、テクストで描かれる場所のイメージも古来のイメージに似ているが、自然への精密で新たな観察眼、モチーフ、表現もあらわれてくる。

古典を踏まえて、新たなものが生まれてくるのは文学論の言葉で言うと、インターテクスチュアリティ（間テクスト性）の一つの側面に当たるが、ここでは古典が近世のテクストのなかでどのように表れ、引用や仄めかしはどういう役割を果たしているかについて考察したい。インターテクスチュアリティ理論の極端な立場は、例えばジュリア・クリステワの理論では、文学そのものが引用でしかありえないと定義されているが、私はここでこの言葉をもっと具体的な文学理論的な意味で、テクストによる古典の再生として使いたい。この手法の意義は、実際に確立されたモチーフを絶え間なく繰り返しながらも、常に新しい要素を配置している点に見られる。日本だけではなく、世界的な視点から見ても、文学史上、古典の再生は時代によって肯定的に評価される時代もあれば、否定される時代もあった。

現代は古典、一般的に言うと先行テクストの模倣は単なる真似に見えたり、独創的でない、追随的、末流のものに見えたりするが、時代をさかのぼると、古典の引用や仄めかしは文学の前提条件であったといっても過言ではない。したがってエピゴーネン（epigone）、亜流、という表現も今の近現代で持っているネガティブな意味ではなく、前近代においてはむしろ、共有すべき、目指すべき表現として理解され、使用された。日本文学の歴史は、古典の再生が古くから重視され、エピゴーニズム（epigonism）を重視する文化であったと言えるが、紀行文は特に間テクスト性に富んだジャンルである。古来の歌人の足跡をたどりながら、詩歌で詠まれた場所を訪れ、その場所の描写はすでに詩歌に表現されたイメージに強く影響されている。紀行文のこの特徴は日本文学に限らないので、ここで少しヨーロッパの中世の紀行文に触れたいと思う。

日本と違ってヨーロッパの紀行文は、詩歌で詠まれたり、物語で語られた地名よりも、聖書に強い影響を受けている。ギリシャとローマの文学とそこで描かれている地名の流行は十八世紀のクラシックの特徴ではあるが、そのスケールは日本の歌枕・名所の再生とはまた異なると考えられる。近世以前、ヨーロッパにおいては、勤務旅以外の旅に出る動機としては巡礼が主で、巡礼といえばパレスチナの聖地を訪ねることがメインであった。ヨーロッパの中世の旅行記は大きく三つのタイプに分けられるが、これらのタイプはもちろんある程度重複している。

1. 最初に挙げられなければならないのは聖域の描写である巡礼記である。これには現実の観察はほとんど役に立たず、古代の資料が決定的な役割を果たしている。最も多くの記述があるパレスチナの旅は、聖書の伝説的なモチーフに基づき、イエスの人生の旅に準ずる形で紹介されている。
2. 第二のグループは、いわゆる旅記録で、文学的な意図はなく、一人称で旅の様子を描いている文献である。
3. 第三のタイプは文学的なもの、つまり虚構的なフィクションの旅行記で、部分的にファンタジアの形をとり、読者を楽しませたり、驚かせたりすることを目的とする。

旅人自身が体験した旅の記録は、個人の趣味の再現でもなく、教会の宣伝でもなく、よく知られた素材を脚色し、博識や教養を見せるためのものである。しかし紀行文の場合は古典の再生はもう一つの大事な機能を果たしている。文学的、歴史的な基盤を利用することによって、作者が自分の目で実見したものを読者に証明できる。すでに描かれたもののみが信用できるように見え、昔の文献で描かれていないものは証拠のないものとして一見疑わしいことになる。このように、古典は物語・記録の真実性を証明する機能を担っている。少し言い過ぎではあるが、知るべきことはすべて古代文学や聖書に網羅され、新しい情報はすべて虚構、すなわち嘘であるとの疑念を抱かせる。この定義はヨーロッパの紀行文をもとにしているが、日本の中世文学にも当てはまるのではないかと思う。[*1]

鎌倉・室町時代の歌論書には歌枕と名所についての言及がしばしばみられるが、和歌の世界では名所の実見は無駄なこととして描かれる。しかし、この態度は和歌だけではなく、あらゆる文学ジャンル、日記、物語、謡曲に当てはまる。実見よりは歌語としての歌枕の巧みな使い方が歌人の目標である。例えば、室町時代の有名な歌学書『正徹物語（しょうてつものがたり）』（文安五年頃）には次のように書かれている。

人が「吉野山はいづれの国ぞ」と尋ね侍らば、「只花にはよしの山、もみぢには立田を讀むことと思ひ付きて、讀み侍る計りにて、伊勢の國やらん、日向の國やら〔ん〕しらず」とこたへ侍るべき也。いづれの國と云ふ才覺は覺えて用なき也。[*2]

しかし、近世になるとヨーロッパも、日本も様子が変わって、より多くの個人的な観察が現れてくる一方で、多くの古典の引用、仄めかしが紀行文の特徴として残る。古典の影響はある程度減っていっても、次の三つのポイントからうかがわれる。

1. 旅の計画をたてる、旅行のルートを選ぶときに、古典を意識して、昔から知られている名所を訪れて、昔からの道をたどる。観光や現代で言う文学散歩に当たる。このルートに基づいて、紀行文の中で歌枕として知られている地名に言及し、他のところにはあまり触れないことが目立つ。
2. 旅中に見た景色、風景の描写は古典でのイメージと一致するか似ている点。旅人は古典で読んだイメージによって影響され、景色のパーセプションまで影響される。ある場所に着く前に、すでに古典を読んで獲得した想像の中のイメージがあって、その風景を期待している。この現象は古典には限らず、紀行文の一般的な要素である。例えば、今でもパリやローマに行けば、確かにある程度のイメージが確立しているのと同じである。

3. 紀行文のテクストを見ていくと、ジャンル、レトリック、スタイルの上での古典との共通点も見えてくる。歌枕の固定化したキーワード、慣用的に付く季節、風景物、植物などが使用されたり、掛詞、縁語を使ったりする。

この三つの点を示すために、具体例として江戸時代の女旅日記から歌枕や古典にふれるテクストをいくつか紹介したいと思う。次の四人の作者は身分も、教養も、旅の動機、記録の目的も違うが、皆が古典を意識して旅日記を書いているのに違いない。江戸時代は旅に出る者の社会階級が広がり、旅のモチベーションや、旅日記・旅行記を書く目的・理由も多岐にわたった。識字率も庶民階級にまで広がって、和歌・俳諧・詩歌の知識がある程度普及し、中世以前と比較すると、より多くの資料が伝えられてきた。旅する女がこういう状況で書いた日記に、伝統的な、詩歌的な知識がどういう風に反映されているかは、江戸時代における古典の再生の一つの側面である。古典文学は引用や仄めかしの形で現れるが、旅日記の場合は特に歌枕を使う場合が多い。名所を訪ねて、古典の歌枕に関連する詞を使ったり、古歌を引用したり、歌枕のイメージを現実世界に照らしたり、自分の教養を誇示したりする。

1　芳春院『東路記』（一六〇〇）

最初に挙げたいのは、慶長五年（一六〇〇）に徳川家康の人質として伏見から江戸への旅をした、前田家の、芳春院（ほうしゅんいん）（一五四七―一六一七）の紀行文『東路記（あずまじのき）』である。[*3] 書き綴ったのは芳春院の侍女であったらしい。ここでまず目をひくのは、『伊勢物語』の東下りの仄めかしである。

伊勢、尾張の国を通り過ぎて、熱田の宮に詣でてから、三河に着いたところ。

三かわの国やつはしにいたりぬ。はるばるきぬるたびおしぞ。われも思いをかけ川や、さよの中山いのちのうちに、かくきてみんと思いきや。ゆうしもはらう　つたのミち、これなんうつの山べといへば、

夢にだに　思いもかけぬ　うつの山　うつつにこして　きょう見つるかな[*4]

その後、さらに東に進んで、三保の松原を過ぎて、羽衣明神が天下りしたというところで、『竹取物語』を思わせる歌を詠む。

あまざかる　ひなの長路の　うき旅に　月のミやこそ　われもこいしき[*5]

三保の松原あたりは柴桂子が示したように女性が尋ねる場所が多い。絶景だけではなく、文学名所に富んだあたりで、複数の女旅日記で出てくる。[*6]

平安中期から歌枕としてよく詠まれる清見が関に至ったところで、次の和歌を詠む。

人やりの　みちにしあれば　心のみ　きよみがせきに　とめつゝぞゆく[*7]

この名所では慣用の浪と月のイメージを詠まない。人質としての心情を中心において詠んでいる。伏見から徐々に離れていく間は、関所は都からの距離の象徴になる。

それから、富士山。

ふじの山をみれば、さ月のつごもりに、時しらぬ雪　まことにかのこまだらなり。ざい中将の見たりし日も、この月のきょうとかやいうなる物をと、あわれもいとゝそいて、ともなりけるおとこをなん、おのがしゝみな歌よみれんがす。いうばかりなき山のすがた、たちいる雲のたたずまい、ふるか残るかの雪の色、まことにことばに　なお露もいわれず。心もさらに　およぶまじけれどとて御うたに

よそにては　名にのみたかき　ふじのねの　ゆきてかたらん　ことのは　もがな[*8]

芳春院は在中将、在原業平の足跡をたどって、同じ五月の晦日の同じ風景を眺めて、『伊勢物語』の東下りを再現しながら、自分の旅の心を詠む。東下りの仄めかしは古典に対しての尊敬、自分の教養を見せるためであるなどいろいろと考えられるが、人質としての強制された移動を表現することでもあると思う。在原業平が都から東国へ逃げだしたように、芳春院も徳川家康によって強制されて、江戸への道をたどる。古典を再生しながら、

芳春院は自分のつらい思いや徳川政権に対しての対抗心を明確に表現した。

2　井上通『東海紀行』（一六八一）

『東海紀行』は、井上通（一六六〇—一七三八）の天和元年（一六八一）に行われた任務旅行についての紀行文である。通は讃岐の国の丸亀藩儒者の井上本固の娘で、丸亀藩主の母養性院に呼ばれて江戸に向かう。[*9] 主に船と籠で進むが、旅中の印象を散文、和歌、漢詩で表現している。優れた教養のある女性で、古典文学の知識がはっきりと紀行文中に現れる。

須磨、明石あたりの部分から引用する。

十七日朝なぎに室をいでてはしりゆく。今日ぞ聞きつるひびきの灘を過ぐ。風もなお昨日よりあらしとて、船どものののしる。船のうち静心なきまぎれに、かねて思いし須磨の浦もみえずなりければ、

かからずは　いかに見てまし　すまの浦　うらみを浪に　よせてこそ行け

松の音いとたかくきこゆ。五節の君のひきとどめらるといいけむこそ、いとおもわるる、

琴の音を　松にこめてや　今もまた　たゆたう舟を　ひき止むらん

明石をすぐるころ、風すこしやわらぎぬ。今宵の月影いかにおかしからんと思いながら、漕ぎ行く舟の牽紋（綱手）なれば、

所から　さぞなこよいは　あかしがた　月にぞおしむ　ふねの牽紋を[*10]

紀行文の他の箇所は現実の経験を緊密に記している場面も多くあるが、このシーンはあまりにも『源氏物語』の須磨の場面の模倣に見える。歌枕としての須磨には嵐、明石には月が付くので、ここでは名所のポエチックなイメージを再現しているに違いない。五節（ごせち）の君（きみ）の話は『源氏物語』の須磨の帖の仄めかしで、五節の君が海岸に沿って船で須磨に着いたところ、光源氏と次の和歌を交わしている。

琴の音に　弾きとめらるる　綱手縄　たゆたう心　君知るらめや[*11]

井上通は自分の船での体験を巧みに『源氏物語』と結び付けている。次の例は、三河の八橋の場面について書かれている。

なるみ、矢作などいうを聞きすぎぬ。夜あけていとよくはれわたりたるに、昨日の雪にやあらん、むこうなる山の峰々いと白く見ゆ。「八橋はここわたりとこそききつるに」といえど、従うものども、「さうけたまわりしは、一里程あなたに、澤ははたけのようになり、橋は杭ばかり残りて、杜若もいづちいにけん、ゆかりの色もなければ、御覧すべくもなし」といいしが、さるあとこそ、なおゆかしけれと思えど、かくいえば、見ずして過行きぬ。[*12]

ここも『伊勢物語』のルートを意識して書かれているが、行けなかった、実見できなかったところをわざわざ述べていることは興味深い。八橋という歌枕は、東海道の新しいルートから離れてしまって、江戸時代までには地形も変わって、沼地ではなくなったということで、実は地名しか残っていなかった。それにしても、業平のゆかりの地として、（特に女性の？）憧れの地であった。八橋の現実の様子は女旅日記からもよくうかがわれる。

3　鈴木武女『庚子道の記』（一七二〇）

紀行文作家として有名な鈴木武女の『庚子道の記』は享保五年（一七二〇）の名古屋から江戸へ向かう旅を記したものである。武女は尾張徳川家に仕えた侍女で、生まれ育ちの江戸の尾張藩邸に入る。この旅日記は八日間にわたる実際の旅の記録でありながら、きわめてポエチックな日記である。後に村田春海や清水浜臣に鑑賞されて文化四年（一八〇七）に刊行される事になる。

旅先で文学名所を訪れ、明らかに古典の再現よりも現実と名所の文学的なイメージを比較することに興味を持っている。そこで旅行中の事情によって通れない場所、現実に消えた見どころについても詳しく言及する。まずは、実際行けなかった、見れなかった八橋の記事を紹介したいと思う。

鳴海を過ぐとて、
うきにさえ　なれて鳴海の　あまたたび　浦の濱路を　行通いぬる
とはいえど、今は浦伝う道はおきて、上野の道猶上をぞ行きかう事になんなりぬる。尾張と三河との境志加須香という渡せしよし、古き道の記どもにかけれど、今はさる渡ありとも見えず。…八橋は中将の憩給いし

所なり。今も杜若の咲くにかあらん。道の次手ならねば、よそになして過行くものから、
かきつばた　へだつもあやし　心には　かけつるものを　ぬまの八橋[13]

井上通と同じように憧れの名所を通り過ぎてしまう。

浜名の橋は跡だにさだかならず。過来し里の名に橋本などいう所のあるや、昔の名残ならん。板田の橋ならば、せめて桁よりも行んを。
名のみなお　聞きこそわたれ　東路の　はまなの橋は　跡だにもなし
小宰相の君の歌に、「浜名川入潮遠き山おろしに高師の沖もあれまさるなり」と詠み給えるもこの所なるべし。……[14]
さばれくだれる世の人の、いかで古の事を定むべき。[15]

鳴海から八橋の場所までのルートは昔と違っているので、武女は推測しかできないところがある。哀切に業平が通ったカキツバタの花畑を実見できず通り過ぎるとともに、昔の文献で書かれている志加須香の渡せや浜名の橋について割合冷静に正確になくなったということを記する。まるで文献批評を行っているように見える。
次に小夜の中山も超え、大井川を経て宇都山についたところで具体的に『伊勢物語』のモチーフを取り上げる。

宇都の山越に修行者二人三たりあいたり。昔物語の気色にはあらで、馬に乗りて行くなりけり。法師などは

いつも歩行にてやつれたらんが様よくやさし。此行者どもは肥え膏附きて、常に精進物(さうじもの)の悪きを食うとは見えざりけり。彼にそぞろなる文などことづけたらば、物ゆかしがりて、己まづ開きても見るらんと思いやるも罪深くや。[*16]

『伊勢物語』の宇都山のシーンを踏まえて、世間の変わった様子を語っているが、この章句はパロディーとしてしか読み取れない。『伊勢物語』では、主人公が都ですでに逢ったことのある修行者に宇都山の暗い道であって、都にいる恋人に手紙・和歌を配達するように頼む。この有名なシーンを捩った章句はパロディーと同時に江戸時代の僧侶の批判としても読み取れる。

三保の松原に着いたところも聞いたり、読んだりした情報を実見に照らして描いている。

よそより見しさまは海原の中にさゝやかに差出たる所なれば、さこそ心細うすゝろなる目のみ見るらんと思ふに、そこにいたりて見れば、さもあらざりけり。波の音風の聲などこそ騒がしけれ、それも世の中に渡苦しきに比べては、いつも和たる心地こそせめ。[*17]

鈴木武女は確かに優れた歌人であるが、古典文学を単に模倣するのではなく、それをはるかに超えて、江戸時代の（教養のある男性による）旅行文学にしばしば見られるような批判的で調査的な精神が見られる。上田秋成の紀行文と同様、文学の伝統の真相に迫り、古典と現代との乖離を記録しようとしている。

4 中村いと『伊勢詣の日記』（一八二五）

最後に挙げたい中村いと（生没年不詳）は有名作家ではなくて、江戸の代々の御用達の畳屋の妻で、長い間希望し、計画していた伊勢参りに出かけて、伊勢参りを済まして娯楽的な旅行を続ける。『伊勢詣の日記』は文政八年（一八二五）に行った八十一日間の長旅の記録である。この日記の一つの特徴は、序文に旅行の切っ掛けや準備の様子を詳しく説明していることである。そこからは、少なくとも作者の旅に出る動機がうかがわれる。

若い時から旅行に行きたくて、家事に追われて行けなかったが、ずっと名所めぐりを心の底に思い続けたと言う。名所図絵を見たり、読んだりして旅の計画をしていた。

十六七にやありけむ。蔡好院様につきそいまいらせて、江のしま鎌くら金沢のあたりくまなくみめぐりしに、かまくらしとやらんいうふみにて、その名所あなぐりたづね給いしまま、数かさなりていとこころなぐさむ旅路なりけり。されど何事もつつましくてことにはいださざりつれど、春のけしきもうかうかと、波路はるかに見渡したる七里か浜などいえるあたりは、めとまりてめつらかに覚ける。かかるあたりを見るにも、また折を得て、都大路の名所、須磨あかしの浦など、行見たらむはさぞかしとこころのそこにおもいつづけたり。帰りし後も静なる折には所々のさまおもい出て、ひとりこころになぐさむ事ぞ多かりき。年のそい行にそいて、み子たちも多くて、手わざいとなみもしげけれは、宮寺に詣ずるもこころにまかせず。少しも静にいとまある時は、名所図絵などいう文くり返して、その所にあそぶをおもいをなせり。されど時得たらんには伊勢の御社にはひとたび詣でたきと、こころのうちにはねぎ侍りしなり。[18]

伊勢参りの関連で旅に出ることになったが、ほとんど毎日のように旅の様子、訪問したところ、見物したもの、旅行中の印象を書き留めている。日記をだれのために書いているかははっきりしないが、もしかしたら江戸に残った家族、特に夫のために書いているのではないかと思われる。宿駅、宿の名前、お天気、食べ物、名物、主な出来事を詳しく述べていて、文学的な日記とは言えないが、それでもいくつか古典の引用、仄めかしが見える。

【三月】同十五日　天気よし。朝五つごろ立て馬入川さかは蓮台にて越す。ふじ山いとよくはれて見ゆる。此あたり風景よし。大磯しぎ立つ西行庵などくだくだしければしるさず。小田原宿たば粉やと云にやどる。[19]

ここで西行の有名な大磯の鴫立沢について詠んだ歌を暗示している。

心なき　身にもあわれは　しられけり　鴫たつ沢の　秋の夕暮[20]

西行の歌を意識している事をもう少し後で、伊勢に詣ずる時も記している。四月二日の記入として西行の和歌を引用している。

御社に詣でぬかづき拝し奉るに、何ごとのおわしますかはしらねどもかたじけなさになみだこぼるると言歌は、世に西行法師の詠なりと云。そはとまれかくまれこゝろにいいつゝけたるなりけり。おがみ奉るこゝろのうち、此歌のごとく覚えていといとありがたし。[*21]

長谷寺から奈良へ向かう途中で、また古典でよく知られているところに至る。

帯ときと丹波市との間にあり原寺、業平の古跡とて、つゝ井づゝの井戸などいいのしるもおかし。人麿塚もあり。ほどなく奈良へ出る。[*22]

続いて吉野や高野山を経て紀国、和歌山方面に進んで海に出たところ、和歌山の愛宕山(あたごやま)のあたりにとても冷静に和歌についての知識をこぼしているが、文学的な記述よりも旅の具体的で詳細な記述に注目する。

布引(ぬのびき)の島(しま)、玉津島明神(たまつしまみょうじん)、和歌三人の御社、心しづかに詣で奉る。わか浦のけしきおもいしよりもおとれり…吹上浜(ふきあげはま)も近し。すべて此あたりはむかしより和歌にも詠みたる名所多し。若山御城下あぶら屋というに泊る。[*23]

帰りの中山道に入る前の項目は石山寺を素材にしている。

石山寺というもうべなり。紫式部の源氏物語書きし硯など云もありて、人にも見する宝物なり。まことなるやいなや。[*24]

と言って、明らかに名所をたどりつつ進んでいるが、お寺の縁起、文学的な伝説はある程度客観的な目で見ている。この日記の唯一の自筆和歌になるが、八十一日目に至って無事に江戸の実家に着いてから次の和歌を記している。

伊勢もうで　よし野たつたに　須磨あかし　安芸もさぬきも　見てきそ路かな[*25]

この旅日記はこれまで紹介したものとは違って、旅のコースに集中し、訪れた場所、食事、宿泊を非常に正確に記録している。行間から教養ある裕福な市民らしい古典文学の知識が読み取れるが、著者の関心はそこではない。関心のあるのは鈴木武女のような批評精神ではなく、旅や名所、旅にまつわる楽しみへの興味なのである。とはいえ、この日記は、江戸時代後期の女性旅行者の世界を知る上で非常に興味深い洞察を与えてくれる。

まとめ

ここでは、有名な男性歌人、詩人や学者の作品に比べ、あまり研究されていないテクストをいくつか選んだ。これはほんの一部であり、代表的な選択とは言えない。しかし、ほとんどのテクストで古典への言及があり、古典の再生の観点から見て興味深い資料である。女旅日記というのは今まで主に社会史、生活史の観点から研究されてきたが、このような実用的なテクストを文学の視点から見ていくと、新しい見解ができると思う。江戸時代には個人的な経験や観察、個人の感情の記録がより重要になっても、古典の再生は先ほど述べた三つのレベルで現れる。古典は旅行の計画においても、その場所に対する期待やパーセプションにおいても、旅行記の記述の構成においても重要である。

柄谷行人は『日本近代文学の起源』で、日本の風景の発見は明治二十年代頃に西洋の文学と西洋の芸術の影響を受けて初めて行われたという仮説を立てた。[*26] これを反証するために、私は江戸時代にすでに実際の風景や自然や自然現象への関心が現れている例を探してみた。そして、それが紀行文学ではもちろん、他のジャンルでも見つかる。江戸時代の紀行文学だけでも様々なジャンルがある——地誌のようなもの、名所図会、娯楽的な紀行文学、旅行ガイド、詩歌に富んだ文学的な旅行記、北日本の開拓に関する実録的なテクスト。例を挙げると上田秋成の文献学的、解釈学的な関心、民俗学的なアプローチをとった只野真葛の奥州についての記録、博覧強記の人である本居宣長が吉野花見の際に地理・歴史に関する考証を行った『菅笠日記』など。これらのテクストも古典の歌枕・名所に言及する事があり、有名な旅行ルートに沿って、名所が旅行記に記録されていることがあるが、文章の目標は古典の再生だけではない。古典の再検討と同時に周囲の世界に対する深い関心が示されている。

注

1 Neuber, Wolfgang. "Zur Gattungspoetik des Reiseberichts: Skizze einer historischen Grundlegung im Horizont von Rhetorik und Topik."(旅行記というジャンルの詩学について：修辞学と局所論の地平における歴史的根拠のスケッチ)In: Brenner, Peter J. (Hg.): Der Reisebericht. Die Entwicklung einer Gattung in der deutschen Literatur.(旅行記。ドイツ文学におけるジャンルの展開)Frankfurt am Main: Suhrkamp.(1989): 50–67. を参照。

2 久松潜一、西尾實編『日本古典文学大系』第六十五巻(『歌論集、能楽論集』岩波書店、一九七一年)、一七六頁。

3 柴桂子『女旅日記辞典』(東京堂出版、二〇〇五年)、十四頁。
4 桂書房編『江戸期おんな考・人物と資料』第四巻(桂書房、一九九三年)、一〇三頁。
5 同。
6 柴桂子『女旅日記辞典』(東京堂出版、二〇〇五年)、一八二〜一八三頁。
7 同一〇四頁。
8 同。
9 柴桂子『女旅日記辞典』(東京堂出版、二〇〇五年)、三十四頁。
10 小谷和新編『江戸時代女流文学全集』第一巻(日本図書センター、二〇〇一年)、二九〇〜二九一頁。
11 阿部秋生、秋山虔、今井源衛、鈴木日出男編『日本古典文学全集』第二十一巻(『源氏物語』第二巻、小学館、一九九五年)、二〇五頁。
12 同二九五頁。
13 小谷和新編『江戸時代女流文学全集』第三巻(日本図書センター、二〇〇一年)、二〇五〜二〇六頁。
14 土御門院小宰相(?―一二六五頃)『夫木和歌抄』一〇六二二(はまなかはいり塩さむき山おろしにたかしの沖もあれまさるなり)。
15 同二〇七〜二〇八頁。
16 同二一〇〜二一一頁。
17 同二一二頁。
18 桂書房編『江戸期おんな考・人物と資料』第三巻(桂書房、一九九二年)、一三三頁。
19 同一三四頁。
20 西行『山家集』四七〇。
21 同一三七頁。
22 同一三八頁。
23 同一四〇頁。
24 同一四六頁。
25 同一四八頁。
26 柄谷行人『日本近代文学の起源』(講談社、一九八〇年)、「風景の発見」を参照。

14

上田秋成における〈古典〉語り

飯倉洋一　IIKURA Yoichi

はじめに

エドアルド・ジェルリーニの定義[*1]に即していえば、古典に関わる注釈・評釈は、「テクスト遺産」のひとつである。上田秋成は古典注釈をいくつか遺している。とくに『万葉集』の注釈には注力した。しかし、彼の注釈叙述は、それを逸脱していく点にひとつの特徴がある。それをも併せて秋成の古典（ここでは『万葉集』）への関わりを、ジェルリーニのいう「テクスト遺産」と捉えてみる。それは、一部注釈・評釈を逸脱する、つまり『万葉集』から逸れていく語り（「長物がたり」）として顕現する。一方、秋成の『春雨物語』にもまた、物語の本筋から離脱する、語り手や登場人物の〈古典〉語りまたは〈歴史〉語りが見られる。古典を下敷きにするという使い方でもなく、古典の注釈の挿入でもない、そのような〈古典〉語りのあり方もまた、「テクスト遺産」と言えるだろう。

本章においては、本文引用の際に、『万葉集』の万葉仮名表記を、漢字仮名交じりの表記に改め、適宜句読点・

濁点・引用符などを施す。『万葉集』本文の訓みは、『金砂(きんさ)』『楢の杣』などに基づく秋成の訓みである。歌に付した番号は国歌大観番号である。

1　秋成の『万葉集』関係著述

秋成の『万葉集』の研究書として代表的な著作は『金砂』である。本章では主として『金砂』における秋成の注釈を逸脱していく語りに注目する。『金砂』を含む秋成の主な『万葉集』に関わる学問的な著述を年代順に挙げておくと以下の通りである。


1『歌聖伝』天明五年(一七八五)成立。柿本人麻呂研究書。

2『万葉集会説』寛政六年(一七九四)以前成立。『万葉集』の総説にあたる初稿。

3『古葉剰言』寛政九年(一七九七)二月ごろ成立。『万葉集』についての概説。語学的な面が中心。

4『楢の杣』寛政十二年(一八〇〇)夏起稿。『万葉集』の概説(序例)に続いて、巻順に全歌の注解を施そうとしたもの。巻五で中断。

5『金砂』享和四年(一八〇四)正月　『万葉集』全巻から秀歌を抜き出して評釈。


1の歌人研究、2・3の総説、4の巻順全歌注解(ただし巻五で中断)の試みのあとに、秀歌評釈というスタイルの『金砂』が書かれていることは留意すべきであろう。さらに、

6 「歌のほまれ」文化五・六年（一八〇八・九年）成立『春雨物語』中の一編。『万葉集』類歌論でありながら、「物語」を標榜する短編集の中の一篇。

がある。

2 『古葉剰言』・『楢の杣』・『金砂』

2―1 『古葉剰言』

『金砂』について述べる前に、『古葉剰言』に言及する。本書は、もとはといえば秋成を慕っていた羽倉信美（のぶよし）のために書かれた『万葉集』についての概説である。語学的側面からの解説が大部分を占め、成立論、題号論に及ぶ。寛政九年ごろ、貴顕の正親町三条公則（おおぎまちさんじょうきんのり）卿が、秋成の『万葉集』研究の評判を聞きつけたのか、直筆による照会をしてきたようである。困惑した秋成はそれへの回答を新たに書き起こすのではなく、信美にむけて書いたものを献呈しようと考えた。そこで信美が写した本を改めて清書して、公則にささげたものと考えられている。[*2] おおむね首肯される推測であろう。その『古葉剰言』の末尾に、このように記されている。

> 代々の学士の戸々に説異なる者は、大方憑（たの）まれがたくぞ思ゆ。さるは書典は本文に意をとどめて、得べからぬ事は是を置て、注解に趨（はし）るべからぬ者歟。是を知れる也とも承りぬ。宜哉（むべなるかな）「君子約レ言、小人先レ言」とも聞く。匹夫言多し。唯々慎むべきは上を語るまじきと云事を、忘れては長物がたりす。此悔も亦千度の一

度になんある。（傍線飯倉、以下も同じ）

「君子約言、小人先言」とは、「君子は何も言わずに実行するが、小人は実行する前に口にする」の意で出典は『礼記』。ここには、注釈という行為が「長物がたり」を誘うという自覚の萌芽が見られる。ただし、「長物がたり」とは、注釈を逸脱する語りという意味ではなく、注釈自体に可能態として内包される表現行為という認識である。本書の語りは、信美を読者として想定されたものである。

2―2 『楢の杣』

寛政十二年（一八〇〇）、秋成は公則に、『万葉集』の講義を求められた。『楢の杣』はそのための講義ノート、もしくは講義録という性格を持っている。『万葉集』の概説（序例）に続いて、巻順に全歌の注解を施そうとしたものだが巻五までで中断。その理由は公則の早逝（寛政十二年九月）であろう。巻五に山上憶良「令反惑情（まどへるこころをかへさせしむ）歌并序」（五―八〇〇）の注解を逸脱して、秋成が自己の人生を振り返る長い述懐がある。家族を顧みず自由な生活をする者に憶良が教戒する長歌から、自身の人生を連想し、回顧とともに慚愧の思いを吐露している。

（前略）翁本（もと）は商賈の出身、不幸にして父に早く離れ、業を継ぎ、ほどなく類火に係りて、家産共に滅ぶ。母を負ひ妻を従へて、郷土に漂流する事二十年、終に病魔に逐れ、明を失ひて、後に母姑等逝去す。時に齢六旬に近く、妻亦老て落髪し、一身を軽舟となして都下に来れども、産業なく、嚢中尽て、尼は頓に死す。亦、

> 此患に値て、両明漸に盲となる。偶然名医に逢て、左明開くといへども、尚翳雲常にかかりて、読書写字の業を遂ざるに到る。然ども、命禄尚尽ざるにや、傍人扶けて飢饉に到らしめず。嗚呼々々、一人責め問ふ、汝何ぞ産業を修めざる。（中略）遊玩といへども、亦不幸薄命に煩はさるる也。此畏俗先生と一般にはあらねど、俗を出、業を治めぬ罪は同じ。髠鉗（髪を剃り首かせをはめる刑罰）の属のみ。斯言実に長談、高貴の御目を射奉る罪過、最大なり。

自らの人生を自責とともに振り返り、「此畏俗先生と一般にはあらねど、俗を出、業を治めぬ罪は同じ」と、憶良歌の中の「畏俗先生」と自らを重ねている。傍線部の「長談」は「ムダゴト」と訓ませる（『楢の杣』四）。このような自己述懐を、高貴の人公則に見せることに、罪の意識も感じている。『万葉集』本文から自己の生き方を連想する逸脱の語りから、ふと我に帰った時の反省という趣きである。

2―3 『金砂』

公則の死去により、評釈は巻五で中断した。秋成が再び『万葉集』の評釈に手を染めたのは享和四年（一八〇四）の『金砂』、ただしそれは『楢の杣』の全歌注釈の続きではなく、秀歌注釈であった。構成は十巻＋剰言の全十一巻。自筆本は天理大学附属天理図書館所蔵。巻一・二は四季・雑歌、巻三・四は羇旅・相聞、巻五は東歌・防人歌、巻六〜巻九は長歌とその反歌、巻十は山上憶良歌（万葉集巻五所収）、剰言は概説的内容。長歌が多いのが特徴である。

本書は、文化四年（一八〇七）秋、南禅寺畔常林庵の古井に、他の秋成の著書とともに秋成自身によって投棄されたが、何者かによって拾い上げられたと見られている。事実、自筆の天理図書館所蔵本の巻八以後の四巻には、明らかな水浸のあとがある。

注釈を逸脱した語りの例を、和歌本文とともにいくつか挙げてみよう。

①『金砂』三

浅茅原つばらつばらに物思へばふりにし郷のおもほゆるかも　大伴旅人（三―三三三）

かつて盛んだった大伴氏が、物部・蘇我・藤原の勢力におされ、大宰府の任務についていることを嘆いたと解釈した上で、「注とて物いへばあらぬ心をそふる事、我のみならず多かり」と述べる。注釈をすると、思わぬ気持ちを付け加えてしまうことが、私だけではなく多いと言う。

②『金砂』五

父母がかしらかきなでさくあれといひし言はぞわすれかねつる　丈部（はせつかべ）（二〇―四三四六）

「（前略）言のは、言葉と云事、古言にある事無し、皆言語はことゝのみいひし也（中略）噫（ああ）、紀氏（＝貫之）の口才をもて、後をまどはす事の悲しさよ。文字は道を乗する輿馬といへども、虚偽も亦是につきて走る。千載の下、豈に容易ならんやと云事を、独ごとに云て歎くのみ」と述べる。

秋成の持説のひとつで、「言葉」という語は、上代にはなく、貫之が作ったとする。それが後代をまどわしていることを「独ごと」で嘆くと言う。秋成は『胆大小心録』（一八〇八年）という、口語体をふんだんに使った辛口随筆でも、「京師に客たる事十五年来也。此ひとり言して在るが」（七、数字は日本古典文学大系『上田秋成集』の付した番号）、「今ははるかなるいにしへの事を思ひいづるは、みやこに年月やどりして、此ひとりごとはすなりけり」（一三二）と、自らの著述を「ひとりごと」と称しているが、「独ごと」と敢えて言うのは、実はいったん読者を想定した語り方であろう。誰かに聞いてほしい、読んでほしいが、誰もいない。やむなく「独ごと」になってしまう。そういう秋成は、おそらくなんらかの読者を想定しているのである。『金砂』の「独ごと」も、読者に聞いてほしい（読んでほしい）「独ごと」なのである。

③『金砂』六

「近江の荒れたる都を過ぐる時柿本朝臣人麿の作る歌」（一―二九）の評釈は『上田秋成全集』で一七頁に及ぶ長文である。人麿の長歌だけではなく高市黒人を含む、関連する歌への評も織り込みつつ、秋成の歴史観・史籍観・人間観・自己不遇意識などが長々と語られる。秋成の評釈の内容は下記の通り。

遷都は吉例とされているのに、なぜ人麿は荒れた旧都に心を向け、悲しんでいるのか。天智天皇の勲功を仰ぐ心に由来するだけではない。近江京の荒廃は、天智の実子大友皇子と実弟大海人皇子（天武天皇）の争い（＝壬申の乱）によってもたらされ、大海人皇子が勝利した。大友に仕えていた人麿の祖先は討ち死にし、その子孫は天武政権で世に遇されなかった。人麻呂は柿本一族が大友に味方したために滅んだことを深く悲しんでいるのである。高市黒人の歌も同様に「慷慨の情」を詠んでいる。一方「慷慨の情」のない人の詠みぶりは勝景を称賛するばかりである。

そこから秋成の語りは「国史の正実」への疑義に逸脱してゆく。「さて、この荒都の物語を、思ふままに、蛇に足を添ていはん歟。国史の正実疑ふべからずといへども、但天智天武の巻々の文義におきていささかいぶかしむべき事ども、此つい手にしるしおきて、後の論者を待んとす」。以下秋成は、天智系が本来皇統を継ぐべき根拠となる史実を記した史書が廃され、天武系に都合のよいように『日本書紀』が編集されたとする持説を長々と述べ、「和漢共に時を憚りては、いささかのたがひある事、他の書によりて知らるるもあれど、ただ朝廷にたがはば、いみじき罪なるべければ、無益の穿鑿にはわたるまじきを、此大津の宮の荒しを悲しめる歌の意につきて、かくまで長物がたりはすなりけり。」と結んでいる。注釈から大いに逸脱する史論や史籍観を語ることを「長物がたり」と自称しているのである。

そして、「是につきても、恐れながら、我輩の上に思へば、人各遇不遇有て、我しらぬ命録は論ずべきにあらず。又仏化の冥福、奸智の栄花も、天賜にあらざれば、我に亡びずとも、子孫に尽きん歟。（中略）心の煩ふまゝに、此長物がたりも打出づるなりけり」と言う。「恐れながら」の表現は金砂が高貴の人（亡くなった正親町三条公則）を意識していた可能性を考えさせるが、ここは古代の皇族の遇不遇と自身の遇不遇を同列に論じていることへの恐縮だろうか。ちなみに『金砂』の逸脱的饒舌から、摂津国西岸へのこだわりというモチーフを見出したのは山下久夫であったが、[*3] 高松亮太は、『金砂』が大坂の小沢蘆庵社中との交流の産物であり、彼らのために書かれたとする。[*4] いずれにせよ、『万葉集』長歌の背景に、古代の人物たちの「遇不遇」を看取し、それを己と重ねるという注釈逸脱行為（「長物がたり」）を行うという点で、『楢の杣』と『金砂』は同じ系譜に連なるのである。

④『金砂』九

「すめろぎの御代さかえんと阿妻なるみちのく山にこがね花さく」（一八―四〇九七）の和歌（反歌）に関連して、秋成は、聖武天皇時代に、陸奥国から金が出て、その金で盧舎那仏の大像を造らせた史実について述べながら、聖武天皇・孝謙天皇・蘇我氏・道鏡・和気清麻呂・吉備真備らの評に及び、彼らの遇不遇や、本朝における仏教の弊害などを縷々論じていく（『上田秋成全集』で十三頁に及ぶ）。聖武天皇について「かく柔弱の主におはせしを、聖とや申、武とあがむる。御謚こそふさはしからぬよと、かしこみながら誰もみそか言し奉る也」。道鏡が清麻呂を大隅国に流しやったことについて「噫（ああ）、道鏡が心のきたなきもて、いかで清丸の清きを奪ふべき」。清麻呂について、「身を死地に臨みても、官禄の重からぬは、薄命不遇の談に思ひやむべきのみ」などと評論し、末尾に「猶この世々のありさまは、大臣百川の奏文に、『天下の損害、庶民の苦毒は、ただ営造と軍役の二つに有』とぞ。忠誠の言のたがはざるを、史をよみ見し時にこそおぼししか。尚いはば、筆幾柄を禿ならしめんか。此長物がたり、かかる物のはしには似気なしとて、よむ人の目をやいたましむべき。老ては、思ふ事のかぎりをば便につきて、あきなくもくゆり出たる、命のきはの詹言（＝多言）なるを、よしよし、人みたまへとにもあらずなん」と、またしても「長物がたり」の語を用いる。このように、『万葉集』を語る際に、注釈を逸脱して、自らの歴史観・史籍観、さらには自身の人生回顧的述懐を語り続けることに、おそらく秋成は意識的であった。

古典評釈を逸脱する「長物がたり」の語は、たとえば、秋成が自身の人生を回顧して書いた「自伝（仮題）」という文章にも、「いと長物がたりながら、ふと筆におはせて、心ゆかするなりけり」と使われ、史論である『遠駝延五登（をだえごと）』一でも、『金砂』六と同じ話題について語った後に「さるにても、世はまことによる方なき、しられぬものよと、思ふ心のわづらふままに、此長物語はすなりけり」と結ぶ部分に使われているが、いずれも心のおもむくままの書く行為を言うものである。[*5]

『金砂』の注釈から逸脱した「長物がたり」とは、このように独語的で、成り行きまかせの語りであるが、これもまた、「テクスト遺産」のひとつのあり方である。そして、これを私は「古典の再生」と言い換えることができると思う。

3 「歌のほまれ」――『春雨物語』の中の〈古典〉語り

さて、秋成晩年の短編集『春雨物語』が、「長物がたり」的な枠組を持つことは、その「序文」（と、ここでは述べておく）の末尾に、「物いひつづくれば猶春さめはふるふる」とあることからもわかる。『春雨物語』が、「読本」や「擬古物語」などのジャンルに収まらないのは、『春雨物語』の枠組自体が、春雨の中、ひとりで物言い続ける作者の「長物がたり」（「ひとり言」）であったからで、事実、『春雨物語』に収められる「血かたびら」「天津処女」「海賊」「目ひとつの神」「歌のほまれ」らには、『金砂』での「長物がたり」の内容が、ある時は語り手によって、ある時は登場人物によって語られているのである。

ちなみに最近、羽倉本と呼ばれる秋成自筆の『春雨物語』が新たに出現し、天理大学附属天理図書館に収められ、影印・翻刻も刊行されている。[*6] この本は奥に文化六年五月の日付があり、秋成の死の直前に書かれたという点できわめて貴重なテキストである。なかでも興味深いのは、「歌のほまれ」の位置である。

転写本ながら唯一の完本である文化五年本では全十篇のうち九番目に位置する「歌のほまれ」が、羽倉本では、「血かたびら」「天津処女」に続いて三番目に位置しているのである。秋成において「歌のほまれ」は短編集の中で、位置の定まっていない、置き所自由な一篇だったということが明らかになったのである。「歌のほまれ」は、全文が、後述する『金砂』三や『遠駝延五登』二で述べられたのと同様の『万葉集』類歌論であり、和歌の遇不遇への感慨を語ったもので、ストーリーらしいストーリーはない。このような物語性のない文章が、なぜ『春雨物語』の中に入っているのかが、従来疑問視されてきたが、『春雨物語』自体が「長物がたり」だと考えれば、なぜ物語の中に評論的文章があるのかという疑問も氷解するし、各篇の順序も定まっておらず、諸本によって出入りがあるのも不思議ではないことになる。『春雨物語』は、「春雨の中でなされた長物がたり」の意で、逸脱性の濃い語りが散見するのは当然なのである。

『金砂』三は羈旅・相聞の秀歌評釈であるが、羈旅歌の部で類歌三首を並べている。長くないので全文を挙げてみよう。

聖武御製

妹にこひあごの松原みわたせば汐干のかたにたづ鳴わたる

注に、吾松原在三重郡。相去河口行宮遠矣。若疑御在朝明行宮之時所製。伝者誤之歟と見ゆ。広嗣が反逆を避て車駕。伊賀、伊勢、美濃、近江を歴たまへる時と云。阿胡・阿我、通音もて呼かふるか。

高市黒人

桜田へたづ鳴わたるあゆちがた汐干にけらし鶴なきわたる

尾張の愛智郡に、桜田は海辺に在べし。

作者不詳

難波がた汐干に立て見わたせば淡路のしまにたづ啼わたる

三首眺望同じを、ひとり赤人のわかの浦のみ人の口にあるは、是も幸ひのためし歟。

注釈として特異なのは、三首が類歌であるという指摘ではなく、三首と同想の歌である山部赤人の歌（和歌の浦汐みちくれば潟を無み芦辺をさしてたづ鳴わたる）のみが、人口に膾炙しているのは、幸運の例だと感想を漏らしているところである。

『金砂』とほぼ同時期に書かれたと推定される、秋成自身によって「長物語」[*7]と称された『遠駝延五登』二にも同趣の文章がある（読みやすさを考慮して私に歌の部分で改行する）。

秀歌のほまれにも遇不遇あり。山部の赤人の、

和歌の浦に汐みちくれば潟を無み芦辺をさしてたづ鳴わたる

是は彼明光の浦と名付たまひし玉の光に、世々かたり伝へて人の口にあり。又同御代の聖武の帝の、伊勢の三重郡の阿五の浦に出ましてよませ給ふ御制、

妹にこふ阿期の松原見わたせば汐干の潟にたづ鳴わたる

是等より前代に、高市の黒人が尾張の国を過て、

桜田にたづ鳴わたる愛知かた潮干にけらし鶴なきわたる

又作者しらざる由には、前後も知るべからず、

難波がた汐干に立てみわたせば淡路の島にたづ鳴わたる

此四首すべて同じ眺望なるを、独あか人のみを世々に伝へて、三首は忘れられたるよ。御製をはじめ、いづれもましおとりのけぢめなかるべきを、さは歌にも遇不遇は有けり。

歌に遇不遇があるという主旨が『金砂』以上に明解である。先に述べたように秋成は歴史上の人物の遇不遇を論じながら、自身の不遇に及んでいたが、それは和歌にも相当するというのである。秋成の人物観との関わりが『金砂』三、『遠駝延五登』二の類歌論にはあると言えよう。

以上を踏まえて『春雨物語』「歌のほまれ」を見ていこう。ここでは文化五年本の本文に拠る。

冒頭、山部赤人の「わかの浦に汐満くれば〜」の歌が人麿の「ほのぼのとあかしの浦の〜」と並んで「歌のちち母」のように言い伝えていることを述べた後、赤人と同時代の帝である聖武天皇にも「妹に恋ふあごの松原〜」の御製があり、聖武天皇の巡幸を警備した一人に高市黒人がいて詠んだ歌が「桜田へたづ鳴わたる〜」である。赤人と黒人は同じ帝に仕えていたのだから、御製を奪うはずはない。「むかしの人は、ただ打みるままをよみ出せしが、さきの人のしかよみしともしらでいひし者也」。赤人の歌は行幸の際の歌であろうが、同じことを詠んだと言って咎める人がいない。『万葉集』の読み人知らずの歌である「難波がた汐干にたちて〜」の歌もまた同じ心なのである。

最後は次のように締めくくられる。

いにしへの人こころ直くて、人のうたを犯すと云事なく、思ひは述たるもの也。歌よむはおのが心のままに、又浦山のたたずまひ、花鳥のいろねいつたがふべきに非ず。ただただあはれと思ふ事は、すなほによみたる。是をなんまことの道とは、歌をいふべかりける。

このように、評論としか呼びようのないこの掌編が、なぜ『春雨物語』という短編物語集に入っているのかが長らく議論されてきた。その様相については、『上田秋成研究事典』の高松亮太による「歌のほまれ」研究史がよくまとまっている。[*8] 従来の議論のポイントは、どうすれば「歌のほまれ」を「物語」あるいは「作品」として読めるかという点にあった。

たとえば美山靖は、高市黒人の歌が聖武天皇の歌よりも早く作られたことを秋成は認識していたはずなのに、

「歌のほまれ」では、わざと天皇の歌が先行するように書いている。そこに虚構があるので、「歌のほまれ」は「作品性」があると結論づける。[*9]

しかしその「虚構」と言われているものは、議論を都合よく展開するための操作ではあるが、出来上がった文章が物語と呼べるようなものではない以上、「物語の設定のために必要な虚構」とは言えない。

論証のためのデータや事実に誤りや捏造があるからといってその文章を「物語」あるいは「作品」と呼ぶことは、比喩的な使い方以外にはないだろう。

また長島弘明は、秋成自身が実朝や西行の詠歌と類想の和歌を詠んでいた体験を紹介し、「批評意識（類歌批評）と創作意識（和歌の実作者としての体験的認識）が未分化であるという点において、「歌のほまれ」は、歌論であって、同時に秋成自身を語るきわめて私小説的な物語となっているのである」と言ったが、[*10]それでも「歌のほまれ」を物語と呼ぶのは、やや苦しいのではないか。

一方、この四つの類歌についての秋成の見解を、まさしく物語の中に上手く織り込んで見せたのが、「鴛央行」という作品である。高市黒人とその妻の旅という体裁で、人の問答の中に類歌論を取り込んでいる。なぜ『春雨物語』の中に「鴛央行」を入れずに、「歌のほまれ」を入れたのかという問いを立て、「鴛央行」は依頼されてすでに書いてしまっているから、という答えを先行研究は導き出しているのだが、この問いの立て方自体に問題があるのではないか。なぜなら「鴛央行」を入れられないからといって、同じテーマの話を入れなければならないという謂われはないのだから。

さて、「歌のほまれ」に戻ろう。この文章を「物語」「作品」と見なさなくとも、〈古典〉語りとして、『金砂』や『遠駝延五登』と比較して考察することはできるだろう。「歌のほまれ」の類歌論の独自性は、それを、万葉時代の歌いぶりの「素直さ」に結びつけたところであろう。ここでは歌の遇不遇を問題にするのではなく、「心直さ」を称賛することに主旨があり、『金砂』や『遠駝延五登』とは違う〈古典〉語りを見せていると言えるのである。

美山が指摘したように、聖武天皇・赤人・黒人の歌を同時代の作品として扱うのが意図的だったとすれば、それは、「歌のほまれ」のみが強調する、「こころの直く」て「すなほ」な詠みぶりと関わっている。「作品性」「物語性」とは別次元の話である。

おわりに

『万葉集』の注釈を逸脱した「長物がたり」という行為は、『金砂』という古典評釈においても、『春雨物語』という物語においても見られ、むしろ、『金砂』と『春雨物語』は、ジャンルは異なるのだが、〈古典〉語りという面から見ると、非常に近いテキスト=既成のジャンルに収まらない魅力的な散文だと言える。それを「古典の再生」のひとつの現れだということに、躊躇する必要はないだろう。

注

1　エドアルド・ジェルリーニ「平安朝文人における過去と現在の意識　漢詩集序をテクスト遺産言説の一例として」(『第43回　国際日本文学研究集会会議録』、二〇二〇年)ほか一連の論文。

2　岩橋小彌太「上田秋成と万葉集」(『わか竹』五—十、一九一二年)、『上田秋成全集』第三巻解題(植谷元執筆、中央公論社、一九九一年)。

3 『秋成と「古代」』(森話社、二〇〇四年)。

4 「秋成と蘆庵社中――雅交を論じて『金砂』に及ぶ――」(『秋成論攷』笠間書院、二〇一七年)。

5 飯倉洋一「「長物がたり」の系譜――『春雨物語』論のために――」(『秋成考』翰林書房、二〇〇五年)。

6 『天理図書館所蔵春雨物語――羽倉本・天理冊子本・西荘本』(八木書店、二〇二一年)。

7 『遠駝延五登』一の末尾に「さるにても、世はまことによる方なき、しられぬものよと、思ふ心のわづらふまゝに、此長物語はすなりけり」とある。

8 秋成研究会編『上田秋成研究事典』(笠間書院、二〇一六年)。

9 美山靖「「歌のほまれ」の作品性」(『秋成の歴史小説とその周辺』清文堂、一九九四年)。

10 長島弘明「『春雨物語』と和歌――「宮木が塚」「歌のほまれ」を中心に――」(『秋成研究』、二〇〇〇年)。

［COLUMN］

訓読の中の〝国際〟——教育との関わりをめぐって

合山林太郎　GOYAMA Rintaro

はじめに

『論語』や『史記』などの中国の古典を理解する際、日本人は古くから訓読という手段を採用してきた。訓点を振り、語順を転倒させつつ、動詞や副詞などを訓読みにし、古語の色調を帯びながらではあるが、日本語として認識可能な形に変更して理解する方法である。[*1]

漢文訓読は、今日、高等・中等教育などでなお用いられている一方で、時代遅れの読解方法であるなどと批判される向きもある。筆者は、日本文学の教員として、いくつかの大学で漢文を訓読によって教えている。その経験を手がかりにして、この訓読の意義と問題点について、どのように考え得るか、私見を述べたい。

1　中国語vs日本語という議論の枠組み

訓読は中国古典文を日本語の文章に置き換えて理解する手法である。この訓読に関して、しばしば議論の枠組みとして用いられるのは、中国語による理解との対比である。まず、この点から考えてゆきたい。

この問題については、すでに議論の蓄積があり、青木正児（あおきまさはる）や倉石武四郎（くらいしたけしろう）をはじめ、多くの中国学者が、漢文を細かなニュアンスまで正確に理解するために、訓読ではなく、中国語の発音で中国語の語順に従って直読して理解すべきであると唱えている。[*2]

　これに対して、訓読の有用性を主張する論者も多い。今日においても、たとえば、池澤一郎氏は、現代中国語（普通話（プートンホワ））による音読が古典の理解としては万能ではないこと、文法的な側面については訓読の方が精密にとり得る場合があることなどを挙げながら、訓読が重要であると説いている。とくに日本人の作った漢文については歴史的な実証という観点からも、その人物と同様、訓読による把握が不可欠であることを論じている。[*3] 古田島洋介氏は、漢文訓読について、一種の記憶術として見るべきだという立場から、様々な考察を行っているが、やはり中国古典の理解には、訓読が一定の役割を果たすと主張している。[*4]

　こうした中国語による理解と訓読とのいずれが有用かという議論は、近世期から続くものであり、今後も繰り返されてゆくものと考えられるが、重要なことは、それぞれの方法に、長所と短所の両方があるということである。中国語で読むことは、正確な理解を得ることができるが、多くの日本人にとっては、言葉の修得のために膨大なコストを割かなければならず、とることのできない方法となる。一方、訓読は、語の意味や音韻などの把握の点で行き届かない点はあるものの、日本人にとって、より簡便な中国古典との接し方であり、有史以来の訓読を通した古典受容との接続性も確保できる。また、日本人が記した漢文については、むしろ訓読でしか理解できない部分もあるだろう。どちらを使用すべきかは、領域と対象によって変化するものであろう。具体的に言えば、中国学者は、中国古典を中国語で理解すべきであるが、一方、数多くの生徒を相手にしなければならない日本の中等教育などでは、中国語習得はカリキュラムに入っていないので、訓読で読むのが妥当ということになる。

ただ、ここで考えてみたいのは、漢文訓読の中にある外国語（＝中国語）の要素である。漢文は古典中国語であり、日本人が作った漢文であってもそのルールに則って綴られているのであるから、それを「漢語」や「漢文法」という形で説明したとしても、日本語とは異なる言語の有り様に直面せざるを得ないのである。

2 訓読の具体相――文構造の把握

すでに見たように中国語による読解と対比的に論じられることが多いため、訓読は日本語であるというイメージがもたれがちであるが、その読解の過程を細かく見てゆくと、必ずしも日本語のみで対応しているわけではない。

普段、筆者が行っている大学の授業を例に取って説明したい。筆者が所属している日本文学のセクションでは、中国語の学習は必須とされていないため、訓読で漢文を読むということになる。その際、レ点や一二点などの訓点のルールはもちろん教えるが、それはあくまで補助として用いるようにと伝えている。基本となるのは、可能な限り、訓点に頼らず読み解く構えを身につけることである。

その際、受講者にまず試みてもらうのは、文章を上から下に読み（日本語の漢字音を用いた直読）、述語に注意しながら、その構造を把握することである。具体的に見てゆこう。李白「春夜宴桃李園序」は、芭蕉の『奥の細道』の冒頭に踏まえられたことでよく知られるが、この作品に対する注解に「此篇叙宴楽之趣（此の篇、宴楽の趣きを叙す）」といった文章がある（『続文章軌範』などに載る董份のもの）。最初の授業で取り上げるものであるが、多くの場合、学生とのやりとりは次のようになる。

教員「文章を上から読んでいってください。」
学生「此、篇、叙、宴……。」
教員「動詞はどれだと思う？」
学生「叙だと思います。」

教員「そうですね。叙は訓読みにすると？」
学生「叙述の叙だから、述べる、ですか？」
教員「そう、そうすると、何を述べていますか？
　中国語の場合、何を、何に、といった要素は、原則、動詞の後ろに来ますよね。「叙」の後ろには何と書いてありますか？」
学生「宴楽の趣、うたげで遊び興じる様子。」
教員「そうすると、文章全体の意味は？」
学生「『この文章は、宴会の興趣について述べている』という意味でしょうか。」

　このように、部分的にでも〝中国語的〟に考えてゆかなければ、白文では意味はとれない。すなわち、訓読であっても、最初に文章と接する際には、動詞などの位置に注意しながら、その形を捉える必要がある。日本語と異なる語順で意味が付加されていることを理解できれば、大意は取り違えないのである。

3　訓読の歴史的変遷から見えるもの

　実際に訓読文を作る際には、以上のように大意を取りながら、原文を漢文訓読特有の言い回しを含む文語文に置き換えていかなければならない。「況」を「いはんや～をや」と読む、あるいは、文頭の「言」を「いふこころは」と読む類である。慣れてくればとくにストレスは感じないのであるが、苦手な方も多い。[*5]

　筆者が、教室で講義している感触としては、こうした言い回しを自在に読み、記すことができる学生はごくわずかである。これは、直接的には、かつては学問や法律などの用語で馴染(なじ)んでいた漢文訓読調の文章が、我々の日々の生活から縁遠くなっていることに起因しているのだろう。今日、漢文訓読調の表現で接するのは、「過ぎたるは及ばざるがごとし」などの故事成語くらいだと思われる。

　ただ、こうした漢文特有の言い回しの中にも、中国語と日本語との衝突の痕跡を見ることができる。有名な例であるが、「為A所B」という句形は、今日、「A

のBする所と為る」と読み、「AにBされる」（受け身）の意味であると学ぶが、こうした読み方が確立したのは江戸時代であり、それ以前は「Aの為にBせらる」と訓読していた。近世中期の儒者太宰春台は、この句形の「為」を、中国語の語法との関係から、「ために」と訓読すべきではないと主張している。すなわち、「為所ノ二字ヲ合セテ、ラル、トイフ義ナリ」と説明し、「AにBせらる」、あるいは「AのBする所と為る」「AのBする所たり」と読むべきであると述べている（『倭読要領』巻中、享保十三年〈一七二八〉刊）*6。今日の訓読の祖型は、明治四十五年（一九一二）に「漢文教授ニ関スル調査報告」*7が出され、定まったとされるが、このように、訓読には、それ以前の時代の訓法を不断に進化させ、工夫を重ねていった過程があるのであり、その様相を知ることは教育においても重要であろう。

そもそも訓点自体も、中国語の語順を意識することによって、なぜそれが必要かを理解できる。たとえば、「不朽」や「未知」などの語は、訓読するならば、「不」や「未」の後ろにレ点が来るが（「朽ちず」、「未だ知らず」）、これは、否定の語が動詞の前に来るか、後ろに来るかの日中の文の構造の違いに起因しているのである。*8

こうした漢文訓読の成立の経緯を説明するならば、漢文の規則も単なる暗記すべき事柄とのみ捉えられることもなくなるのではないかと思われる。

4　今日の訓読批判をどう考えるか

以上のような認識のもと、訓読についての様々な議論を見ると、時折違和感を覚えることがある。たとえば、二〇一九年には、SNSのX（旧ツイッター）において、Yojiro Noda 氏が現在の漢文教育を批判する意見を発信しているのであるが、筆者はその主張について気になった点があった。

> 漢文の授業ってまだあるの？
> あれって本当意味がないと思うんだけど、なぜいまだにあるんだろう。普通に中国語で読める漢文

を教えてほしかった。レ点とか一二点とか使って無理に日本語で訓読できるようにすることにどれだけ意味があるんだろう。受験や試験のための科目な印象。前時代的に感じる[*9]。

この文章は、よくある古典無用論とは異なっている。つまり、漢文は不要と言っているのではなく、「日本語で訓読できるようにする」という、中国古典との接し方が不適切と述べている。ただ、筆者の注意を引いたのは、「レ点とか一二点とか使って無理に」など随分窮屈そうに漢文訓読を捉えている点である。上から下に読んでいけば、そのように感じることはあまりないからである。

そこで、あらためて考えてみると、いささか推測も入ってしまうのであるが、このSNSの投稿者が習った漢文とは、文章に訓点が付いている前提で、文の構造などは意識せず、ひたすらその訓点に従いながら、訓読文を完全に頭の中に作成してから意味をとってゆく、いわば訓点絶対主義とでも言うべきものではなかっただろうか。この方法は、日本語話者にとっては比較的馴染みやすく、混乱なく説明ができるという利点はあるが、白文は読めず、また能動的に意味を理解してゆく楽しみも制限されてしまうだろう。

高等教育、中等教育のいずれであるか、また、どのような関心を持った学生・生徒に向けてのものであるか変わってくる問題であるが、やはり日本語の枠内だけで漢文訓読を説明しようとすることには難しさがあるのではないだろうか。一定の時間をとって漢文訓読に内在する外国語の要素に触れる機会があった方が、訓点についての説明も自然に、また、文章の理解も豊かになるように考えるが、いかがだろうか。

おわりに

漢文訓読は、日本語とは異質な言語で書かれた文献をいかに摂取するか、という視点から、先人が葛藤し、様々に考えていった営為の蓄積である。したがって、訓読は、日本語であると同時に、少し掘り下げれば、必ず外国語、すなわち、古典中国語の持つ諸要素に行き当たる。

漢文訓読と教育とを論じる際には、今後、こうした性質を、〝内なる国際〟として強調してゆくべきではないだろうか。そうすることによって、異なる国の人々と頻繁に接触・交流しなければならない現在の社会において、漢文訓読が有用な教材であることを、より説得的に提示できると考えられるのである。

注

1 漢文訓読に関する研究の蓄積は膨大であるが、とくに、中村春作・市來津由彦・田尻祐一郎・前田勉編『「訓読」論――東アジア漢文世界と日本語』(勉誠出版、二〇〇八年)、金文京『漢文と東アジア――訓読の文化圏』(岩波書店、二〇一〇年)や齋藤希史『漢字世界の地平――私たちにとって文字とは何か』(新潮社、二〇一四年)などが発表されて以降、訓読を日本特有の現象と考えず、東アジア全体における漢文や漢字の受容の一つの形態と捉える見方が一般的となっている。また、日本人の漢文訓読の実態についての研究には、齋藤文俊『漢文訓読と近代日本語の形成』(勉誠出版、二〇一一年)、石川洋子『近世における『論語』の訓読に関する研究』(新典社、二〇一五年)、佐藤道生『日本人の読書――古代・中世の学問を探る』(勉誠社、二〇二三年)などがある。

2 漢文を中国語で理解すべきという議論の経緯については、陶徳民「近代における「漢文直読」論の由緒と行方――重野安繹・青木正児・倉石武四郎をめぐる思想状況」(『日本における近代中国学の始まり――漢学の革新と同時代文化交渉』関西大学出版部、二〇一七年、初出二〇〇八年)などに詳しい。

3 池澤一郎「吉川幸次郎先生と日本漢学」(『比較文学年誌』五十九号、二〇二三年)、同「京大中国学と日本漢学研究――吉川幸次郎氏を基点にして」(『比較文学年誌』五十八号(二〇二二年)、同「青木正兒氏「漢文直讀論」を読み直す――「音讀」に北京語を採用せず」(『比較文学年誌』五十七号、二〇二一年)など。

4 古田島洋介「森鷗外の漢文訓読観――「自然に背きたる調」は「陰の仕事」」(『講座 近代日本と漢学 第六巻 漢学と近代文学』〈戎光祥出版、二〇二〇年〉など)。なお、このほかにも、古田島氏は、訓読文を白文に戻す復文という習慣が戦前にあったことを指摘しながら、原文に復元できるかどうかが漢文訓読の要諦であると説いている。つまり、どう訓読するかは訳者の自由であるが、原文に正しく戻せないようなものは、訓読として失格であると述べている（「漢文訓読は解釈・翻訳なのか？——『論語』学而「有朋自遠方来」の訓読再考——」（中西進編『東アジアの知——文化研究の軌跡と展望（東アジア比較文化国際会議日本支部創立二十周年記念論集）』、新典社、二〇一七年）。

5　こうした漢文特有の語彙については、古田島洋介・湯城吉信『漢文訓読入門』（明治書院、二〇一一年）、古田島洋介『これならわかる漢文の送り仮名——入門から応用まで』（新典社、二〇一二年）、同『日本近代史を学ぶための文語文入門——漢文訓読体の地平』（吉川弘文館、二〇一三年）、などの著作がある。

6　春台は、「為（ノ）字去声ナラバ、タメニト読（ム）ベシ。此（ノ）為（ノ）字ハ字ノ如ク平声ナリ」と述べている。今日の中国語においても、「ために」の意の「為（ウェイ）」は四声であり、「所A為B」の「為（ウェイ）」は二声であるが、春台はこうした中国語における「為」の字の用法の違いを意識しているのである。同様の主張は、中井竹山「紫雲并副墨辨、答千秋」（『竹山国字牘』巻下）などにも見える（佐藤由隆「漢文における「訓読」の意義と「自分訳」について」〈『愛媛国文研究』七十二号、二〇二二年十二月〉に言及）。

7　大島晃『日本漢学研究試論——林羅山の儒学』（汲古書院、二〇一七年）第三部第二章「江戸時代の訓法と現代の訓法」（初出一九八二）、佐川繭子「「漢文教授ニ関スル調査報告」の基礎的研究」（『日本漢文学研究』十四号、二〇一九年三月）に詳しい。

8　中国語と漢文訓読の対応関係については、鈴木直治『中国語と漢文——訓読の原則と漢語の特徴』（光生館、一九七五年）に詳しい。

9　https://twitter.com/YojiNoda1/status/1180520488784691200
二〇二四年二月一日最終確認。

［COLUMN］

江戸戯作と古典再生――『万載集著微来歴』を中心に

有澤知世　ARISAWA Tomoyo

■はじめに

近世文芸において、「古典」と「新しさ」、「真面目」と「遊び」は密接にかかわっている。本コラムでは、近世文芸のなかでもひときわ新しい遊びであった「戯作」を手掛かりに、古典再生について述べたい。

戯作とは、近世中期以降に知識人によってつくられた新様式の娯楽文芸の一群を指す言葉である。具体的には、遊里を舞台にした会話体小説の洒落本、滑稽さやナンセンスさを楽しむ大人向け絵本の黄表紙、中国小説を翻案した前期読本、長編の伝奇的な読み物である後期読本、長編絵本の合巻、滑稽な会話体小説の滑稽本、市井の人々の恋愛を描いた人情本などが含まれ、これらの総体を「戯作」、特に江戸で作られた戯作を「江戸戯作」と呼んでいる。[*1]

戯作の作者を「戯作者」と呼ぶ。のちに戯作を専門的に作る作者も登場したが、本来的には、武士や高級町人といった立派な知識人たちが、余技として「戯れに作る」ものが戯作。彼らは戯名を使い、普段の真面目な姿ではない、仮の姿をまとって戯れた。本来なすべき仕事ではないものに手を染めているという面映ゆさや遠慮が「戯」という一字に顕れている。

1　和歌の美談を茶化す――『万載集著微来歴』①

平家一門の興亡を綴った『平家物語』。都落ちした平家が西へ至り壇之浦の戦に臨むくだりは特にドラマティックで、勇猛な武士たちの最期と共に、いまだ八歳の幼帝や女性たちが海に沈む悲劇が描かれ、海上に散った無数の平家の赤旗は、竜田川に散り敷く紅葉に喩えられた。

現代の私たちも、古典の教科書などで一度は目にする『平家物語』だが、近世期においては様々な読み物や演劇の素材となっており、身近な古典であったといえる。

さて、数々の魅力的な『平家物語』スピンオフ作品群のなかに、この悲劇が実はすべて茶番劇だった、という戯作がある。恋川春町作・画の黄表紙『万載集著微来歴』[*2]（天明四年〈一七八四〉刊、蔦屋重三郎板）である。

本作は、帝をはじめ、平家一門が都落ちするなかで、平家側の武将であり歌人でもあった平忠度（薩摩守忠度）が、和歌の師である藤原俊成を訪れる場面から始まる。さっそく本文をみてみたい。

> さても平家の一門ことごとく都を落ち給ふなかに、Ⓐ薩摩守忠度ばかり、きつね川より引ツかへし、五条の三位俊成のもとにゆき、Ⓑ日頃詠みおかれし歌をとりいだし、もし撰集の御沙汰もあらば、一首なりとも御恩を被りたき由をなげき給ひけれども
>
> （『万載集著微来歴』）

この場面は、『平家物語』[*3]巻第七「忠度都落」をふまえている。

すなわち、平家滅亡を覚悟した忠度が、都を落ちてゆく際に俊成のもとへ引き返し（傍線Ⓐ）、日ごろ書き

つけておいた百首あまりの和歌を預けて、今後俊成が勅撰集編纂に携わることがあれば、このなかから一首でも入れてもらいたいと頼む（傍線Ⓑ）というものである。ここで『平家物語』の該当場面を確認しておこう。小文字のアルファベットを付した傍線部は、それぞれ大文字のアルファベットを付した傍線部と対応する。

ⓐ薩摩守忠度は、いづくよりやかへられたりけん、侍五騎、童一人、わが身共に七騎取ッて返し、五条の三位俊成卿の宿所におはして見給へば、門戸を閉ぢて開かず。「忠度」と名のり給へば、「落人帰りきたり」とて、その内さわぎあへり。（中略）薩摩守宣ひけるは、「（中略）ⓑ世しづまり候ひなば、勅撰の御沙汰候はんずらむ。是に候巻物のうちにさりぬべきもの候はば、一首なりとも御恩を蒙ッて、草の陰にてもうれしと存じ候はば、遠き御まもりでこそ候はんずれ」とて、ⓑ日比読みおかれたる歌共のなかに、秀歌とおぼしきを百余首、書きあつめられたる巻物を、（中略）鎧のひきあはせより取りいでて、俊成卿に奉る。

（『平家物語』）

武士としての最期に臨んで、歌人として自分の大切な歌を託した忠度。この続きは次のようになっている。俊成は忠度の心に感じて、和歌を大切に預かった。忠度はこのことをよろこび、「今は西海の浪の底に沈まば沈め、山野にかばねをさらさばさらせ、浮世に思ひおく事候はず。さらば暇申して」と、潔く西へ向かって去ってゆく。俊成は後に勅撰集『千載和歌集』を編纂した際に、「故郷花」という題で忠度の歌を入集させた。時勢に忖度せず、平家方の忠度を歌人として尊重した俊成と、最後まで歌の道を大切にした忠度の交流の逸話である。

しかし『万載集著微来歴』の俊成は、和歌を受け取ることをあっさり拒否してしまう。

（有澤注、今となっては忠度は）勅勘の身の人なれば、（有澤注、俊成は）後日を気遣い、愛想づかしをのたまひける。

（俊成）「お安い御用、随分承知と申したいが、なかなかこの斬つたりはつたりの最中、撰集どころではござらぬ。それはやつぱり、そつちに御置きなさるがお得だ」

（忠度）「勅勘の身ゆへ御遠慮なら、©よみ人しらずでもよふござります」

（『万載集著微来歴』）

『平家物語』では、「かかる忘れがたみを給はりおき候ひぬる上は、ゆめゆめ疎略を存ずまじう候。御疑あるべからず」と頼もしく遺言を預かった俊成であったが、『万載集著微来歴』では、戦で撰集どころではないので、そちらで持っておいた方がよいですよ（だから預かりません）、などと体よく面倒事を避けてしまう。

これは「やつし」や「茶化し」といわれる戯作の手法で、立派なもの・権威あるものを、そうではない姿にしてしまい、既存の価値を逆転させて笑いを生むテクニック。忠度の歌人としての心に感動して、責任をもって和歌集を預かったという俊成像はどこへやら、俗世での保身に走る情けない、そして読者に親近感を抱かせる俊成像が誕生している。

一方の忠度も、『平家物語』の潔い姿とは違い、「もし私が勅勘を受けているせいなら、「読人知らず」としてくださってもいいですよ」（傍線©）などと引き下がっており、なんだか泥くさい。これは実際に忠度の和歌が「読人知らず」として『千載和歌集』に入っていることをふまえた自己言及である。

勅勘の人なれば、名字をばあらはされず、「故郷花」といふ題にて、よまれたりける歌一首ぞ、©「読人知らず」と（有澤注、『千載和歌集』に）入れられける。

（『平家物語』）

江戸時代の読者にとっては歴史的事実でも、作中の彼らにとっては未来で起こる出来事であるのに、それを先取りして自分で言ってしまう――黄表紙とは、こういったナンセンスを楽しむ大人の知的遊戯であった。

ナンセンスといえば、【図1】は、古めかしい鎧に身を包んだ忠度（画面右）が煙管をふかしながら、江戸時代らしい風貌の男（画面左）と対座して会話しているところで、『平家物語』的世界には到底見えない。この図は、俊成に和歌を預かってもらえなかった忠度が、俊成の部下にあたる四方赤良（よものあから）に会いに行き、勅撰集入集のことをとりなしてもらえるよう頼んでいるところを描いたものである。

忠度のあきらめの悪さはさておき、四方赤良とは何者か。彼は近世後期に様々な文筆業で才を発揮した武士で、本名は大田覃（たん）（寛延二～文政六年〈一七四九～一八二三〉）。蜀山人（しょくさんじん）・大田南畝（なんぽ）等の別号を持つ。当世一流の文化人であり、流行の中心にいる人物であった。

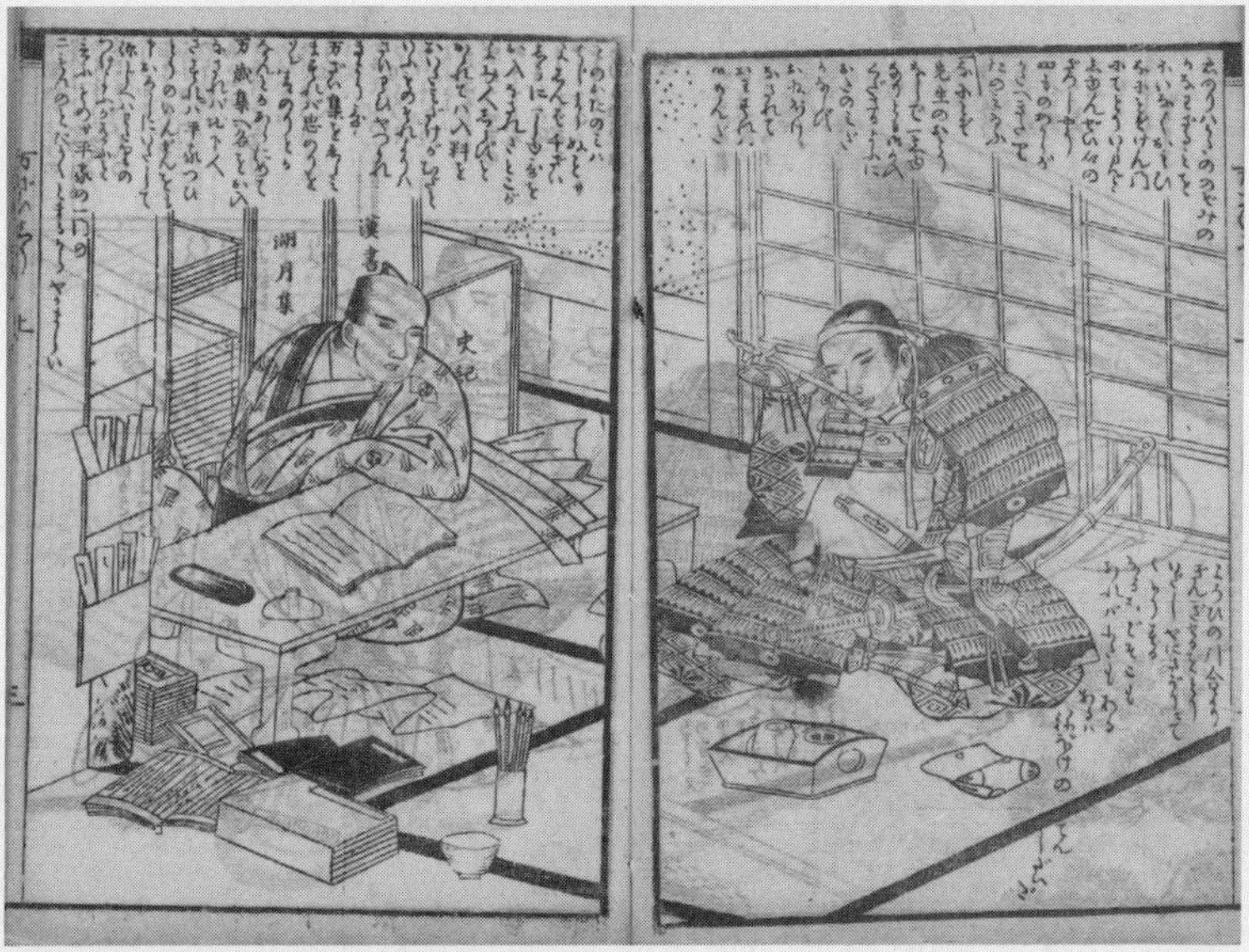

図1　『万載集著微来歴』（二丁裏・三丁表）

つまり、忠度は『平家物語』の世界から何食わぬ顔で江戸時代に足を踏み入れ、当世の有名人と勅撰集入集の話の続きをしているのである。

（忠度）「なにとぞ先生のおとりなしで、一首なりとも御加入くださるよふに、お頼みだ。必ず、お寝惚なされてお忘れは、御免だ」

（赤良）「そのお頼みははじまらぬことサ。よしんば『千載集』に一首歌をお入なされたとこが、Ⓒ読人知らずと書かれては、入料をおいたみだけが無駄といふもの。Ⓓそれよりは、幸ひやつがれ『狂歌万載集』（ママ）を撰みますれば、忠度をソレ、青のりとかなんとかあらためて、『万載集』へ名をお入なされば地下人、さすれば平家追討の院宣も申おろしに致して、源氏へは渡りのつけよふが有ふと言ふものサ。平家の一門の二門のと、高くとまるからやかましい」

（『万載集著微来歴』）

一首でよいから自分の和歌を『千載和歌集』に入れるように俊成にとりなして欲しいと念押しする忠度に対して（なお、「お寝惚なされては…」は赤良の別号「寝惚先生」をきかせた）、赤良は「読人知らず」として入っても無駄であると言う（傍線Ⓒ）。「入料」とは、発句や狂歌などを句集・狂歌集などに入集させ、印刷するために必要なお金のこと。せっかくお金を払って歌を入れても、名前がなければ…という赤良の言は世俗的であり、実際には俊成の計らいで読人知らずとして入集することになる忠度に対して、その価値を無効化するような言い方だが、これも例の「茶化し」である。

赤良は重ねて、自分が今編集している『万載狂歌集』の方に入れなさいとアドバイスする（傍線Ⓓ）。『万載狂歌集』は、『万歳集著微来歴』刊行の前年にあたる天明三年（一七八三）に、赤良と朱楽菅江が共同で編纂・刊行した狂歌集で、書名は『千載和歌集』のもじり。

狂歌とは和歌の俗体であり、構想や用語に、滑稽・洒落を盛りこんだ韻文のこと。当時江戸では、赤良を中心とした狂歌ブームが巻き起こっていた。狂歌は和歌の伝統・権威に遠慮して、当座限りの詠み捨てを楽しむ文芸であったが、『万載狂歌集』刊行をきっかけに、狂歌集の出版ブームが到来した。

赤良は、和歌の世界を捨てて流行中の狂歌の世界にお入りなさいと忠度に勧めているのである。名を「青のり」に改めとは狂歌師として狂名をつけろということ。狂歌師はみなばかばかしい名をつけ、本来の自分とは違う姿を演出した。忠度もそうすれば、平家一門という権威から離れて「地下人（位階・官職など公的な地位を持たない者）」になり、平家追討の宣旨も回避できるというわけである。

2 実ハ全て芝居だった源平合戦——『万載集著微来歴』②

赤良はさらに次のような提案をする。

しよせん檀之浦にて、安徳天皇をはじめ、一門残らず西海の水屑となり、あるいは討たれる真似さへすれば、表向きはさつぱりとあい済むと言ふ相談に決まり、忠度・四方赤良諸共、壇之浦討ち死に一式の道具を借りに来たる。（『万載集著微来歴』）

これから起こることになっている悲劇、一の谷・壇之浦の戦、そして幼帝と一門の入水までの真似事をしてしまえば、「表向き」にはすべて済んだということになり、実際には起こらない。そこで二人はそれらの場面を演じるのに必要な衣装や道具をレンタルしにゆく【図2】。先にも述べたように、源平合戦を題材にした芝居は数多くつくられており、その戦は、当時の読者にとって歴史的出来事であると同時に、お馴染みの演劇的枠組みなのである。「壇之浦討ち死に一式」という一節で、平家一門の悲劇的運命を虚構化してしまい、さらに、読者にとってなじみ深い源平合戦ものの芝居の裏側を垣間見せて相対化し笑いを生んでいる。

さて、忠度は、一の谷で戦死するはずであった。戦

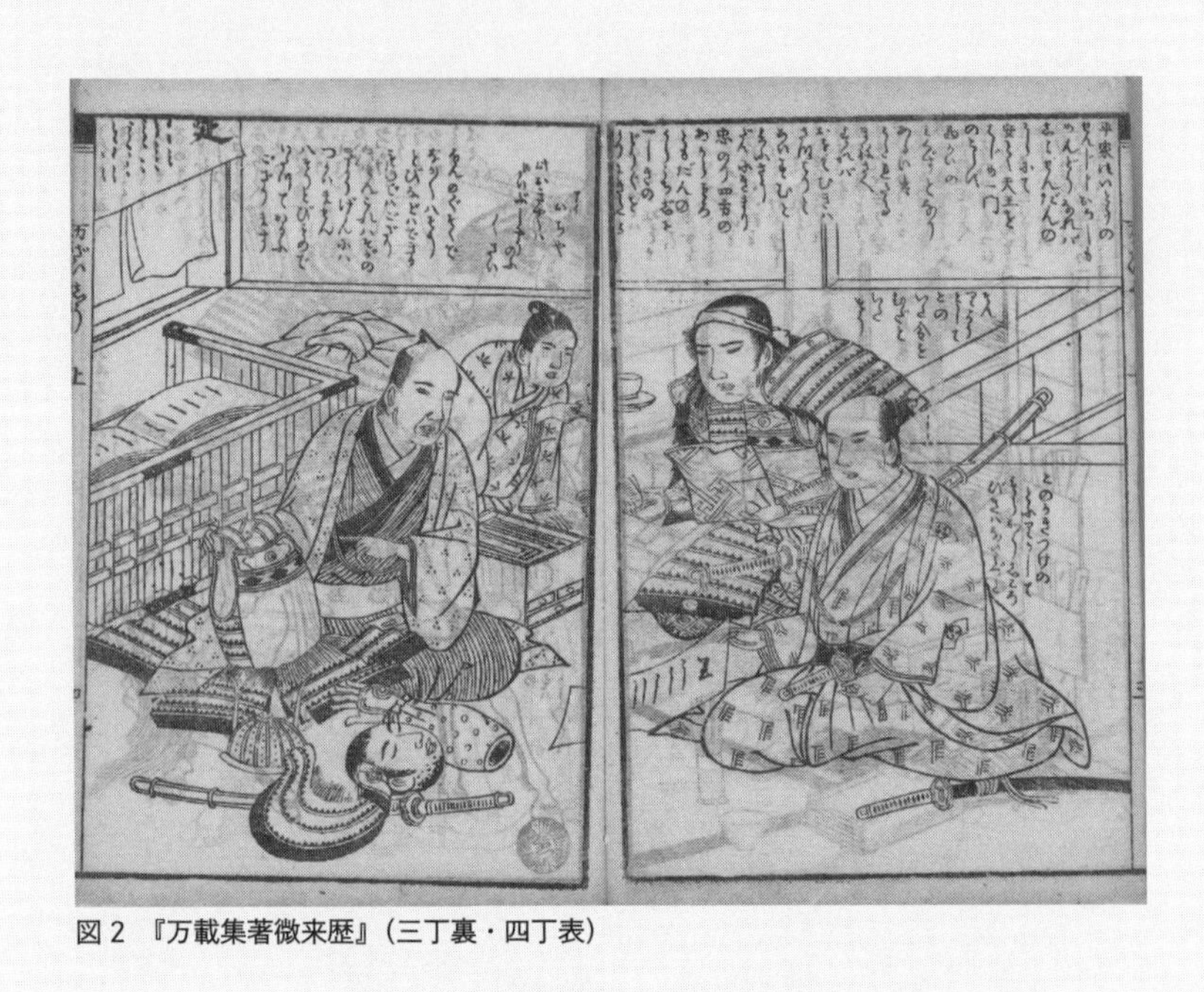

図２『万載集著微来歴』（三丁裏・四丁表）

いながら落ちてゆくところを、その身なりから大将軍であろうと目をつけた岡部六野太忠純らに追い付かれて腕を落とされ、最後は首を討たれるのである（「忠度最期」）。

『万載集著微来歴』では、六野太忠純が忠度に追い付いたところで、赤良がこれは芝居であると説明し、仲間に引き入れる。そして芝居道具の鯨身の刀で、作り物の腕を斬り落として、この場面は済んだことにしてしまうのである。

次の場面は「敦盛最期」。『平家物語』では、まだ若い敦盛の首を討たなくてはならない熊谷次郎直実が、「あまりにいとほしくて、いづくに刀をたつべしともおぼえず、目もくれ心もきえはて」るほどに嘆きながら、やむにやまれず「泣く泣く頸をぞかいてンげる」と語られるが、『万載集著微来歴』では、本当に首を討つとはこの芝居の計画に乗らないつもりか、八分にしろなどと赤良たちに大声で囃し立てられ、熊谷は「是非なく、御首をうちおとさず」作り物の首を落とす【図

3】。この戦いに無関係であるはずの赤良の挑発により、熊谷の葛藤の内容は、〝助けたいのに殺さなければならない〟というものから、〝討たなければならないのにフリで済まさなければならない〟というものにすり替えてられてしまっているのだ。敦盛には「死んだよふに黙つて黙つて」と声を掛け、真面目くさって芝居を進めている様がなんともばかばかしい。

その後も赤良と忠度は、「維盛入水」「先帝身投」といった、『平家物語』の様々な名場面に登場する人々を巻き込み、すべてを手作り感あふれる芝居にしてゆく。船を跨ぎ越して入水した体にする、幼帝のかわりに枕を抱きかかえて海に飛び込む、等々。

図3　『万載集著微来歴』（六丁表）

これらがナンセンスな滑稽であることはもちろんだが、死者を出すことなく、悲愴な挿話の数々を無効化して、芝居で済ませてしまった本作は、古典世界の人物を卑俗化し笑い飛ばしながら、皆が生きられるパラレルワールドを創出することで、繰り返し語られ演じられてきた戦の記憶を慰めているようにも思われる。

3　狂歌界のゴシップ――『万載集著微来歴』③

ここまで見てきたように、本作は『平家物語』の有名な逸話を茶化す滑稽な作品であるが、赤良が編纂中であったという『万載狂歌集』が前面に推し出されており、次にみるように、結末でも大きな役割を果たしている。

さても、安徳天皇をはじめ奉り、平家の一門のこらず壇之浦の底の水屑となりたる真似をして、源平のいざこざ、ざらりざつとすみければ、①各々思ひ思ひに狂名を付き、『万載集』に名をあらはさんと励みける。（中略）平家の一門は言ふに及ばず、貴賤上下おしなべて、みな狂歌のみを詠みて、本歌を詠む者なかりければ、②御歌所の俊成卿も、さつぱり暇にておはしましければ、自ら狂名を朱楽菅江（あけらかんこう）と改め給ひ、『万載集』に狂歌を載せられける。③四方赤良は、『万載集』を撰みしこと叡聞に達し、御褒美として、前関白太政大臣和田の原[*4]といふ官位をくだされ、御狂歌所の別当となり、めでたく栄へけると也。

すべて源平のいざこざが済んで、千載集ならぬ狂歌の万載集がめでたくできたとこじつける。源平の合戦に参加した人々がみな狂歌師になり、『万載狂歌集』に名を入れようと狂歌の稽古に励むというのである（傍線①）。こういった要素は、本書刊行の前年に、赤良と菅江が『万載狂歌集』を編集・刊行して大当たりをとったことを当て込んでいるのだが、その背景に内輪もめがあった。

『万載狂歌集』は、赤良と親しく交流していた唐衣橘洲（からころもきっしゅう）が、赤良以外の友人らと『狂歌若葉集』（天明三年刊）を編纂したことに対抗して、赤良が友人を巻き込んで急遽刊行したにも関わらず大当たりをとったのだった。先に述べた通り、狂歌には詠み捨ての文化があり、赤良と橘洲は狂歌集の刊行を遠慮していたはずで、彼らの周辺の狂歌師たちは当然二種の狂歌集刊行に注目しただろう。『平家物語』の登場人物たちが『万載狂歌集』に憧れて新たにつけた狂歌名は、赤良の仲間の名であり、本作の作者恋川春町もその仲間である。そして、俊成は『万載狂歌集』共同編者の「朱楽菅江」となって彼らの仲間となり（傍線②）、『万載狂歌集』の評判が帝にも届き、赤良は詩歌や書に優れた公卿・藤原忠通（ただみち）になぞらえられて（傍線③）、大団円を迎えるのであった。

すなわち、本作の楽しみ方は二通りある。ひとつめは、『平家物語』のパロディを楽しむこと。もうひとつは、ごく最近の狂歌界のゴシップの当て込みを楽しむことである。[*5]

本書題名の「著微」は「ちよびと」、すなわちちょびっと『万載集』の来歴を述べるの意で、分かる人には分かる内部事情を織り込みつつ、源平合戦になぞらえたナンセンスな来歴を語り、『万載集』の成功を寿いだ戯作であった。

ところで、「みな狂歌のみを詠みて、本歌を詠む者なかりければ、御歌所の俊成卿も、さつぱり暇にておはしましければ」「四方赤良は御狂歌所の別当となり」といった文言は、和歌が廃れて狂歌が台頭したと主張しているように見える。しかし、本作の出版の基本的な意図は、『万載狂歌集』の完成や、江戸狂歌の隆盛を祝福することであり、和歌を貶めることではない。本書外題の上に分かち書きされた「夫ハ本歌　是ハ狂歌」からもうかがえるように、「本歌」＝和歌が絶対的な価値を持っているからこそ成り立つ遊びであり、彼らもそのことに自覚的である。

江戸時代の遊びは、強靭な古典の世界へのリスペクトを基盤として成り立つ知的遊戯である。本来的には真面目な立場にある武士たちが、『平家物語』や『千載和歌集』といった古典の地位を反転させ、その滑稽さを現実とない交ぜにしながら、虚実を楽しんでいるのだ。

むすびにかえて――戯作者と考証随筆

最後に、戯作者たちの古への向き合い方について、異なる側面から触れたい。

古の物事について、資料に基づき考察し、その成果を書き著したものを考証随筆という。江戸時代には多くの随筆が編まれ、[*6]戯作者と呼ばれる人々もその流れのなかで考証随筆を執筆した。

赤良らの狂歌・戯作グループの人々よりも少し若く、彼らに才能を見出された山東京伝（宝暦十一～文化十三年〈一七六一～一八一六〉もその一人である。京伝は、黄表紙・洒落本・合巻・読本・滑稽本といったあらゆるジャンルに手を染め戯作界の第一線で活躍する一方で、同時代の学者たちに一目置かれる程に、考証の世界でも力を発揮し、その研究成果を『近世奇跡考』（文化元年〈一八〇四〉刊）、『骨董集』（文化十一年・十二年〈一八一四・五〉刊）等にまとめた。最新の遊びのスタイルを次々と切り拓きながら、過去と向き合い考証を行うその知的営為の在り方は、古典と新しさの間を振り子のように行き来し、時にない交ぜにしながら戯れる南畝たちの姿を彷彿とさせる。

> 古を好る人、その代を考て、ふるきことやゝあきらかになり、千歳の物すら、時ありて今あらはるゝもあれど、近き世の考は、かへりて疎にして実を失ふ事すくなからず。（中略）此書すべて、よしなしごとをかきつけたるものにはあれど（中略）もし後の世に、今をいにしへとしてしたふ人あらば、いさゝかかうがへの便あらむ歟。
>
> （『近世奇跡考』「凡例」）*7

右にあげた文章では、失われがちな「近き世」の有様を考証して残すことの意義が述べられている。自分が生きている世の物事は、同時代の読者にとっては当たり前のことであるが、それが「いにしへ」となった時、それをいつくしんで再生したいと思う人のために、「近き世」のことを書き残す。

真摯に考証に取り組んだ京伝が、古の風俗を再生させようとする時に、同時代資料を参照する手続きを重視しただけに、その困難さを自覚していることがうかがえる。それと同時に、「今」「ここ」とは過去から未来へと続く大きな流れのなかにあること、眼前の何気ない風景も、未来の誰かにとっては慕わしい「古」となり再生され得ることを確信しているのである。*8

注

1 中村幸彦『戯作論』(角川書店、一九六六年)。

2 大阪大学附属図書館蔵本を、国書データベースで参照(DOI：https://doi.org/10.20730/100379438)。引用にあたり、適宜仮名を漢字に改め、鍵括弧や句読点を付した。『万載集著微来歴』図版の引用も同書による。なお、水野稔編『古典文庫 第二六四冊 黄表紙集一』(古典文庫、一九六九年)に翻刻と解題が、小池正胤ほか編『江戸の戯作絵本(二) 全盛期黄表紙集』(社会思想社、一九八一年)(『江戸の戯作絵本①』(筑摩書房、二〇二四年)に再録))に影印と翻刻、注釈、解説が備わる。また、小池正胤「黄表紙の笑い——恋川春町作画『万載集著微来歴』を中心として——」(『日本の美学』二十、ぺりかん社、一九九三年十一月)に、本作の滑稽性についての論考が備わる。

3 引用は『新編日本古典文学全集46 平家物語②』(市古貞次校注・訳、小学館、一九九四年)に拠る。

4 藤原忠通(承徳元～長寛二年〈一〇九七～一一六四〉)のこと。

5 狂歌師たちが『万載狂歌集』への入集を望んでいたことを『万載集著微来歴』は鋭く切り取り、名前を顕すことへの執着心や、仲間同士で騒ぐ狂歌師の性質として描く(小林ふみ子「天明狂歌の狂名について」『天明狂歌研究』汲古書院、二〇〇九年)。

6 小林ふみ子・中丸宣明編『好古趣味の歴史 江戸東京からたどる』(文学通信、二〇二〇年)に、様々なジャンルの考証随筆についての論考が備わる。

7 『山東京傳全集 考証随筆・雑録等』(ぺりかん社)所収のテキストに拠る。

8 本コラムでは紙幅の関係で紹介しないが、戯作には自身や他者の考証の成果が取り入れられていることが多い。特に有名な事例は、源氏物語を歌舞伎風に換骨奪胎した合巻『偐紫田舎源氏』で、作者・柳亭種彦の考証の成果がちりばめられており、その緻密な工夫については金美眞『柳亭種彦の合巻の世界——過去を蘇らせる力「考証」』(若草書房、二〇一七年)に詳しい。「古典再生」というテーマを考える上で重要な事例である。

あとがき

盛田帝子　MORITA Teiko

二〇二三年二月十一日（土）・十二日（日）の二日間にわたって、京都産業大学むすびわざ館で、国際シンポジウム「古典の再生」が、ハイブリッド方式で行われた。本書は、シンポジウムの単なる復元ではなく、登壇者の発表と質疑応答、その後の討論を元にして、それぞれが考察を深めてくださったものをご寄稿いただいた論集である。登壇された全ての方の論考とコラムを掲載することができた。

シンポジウムは、対面とオンラインを合わせて十四カ国、四百七十二名が参加登録し、会場にも多くの方がいらっしゃった。そのプログラムは左記の通りである。

二月十一日

【パネルディスカッション　再生する古典】

（基調講演）古典×再生＝テクスト遺産――過去文化の復興における文学の役割　エドアルド・ジェルリーニ

18―19世紀における王朝文学空間の再興　盛田帝子

琉球における日本古典文化の受容　ロバート・ヒューイ
古典の再生――古事記・日本書紀・風土記の翻訳と海外における受容　アンダソヴァ・マラル
〈ディスカサント 荒木浩　司会 飯倉洋一〉

【特別プレゼン】

古典本文をWEBに載せる――TEIガイドラインに準拠したテキストデータ構築
永崎研宣＋幾浦裕之＋藤原静香

〈司会　加藤弓枝〉

二月十二日

【セッション1　イメージとパフォーマンス】

絵巻と『徒然草』絵注釈の間――デジタルアプローチの試みをかねて　楊暁捷
人麿画像の讃の歌　佐々木孝浩
霊媒〈メディウム〉としての古典：初期テレビと1956年の幽霊　ジョナサン・ズウィッカー
女房装束の変遷――平安期女房装束の復元を通じて――　佐藤悟
〈ディスカサント 山田和人　司会 盛田帝子〉

【セッション2　源氏物語再生史】

女房たちの源氏物語――『阿仏の文』を視座に　田渕句美子

『源氏物語』享受史における詞の表象　松本大
樋口一葉における和歌と源氏物語　兵藤裕己
〈ディスカサント 中嶋隆　司会 加藤弓枝〉

【セッション3　江戸文学のなかの古典】

江戸幕府の儒臣と朝廷の文物——柴野栗山の事例を中心に　山本嘉孝
紀行文の中の古典　ユディット・アロカイ
上田秋成における〈古典〉語り　飯倉洋一
〈ディスカサント 合山林太郎　司会 有澤知世〉

長引くコロナ禍で、国内外で活躍する研究者間の交流が激減し、停滞していたが、このシンポジウムでは、国際的に活躍する五カ国（アメリカ・イタリア・カナダ・ドイツ・カザフスタン）の日本文学研究者を招き、日本の古典の活用や現代的課題解決との関わりを見出すことを目標として、日本の「古典の再生」について、様々な視点から問題を掘り下げ、討議した。対面で行われたことにより、研究者や教員、ライブラリアン、大学院生や一般の方を含めた国際学術交流が推し進められる有意義な国際研究集会となった。

初日は、基調講演と三つの発表を元にパネルディスカッションと特別プレゼンが行われた。二日目は、三つのセッションが行われ、日本古典の特質や、受容と再生の歴史、世界への拡がり、そして未来に向けての可能性について、優れた国際感覚を持つ国内外の研究者が活発に討論した。

初日終了後には登壇者を囲んで、一時間程度の懇談の場も設けられ、参加者から熱心な質問が寄せられていた。また、休憩時間を利用して、多くの参加者が意見を交わし、新しい繋がりや発想が生まれた。オンライン参加者を含めて、「刺激を受けた」「考えさせられた」という感想が多数寄せられ、SNSでも多くの反響があった。

シンポジウムの翌日午前、登壇者のうち都合のつく十四名が再び会場に集い、「古典の再生」について意見交換を二時間かけて行った。この意見交換では、基調講演のジェルリーニ氏の提起した「遺産」という概念、シンポジウムのテーマであった「再生」の概念と、「復興」「復元」や「受容」「享受」との概念の違いについて議論が行われたほか、古典籍というモノとデジタルとの関係についても様々な意見が出た。このシンポジウムを「再生」して書籍を作ることについても、全員の賛同を得た。

本シンポジウムの成功は、登壇者の方々の熱意の賜物である。本シンポジウムを開催するにあたり、約一年前から準備を始めたが、その間、想定外の出来事もあった。なかでもパネリストのお一人の楊暁捷氏がシンポジウムを待たずに御病気でお亡くなりになったことには大きなショックを受けた。楊氏は、シンポジウムに参加できない可能性を考えて、発表動画を作成され、あらかじめ送ってくださっていた。私達は楊氏のご家族に連絡をとり、シンポジウム当日に、送っていただいた動画を会場で再生すると同時に世界に中継することのご了承を得た。楊氏と長年交流のあったローレンス・マルソー氏が、ご家族との仲介をしてくださった。楊氏のご冥福を心からお祈りするとともに、楊氏のご家族とマルソー氏に深く御礼申し上げる。

シンポジウムの開会の挨拶は京都産業大学外国語学部長である平塚徹氏にお願いした。フランス語学および一般言語学が専門の平塚氏は、中山昭彦の『源氏物語構造論』（岩波書店）を引用して格調高い挨拶を行い、聴衆に感銘を与えた。ご快諾いただいたことに深謝申し上げる。

シンポジウムには、京都産業大学の共同研究プロジェクト「国際シンポジウム等開催支援」（国際シンポジウムタイプ）の助成を受けた。同大学の研究機構および外国語学部、シンポジウム会場のむすびわざ館の関係者の皆様に深謝申し上げる。また運営に関して同大学文化学部の小林一彦氏とそのゼミの学生さんたち、私のゼミおよび授業を受けている学生さんたちにご助力をいただいたことに感謝申し上げる。

まだコロナ禍の影響が強かったシンポジウムの開催から、一年余りで本書を刊行することができたことはこの上ない喜びである。書籍化する過程で、登壇した方々の論考やコラムを拝読しながら、それぞれが提起する問題の大きさや深さに感じ入ると同時に、一冊にまとめることで、各論考・コラムが響き合い、「古典の再生」をテーマとする交響曲のような趣きが現出したことに驚き、感銘を受けた。シンポジウムの熱量を各人が持ち帰り、新たな考察を加えて成立した『古典の再生』は、古典のもつポテンシャルが未来を創造する可能性に満ちていることを感じさせてくれる。

最後に、シンポジウム会場のオンライン中継を担当して下さった文学通信には、本書の刊行でも大変お世話になった。とくに本書の編集を担当された西内友美氏には、多大なご迷惑をおかけしたが、西内氏は、粘り強く原稿をお待ち下さり、時に原稿の的確な修正案をご提示下さり、最後まで力強く伴走して下さった。西内氏の存在が、どれだけ心強かったか言葉にできないくらい感謝している。なお、本書の編集には飯倉洋一氏の助力を得た。記して感謝申し上げる。

※本研究はJSPS科研費JP20KK0006の助成を受けたものです。

執筆者一覧（掲載順）

盛田帝子（もりた　ていこ）

→奥付参照

エドアルド・ジェルリーニ（Edoardo Gerlini）

ヴェネツィア・カフォスカリ大学（アジア・北アフリカ学科研究員。専門は日本古典文学、とりわけ平安時代の和歌と漢詩、比較文学、文化遺産学）【著書・論文】*Heian Court Poetry as World Literature. From the Point of View of Early Italian Poetry* (Firenze University Press, 2014)、『古典は遺産か？日本文学におけるテクスト遺産の利用と再創造』（河野貴美子共編、勉誠社、二〇二一年）、「*Textual Heritage Embodied. Entanglements of Tangible and Intangible in the Aoi no ue utaibon of the Hōshō school of Noh*」(Studies in Japanese Literature and Culture, n. 5, 国文学研究資料館、二〇二二年)、「漢文とラテン語に対する俗語の正統化と遺産化——古今集真名序とダンテ著の『俗語論』を比較して」(Waseda RILAS Journal, n. 8) など。

ロバート・ヒューイ（Robert Huey）

ハワイ大学名誉教授（中世和歌、琉球王国の文化）【著書・論文】*The Making of Shinkokinshū* (Cambridge: Harvard University Asian Center, 2002), xx + 480 pp.; "Okinawan Studies at the University of Hawai'i: Twice Born; Suggestions for Further Research," *International Journal of Okinawan Studies*, V. 4, #2, December 2013, 65-78. など。

アンダソヴァ・マラル（Andassova Maral）

早稲田大学高等研究所講師（古代文学）【著書・論文】『古事記　変貌する世界』（ミネルヴァ書房、二〇一四年）、『ゆれうごくヤマト—もうひとつの古代神話』（青土社、二〇二〇年）など。

荒木　浩（あらき　ひろし）

国際日本文化研究センター教授・総合研究大学院大学教授（日本古典文学）【著書・論文】『京都古典文学めぐり』（岩波書店、二〇二三年）、『古典の中の地球儀』（NTT出版、二〇二二年）、『『今昔物語集』の成立と対外観』（思文閣人文叢書、二〇二一年）など。

楊　暁捷（X. Jie Yang）

カナダ・カルガリー大学教授（日本中世文学、特に絵巻を研究）【著書・論文】『戯れる江戸の文字絵　十返舎一九『文字の知画』よみがえる大衆の笑い』（マール社、二〇二二年）、『デジタル人文学のすすめ』（勉誠出版、二〇一三年）など。二〇二三年逝去。

佐々木孝浩（ささき　たかひろ）

慶應義塾大学附属研究所斯道文庫（中世和歌・日本書誌学）

［著書・論文］『日本古典書誌学論』（笠間書院、二〇一六年）、『芳賀矢一「国文学」の誕生』（岩波書店、二〇二一年）など。

ジョナサン・ズウィッカー（Jonathan Zwicker）

カリフォルニア大学バークレー校准教授（日本近世・近代文学）［著書・論文］*Practices of the Sentimental Imagination: Melodrama, the Novel, and the National Imaginary in Nineteenth-Century Japan* (Harvard, 2006); *Kabuki's Nineteenth Century: Stage and Print in Early Modern Edo* (Oxford, 2023)

佐藤　悟（さとう　さとる）

実践女子大学教授（日本近世文学）［著書・論文］「『修紫田舎源氏』の絶板と用紙」（『書物学』十九、勉誠出版、二〇二一年）、「名主改の創始――ロシア船侵攻の文学に与えた影響について――」（『読本研究新集』Ⅲ、翰林書房、二〇〇一年）など。

山田和人（やまだ　かずひと）

同志社大学名誉教授（日本近世文学・芸能演劇）［著書・論文］『未来を切り拓く古典教材』（共編、文学通信、二〇二三年）、『日本の舞台芸術における身体―死と生、人形と人工体』（共著、晃洋書房、二〇一九年）。『竹田からくりの研究』（おうふう、二〇一七年）など。

田渕句美子（たぶち　くみこ）

早稲田大学教授（和歌文学・女房文学）［著書・論文］『百人一首――編纂がひらく小宇宙――』（岩波新書、二〇二四年）、『女房文学史論――王朝から中世へ――』（岩波書店、二〇一九年）、『異端の皇女と女房歌人――式子内親王たちの新古今集――』（角川選書、二〇一四年）など。

松本　大（まつもと　おおき）

関西大学准教授（中古文学）［著書・論文］『源氏物語古注釈書の研究』（和泉書院、二〇一八年）、『源氏物語を読むための25章』（共編著。武蔵野書院、二〇二三年）など。

兵藤裕己（ひょうどう　ひろみ）

学習院大学名誉教授（日本文学・芸能）［著書・論文］『物語の近代』（岩波書店、二〇二〇年）、『琵琶法師』（岩波新書、二〇〇九年）、『後醍醐天皇』（岩波新書、二〇一八年）、『声の国民国家』（講談社学術文庫、二〇〇九年）など。

中嶋　隆（なかじま　たかし）

早稲田大学名誉教授（江戸期文化・文芸）［著書・論文］『西鶴「誹諧独吟一日千句」研究と註解』（文学通信、二〇二三年）、『初期浮世草子の展開』（若草書房、一九九六年）、『新編西鶴と元禄メディア』（笠間書院、二〇一一年）など。

山本嘉孝（やまもと　よしたか）

国文学研究資料館准教授（江戸～明治期の日本漢文学）【著書・論文】『詩文と経世――幕府儒臣の十八世紀』（名古屋大学出版会、二〇二一年）、「中村蘭林『学山録』に見られる西洋天文学の知識――考証随筆の淵源をたどる」（『日本文学』七十一―七、二〇二二年）、"Japan and China in Hokusai's *Ehon Kōkyō (Illustrated Classic of Filial Piety)*" Timothy Clark, ed. *Late Hokusai: Society, Thought, Technique, Legacy* (The British Museum Press, 2023) など。

ユディット・アロカイ（Judit Árokay）

ハイデルベルク大学東アジア研究センター日本学科教授（日本文学史、歌論史）【著書・論文】Judit Árokay: *Die Erneuerung der poetischen Sprache: Poetologische und sprachtheoretische Diskurse der späten Edo-Zeit*, München: iudicium 2010.（詩歌の更新：江戸時代後期における歌学と言語学の言説）、Judit Árokay, Jadranka Gvozdanovic, Darja Miyajima (eds.): *Divided Languages? Diglossia, Translation and the Rise of Modernity*. Heidelberg: Springer Verlag 2014.（分断された言語?-ディグロシア、翻訳、近代の台頭）、Judit Árokay:「江戸後期における和歌表現の進展」（Wiebke Denecke、河野貴美子編『日本「文」学史　第三冊「文」から「文学」へ――東アジアの文学を見直す』勉誠出版、二〇一九年）など。

飯倉洋一（いいくら　よういち）

大阪大学名誉教授（日本近世文学）【著書・論文】『秋成考』（翰林書房、二〇〇五年）、『上田秋成　絆としての文芸』（大阪大学出版会、二〇一二年）など。

合山林太郎（ごうやま　りんたろう）

慶應義塾大学教授（近世・近代の日本漢文学を専門とする）【著書・論文】『幕末・明治期における日本漢詩文の研究』（和泉書院、二〇一四年）、『文化装置としての日本漢文学』（共編著、勉誠出版、二〇一九年）など。

有澤知世（ありさわ　ともよ）

神戸大学講師（日本近世文学〈山東京伝の戯作と考証〉）【著書・論文】「合巻は「せねばならぬせつなし業」か――十九世紀江戸の文化人〝岩瀬醒〟の営為を考える――」（『日本文学』七十二、二〇二三年七月）、「半紙本体裁合巻のデザインを読む――神戸大学附属図書館新収・山東京伝『桜姫筆再咲』を手掛かりに――」（『日本文学研究ジャーナル』二十六、二〇二三年六月）、「古画を模す――京伝の草双紙と元禄歌舞伎」（小林ふみ子ほか編『好古趣味の歴史　江戸東京からたどる』文学通信、二〇二〇年）など。

永崎研宣（ながさき　きよのり）

一般財団法人人文情報学研究所主席研究員（人文情報学・仏教学）【著書・論文】一般財団法人人文情報学研究所監修『人文学のためのテキストデータ構築入門　ＴＥＩガイドラインに準拠した取り組みにむけて』（共編著、文学通信、二〇二二年）、京都大学人文科学研究所共同研究班編永崎研宣『日本の文化をデジタル世界に伝える』（樹村房、二〇一九年）、下田正弘・永崎研宣編『デジタル学術空間の作り方　仏教学から提起する次世代人文学のモデル』（共編著、文学通信、二〇一九年）、永崎研宣・大向一輝・下田正弘「仏教学のためのデジタル学術編集システムの構築に向けたモデルの提案と実装」（『情報処理学会論文誌』六十三―二、二〇二二年二月）など。

幾浦裕之（いくうら　ひろゆき）

国文学研究資料館古典籍共同研究事業センター特任助教（中世和歌文学、女房文学、日本古典籍書誌学）【著書・論文】『たまきはる』の成立と奥書――定家と女房の書写活動との関連性――」（『日本文学』七十二―二、二〇二三年二月）、「歌人が年齢を詠むとき――表現と契機の性差――」（『日本文学』六十八―二、二〇一九年二月）、翻訳として、マイケル エメリック・幾浦裕之訳「テクストの改替」（新美哲彦・レベッカクレメンツ編、『源氏物語の近世　俗語訳・翻案・絵入本でよむ古典』勉誠出版、二〇一九年）など。

藤原静香（ふじわら　しずか）

京都産業大学 研究補助員（非常勤）（和歌文学）【著書・論文】『道堅法師自歌合』諸本考」（『女子大國文』一七四、二〇二四年一月）、「『十番虫合絵巻』ビューワの開発――ＴＥＩを用いた和歌文学資料のマークアップを通じて――」（共著『研究報告　人文科学とコンピュータ（ＣＨ）2023』ＣＨ－一三二―七、二〇二三年五月）、「曾禰好忠「毎月集」二番歌の一考察――海人への自己投影表現をめぐって――」（『女子大國文』一六七、二〇二〇年九月）など。

加藤弓枝（かとう　ゆみえ）

名古屋市立大学准教授（日本近世文学）【著書・論文】『小沢蘆庵自筆　六帖詠藻　本文と研究』（共著、和泉書院、二〇一七年）、「正保版『二十一代集』の変遷――様式にみる書物の身分」（『雅俗』十九、二〇二〇年）など。

忠夫著作集別巻4　老のくりごと――八十以後国文学談義――』和泉書店、2017年、111～114頁・210～212頁）。

11　加藤弓枝「和歌検索テキストの往古来今――牛飲水為乳、蛇飲水為毒」（『人文情報学月報』第145号、人文情報学研究所、2023年8月、巻頭言）。

12　将基面貴巳「人文学としての日本研究をめぐる断想」（『日本研究 = NIHON KENKYŪ』55号、国際日本文化研究センター、2017年5月、63～72頁、＊『リポート笠間』63号再録、2017年11月）。

13　山田広昭「文学は〈国家〉とどんな関係にあるのか？」（吉岡洋・岡田暁生編『〈未来を拓く人文・社会科学シリーズ17〉文学・芸術は何のためにあるのか？』東信堂、2009年、15～24頁）。

14　本橋裕美「ジェンダー――古典」（千葉一幹・西川貴子・松田浩・中丸貴史『〈シリーズ・世界の文学をひらく5〉日本文学の見取り図――宮崎駿から古事記まで――』ミネルヴァ書房、2022年、28～31頁）。

15　マイケル・エメリック（翻訳：幾浦裕之）「テクストの改替」（レベッカ・クレメンツ、新美哲彦編『源氏物語の近世――俗語訳・翻案・絵入本でよむ古典――』勉誠出版、2019年、論考篇81～114頁）では、『源氏物語』を例に、たとえ『源氏物語』の作者自筆本が残っていたとしても、その自筆本そのもののみでは古典の享受は生じないこと、カノン化とは原本の改替品を絶えず製造し、流通させることだと指摘する。

16　幾浦裕之「百首歌・題詠・画中歌・絵入本のTEIマークアップの試み――天和三年刊・菱川師宣画『絵入藤川百首』を例として――」（『近世文藝』119号、日本近世文学会、2024年1月、15～28頁）。

【付記】執筆にあたり、川本徹（名古屋市立大学）ならびに幾浦裕之（国文学研究資料館）の両氏より助言を得た。ここに記して深謝申し上げる。なお、本稿はJSPS科研費JP22K00303の研究成果の一部である。

まざまな制約があり、資料にアクセスできる人数や頻度は自ずと限定されたものになる。また、原資料そのものには、分析・研究によって得られたさまざまな知見の蓄積を、情報として直接書き加えるわけにはいかない。しかし、TEIによるテキストデータであればそれもでき、既知の情報のみならず、共同作業によって新たな知見を書き加えていくことさえ可能である。それは、真の教養を獲得するために、革新的なツールともなるであろう。

このように、日本古典文学資料のテキストデータ構築は、原資料の情報を、より多くの人に利用可能なものとするために、いままさに取りかかるべき課題として眼前にあるのである。

注

1 永崎研宣・幾浦裕之・藤原静香「古典本文をWEBに載せる——TEIガイドラインに準拠したテキストデータ構築」（本書所収）。

2 小風尚樹「序——テーマから知る」（人文情報学研究所監修『欧米圏デジタル・ヒューマニティーズの基礎知識』、文学通信、2021年、25～27頁）。

3 大向一輝「人文情報学とは何か」（『文化交流研究』第33号、東京大学文学部次世代人文学開発センター研究紀要、2020年3月、83～91頁）。

4 小風尚樹「序——本書が目指すもの」（前掲書『欧米圏デジタル・ヒューマニティーズの基礎知識』19～22頁）。

5 永崎研宣「あとがき」（前掲書『欧米圏デジタル・ヒューマニティーズの基礎知識』481～484頁）。

6 永崎研宣「人文学のためのテキストデータの構築とは」・同「日本におけるテキストデータ構築の歴史」（人文情報学研究所監修『人文学のためのテキストデータ構築入門　TEIガイドラインに準拠した取り組みにむけて』文学通信、12～47頁）。

7 フランコ・モレッティ『遠読——〈世界文学システム〉への挑戦』（秋草俊一郎・今井亮一・落合一樹・高橋知之訳、みすず書房、2016年）。

8 ホイト・ロング『数の値打ち——グローバル情報化時代に日本文学を読む』（秋草俊一郎・今井亮一・坪野圭介訳、フィルムアート社、2023年）。

9 ホイト・ロング（翻訳：秋草俊一郎）「物語の科学——過去・現在・未来——」（『日本近代文学』第109集、日本近代文学会、2023年11月、182～187頁）。

10 島津忠夫「ひとつの「学界展望」から——ふたたび『新編国歌大観』のことなど——」・同「『新編国歌大観』の功罪——編集委員の一人の立場から——」（『島津

より優先することではないと考える文学研究者も少なくないであろう。その背後には、DH 研究に従事することで、文学研究が疎かになるという憂慮があると考えられる。

共同研究を通して、DH 研究の場と文学研究の場では、流れている時間の速さが異なることを実感している。日本近世文学の研究を例に挙げれば、学会の口頭発表から論文化に至るまでには、掲載雑誌が査読誌であれば早くても 1 年かかり、数年かかることも珍しくない。一方で DH 研究の論文公開までの期間は短く、文学研究の論文を 1 本発表するあいだに、DH に関する業績を複数発表することになる。そうなると、日本文学のみを研究する者の目には、当該研究者が DH 研究を優先しているように見えてしまうのである。確かに文学研究の軸足が十分育たぬ内に、DH 研究で活躍する大学院生の姿は、指導教員の目には不安に映るかもしれない。

しかし、DH 研究に従事する日本文学研究者の育成は、人文学の未来にとっても、ひいては学界の未来にとっても等閑に付せぬことである。文学研究と DH 研究の両立は不可能なことではなく、また、日本文学研究者による DH 研究は、新たな文学研究の地平を切り拓くことであろう。よって、DH 研究に従事するとくに若手日本文学研究者にとって、居心地のよい環境を整備することが日本文学関連の学界には求められている。

おわりに

ところで、文学のもつ現実的効用は、自分以外の他者と感を同じくするという快感をもたらしてくれることではないだろうか。それが古典文学である場合には、時間の醸し出す味わいがそこに加わるはずである。書物を書き残した人々とは現実には会うことができないが、彼らが書き残した書物を通して、時空をこえて意思疎通をはかることができることを実感した時、文学を学ぶことは決して無駄なことではなく、真の教養であることを確信する。

周知の通り、日本各地の図書館や資料館などには、日本のみならず東アジアで作られた膨大な古典籍や古文書が現存しており、なかには手付かずのまま保存されている資料も少なくない。情報技術や環境の進化によって、画像公開される資料は次第に増えつつあるが、画像データだけでは、資料の持つ情報を十分に伝えきれない。一方で、直接手に取って閲覧することにはさ

3　日本古典文学のテキストデータ構築の利点と課題

もちろん数や量の力だけで文学研究を進めるべきだと言っているわけではない。注釈研究に代表されるような、作品の精読も当然重要なことである。

現在行っている共同研究では、冒頭で述べた通り、TEI ガイドラインに準拠したテキストデータを構築している。TEI ガイドラインに準拠する利点は複数あるが、筆者の胸にもっとも響いたことは、より幅広いテキストの活用・再生が期待される点である。TEI では XML（エックスエムエル）というマークアップ言語を使っているが、これはデータ変換がしやすい形式として知られる。

デジタル技術に関する誤解のひとつに、例えばあるデータベースのサービスが終了すると、そこで公開されていたテキストデータがこの世から消失したかのような、デジタル情報の砂上の城のごときイメージが挙げられる。しかし、それは消失したのではなく、見えなくなってしまっただけである。一方で、デジタル情報には、再生しやすい形式と、再生しにくい形式とがある。XML というマークアップ言語はその前者にあたる。多くの古典文学作品が書物という容れ物を変化させ、現代にまで受け継がれてきたように、TEI/XML で記述したテキストデータは、新たな容器に移し替えつつ未来の利用者へ繋いでいくことができる[15]。

幾浦裕之が指摘するように、TEI によるテキストの構造化は、デジタル上でテキストに装訂や書式や注釈を与えることである[16]。その構造化は浅くも深くも行うことができ、研究者らによる精読の結果得られた注釈を記述することもできる。もちろん、そこには注釈者名を記載することも可能である。つまり、TEI ガイドラインに準拠したテキストデータを構築することは、過去・現在・未来の研究者が協働して注釈する、いわばサグラダ・ファミリアのごとき学問の場を形成することにも繋がるのではないだろうか。

しかし、そのような場を形成するためには、仲間を必要とする。現在の共同研究では大規模な歌合の TEI による構造化を予定しているが、それには人手が足りないと感じ、DH に興味を持っている若手研究者や大学院生に声をかけている。今後、本格的に構造化を開始した際には、従事してくれる若手研究者の DH と文学の研究バランスに留意することが課題となる。

これまで日本文学研究者の多くは、デジタル技術を利用することはあっても、それを構築する側に回ることが少なかった。また、DH 研究は文学研究究に対する危惧の念が抱かれるようになった。とくに索引という便益なものの存在は、歌集全体を丁寧に味読する営為を怠らせ、研究を形骸化させる危険を抱え込んでいるといった苦言が呈されたのである[10]。その後、『新編国歌大観』が CD-ROM やオンライン上でテキスト検索可能になると、いよいよその至便さへ警鐘が鳴らされてきた。しかし筆者は、コンピュータを駆使した文学研究は、必ずしも従来の精読研究と対立するものではないと考える[11]。

将基面貴巳(しょうぎめんたかし)は、人文学研究一般に見られる問題のひとつは、「学問のプライベート化」（privatization）ともいうべき事態――つまり、現代社会や文化の諸問題との関連性が研究者によって自覚されていない事態にあると指摘する[12]。研究者は専門分野の研究者以外の人も念頭において、現代という文脈において自らの研究がいかなる意義を持ちうるかについて考えをめぐらしつつ研究を進める必要がある、という提言である。

例えば、山田広昭(やまだひろあき)は、国家や政治とは無関係に見えるような文学もまた国家とは切り離すことのできない関係にあり、文学と国家という問題は、ある共同体の構築と維持に、文学という言語的な営みがどのように関わってくるのかという問題として考えることができると述べる[13]。また、本橋裕美(もとはしひろみ)は、古典文学作品のさまざまなジャンルに、ジェンダーをうかがう契機があると述べる。実際に起きた事象の背後には、多くの起きなかった出来事があり、なかでも物語文学が示してくれるのは、実際に起きることがなかった出来事の方であり、ジェンダー論で問うべき綻びは、そうした現実では起こり得ないことを契機に姿を見せると指摘する[14]。

このように文学作品のなかには、現代に関わる重要な事象が含まれている。現代における諸問題の解決の糸口は、古典文学作品のなかにも含まれているのである。それらの糸口を探す際には、電子機器を駆使した機械学習によって、大規模テキストデータにひそむ人間の認識の問題にせまることも有用であるはずである。今後、日本語の歴史的典籍の画像データの AI 利活用等によるテキストデータ化が進展し、近現代のみならず前近代の大規模データを活用できる日が到来すれば、膨大な作品を網羅する数と量の力で、現代という文脈にも繋がるような、文学研究の新たな可能性が見えてくるであろう。

械学習（大規模データの無数の次元から統計的パターンを特定する手法）というコンピュータの方法を駆使した、北米で発展した文学研究である。

具体的には、フランコ・モレッティ（Franco Moretti、1950-）が2000年に発表した論考で提唱した「遠読（distant reading）」と呼ばれる、少量の作品を精読（close reading）するのではなく、幅広い作品から機械的な処理によって知見を得る方法論が挙げられる。この論考は2013年に刊行された単著に収められ、その日本語訳書は2016年に『遠読――〈世界文学システム〉への挑戦』という書名で出版された[7]。

この遠読やコンピュータ手法を文学研究に用いることは――いわば「物語の科学」は、従来の原典を精読する文学研究と対立する方法論であり、それを使用することが適切かどうかに関して、北米では激しい議論が交わされた。その議論のなかで生まれたのがホイト・ロング（Hoyt Long、1976-）が日本近代文学作品を対象にコンピュータを駆使して分析をした研究成果をまとめた『数の値打ち――グローバル情報化時代に日本文学を読む』であった。2021年にコロンビア大学出版から刊行された原著は、2023年に日本語訳書が刊行されている[8]。

ホイト・ロングが目指したのは、文学研究の内側に根ざした立場からコンピュータ手法に問いかけることであり、科学的概念と物語研究のあいだの対話の歴史を取り戻すことであった。批評理論と統計学・計量的読解を融合した新たなアプローチから、言語やテキストにひそむ人間の認識の問題にせまり、日本文学の読み直しを試みたのである[9]。言うまでもなく、上述のような日本近代文学研究が可能となった背景には、1万7千点以上の近代文学作品を全文テキスト公開する青空文庫のような、大規模なデジタル資料の公開がある。

このような大規模テキストデータ蓄積の研究基盤が整備されれば、日本古典文学の研究においても、機械学習を用いた研究が進展する可能性がある。しかし一方で懸念されることが、冒頭で述べたようなデータを論証に用いることへの抵抗感である。

これは、日本古典文学のなかで、もっともテキストデータ化が進んでいる和歌文学の研究分野ではすでに生じている問題でもある。『新編国歌大観』（角川書店、1983-1992年）が出版されると、それに頼り切った付け焼き刃の研研究資料館をはじめとする資料所蔵機関によってこの規格に準拠した画像公開が進んでおり、その恩恵に与る研究者は少なくない。

また、OCR（光学的文字認識）処理技術の進展により、古い日本語資料の画像データからのテキストデータ作成が可能となり、国立国会図書館デジタルコレクションで提供されている資料のなかから、著作権の保護期間が満了した図書および古典籍約35万点が検索可能な「次世代デジタルライブラリー」（https://lab.ndl.go.jp/dl/）が公開された。次世代デジタルライブラリーは、全文検索機能のほか、Google レンズのような画像検索機能も備えており、くずし字資料についても、今後、テキストデータ化や画像検索の精度が向上するものと考えられる。

2　デジタル時代の日本文学研究

このような日本古典文学資料も含めた大規模な日本語の全文テキストデータや、歴史的典籍や日本語の近代活字資料画像の公開や利用に関するデジタル技術の進展は、確実に日本古典文学の研究状況を変えつつある。

日本古典文学の研究手法もさまざまあるが、日本国内では研究は注釈に始まり注釈に終わると言われ（中村幸彦（なかむらゆきひこ）ほか）、注釈とは何かを自問することが重視されてきた。注釈には用例探索が肝となることから、これまでも多くの日本古典文学研究者は紙媒体の辞書・索引や叢書類だけでなく各種データベースを活用してきた。そのなかにはジャパンナレッジ（Japan Knowledge）のような有償オンラインデータベースもあれば、日本古典文学大系のデジタルテキストデータ（現在はサービス終了）のような研究機関などが公開する無償のデータベースもあった。また、和歌文学に至っては、『新編国歌大観』や『新編私家集大成』のデジタルテキストなしでは研究が立ちゆかない状況にあるといっても過言ではない。

そこに歴史的典籍も含めた大規模な日本語の全文テキストデータや、画像などの電子化された非文字資料が加わることは、これまで探し出せなかった用例や図像を見出せる可能性が向上し、注釈研究を一層進展させることが予想されることから歓迎する声があがっている。一方で、人間の能力では目を通すことが不可能なほど膨大なデジタル化資料が蓄積されるため、それらをいかに活用するべきかという問題が生じる。そこで注目されているのが、機ドラインに則って構築している。TEI（Text Encoding Initiative）がいかなるものであるかについては、本書の「古典本文をWEBに載せる――TEIガイドラインに準拠したテキストデータ構築」を参照されたい[1)]。

ここでは、この共同研究の過程で感じた、日本古典文学作品のテキストデータ構築をめぐる、言い換えれば人文情報学と日本古典文学をめぐる課題と展望について、DHの専門家ではない一介の日本古典文学研究者としての立場から、デジタル技術と日本文学研究の状況を整理しつつ述べてみたい。人文情報学分野の研究は加速度的に進展し、日本古典文学研究をめぐる状況も刻々と変化している。ここで記した課題が近い将来解消され、展望がさらに発展的なものとなっていることを期待しつつ記すものである。

1 日本文学資料に関連するデジタル技術の整備

人文情報学（DH）とは、人文学の領域において、研究活動にデジタル技術を適用・応用する学際的な学術領域である。厳密に定義することは難しいが、小風尚樹が述べるようにさまざまな専門分野、職能、社会的立場の人々が参集する場であり[2)]、大向一輝が指摘するように人文学研究におけるコンピュータやインターネットの活用といった一方通行の関係ではなく、双方向的あるいは複合的な状態として定義されることが多い[3)]。20世紀後半にコンピュータ技術が発展するとともに、人文学の研究分野でもデジタル技術が適用・応用されるようになり、インターネット技術が定着した21世紀に入るとDHという呼称も浸透した[4)]。永崎研宣が述べるように、とりわけ2010年代にDHは世界を席巻し、DH学会やそれを支えるコミュニティも拡大し、国際的な学術コミュニティも運営されるようになった[5)]。日本文化を対象としたDHの多くは日本を拠点として展開されているが、欧米圏のDHは国際的な牽引役を担っており、その影響は日本文学研究にも及んでいる。

ところで、DHの場を支える技術的背景として、人文学のためのさまざまな国際規格の策定や改訂、さらにはその運用が進んでいる。具体的には、テキスト資料、デジタル画像、目録データ、文字コードといった各分野の専門家コミュニティが取り組んでおり、その一例に、インターネット上の画像を効率的に相互運用するための国際的な規格IIIF（International Image Interoperability Framework）が挙げられる[6)]。現在、国立国会図書館や国文学

［COLUMN］

日本古典文学資料のテキストデータ構築をめぐる課題と展望

——Lies, damned lies, and statistics ?

加藤弓枝　KATO Yumie

はじめに

「数字は嘘をつかないが嘘つきは数字を使う」（Figures don't lie, but liars figure.）——、たびたび目にするこの言葉は、マーク・トウェイン（Mark Twain、1835-1910）によって残された言葉とも言われるが、実際にはそのような典拠は確認できない。おそらく、彼が他者の言葉として引用したことで流布した「世の中には3種類の嘘がある——嘘、大嘘、そして統計だ（There are three kinds of lies: lies, damned lies, and statistics.）」と混同されたのであろう。いずれにせよ、これらは統計を論証に用いることの危うさを指摘する言葉として利用されており、数字や統計をデータという概念に置き換えれば、人文情報学（Digital Humanities、デジタル人文学、以下DHとも称す）の文学研究へ懸念を抱く文学研究者らの危機感を代弁する言説ともなる。

筆者は2022年度から共同研究「次世代の翻刻校訂モデルを搭載した中世歌合データベースの構築と本文分析の実践的研究」（JSPS科研費基盤研究（C）、22K00303、代表：加藤弓枝、研究分担者：田口暢之・海野圭介・幾浦裕之）を開始した。この研究は中世前期の歌合に書誌学・文献学的検討を加え、歌合データベースを公開することが目的である。さらに言えば、デジタル人文学と日本文学の研究手法を融合させることで、古典文学における次世代の基礎的研究を例示することも目指している。その研究の過程で、デジタル時代の翻刻がいかにあるべきかを検討し、歌合版の翻刻校訂モデルをTEIガイ式』の画像をIIIFで、校訂本文や現代語訳、英訳をTEIで記述し公開している。URL：https://khirin-t.rekihaku.ac.jp/engishiki/。関西大学総合図書館では同館所蔵『廣瀬本万葉集』の画像をIIIFで、本文をTEIで記述し公開している。URL：https://github.com/KU-ORCAS/manyoshuTEI。東京大学図書館の有志による「デジタル源氏物語」では同館所蔵『源氏物語』を中心に、翻刻と校異情報の公開と画像との対応付けにTEIを利用しているURL：https://genji.dl.itc.u-tokyo.ac.jp/（以上、最終確認2023-09-29）。

29 「日本語の歴史的典籍の国際共同研究ネットワーク構築計画」の後継計画にあたるプロジェクトで、実施内容の「4 人文系データ分析技術の開発」においてTEIに準拠した構造化テキストデータを作成し、研究利用のためのツール開発も進める予定であるとしている。

30 「みんなで翻刻」。
URL：https://honkoku.org/（最終確認2023-09-29）。

31 『下官集』を製作した定家の意識については浅田徹「下官集の定家――差異と自己――」（『国文学研究資料館紀要』27号、2001年3月）に詳しい。

32 鈴木健一『古典注釈入門――歴史と技法――』（岩波書店、2014年）。

33 旧大系の組版の工夫や刊行経緯については武川武雄『日本古典文学の出版に関する覚書』（日本エディタースクール出版部、1993年）参照。

謝辞

本稿執筆にあたり、『十番虫合絵巻』の閲覧、および画像の使用をお許し頂いたホノルル美術館に深謝申し上げます。使用写真は、Collection of the Honolulu Museum of Art. Purchase, Richard Lane Collection, 2003 (TD 2011-23-415). に依るものです。なお、本稿はJSPS科研費JP20KK0006「18-19世紀の日本における古典復興に関する国際的研究（研究代表者：盛田帝子）」、JSPS科研費JP22K00303「次世代の翻刻校訂モデルを搭載した中世歌合データベースの構築と本文分析の実践的研究（研究代表者：加藤弓枝）」、JSPS科研費JP23H03696「人文学の研究方法論に基づく日本の歴史的テキストのためのデータ構造化手法の開発（研究代表者：永崎研宣）」による研究成果の一部です。

誌は同論を参照。

20　海野圭介「大規模画像蓄積からデータ駆動型の研究へ——EAJS 2021 における特別企画 The future possibilities of DH in Japanese Studies の報告から」（横溝博／クレメンツ・レベッカ／ノット・ジェフリー編『日本古典文学を世界にひらく』勉誠出版、2022 年）が指摘する如く、今後は精読とデジタルを背反的に把握するのではなく、デジタルによって得られる利点を積極的に精読に活かす研究、教育手法の開発が必要とされる。

21　盛田帝子「十八世紀の物合復興と『十番虫合絵巻』」（『かがみ』52 号、大東急記念文庫、2022 年 3 月）。

22　鈴木淳「『十番虫合』と江戸作り物文化」（鈴木淳『橘千蔭の研究』、ぺりかん社、2006 年 3 月）。

23　前掲注 21。

24　Github は Microsoft 社の子会社 Github 社によって運営される、プログラムのソースコードをアップし、共有するなどソフトウェア開発のためのプラットフォームとなるサイトであり、近年では人文学の研究データ公開の場としても国内外で広く用いられている。TEI 協会による TEI ガイドラインのデータもここで公開されている。「TEI-C 東アジア／日本語分科会」のサイトでは日本古典籍の符号化例を公開している。
URL：https://github.com/TEI-EAJ/jpn_classical（最終確認 2023-09-29）。

25　人間文化研究機構は第 4 期中期計画（2022 年 4 月から 2028 年 3 月まで）の重要課題として「デジタル・ヒューマニティーズ（DH）」の推進を掲げており、2023 年 9 月 12 日より公式 YouTube チャンネルで動画シリーズ「DH 講座」を公開している。
URL: https://www.nihu.jp/ja/publication/nihu_magazine/092（最終確認 2023-09-29）。

26　たとえばくずし字を読解できる翻刻作業者による Word などでのテキスト作成とマークアップ作業者によるエディタでのタグ付けを別々に実施する場合、両者間で作業ルールを作成し、後者が置換でタグ付けできるよう、各種タグをつける位置に前者が翻刻で任意の記号をつけておくとタグ付け作業を効率化可能である。

27　東京大学大学院人文社会系研究科では「人文情報学概論」や通年でテキストの構造化を扱う授業を開講し、大学院横断型教育プログラム「デジタル・ヒューマニティーズ」を設けるなど、先進的な取り組みを行っている。

28　ケンブリッジ大学図書館では古活字本『伊勢物語』をはじめとして 463 点の古典籍の書誌情報を TEI で記述して公開している。URL：https://cudl.lib.cam.ac.uk/view/PR-FJ-00734/1。国立歴史民俗博物館では同館所蔵の土御門家旧蔵『延喜

6　萩谷朴『平安朝歌合大成』（私家版、1957 ～ 1969 年）再版（同朋舎、1979 年）、増補新訂版（同朋舎出版、1995 ～ 1996 年）。刊行経緯については増補新訂版の萩谷の自序に詳しい。

7　中世歌合研究会編『中世歌合伝本書目』（明治書院、1991 年）。

8　佐々木孝浩「中世歌合諸本の研究（一）」（～八）（『斯道文庫論集』32 ～ 40 号、1998 年 2 月～ 2006 年 2 月）は伝本も博捜した例である。

9　1903 年の旧『国歌大観』の成立については、加藤弓枝「和歌検索テキストの往古来今――牛飲水為乳､蛇飲水為毒」（『人文情報学月報』145 号､2023 年 8 月）を参照。

10　国立国会図書館の NDL ラボは同公式 GitHub で「NDL 古典籍 OCR」ver.1 のソースコード等を 2023 年 1 月に公開し、2023 年 8 月には ver.2 を公開した。

11　永崎研宣「日本におけるテキストデータ構築の歴史」（一般財団法人人文情報学研究所監修『人文学のためのテキストデータ構築入門：TEI ガイドラインに準拠した取り組みにむけて』文学通信、2022 年 7 月）。

12　2008 年に刊行された「デジタル文学研究入門」等にもこのことが端的にあらわれている。Ray Siemens and Susan Schriebman ed, A Companion to Digital Literary Studies, Oxford: Blackwell, 2008. なお、本書は、現在はオープンアクセスとして以下の URL で無料閲覧可能である。
URL：https://companions.digitalhumanities.org/DLS/（最終確認 2023-09-29）。

13　TEI-C 東アジア / 日本語分科会「校本風異文可視化ツール」
URL：https://tei-eaj.github.io/koui/（最終確認 2023-09-29）。
一般財団法人人文情報学研究所「TEI 古典籍ビューワ」
URL：https://tei.dhii.jp/teiviewer4eaj（最終確認 2024-01-23）。

14　前掲注 11。

15　本節で紹介する歌合のマークアップ方法は幾浦裕之・永崎研宣・加藤弓枝「題詠表現に着目した中世歌合の構造化と提示手法に関する試み――建仁元年『石清水社歌合』を事例として――」、『研究報告　人文科学とコンピュータ（CH）2023-CH-132』（2023 年 5 月）を参照。

16　国立公文書館内閣文庫所蔵（請求記号 201-0212）。
URI：https://www.digital.archives.go.jp/img/1236893（最終確認 2023-09-29）。

17　群馬大学総合情報メディアセンター所蔵『石清水社歌合』（整理番号：N 911・18／Ｉ 96。DOI：10.20730/100040538）。

18　鶴見大学図書館所蔵『石清水社哥合』（請求記号 911.18/I、登録番号：1418706）。

19　全歌注釈として田口暢之「建仁元年『石清水社歌合』注釈」（『鶴見大学紀要第 1 部日本語・日本文学編』60 号、2023 年 3 月）がある。今回対校した各伝本の書を勧めたり、和歌一首を二行に書く際には上の句と下の句で分けて一行ずつ書く書式を例示した。意識的にテキストを残そうとする工夫は中世の写本でも行われ、近世の整版本の版式[32]や、近代の活版印刷技術の粋を結集した岩波書店の日本古典文学大系[33]など、時代やテキストの生産方式ごとに、先人たちは貴重な書物を新たなメディアに移し替えて普及させてきた。テキストの伝え方を考え、普及させることで、古典の享受は大きく変わる。私たちがいま研究している古典の本文が未来にどう利用されうるのか、その方法を検討し、次世代の古典受容の準備をすることも、「古典の再生」なのである。

注

1　初期の日本古典文学のテキストデータ構築に関しては、近藤泰弘「《文化資源》としてのデジタルテキスト――国語学と国文学の共通の課題として」(『国語と国文学』77巻11号、2000年11月)などに整理がある。同論でも紹介されているが、長瀬真理による『日本古典文学全集』の『源氏物語』本文のデジタルテキスト化が1990年に行われ、TEIに拠って試行的にマークアップも行われた。根岸正光・石塚英弘編『SGMLの活用(総合マルチメディア選書)』(オーム社、1994年)「第六章　テキストデータベースとTEI」参照。

2　『新編国歌大観』(角川書店、1983〜1992年)。CD-ROM版が1996年、CD-ROM版Ver.2が2003年、DVD-ROM版が2012年に発売された。デジタル版はいずれも高額(いずれも約30万円)であり、学生が個人で購入することは困難だったが、古典ライブラリーが『新編国歌大観』を含む「和歌ライブラリー」を2011年9月に配信開始し、大学図書館や個人契約で利用できるようになった。

3　久保木秀夫「本文データベースの一問題点と異本研究の可能性――古今集の異本歌・異文を例として」(秋山虔編『平安文学史論考』武蔵野書院、2009年)、小林一彦「定家卿真筆拾遺愚草ニモ葎ノ字ヲかゝれ候――可視テキストの向こう側――」(『調査研究報告』30号、国文学研究資料館、2010年3月)などに問題点の指摘がある。

4　和歌史研究会編『私家集大成』(明治書院、1973〜1976年)、そのデジタル版である私家集大成CD化委員会編『新編私家集大成』(エムワイ企画、2008年)がある。後者は古典ライブラリーで現在利用可能。

5　古典ライブラリーで『歌合集成』の企画が進行中であり、『歌合集成【平安編】』が2023年に刊行予定であった。

所蔵機関だけでなく、個人の新規参入者が利用しやすいツールや作成したテキストデータを搭載しやすいデータベースが構築できれば、個人や研究会がTEIに取り組む利点も教育、社会、研究面で多くある。

ひとつは大学でのくずし字や翻刻指導の面での活用である。授業で作成した翻刻テキストで公開上問題がなければ、それを共通の規格でネット上に一般公開できるようになり、集成されれば一人一人の学びや読解が、学会や世界全体の検索性に寄与する。古典を読めるようになり、他者が読めるようにできることの意味を、実感しやすいかたちに古典教育を変えていくことができる。

二点目はクラウドソーシング翻刻での活用である。「みんなで翻刻」[30] のような場でできたテキストに、専門家が構造を与えることで、研究利用可能なテキストにしていくことができる。従来の古典全集や叢書をもとにしたデータベースが、完結し閉じられた、検索結果が変わらないものであったのに対して、日々増補され検索結果が変わる、利用者が作成者ともなれるデータベースを構築することができる。

三点目は検索性の向上による、時代とジャンルを越えた研究手法の創造である。テキストが同一の規格で集成され検索できるようになり、表現の影響関係、挿絵の影響関係が探索できる。書誌情報を集成すれば日本の古典籍の特徴や世界の書誌学との比較、書物流通史などを可視化することが可能になる。異領域の研究者が任意の研究データとして使用できるような量が蓄積されれば、理系の研究者や海外の研究者が日本の古典テキストを利用した研究が行われる基盤ができる。

おわりに

本発表では歌合という複合的な構造をもつ本文をTEIガイドラインに拠って記述し、デジタルテキストの持つ可能性を示すことを試みた。テキストを構造化したデータにすることは、デジタル上で、テキストに装訂や書式を与えることである。中世には藤原定家が『下官集』[31]、いわゆる定家仮名遣いについて記述した作法書において、和歌作品、特に勅撰和歌集の書写において誤写を起こさないための方法を示した。各句の句切れでは連綿しないことテキストの情報処理を経験したことは就職活動にも役立ち、国文学科へ入学を検討する高校生にとって、卒業後の進路に情報通信業界を含む多様な職種がイメージしやすくなるはずである。

また、そもそもテキストデータ全般に関わる課題として、コンピュータでは文字の扱いが制限されるという事情がある。かつて普及していた今昔文字鏡フォントは利用条件の複雑さから利用を推奨できる状況になく、また、フォント情報によって文字を区別する仕組みになっているため、データの持続可能性における脆弱性が高く、長期保存にも適していない。現在、コンピュータ同士で確実に文字を交換・共有するためにはUnicodeに文字が登録されている必要がある。Unicodeで利用可能な漢字字形はすでに10万種を超えており、変体仮名や悉曇も相当数が登録されており、それぞれに扱うことができる。それでも、Unicodeの文字コード表に入っていない文字は存在し得る。また、コンピュータ上で個別の文字の字形を精妙にそのまま再現できるわけではない。そして、文献にあらわれる文字は必ずしも規範に沿うものとは限らず、文書内の独自文字のようなものが登場するとしたら、やはりテキストデータとして扱うことは難しい。ただし、この課題はたとえば西洋中世研究においても一般的な問題であり、TEIガイドラインでは、そのような場合に任意の字形を適切に記述し共有する方法を提供している。ただし、その任意の文字の記述は、研究者の間で文字情報として共有されることが望ましく、頻繁に登場するものであればUnicodeに登録することが望ましい。国際標準化機構の委員会ISO/IEC JTC1/SC2でこの件は扱われており、規格文書としてはISO/IEC 10646として発行されている。日本からは政府代表に加えて学術的な文字の登録を担う団体としてSAT大蔵経テキストデータベース研究会（代表：下田正弘東京大学名誉教授）がリエゾン会員として加入し活動している。テキストにおける文字を大切にしていこうとするなら、こうした活動と連携していくことも日本文学研究としては今後必要となっていくだろう。

以上のように日本文学研究にTEIを適用する上では様々な課題があるものの、所蔵機関が日本古典籍の公開にTEIを適用する例は少しずつ登場してきており[28)]、今後も増えると予想される。国文学研究資料館も「データ駆動による課題解決型人文学の創成」[29)]において、TEIに準拠したテキストデータの構築を進める予定であると公表している。

画像を表示するとそれに対応する和歌・虫判・歌判が表示される、という二つのビューを作成した。図5、図6をそれぞれ参照されたい。

6　今後の課題と展望

TEI/XMLのテキストデータ構築が日本文学研究の領域で普及する上で課題となる点を示したい。

まず人文情報学になじみがない日本文学研究者がTEI/XMLデータの作成を始めるにあたっては、OxygenXMLEditorなど入力のためのエディタソフトを購入したり、Github[24]の利用などの公開方法の知識を獲得したりといった、入力・公開環境を整えるまでのハードルがある。人間文化研究機構や国文学研究資料館など、デジタルヒューマニティーズを推進する公的機関が、チュートリアルビデオ[25]の開発を行ってもよいかもしれない。

次に、記述したい情報を適切に含んだ正確な翻刻テキストの作成も、TEI/XMLデータを作成する上でひとつの課題である。国立国会図書館の古典籍OCRなど、無料で利用できるOCRも登場しているが、研究に利用可能な精度の翻刻を作成するには未だ課題があり、くずし字が読解できる研究者による校正が必要である。ただタグ付けの効率化を念頭に置いた翻刻テキストを作成することで、個々のプロジェクトごとにある程度の効率化は可能である[26]。

そして入力作業の間にデータの表示を確認したり、広く一般に公開したりする際に必要になるのが、可視化したい情報を表示できるビューワの開発である。現在も日本語テキスト向けの汎用ビューワが利用可能だが、ジャンルごとに可視化のニーズは異なるため、研究目的に応じてきめ細かに対応したビューワが日本文学研究における人文情報学の進展には有効である。

以上入力や公開方法についての課題を述べたが、これらの方法を習得し文学研究に活かせるような知識・技能を身に着けるデジタル人文学の教育課程が大学には未整備である[27]。学生には初期段階で文献学や校合の方法を教える必要があるため、TEIの利用方法を指導することで文献学を教えるというのも、今後指導法のひとつとなっていくのかもしれない。

2022年度から高校で「情報」が必修化し、2025年度からはプログラミングなどの基礎は学習した学生が大学に入学して来るのだが、学部でデジタル持たせようとすることが近年は一般的である。このため、Web 公開が望まれるところだったが、この時点では、今回の資料は Web 公開の許可が出ておらず、むしろ、所蔵者に利用許諾をいただく必要があり、IIIF に準拠する形での開発は断念することとなった。代わりに、パソコン上に保存された画像を読み込んで任意の箇所を表示するという仕組みを作成した。この場合、特定のフォルダに置かれた画像ファイルを読み出すという形になる。そうすると、セキュリティの関係で、画像だけでなく、TEI/XML のファイルやビューワのプログラム全体がサーバ上ではなくローカルのパソコン上で動くものとする必要が出てくる。つまり、利用に際しては、すべてパソコン上で行う形となる。このことは、サーバに設置しないことによる制約がいくつか生じるものの、ネットに接続していなくても利用できることなど、テキストにとってのメリットもある。

テキストデータの表示に関しては、題詠表現や校異情報、そして、古典本文と現代語訳、和歌・虫判・歌判の対応について、それぞれ、当該箇所をクリックすればそれに対応する箇所がハイライト表示【図 7】されたり、その箇所に自動的にスクロールしていく機能を開発した。いずれも、マークアップ担当者がタグ同士を ID 参照という仕組みで結びつける作業を行っていたため、システムを開発する側では、それらの結びつけられている情報を読み取って表示するプログラムを作成するだけでこのような表示が可能となった。

画像の表示に関しては、OpenSeadragon という画像表示のためのフリーソフトウェアがあり、ローカルのパソコン上の画像ファイルであっても Web ブラウザに読み込んで拡大縮小する機能を持っているため、これをビューワに組込む形とした。そして、これを利用して（1）和歌をクリックすればそれに対応する箇所の洲浜の画像を表示するビューと、（2）絵巻における洲浜の

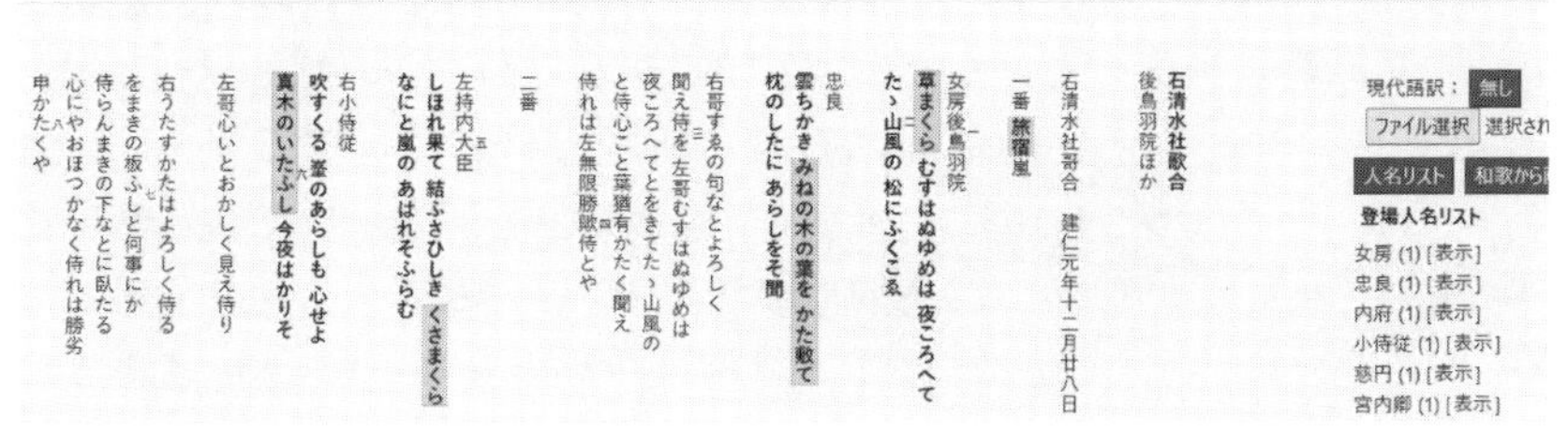

図 7

の対象となるテキストを用いて統計分析を行ったり、それらを活用していろいろな観点から整形して表示したり、さらにはそれをインタラクティブに表示したりすることもできる。

本プロジェクトでは、作成されるデータの量はそれほど大きくないため、このデータ単体では統計分析をするにはやや物足りない。一方で、『石清水社歌合』については、校異情報や人名、それに加えて題詠表現がマークアップされていることから、こうしたデータを見やすく表示できることが有用であると考えた。そして、『十番虫合絵巻』については、絵巻のデータであり、絵とテキストが連携しており、その連携をTEI/XMLのタグと属性を用いて機械的に読み取れる形で記述している。この場合、絵を見ながらテキストを読む、あるいはテキストを読みながら絵を閲覧する、といった閲覧の仕組みが、資料についての理解を助ける上で有用そうであり、内容を確認する上での利便性も高められそうであり、資料の楽しみ方を増やすという点でも意味があるように思われた。さらに、このデータには、古典本文だけでなく、現代語訳も作成されており、古典本文と現代語訳との対応情報もTEI/XMLのタグと属性を用いて記述されていた。このため、古典本文と現代語訳を並行的に閲覧できることが、資料の読解を助けるだけでなく、資料を広く世間一般に広め、関心を持つ層を開拓していく上でも非常に意義があるように思われた。

以上の点を踏まえて、これを実現すべく、本プロジェクトのためのTEI/XML用歌合ビューワの開発が行われることとなった。当面は、「古典本文と校異情報を連携して閲覧できる」「題詠表現を本文全体のなかで一覧できるようにする」「古典本文と絵巻の対応画像を連携して閲覧できる」「古典本文と現代語訳を連携して閲覧できる」というものが目標となった。

一方で、利用の仕方をどのようにするか、という点も検討の対象となった。特に絵巻の画像の場合、Webに公開可能なものであれば、現在はIIIF（International Image Interoperability Framework）という技術仕様に従って公開をすれば、世界中から自由に任意の箇所を取り出して表示したり処理したりできる。IIIFは非常に強力な技術仕様であり、世界的にも広まっているため、ビューワのようなもので文書等の画像の任意の箇所を表示させるような場合にはIIIFに準拠した仕組みを開発・実装することでビューワに汎用性を

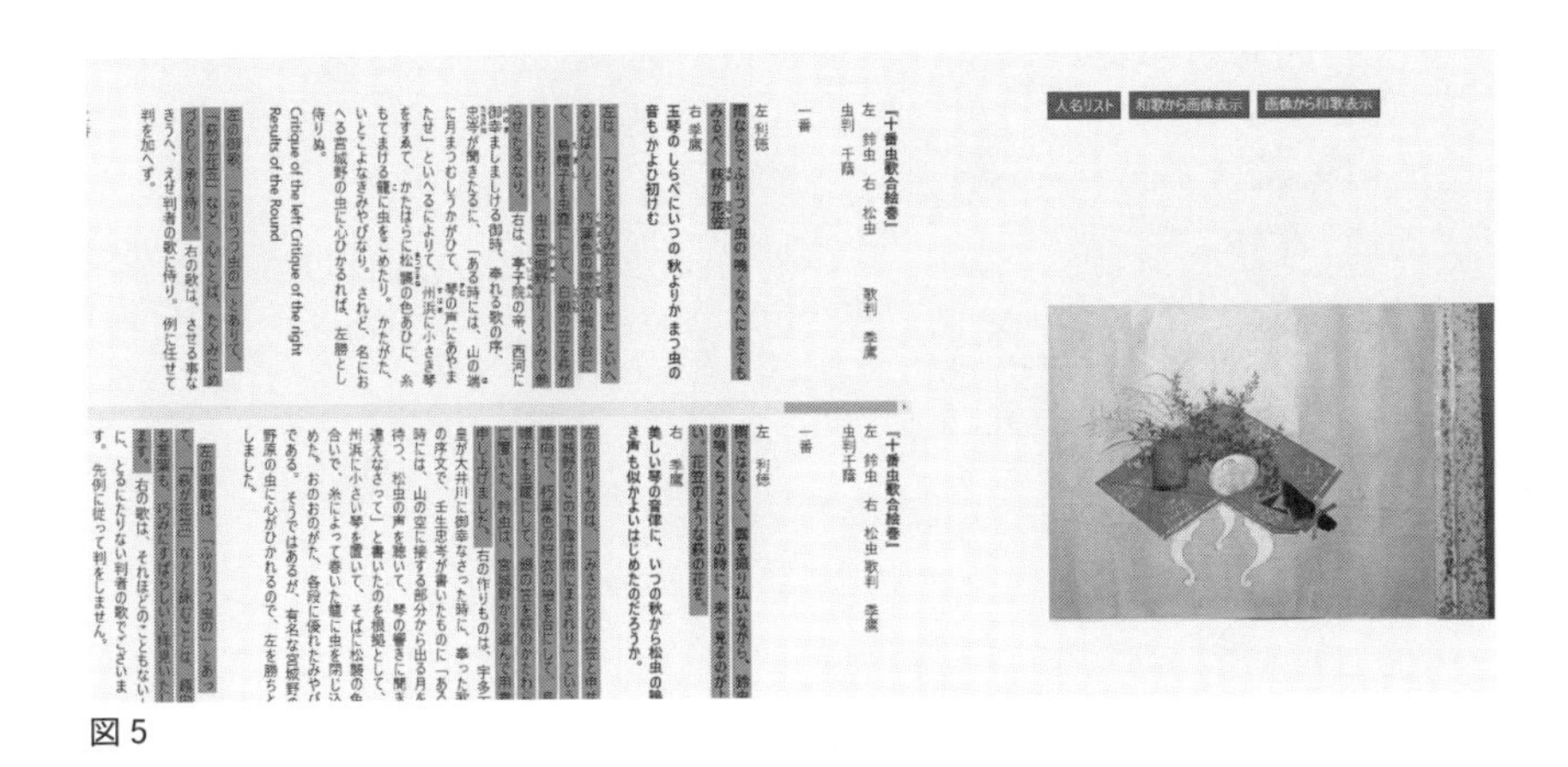

図 5

図 6

活用の可能性を示す成果といえるのではないだろうか。

5　視覚化の例

TEI/XML で記述したテキストデータには様々な活用方法がある。きれいに整形して論文や書籍、あるいは Web 頁として発行できるようにするのがもっともわかりやすい用い方だが、それだけでなく、付与されたタグやタグ

```
<div type="虫合" n="1">
    <div type="左右歌">
        <lb/>
        <head><s xml:id="head1">一番</s></head>
        <lb/>
        <div type="左歌">
            <head><s xml:id="n1head" ><seg type="左右" n="左">左  </seg> <persName corresp="#利徳">利徳</persName></s></head>
            <l n="1" resp="#利徳" xml:id="n1"  facs="#zone_img01">
                <seg type="句">雨ならで</seg>
                <seg type="句">ふりつつ虫の</seg>
                <seg type="句">鳴くなへに</seg>
                <seg type="句">きてもみるべく</seg>
                <seg type="句"><ruby>
                        <rb>萩</rb>
                        <rt>はぎ</rt>
                    </ruby>が<ruby>
                        <rb>花笠</rb>
                        <rt>はながさ</rt>
                    </ruby></seg>
            </l>
        </div>
```
図 4

研究会の読解を TEI で記述すること

以上の方針に基づいて、和歌を中心に @xml:id を与えたことにより、たとえば一番左歌に関する「虫判」と「歌判」が本文・現代語訳中のどこに位置するのか、歌と共に提出された洲浜がどのようなものだったかを、「短歌ビューワ」を通じて一目で確認できるようになった【図 5】。さらに、絵巻の画像を観賞しながら画に関する和歌・文章だけを抽出して読むことが出来る、「画像から和歌表示」モードの活用も可能にしている【図 6】。これは、同一 ID を付与したテキストをビューワが抽出して可視化した結果であり、初めて『十番虫合絵巻』に触れる人にとっても資料の構造を理解する手助けとなるだろう。

なお、本プロジェクトでは研究会が資料と本文を検討し、校訂本文・現代語訳を作成したのち、TEI による構造化の担当者（藤原）に引き継がれた。テキスト作成者とマークアップ作業者が同一である必要はなく、分担して記述を進めることが可能であることを示す一例である。研究会における読解を文字として残すだけではなく、デジタルデータとして構造化し国際的に発信することは、未来の研究者によるさらなる分析や国外の研究者による新たな活用のきっかけにもなり得るだろう。今回の『十番虫合絵巻』TEI 化作業は、比較的小規模なコミュニティの成果をテキストデータとして公開し、未来へそして世界に対して再生するプロジェクトであり、人文学研究における TEI

アップ基準に基づきつつ、「虫判」「歌判」はそれぞれ独立した文章構造としてマークアップする方針を検討した。なお、②現代語訳は①校訂本文と同様の構造を有する点から、別々のファイルを作成しつつ同一の構造でマークアップを進めた【図3】。

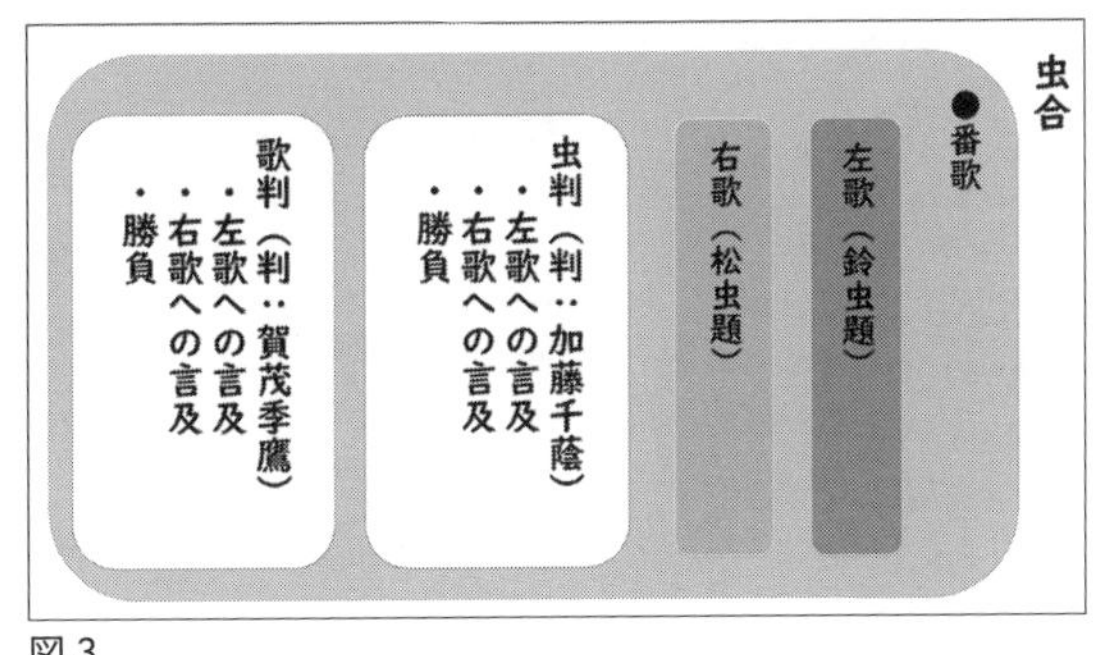

図3

1. テキストは、各番をひとつの単位として <div> タグでマークアップし、各番の内部は「左右歌」「虫判」「歌判」が識別できるように、それぞれ <div> タグを使用して区分する。
2. 「左右歌」内は、さらに <div> タグによって「左歌」「右歌」に区分する。
3. 和歌は <l> タグで示す。それぞれの和歌には、歌番号を示す @xml:id を与えて、作者情報を @resp（レスポンシビリティ）で示す。和歌の内部は、区ごとに <seg> タグで囲む。
4. 「虫判」「歌判」の各内部は、歌合における「判詞」と同様に、それぞれ <note> タグによって「左歌への言及箇所」「右歌への言及箇所」「勝負付けの根拠」を示し、@xml:id を以てどちらの和歌を示すのか明らかにする。判者名は @resp で示す。

なお、校訂本文中にルビが振られていたため、ルビを示す <ruby>（ルビ）タグを使用した。<ruby> タグは、東アジア / 日本語分科会が導入の提案を行い、2021年2月の「TEI ガイドライン」（P5　4.2.0）リリース時に追加されたタグである。ルビは日本語資料の記述に不可欠な要素であり、本提案とガイドラインへの追加は、分科会の活動の重要な成果のひとつといえるだろう【図4】。

との位置付けを明らかにした[21]。

「十番虫合」が開催された背景には、江戸の歌人たちによる「物合」の流行と王朝文化復古の風潮が指摘される[22]。とくに「十番虫合」の場合には、天禄3年（972）8月28日に開催された「規子内親王前栽歌合（きしないしんのうせんざいうたあわせ）」の趣向を典拠に催されたとされ、参加者たちは「十番虫合」の開催によって「王朝時代の古雅の世界を再現」[23]し、優美な王朝文化の場を共有したものと考えらえる。

「十番虫合」では、左方が鈴虫題・右方が松虫題で和歌を詠み、その和歌を洲浜（すはま）と呼ばれる工芸品に添えて提出した。「十番虫合」の当日に用いられた洲浜は、提出された和歌や虫にまつわる王朝文学をもとにして作られ、さらにその中に生きた虫が配置されていたとみられる。こうした洲浜の存在が視覚的にも聴覚的にも、存分に場の趣向を堪能できる仕掛けとして機能していたと考えられ、参加者たちは洲浜を前にしながら、眼前に再現された王朝文芸の世界へ思いを馳せたことだろう。そして、提出された和歌と州浜に対する批評・勝負付けとして、虫を配した洲浜には加藤千蔭（かとうちかげ）による「虫判（むしはん）」、歌には賀茂季鷹（かものすえたか）による「歌判（うたはん）」がそれぞれ与えられた。

これら和歌・虫判・歌判・洲浜を今日に伝えるのが、ホノルル美術館蔵『十番虫合絵巻』である。絵巻に記されたテキストと画を併せて「読む」ことは、江戸時代の歌人たちが再現した王朝文化の一端を現代において堪能し得る機会であり、文学史・美術史などの観点からも価値ある古典の再生方法といえるだろう。そこで、本プロジェクトでは『十番虫合絵巻』の趣意を現代に再生することを目的に、「TEIガイドライン」に準拠した構造化を検討し、研究会が作成した①校訂本文②現代語訳と、③絵巻物の図像の3点を同時表示させることを目標とした。

『十番虫合絵巻』マークアップ手法

まず、和歌を左右に番えるという点から、前章で検討した「歌合」のマークアップ基準を『十番虫合絵巻』の構造に当てはめてみると、「判詞」を配する位置に、作り物に対する「虫判」・歌に対する「歌判」が置かれており、物合と歌合の両方の構造を有している点が改めて確認できる。「虫判」「歌判」はそれぞれ異なる作者を持つ上に、作り物と和歌という異なる対象に向けて書かれた判である。そこで、基本的には前章で示した歌合資料のマークせ嶺のあらしかりねの山のゆめはさめぬと」と詠む。旅の中で都の恋しさを詠むのは古典和歌の羇旅歌の本意に適い、表現史の蓄積があるが、ここでも敢えて「都」を詠むことで、そこから離れた距離感を表現している。

「嵐」はそのまま詠むことが求められていたようだが、藤原隆房、藤原兼宗、寂蓮、鴨長明という、歌道家の専門歌人ではない者、奇抜な表現を詠むことで知られる歌人たちは「山おろしのかぜ」「み山おろし」「松かぜぞふくさやの中山」「みねの松かぜ」と通常と異なる詠み方をしている。寂蓮の歌については判者が「右哥、ただ嵐とぞあらまほしく侍るを、「松風ぞ吹くさやの中山」といへる、しゐて傍題の松、さらでもや侍るべからん。」と傍題という、本来詠むべきことからはずれて詠むという欠陥を指摘している。このような判詞の非難も、題の詠み方を一覧にして可視化することで実態に即した言説であることがわかるのである。

題詠表現をマークアップしたデータを蓄積していくことで、歌人たちが題詠の方法をどのように参考にし、暗黙裡に共有し、継承しているのか、或いはしていないのかを知ることができる。現在の『新編国歌大観』は文字列の一致のみをもって和歌表現の影響関係や本歌取りを検索しているが、ある題を詠んだ表現が検索できるようになることで、和歌表現の研究は大きく進展する。これまで国文学で行われてきた本文の精読を阻害するのではないか、ということが研究にデジタル技術が導入される際に懸念されやすい[20]。しかしマークアップするという行為が、和歌を読解しようとする人に、和歌をより深く読むことを促す契機となるのである。

4　実践例紹介——『十番虫合絵巻』を記述する

『十番虫合絵巻』について

つづいて、『十番虫合絵巻』の構造化について実例を紹介したい。対象資料は、ホノルル美術館が所蔵する『十番虫合絵巻』（写本、二軸、リチャード・レイン旧蔵本）であり、天明2年（1782）8月10日過ぎに隅田川のほとりにある木母寺で開催された、「十番虫合」に関する本文と画が描かれている。盛田帝子は、筆跡の分析と資料の形態によって、ホノルル美術館蔵の『十番虫合絵巻』こそが跋文の執筆者でもある三島景雄自筆の原本そのものであるばや意味を満たして詠めていなかったり（落題)、題をそれて何かを詠んでしまう（傍題）現象が見られる。これは研究対象が特定の有力歌人（藤原定家など）に集中している場合には見えにくいが、和歌を創作者集団の製作する表現の群として扱う（いわゆる歌壇史研究の）場合、題の表現結果のゆれこそが興味深い現象となる。

この題詠表現の構造を記述するために、<seg>（セグメンテーション）と<phr>（フレーズ）というタグによるマークアップを行う。今回は特に結題（むすびだい）という二つ以上の事物や概念を結合させた三文字題であるため、題の文字を <head> タグで囲み、次に要素ごとに <seg> で囲み、<seg> に @xml:id を付与する。その題に基づいて詠まれた和歌の、題を満たしている表現部分を <phr> で囲み、@corresp という対応を示す属性で題の文字の @xml:id と対応させる。

この構造化により、題を詠んだ表現の検索や一覧の作成が容易になり、研究者の和歌の読解（題を詠みこんだことばの範囲）をデジタルテキスト上に記録しておくことが可能になる。『新編国歌大観』は新たな情報の追加や、研究者の読解にもとづくテキストへの情報の付加ができない。いわば何度検索しても結果が変わらないのだが、研究者が自身の読解を記述し、可視化することができれば、利用の度に検索性の向上に寄与するようなシステムを構築する道がひらけ、和歌がオープンアクセスなテキストデータベースとなった際にも役立つはずである。

マークアップ作業が促す精読

題の詠み方を集成すると、本題では「旅宿」が表現を工夫して「題をまわす」べき部分であり、「嵐」は表現を変えずそのまま「嵐」と詠むことが求められていたことがわかる。

各歌人の表現を見ていくと、御子左家（みこひだりけ）という藤原俊成、定家を中心とする歌道家、御子左家の歌人たちが「みやこ」や「ふるさと」(和歌で「ふるさと」とは都のこと）を夢に見る、都にいるように夢を見る、と詠むことで、旅愁を詠んでいることが注目される。藤原俊成の孫で、養女となった俊成卿女（しゅんぜいきょうじょ）は「旅ねして～ふるさとの夢」と詠み、俊成の養子となった寂蓮（じゃくれん）は「みやこながらのうたたねに」と詠み、俊成の嫡男である定家は「古郷にさらばふきこ書き方や勝負の付け方などの、利用者の目的や関心に応じて情報が取り出しやすくなり、歌合資料を対象とした総合的、帰納的、実証的な研究が可能になると考えられる。

対象資料『石清水社歌合』について

本章で対象とする『石清水社歌合』は建仁元年(1201)に藤原定家たちによって行われた歌合である。文治五年（1189）ごろから、承久三年（1221）の承久の乱までの約30年間は新古今時代と呼ばれ、承元三、四年（1209、1210）ごろ最終的に成立した『新古今和歌集』の前後に後鳥羽院、順徳院を中心として様々な歌合が催された。

定家の日記『明月記』によると、『石清水社歌合』は『新古今和歌集』撰進下命からまもない1201年12月28日に現在の京都府八幡市にあたる石清水社で開催され奉納されたもので、30人の歌人が参加し本来は社頭松・月前雪・旅宿嵐の三題、合計四五番、90首が詠まれた歌合である。現在は「旅宿嵐」の一題分の30首を収録する写本として残っている。今回は国立公文書館内閣文庫の写本[16]を翻刻し、群馬大学総合情報メディアセンター所蔵本[17]、鶴見大学図書館所蔵本[18]の本文と校合を行った。本文の翻刻と校本作成は鶴見大学の田口暢之[19]が担当し、作成した本文をもとにした。

設題された「旅宿嵐」は現存資料では前例のない歌題であるが、歌の内容から、旅先で宿泊した憂いと冬の景物である嵐を詠むことが求められる題であるとわかる。勅撰集では『後拾遺和歌集』から都から離れた場所で「山家旅宿」「旅宿遠望」などの題をもとに詠まれた歌が残っており、都の郊外に身を置いて「旅宿」という題で和歌を詠むことが行われたようである。題詠は本来詠む季節や場所を問わないが、このように開催される季節や状況に合わせた題が設けられることもあった。

題詠表現のマークアップの試み

今回中世和歌ならではの研究的な視点を可視化するべく、題詠表現のマークアップを試みた。題詠では題の文字をそのままに、あるいは婉曲に表現を変えて詠む。この婉曲に詠む修辞技巧を「題の文字をまわして心を詠む」といい、歌人の力量が試される。初学者や非専門歌人の作はそもそも題のこと

```
<div type="番">
   <div type="左右歌">
      <head>番数の表示</head>
      <head>歌題</head>
      <div type="左歌"><head><title type="左右歌">左（勝／持）</title>
         <persName corresp="#左歌作者のxml:id ">左歌作者名</persName></head>
         <l n="左歌の歌番号" resp="#左歌作者のxml:id"
            xml:id="左歌のxmlid">左歌一首</l></div>
      <div type="右歌"><head><title type="左右歌">右（勝）</title>
         <persName corresp="#右歌作者のxml:id ">右歌作者名</persName></head>
         <l n="右歌の歌番号" resp="#右歌作者のxml:id"
            xml:id="右歌のxmlid">右歌一首</l></div></div>
   <div type="判詞">
      <note target="#左歌のxml:id">左歌への言及</note>
      <note target="#右歌のxml:id">右歌への言及</note>
      <note type="勝負" n="左歌or右歌" target="勝の歌の#xml:id"></note>
   </div>
</div>
```

図 1

```
<div type="番">
   <div type="左右歌">
      <head>十三番</head>
      <head><seg xml:id="題1">旅宿</seg><seg xml:id="題2">嵐</seg></head>
      <div type="左歌"><head><title type="左右歌">左　勝</title>
         <persName corresp="#定家">定家</persName></head>
         <l n="25" resp="#定家"
            xml:id="n25">
            <phr corresp="#題1"><seg type="句">古郷に</seg>
            <seg type="句">さらはふきこせ</seg></phr>
            <phr corresp="#題2"><seg type="句">嶺のあらし</seg></phr>
            <phr corresp="#題1"><seg type="句">かりねの山の</seg>
            <seg type="句">ゆめはさめぬと</seg></phr></l></div>
      <div type="右歌"><head><title type="左右歌">右</title>
         <persName corresp="#雅経">雅経</persName></head>
         <l n="26" resp="#雅経"
            xml:id="n26">あつまちやさよの中山夢ちたえ
               雲にふす夜をとふ嵐かな</l></div></div>
   <div type="判詞">
      <note target="#n26">右哥さよの中山夢路たえなと
         いへるすかたおかしく侍れと</note>
      <note target="#n25">左哥さらは吹こせみねの嵐
```

図 2

たり、特定の作者の歌を一覧したりすることも容易になる。また、紙媒体や現在の『新編国歌大観』の表示では判詞の文章がどちらの和歌について言及しているのか一読しなければわからず、どちらが勝ったのかがしばしば婉曲に書かれているため、勝負が明瞭でない判詞もある。それを一覧にすることも容易になるのである。判詞の研究は一部の主要な歌人の判詞にのみ集中しているが、このような構造化によって、判詞のテキストを集成した際にそのなものである。

中世歌合DB科研費では完結から30年近く経過した『新編国歌大観』本文の再検討を行い、『平安朝歌合大成』の続編ともなるような、校異情報と画像も表示できる中世歌合のデータベースの作成を目指している。本章ではそのために歌合資料の翻刻を構造化したテキストデータにする方法を示す。

歌合テキストの構造化の方法

歌合資料の基本的な書式とその構造化例を示す[15]。TEI/XMLでは資料が紙面上のレイアウトで表現している各要素の意味や相互の関係性を意識化し、適切なタグをつけて構造化する必要がある。これは紙媒体がもつ物理的制約からテキストを開放し、レイアウトの意味がわからない非専門の利用者にむけてテキストをひらいていく作業でもある。

歌合資料は内題と開催年月日、作者と判者の目録が書かれたのち、歌合本篇が書かれることが一般的であり、伝本によっては勝敗の一覧があることもある。本章では歌合本篇の構造化例を示す。歌合は左方と右方に分かれて左、右の順番で和歌の作者、歌一首ずつを掲載し、右歌の次（縦書き書式においては紙面左側）に、左右二首分について批評し勝負を決する判詞が掲載される。二番以降の歌題が同じであれば歌題を省略し、同様の書式が番数分繰り返される。以上を構造化すると次のようになる【図1】。

番全体を<div>（ディヴィジョン、区分の意）というタグで囲み、さらに左右歌一組を区分する<div>、判詞を区分する<div>、左右歌はさらに左歌、右歌を<div>タグで区分する。歌題が複数ある歌合であれば、同一歌題の番の群ごとに<div>で区分することも可能である。判詞はそれぞれ左歌、右歌への言及箇所を<note>（ノート、注記の意）というタグでさらに囲み、<l>（ヴァースライン、詩行の意）タグで囲んだ各左右歌にIDを付与し、この@xml:idを判詞の<note>に@targetという属性をつけて対応させる。判詞の最後に書かれる勝負を決する部分をさらに<note>で示し、@type="勝負"、@n="左歌、或いは右歌"という形でどちらの歌が勝ったのかを示す。@targetで勝の歌の@xml:idを対応させる。

今回対象とする『石清水社歌合』を構造化すると、以下のようになる【図2】。

このような構造化によって、左方の歌、右方の歌、勝の歌のみを一覧にしタルデータとして世界に向けて公開することにより、対象とするテキストの構造を、国際的な共通基盤の上で検討できるようになるのである。

なお、「TEIガイドライン」の入力には、「Oxygen XML Editor」をはじめとするXML用の入力ソフトを使用できるため、すべてのタグを手作業で入力する必要は無い。入力ソフト上では、入力の手間を省くためのショートカットを使用できるほか、ガイドラインに基づいて入力のサポートを行う機能も備わっている。入力担当者がガイドラインの全容を把握する必要はなく、初心者であっても講習を受けることですぐに入力を始めることができるだろう。なお、初学者向けの入門書『人文学のためのテキストデータ構築入門』も刊行されており、TEIに関する概説は本書で詳しく解説されているので参照されたい[14]。

では、実際にどのような手法によってマークアップを行うのか、2点の歌合資料をもとに紹介する。

3　実践例紹介――『石清水社歌合』を記述

なぜ、歌合資料を対象とするのか

まず対象とする中世の歌合について、その資料的特徴を解説したい。歌合とは、和歌一首ずつを競わせる催しであり、勅撰和歌集（ちょくせんわかしゅう）、私家集（しかしゅう）、百首歌、歌論、歌物語などとともに、複数ある和歌文学のジャンルのひとつである。仁和・寛平年間の歌合が知られており、その歴史は『古今和歌集』に先行するほど長い。平安中期までは朝廷の儀式として行われたが、平安後期には文学表現や理論的な批評に関心が移り、紙面上のみでも展開した。

中世和歌の中心は題詠であり、題ごとに伝統的に表現されるべき内容（本意）があり、また歌合にふさわしい詠みぶりや、逆に禁忌となる表現がある。歌合歌の中には破綻した和歌もあり、失敗した和歌を含んでいることも歴史資料として貴重な点である。また勅撰集へ入った歌は、そこに撰ばれたという点で、撰者にある和歌が評価されたことは分かるが、当時の歌人たちが創作されたばかりの巧拙含む和歌をどのように解釈したのかは基本的にわからないことが多い。その中で、歌合歌について批評した判詞は、当時の判者による散文のレビューであり、現在でも和歌を解釈、鑑賞する上で非常に重要これがタグ付け＝「マークアップ」作業である。このように記述することで、本文はそのまま示しながら、それに対する注記を単語単位・文字単位で付与していくことができる。「TEI ガイドライン」には地名だけでなく人名・日時などテキストデータに必要な、様々な情報を示すためのタグが用意されている。諸本間の異同を示す・地の文と会話文を区切る・書入や頭注、脚注を示すなど、幅広い観点や深さでのマークアップが可能であり、使用するタグの種類は作業者が任意で決めることが可能である。

TEI ガイドラインを用いるメリット

では、「TEI ガイドライン」に基づいてマークアップ作業を行うことは、テキストにとってどのようなメリットに繋がるのか。第一に、各種ツールやアプリケーションでの利用を容易にし、より幅広いテキストの活用・再生が期待される点である。TEI で使用されているのは、XML というマークアップ言語である。XML は様々なアプリケーションで利用されている、いわばデジタル世界の標準語の一つであり、身近なところでは Microsoft 社の Word や Excel、PowerPoint 等の裏側でも使用されている。XML 言語は、TEI ガイドラインが目的とする、恒久的かつ汎用性の高いテキストデータの作成に合致した言語と言えるのである。「TEI ガイドライン」に準拠してテキストを構造化することにより、たとえばタグを活用して詳細な検索が可能になったり、ビューワなどの活用ツールを利用して公開されている画像データと対応させながら校異を示したりすることが可能になる。すでに、「校本風異文可視化ツール」「TEI 古典籍ビューワ」[13] が公開されており、「TEI ガイドライン」に準拠して記述したテキストをウェブ上で展開できる体制が整っている。つまり、TEI を使用したテキストデータの作成とは、「TEI ガイドライン」に基づいて本文に対して必要な目印 <タグ> を付けることで、各種外部ツールやソフトウェアにテキストの構造を伝える作業とも言えるだろう。

第二に、テキストの国際的な利活用の促進である。国際標準をめざす「TEI ガイドライン」に準拠して構造化されたテキストデータは、他言語・他分野の研究者間であっても互いに資料の特徴を理解し合う助けになり得る。言うまでもなく、日本語で記述された翻刻資料は文学研究に於いて不可欠な成果である。そこへ、TEI ガイドラインに準拠したマークアップが加わり、デジ

2　TEI（Text Encoding Initiative）とは何か

TEI概説

こうした問題意識のもとで諸外国の状況に目を向けてみると、人文学資料について共通規格で記述するための標準を共同開発する国際的なプロジェクト、TEI（Text Encoding Initiative）による活動がみられる。TEIとは、1987年にニューヨーク州で初の会合が行われ、2000年に「TEIコンソーシアム」として設立された団体の名前を指す場合と、そこが策定・公開する共通ルール「TEIガイドライン」を指す場合がある。TEIコンソーシアムには、多様な資料の特性を「TEIガイドライン」に反映させるため、様々な分科会が設置されており、日本語資料については2016年からTEIコンソーシアムに東アジア／日本語分科会が設置され活動を開始し、ガイドラインの日本語翻訳や日本語資料の記述に必要なルール策定の提案が行われてきた[11)]。また、英語圏では文学研究への適用が盛んである[12)]。

「TEIガイドライン」の目的は、特定のソフトウェアに依存することなく、恒久的に利用できるテキストデータを作成するという点にある。テキストデータに限らず、これまで研究成果として蓄積してきた各種データや研究会で共有してきたデータベースが、パソコンのOSのアップデート・デジタル技術の進歩に対応できず使用できなくなった、という経験はないだろうか。これは、ソフトウェアやデータに共通規格が適用されていなかったためである。これからのテキストデータには、様々な媒体で活用できる汎用性が必要になるという問題意識から「TEIガイドライン」の共同開発が始まったのである。

「TEIガイドライン」では、テキストにタグと呼ばれる目印をつけることでテキストの意味や構成要素を示している。たとえば、「私は東京に住んでいる」という一文があったとしよう。このうち、「東京」という言葉が地名を指す固有名詞であることを示す場合、次のように地名を示すタグ<placeName>で「東京」を囲む。

<placeName>東京</placeName>

多くある[3)]。

伝本ごとに異本が多い私家集については複数の伝本を忠実に翻刻した『私家集大成』とそのデジタル版『新編私家集大成』[4)]が製作され、実質これが『新編国歌大観』と併用されているが、中世歌合にはそのような検索可能な集成本文がない[5)]。

平安時代の歌合叢書『類聚歌合（るいじゅううたあわせ）』を発見した萩谷朴による『平安朝歌合大成』[6)]が、平安時代の歌合の基礎的研究としてある。一方で鎌倉時代以降の歌合は『中世歌合伝本書目』[7)]という伝本目録はあるものの、各作品本文の本格的な集成や校訂は手つかずの作品が多くある[8)]。明治時代の旧『国歌大観』[9)]、昭和の『新編国歌大観』がもたらした恩恵は計り知れないが、実際に存在する複数の伝本や異文を研究利用可能にする方法も検討されるべきである。

また研究環境のデジタル化によって、歌合の本文が『新編国歌大観』収録本文にとどまらない広がりをもつことを無視できない状況となっている。まず、オンラインで公開されている古典籍の増加である。従来の貴重書紹介では掲載許可を得て対象資料の全体や一部の影印を翻刻とともに掲載していたが、各所で古典籍のデジタル画像公開が進行している現在、画像を翻刻の該当丁や行ごとに直接参照させる、翻刻の公開形式が必要となる。

第二に書籍としての底本をもたないデジタルテキストの増加である。これまでデータベースとなった古典テキストは、その前に書籍の底本をもっていた。しかし現在は古典籍画像にOCR[10)]をかけるとすぐデジタルテキストになり、デジタルになるまでのステップが少なく、大変速い。ここには書籍としての構造や専門家の校訂・注釈すら介在していないため、研究者がテキストデータに研究利用可能な精度や構造を与える必要性が出てきたのである。

そして以上の二点を背景とする、研究手法のデジタル化である。日本研究にもデジタルテキストを対象とする領域が登場しているが、日本古典文学の学術的な、オープンアクセスのテキストは未だ少ない。研究基盤の不在は、海外の研究者が日本研究をあきらめ、他の国や地域の研究を選択し、将来の海外から日本への留学生の減少にもつながることが予想される。このような状況下で、古典の翻刻のデジタル化と所蔵・研究機関を越えて利用できるテキストの共通規格の開発は、日本古典文学研究の将来にも関わる課題であると考えられる。

15

古典本文をWEBに載せる
——TEIガイドラインに準拠したテキストデータ構築

永崎研宣 NAGASAKI Kiyonori・幾浦裕之 IKUURA Hiroyuki・藤原静香 FUJIWARA Shizuka

はじめに

「古典の再生」シンポジウムでは一日目の終わりに特別プレゼンとしてTEI（Text Encoding Initiative）に準拠したテキストデータ構築の実践例を示す報告を行った。登壇者の永崎研宣、藤原静香はJSPS科研費「18-19世紀の日本における古典復興に関する国際的研究」において『十番虫合絵巻（じゅうばんむしあわせえまき）』を対象としてTEIに準拠したテキストデータの作成を進めている。幾浦裕之と、司会を務めた加藤弓枝はJSPS科研費「次世代の翻刻校訂モデルを搭載した中世歌合データベースの構築と本文分析の実践的研究」において試行版として『石清水社歌合』を対象としてテキストデータを作成した。本章は、両プロジェクトがその途中報告も兼ねてデジタル時代の古典本文の翻刻、公開方法について例を示そうとするものである。

1　趣旨説明

日本古典文学資料において、和歌は『源氏物語』とともに最も早くから本文のデジタル化が進んだジャンルである[1)]。『新編国歌大観』[2)]という索引叢書とそれをデジタル化したデータベースがあり、1162の和歌作品45万首に歌番号を付与し、検索可能にしたものである。ただし底本として選択された以外の伝本がもつ異文が検索できず、底本の注記や記号も省略された情報が

『十番虫合絵巻』サイトのご案内

https://juban-mushi-awase.dhii.jp/

ホノルル美術館所蔵レイン文庫『十番虫合絵巻』の画像を IIIF（トリプルアイエフ :International Image Interoperability Framework）、本文、現代語訳、英訳を TEI（Text Encoding Initiative）に準拠して公開しています。

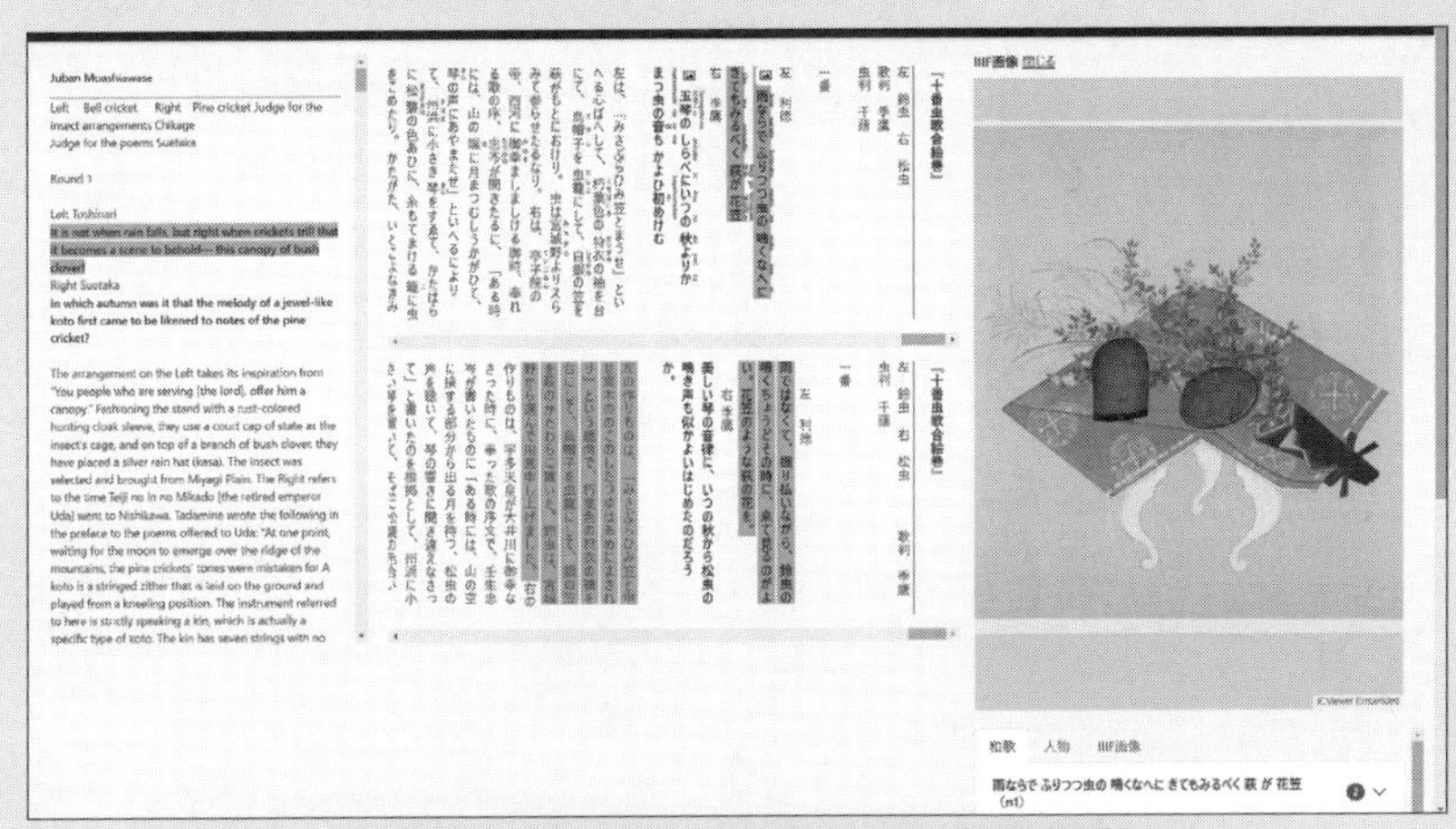

『十番虫合絵巻』サイトの TEI ビューワ（開発段階）

『十番虫合絵巻』サイトのトップページ（開発段階）

Ⅴ　WEBでの古典再生

taught in educational settings, mindful of contemporary trends in classical Chinese education, offering one response to the symposium's theme of "How classics should be revived."

The special presentation by **Nagasaki Kiyonori, Ikuura Hiroyuki, and Fujiwara Shizuka on "Publishing Classical Texts on the Web: Text Data Construction Compliant with TEI Guidelines,"** along with the moderator **Katō Yumie's column "Challenges and Prospects for Text Data Construction of Japanese Classical Literature Materials: Lies, Damned Lies, and Statistics?"** is presented horizontally due to the nature of the text. The four individuals are involved in a project to publish *Iwashimizusha kai-awase* and *Jūban mushi-awase emaki* on the web in compliance with the Text Encoding Initiative (TEI) guidelines, a global project to develop common standards for describing humanities materials. Nagasaki, Ikuura, and Fujiwara's essay provides an overview of TEI, advocating for digital-era textual transcription and its methods of publication. Kato's column discusses the current state of Japanese literature research, emphasizing the importance of nurturing human resources strong in digital humanities (DH) given the increasing significance of DH in Japanese literature research. The maintenance, publication, and utilization of image data for classical texts, as well as the transcription, collation, and annotation of texts, will undoubtedly rely heavily on digital technology and expertise in the future.

Through presentations, Q&A sessions, and discussions both within and outside the venue, the symposium has addressed "How have classics been revived?" and "How should classics be revived?" from diverse perspectives. As the editor, I would be delighted if those who have picked up this book would contemplate the possibilities of "reviving the classics."

classics were commonly quoted or adapted during the Edo period, when classical literacy was more widespread than ever, illustrating how classics were revitalized during this period. **Yamamoto Yoshitaka's essay, "Confucian Officials of the Tokugawa Shogunate and the Imperial Court's Cultural Artifacts: Focusing on Shibano Ritsuzan,"**suggests that the term "ten(典)" can also mean "institutional/ customary rites and ceremonies,"and he examines Shibano Ritsuzan's essay on Chinese poetry, "Shinkan goseishi-ki" (Record of Courtly Poetry Presented to the Emperor), written after the completion of the new Imperial Palace in Kansei 2 (1790), which highlights Ritsuzan's perspective of respecting the Imperial Court over the shogunate.

Judit Arokay's "Classics in Travelogues: Examples from Edo-Period Women's Travel Diaries" presents three examples of classical references in Edo-period travelogues: meticulous planning of the journey with awareness of classical poetry, landscape descriptions during the journey aligning with classical imagery, and similarities in genre, rhetoric, and style with classical literature. Based on these points, she examines the revitalization of classics in travelogues by four female travelers.

Iikura Yōichi's "The Narration of 'Classics' in Ueda Akinari" focuses on *Gold Dust*, a commentary on the *Man'yōshū* by Ueda Akinari, which also reflects a narrative style similar to that found in Ueda Akinari's story "In Praise of Poetry," in *Harusame Monogatari* (Spring Rain Tales). The "classicalist" aspect of Akinari's narrative in "In Praise of Poetry" corresponds to what Gerlini referred to as "textual heritage," according to Iikura.

Arisawa Tomoyo's column, "Classical Revival in Edo Gesaku: Focusing on *Manzaishū Chobiraireki*" interprets Harumachi's *Manzaishū Chobiraireki* as a source for reviving classics, showing how Edo gesaku effortlessly incorporated classical elements while addressing contemporary topics.

Gōyama Rintarō's column, "The 'International' in 'Reading Classics': Considering Its Relationship with Education," raises the issue of whether to read classical Chinese texts in Chinese or through *kunten* (phonetic Japanese readings) during the Edo period, also examining recent arguments against the need for studying classical Chinese literature in school. Gōyama advocates for how *kunten* should be tale were pasted onto the *shikishi*. He detects a desire for literary revival through admiration of ancient calligraphy, and reveals how prose gradually gained prominence over waka poetry in terms of storytelling, thus also shedding light on the history of the tale's revival. The ongoing production of *shikishi* is indeed one aspect of the revival history of *The Tale of Genji*.

Hyōdō Hiromi's "Higuchi Ichiyō and *The Tale of Genji*: 'Waka' as a 'Methodology'" highlights Higuchi Ichiyō's narrative style in the 1870s, which utilized a storytelling technique reminiscent of Ihara Saikaku and the narrative style of classical Japanese literature. Hyōdō argues that Ichiyō's formation of a narrative style was influenced by intensive study of *The Tale of Genji* and rigorous practice in waka composition at Haginoya school, suggesting that Ichiyō's expressive approach, which utilized the narrative style of Ihara Saikaku and the waka composition she learned at Haginoya, can be considered a "revival of the classics." Exploration of Ichiyō's narrative style through the absorption of *The Tale of Genji* and the practice of 'waka' as a methodology for expression can indeed be seen as a "rebirth of the classics."

Nakajima Takashi's column, "*The Genji Monogatari* of the 17th Century: Woodblock-print Media and the Classics," tracks how *The Tale of Genji* was regenerated within the context of Edo-period woodblock printing, attempting to bridge the gap between pre-modern and modern literary histories. For instance, in women's etiquette books, *The Tale of Genji*, highly regarded by those who emulated imperial court practices (*dōjō* culture), is both admired as something to be learned and dismissed as something that makes women licentious (a symbol of the new cultural order of non-everyday/consumption) simultaneously. Nakajima mentions that *Kogetsushō* played a vital role in Edo-period Genji studies, laying the foundation for the perception of Genji in the 18th century, the Genji view of Kokugaku scholars in the 19th century, and the Genji created by Higuchi Ichiyō in the Meiji era, serving as a medium for "regenerating" *The Tale of Genji* through new academic disciplines and literary creations.

The third part, "Classics in Edo Literature," highlights examples of how scene in the "Wakana" chapter from *Genji Monogatari*. Examining the *jūnihitoe* worn during ceremonies, the essay considers cases from *Kyōtei Hiki* of the Edo period, suggesting that the transition to modern *jūnihitoe* was prompted by Emperor Ninkō's "Tenpō Reforms" decree.

Yamada Kazuhito's column, "Classical Revival in Entertainment: Image and Performance in Takeda Karakuri," vividly illustrates the image of the classics represented through the performances of Takeda mechanical puppets from the late 17th century, featuring Tenjin likenesses, portraits of Hitomaro, and images of Shōtoku Taishi.

These essays in the first part, "Images and Performances," underscore the importance of visual and physical aspects within the act of restoring and revitalizing classics, shaking up the very concept of "rebirth of classics."

The second part, "The Revival History of *The Tale of Genji*," does not discuss reception or influence history of the tale itself, but deliberately explores the various manifestations of *The Tale of Genji* from medieval to modern times as a form of "revival history." How to narrate "revival" itself as "history" will be a future task. **Tabuchi Kumiko's essay, "The Genji of Ladies: A View from the *Abutsu no Fumi*,"** points out that *The Tale of Genji* is frequently cited in the instructional text "Abutsu no Fumi," where courtly women who lived in the medieval court instruct their daughters on how to live. By examining *The Tale of Genji* from the teachings of *Abutsu no Fumi* the actions and personalities of characters like Murasaki and Yūgao appear differently from traditional perspectives, seemingly portraying the diligent efforts of courtly women to live within the court, presenting *The Tale of Genji* in a new light. From Tabuchi's essay, we learn that classics are continually reinterpreted and kept alive by readers of each era.

Matsumoto Ōki's "Representation of Words in the Reception History of *The Tale of Genji*" examines a form of enjoying *The Tale of Genji* through *shikishi* (decorated squares of paper) created from the Muromachi period to the Edo period, in which snippets of old calligraphy excerpting verses (narrative text) from the perspective on the "revival of classics."

These essays and columns provide intriguing insights into the revival of classics and synchronize well with the points raised by the panelists, making them highly thought-provoking contributions.

The first part, "Images and Performances," focuses on visual representations and performances of classical texts. In **Xiaojie Yang's essay, "Between Picture Scrolls and Illustrated Annotations of Tsurezuregusa: An Attempt at a Digital Approach,"** attention is drawn to the depiction of picture scrolls within illustrated editions of *Tsurezuregusa*, highlighting the incorporation of scroll imagery into the annotated illustrations and explaining the generation and growth of image annotations with reference to expressions such as "distinct but simultaneous." Although Yang passed away before the symposium, a video of his presentation was available, and this paper is a transcript of the video shown at the symposium venue.

Sasaki Takahiro's "Odes of Praise for the Portrait of Hitomaro" examines the evolution and diversification of odes of praise accompanying portraits of Hitomaro displayed prominently at poetry gatherings, suggesting that the tradition of displaying Hitomaro's image at poetry gatherings brought about a 'rebirth' of interest in classical literature, particularly in Hitomaro's poetry.

Jonathan Zwicker's essay, "Classics as Mediums: Early Television and the Ghost of 1956," discusses the television drama *Ikiteiru Koheiji* (The Living Koheiji), a 1956 remake of Santō Kyōden's *Fukushū Kidan Asaka no Numa* (Revenge Tales from Asaka Swamp), which features ghosts. As the drama was broadcast live and no recording exists, only a single photograph and newspaper articles provide clues to its content, resembling ephemeral ghosts from today's perspective. However, Zwicker suggests that as interpreters of classics, we should amplify the "friction-like noise" (borrowing from Kōbō Abe's *The Ghost is Here*) produced by the unrealized aspects of reality, questioning the framework of "classics" itself.

Sato Satoru's "Changes in the *Jūnihitoe* during the Edo Period: Focusing on *Kyōtei Hiki*" is a discussion by the leader of a project aimed at "recreating" the *jūnihitoe* (twelve-layered gowns) worn by the ladies of the Rokujō-in, based on the

The introductory section, "**Reviving Classics,**" presents a theoretical and multifaceted perspective on the revival of classics. **Edoardo Gerlini's keynote address, "Classics × Revival = Text Heritage: A New Paradigm for Understanding the Revival of Past Cultures,"** proposes the new concept of "text heritage," borrowed from the field of cultural heritage studies. This essay serves the role of raising issues throughout the book. Gerlini highlights the important distinction between "replication" and "revival" of classics and explains through numerous examples that classics remain classics only when they are constantly "regenerated." It is fitting as a first paper, resonating with the following discussions.

Morita Teiko's "Revival of the Literary Space of Imperial Literature in the 18th and 19th Centuries" discusses the revival of the literary space of the imperial court during the reign of Emperor Kōkaku. It explains that when ancient records or classics were not available for restoration, new adaptations (re-creations) were made based on Emperor Kōkaku's preferences or directives.

Robert Huey's "The Reception of Japanese Classical Culture in Ryukyu" points out how intellectuals in the Ryukyu Kingdom incorporated Japanese classics at both linguistic and literary levels, examining how they "regenerated" Japanese classics in their own way rather than as mere imitations.

Andassova Maral's "Revival of Classics in Translation: Focusing on the *Kojiki and Nihon Shoki*" examines translations of the *Kojiki* and *Nihon Shoki* in the West, revealing that translation is not merely a mechanical replacement of words but incorporates the cultural background of the translator and the circumstances of the time.

Araki Hiroshi's column "'Glocal' Revival of Classics: Exploring Eastern and Western Sequels to *The Tale of Genji*" compares a French work, *The Last Love of the Genji Prince*, imagining the lost "Kumogakure" chapter of *The Tale of Genji*, with a work created in medieval Japan on a similar theme: The *Kumogakure Six Chapters*. It explains these as "glocal" interpretations of *The Tale of Genji* sequels, connecting the different aspects of Eastern and Western classical literature, leading to a new

Preface

Morita Teiko

This book is a collection of essays based on presentations by panelists and discussions with discussants at the international symposium "The Revival of the Classics," held both online and at the Musubiwaza Hall of Kyoto Sangyo University on February 11th and 12th, 2023. Classics handed down to the present have been buffeted by various waves through different eras, but they have overcome those waves either by their inherent power or by the efforts of those involved with them. Classics are not relics of the past; they continually generate new meanings and demonstrate their significance by interacting with the times. Texts that once seemed to have disappeared have sometimes vividly revived. Texts referred to as "classics" are constantly being regenerated. Sometimes they merge with other texts, sometimes they are quoted in other texts, sometimes they are adapted by people overseas, and sometimes they are reborn as secondary creations. As researchers of classics, we have witnessed the scene of such a "revival of the classics" many times. From the efforts of those who have restored, admired, rediscovered, reused, and recreated classics, we have learned a great deal and are striving to pass on classics to the future.

How have classics have been revived, and how should they be revived going forward? This international symposium aimed to reflect on this history and consider what we should do for the future, together with overseas scholars studying Japanese classics, from an international perspective. This collection of essays gathers together the contributions of panelists, discussants, presenters of special presentations, and moderators, who further delve into the theme of "revival of classics" based on the structure of the symposium, and presents them as essays and columns in one volume.

Here is an overview of the essays and columns by each author:

編者

盛田帝子（もりた・ていこ）

九州大学大学院博士後期課程修了。大手前大学准教授を経て、現在、京都産業大学教授（日本近世文学、和歌文学）。博士（文学）。

［著書］『江戸の王朝文化復興――ホノルル美術館所蔵レイン文庫『十番虫合絵巻』を読む』（共編著、文学通信、2024年）、『天皇・親王の歌』（笠間書院、2019年）、『文化史のなかの光格天皇――朝儀復興を支えた文芸ネットワーク』（共編著、勉誠出版、2018年）、『近世雅文壇の研究――光格天皇と賀茂季鷹を中心に』（汲古書院、2013年）など。

［執筆］

エドアルド・ジェルリーニ／ロバート・ヒューイ／アンダソヴァ・マラル／荒木　浩／楊　暁捷／佐々木孝浩／ジョナサン・ズウィッカー／佐藤　悟／山田和人／田渕句美子／松本　大／兵藤裕己／中嶋　隆／山本嘉孝／ユディット・アロカイ／飯倉洋一／合山林太郎／有澤知世／永崎研宣／幾浦裕之／藤原静香／加藤弓枝

※本研究はJSPS科研費JP20KK0006の助成を受けたものです。

古典の再生

2024（令和6）年3月31日　第1版第1刷発行

ISBN978-4-86766-042-3　C0095　

発行所　株式会社 **文学通信**

〒113-0022 東京都文京区千駄木2-31-3 サンウッド文京千駄木フラッツ1階101

電話 03-5939-9027　Fax 03-5939-9094

メール info@bungaku-report.com ウェブ https://bungaku-report.com

発行人　岡田圭介

印刷・製本　モリモト印刷

ご意見・ご感想はこちらからも送れます。上記のQRコードを読み取ってください。